Inhalt

Der Richter

Bitte sich zu erheben.
Der Oberste Gerichtshof des Staates Kalifornien nimmt im und für den Bezirk Santa Felicia unter Vorsitz des Richters George Hazeltine die Verhandlung auf.«

Hazeltine, ein großer, hagerer Mann in den Sechzigern, bewegte sich arthritisch auf den Richtertisch zu, wobei er seine schwarze Robe und einen starken Knoblauchgeruch hinter sich her zog.

Jeden Morgen kaute er nach dem Frühstück eine Knoblauchzehe, teilweise aus gesundheitlichen Gründen, teilweise aber auch, um sich seine Ruhe zu sichern. Die Leute behelligten ihn weit weniger mit ihrem Gequassel, wenn sie dabei einer gewissen Geruchsbelästigung ausgesetzt waren. Staatsanwälte hielten Distanz, und weniger hochgestellte Personen sprachen entweder von der Tür aus zu ihm oder traten gar nicht erst in Erscheinung.

Es war ganz offensichtlich als Gegenangriff gedacht, wenn seine Sekretärin Unmengen von Parfüm verwendete, wovon ihr ironischerweise das meiste der Richter selbst zu Weihnachten, zum Geburtstag oder aus Anlaß der »Woche der Sekretärin« geschenkt hatte. Sie steckte kleine, mit Parfüm getränkte Wattebäuschchen in ihre Taschen und in ihren Büstenhalter oder befestigte sie mit Sicherheitsnadeln unter Krägen und Rocksäumen. Manchmal fiel eines dieser

Kügelchen heraus, und dann hob es der Richter auf, roch daran und dachte: *Hm, sehr nett. Ich habe in puncto Düften doch einen ausgezeichneten Geschmack.*

Der Richter setzte und räusperte sich und studierte sodann das maschinengeschriebene Blatt, das vor ihm auf seinem Platz lag.

»Es ist zu Protokoll zu nehmen, daß der Angeklagte und sein Verteidiger, Mr. Donnelly, und der Vertreter der Anklage, Staatsanwalt Owen, anwesend sind. Es ist ferner zu Protokoll zu nehmen, daß die zwölf Geschworenen und ihre sechs Stellvertreter zugegen sind.

Gerichtsdiener, würden Sie bitte die Abzeichen an die Geschworenen verteilen? Diese Abzeichen sind während der gesamten Dauer des Verfahrens zu tragen, um die Geschworenen kenntlich zu machen und andere daran zu erinnern, daß sie sich ihnen fernhalten und zu keiner Zeit über irgend etwas mit ihnen sprechen.«

Der Gerichtsdiener verteilte die Abzeichen, auf denen das Wort GESCHWORENER stand, und die Geschworenen hefteten sie sich an die linke Schulter. Mit den Abzeichen sahen sie nun aus wie die kunterbunt zusammengewürfelten Delegierten einer wichtigen Konferenz, etwa von Umweltschützern oder Abtreibungsgegnern, die entschlossen waren, um jeden Preis die Welt zu retten.

Der jüngste der Geschworenen, ein Tischlerlehrling von knapp einundzwanzig Jahren, hatte seinen Sturzhelm mit in den Gerichtssaal gebracht und unter seinem Sitz verstaut. Die älteste war eine siebzigjährige Hausfrau mit stark zurechtgemachtem Gesicht und schwarz gefärbtem, aber hartnäckig ins Orangefarbene changierendem Haar.

»Meine Damen und Herren, Sie haben gehört, worum es hier geht, um die Anklage gegen Cully Paul King, der des vorsätzlichen Mordes, des Mordes aus niedrigen Beweggründen mit dem Ziel der persönlichen Bereicherung, bezichtigt wird. Der Angeklagte hat sich für nicht schuldig erklärt. Wir kommen nun also zu den Eröffnungserklärungen des Staatsanwalts und des Verteidigers. Ich muß Sie darauf hinweisen, daß nichts, was in diesen Erklärungen gesagt wird, Beweiskraft besitzt. Staatsanwalt und Verteidiger haben hier die Möglichkeit, den Fall darzustellen und zu erläutern, was sie zu beweisen gedenken. Bevor Sie aber irgendwelche Schlußfolgerungen ziehen, müssen Sie abwarten, bis das tatsächlich auch bewiesen worden ist.«

Der Richter hielt inne. Er mißbilligte diese Eröffnungserklärungen und die obligatorische Rede, die er ihnen vorauszuschicken hatte. Es lief doch alles nur darauf hinaus, den Geschworenen zu verstehen zu geben, daß sie sich eine Menge Unsinn anhören mußten, den sie dann sofort wieder zu vergessen hatten. Wenn die Geschworenen diese Erklärungen nicht als beweiskräftige Aussage ansehen durften, warum gab man sich dann überhaupt damit ab?

Das ganze System wurde weder der Anklage noch der Verteidigung, noch dem Gesetz gerecht, sondern trug lediglich zur Verwirrung der Geschworenen bei und brachte sie dazu, allen im Verlauf der Verhandlung gemachten Aussagen zu mißtrauen. Es war eine klägliche Art und Weise, Prozesse zu eröffnen, zwang es die Geschworenen doch dazu, sich einen ganzen Tag lang oder länger Reden anzuhören, die sie dann wieder vergessen mußten.

Ausgemachter Blödsinn. Kein Wunder, daß das ganze Rechtssystem in einem Sumpf versank.

»Das Wort hat der Herr Staatsanwalt«, sagte er. »Sind Sie bereit, Mr. Owen?«

»Ja, Euer Ehren.«

»Dann bitte.«

Staatsanwalt Oliver Owen erhob sich und nahm seinen Platz am Pult ein – dem Richter genau gegenüber, die Geschworenenbank zu seiner Rechten. Er prüfte das Mikrophon, das protestierend kreischte, justierte seine Höhe, schaute kurz auf seine Notizen und heftete dann seinen Blick auf die Geschworenen.

Owen war ein gutaussehender, blonder Mann in den Vierzigern. Er sprach mit lauter, fast angriffslustiger Stimme, als stecke er schon mitten in einer heftigen Auseinandersetzung, ehe der Prozeß überhaupt begonnen hatte.

»Meine Damen und Herren des Gerichts, meine Damen und Herren Geschworenen, ich wünsche Ihnen allen einen guten Morgen.

Der vorliegende Fall ist sehr einfach. Ich bin sicher, daß alles versucht werden wird, den Fall zu verdrehen und zu verbiegen und das Problem durch allerlei Umwege zu verschleiern. Tatsache jedoch ist, daß der Weg, der vor uns liegt, gerade und direkt zu einem Mann, nur zu einem einzigen Mann hinführt, nämlich zu Cully Paul King.

Wir, die Vertreter des Staates Kalifornien und des Bezirks Santa Felicia, werden beweisen, daß Madeline Ruth

Pherson, eine verheiratete Frau, von Cully Paul King getötet wurde.

Mrs. Pherson, Frau des Tyler Pherson, wohnhaft in Bakersfield, Kalifornien. Sie war vierzig Jahre alt und einigermaßen gesund. Ein kürzlich erfolgter Todesfall in der Familie hatte sie etwas deprimiert, weshalb ihr Mann ihr riet, für ein oder zwei Wochen an die Küste zu fahren.

Am Morgen des 1. Mai kam sie auf dem Flughafen von San Diego an und nahm ein Taxi zum Hotel Casa Mañana. Sie hatte zwei Gepäckstücke bei sich, einen großen Koffer mit Rädern und einen zweiten, dazu passenden, etwa halb so groß, wie man ihn mit ins Wochenende nimmt. Ferner hatte sie noch eine kleinere Schatulle aus geprägtem, grünem Leder bei sich, ungefähr mit den Maßen zwanzig mal dreißig mal zehn Zentimeter. Sie stieg in dem Hotel in Marina del Playa ab, wo ihr Mann zuvor ein Zimmer für sie gebucht hatte.

Die beiden größeren Gepäckstücke wurden in ihr Zimmer gebracht, die kleinere Schatulle aber auf Bitten von Mrs. Pherson vom Assistant Manager, Mr. Elfinstone, in den Tresor des Hotels eingeschlossen. Die Schatulle hatte ein Doppelschloß und wog ungefähr vier bis fünf Pfund. Das Doppelschloß und Mrs. Phersons Ersuchen um einen Platz im Tresor ließen Mr. Elfinstone, den Assistant Manager des Hotels, zu der Annahme gelangen, daß die Schatulle etwas von beträchtlichem Wert enthalten müsse.

Mrs. Pherson rief von ihrem Zimmer aus ihren Mann an, um ihm mitzuteilen, daß sie gut angekommen sei, und ging dann wieder hinunter in die Halle, um sich die Leute dort anzusehen. Sie schien guter Dinge und äußerte wohl, sie könne auch mal in die Bar gehen und etwas trinken. Wir werden zeigen, daß sie genau dies auch tat.

Dies sollte sich als verhängnisvolle Entscheidung herausstellen.

Man beobachtete, wie sie an der Bar mit einem Schwarzen sprach, der einen marineblauen Blazer und eine Kapitänsmütze trug; wir werden beweisen, daß es sich bei diesem Mann um Cully Paul King handelte, den Angeklagten.

Die beiden unterhielten sich eine Zeitlang, dann standen sie auf und verließen die Bar. King ging in die Halle und Mrs. Pherson zum Empfang, wo sie ohne Angabe von Gründen für ihre Meinungsänderung um Aushändigung der Schatulle bat.

Sie trug die Schatulle und ihre Handtasche bei sich, als sie in ihr Zimmer hinaufging, kurz darauf wieder zurückkehrte und in der Halle wieder mit Mr. King zusammentraf. Dann verließen beide zusammen das Hotel. Sie trug einen blauweiß gestreiften Mantel. Ihr Hotelzimmer hatte sie nicht aufgegeben. Später fand man ihre Kleider sorgfältig in den Schrank gehängt, die Schuhe in Plastikbeuteln, die Handtaschen in Seidenpapier eingewickelt. Sie war eine überaus ordentliche Frau. Wenn sie ein Kleidungsstück auf den Bügel hängte, dann achtete sie darauf, daß Knöpfe oder Reißverschluß geschlossen waren, damit es besser seine Form behielt.

Als nächstes wurde sie beobachtet, wie sie in Begleitung von Mr. King an Bord der *Bewitched* ging. Die Besatzung, also Harry Arnold und sein Sohn Richie, ein Teenager, sahen sie an Bord kommen – mit der Schatulle und dem blau-weißen Mantel, wie ihn Mr. Elfinstone beschrieben hat.

Ihr Gang war unsicher, und Mr. Arnold nahm an, daß sie getrunken hatte. Sie zog sich mit Mr. King in die Kapitänskajüte zurück.

Das Boot war im Verlaufe dieses Tages beim Zoll ausklariert worden und hatte Treibstoff und Proviant aufgenommen. Es lichtete noch vor Morgengrauen die Anker zur Fahrt nach Santa Felicia. Nachdem es die offene See erreicht hatte, schaltete Harry Arnold auf automatischen Piloten um und ging nach unten, um zu schlafen. Er sollte die nächste Nachtwache übernehmen, eine notwendige Vorsichtsmaßregel auf einer stark befahrenen Schiffahrtsstraße, wo sich nachts auch noch häufig Nebel bildete.

Während Harry schlief, erledigten Cully King und Richie Arnold alle auf der *Bewitched* anfallenden Arbeiten, einschließlich des Kochens. Mrs. Pherson tauchte in der Pantry nicht auf, obwohl sie angeblich als Köchin angeheuert worden war.

Wir werden beweisen, daß Harry Arnold seine Nachtwache planmäßig antrat. In ihrem Verlauf hörte er einen lauten Streit im Quartier von Cully King. Das beunruhigte ihn nicht sonderlich, ging er doch davon aus, daß die Anwesenheit von Mrs. Pherson an Bord anderen als kulinarischen Zwecken diente.

Sehr früh am nächsten Morgen beaufsichtigte Cully das Festmachen des Bootes an seinem normalen Anlegeplatz im Jachthafen Fünf. Als er an Deck kam, trug er keine Arbeitskleidung, sondern hatte sich für einen Landgang umgezogen und trug einen marineblauen Blazer und graue Freizeithosen. Er drückte ein zusammengefaltetes Taschentuch gegen seine linke Backe und erklärte Harry, er habe starke Zahnschmerzen und müsse sofort einen Zahnarzt aufsuchen.

Wenn eine Jacht wie die *Bewitched* in ihren Heimathafen zurückkehrt, ist es üblich, daß der Skipper kurz den Hafenmeister anruft und Neuigkeiten mit ihm austauscht. Das unterblieb. Cully setzte sich schnellen Schritts in Richtung State Street in Bewegung.

Harry machte für sich, Richie und Mrs. Pherson Frühstück. Als letztere nicht erschien, nahm er an, sie wolle sich nach einer recht lebhaften Nacht ausschlafen.

Nachdem sie die Pantry aufgeräumt hatten, nahmen sich Harry und sein Sohn das übrige Boot vor und begannen bei der Kabine, die Cully King und Mrs. Pherson belegt hatten. Mrs. Pherson schlief nicht, wie Harry angenommen hatte, ruhte sich nicht aus nach einer stürmischen Nacht. Nein, sie war gar nicht da. Und es gab auch keinerlei Anzeichen dafür, daß sie jemals dagewesen war, keine Lippenstiftflekken auf den Kissenbezügen, keine feuchten Handtücher, keine Haare zwischen den Borsten der silbernen Bürste, auf der *Bewitched* eingraviert war, keine gebrauchten Papiertücher im Abfalleimer. Obgleich das Bett frisch bezogen war, war der Wäschekorb leer.

Harry Arnold begann, an seinen fünf Sinnen zu zweifeln. Hatte er tatsächlich am Nachmittag des vorangegangenen Tages eine Frau die *Bewitched* betreten sehen? Doch, das hatte er, denn etwas war ihm im Gedächtnis haften geblieben, was ihm das bewies: Der blau-weiß gestreifte Mantel, den die Frau getragen hatte, hatte wie einer der Spinnaker der *Bewitched* ausgesehen. Das hatte er einfach nicht vergessen können. Und dann tauchten auch noch andere

Dinge auf, die seine Erinnerung untermauerten – eine grüne Schatulle, die die Frau bei sich gehabt hatte, und die diamantenbesetzten Ohrstecker, die sie trug.

Mrs. Pherson war mitsamt ihrer grünen Schatulle und ihrem Spinnakermantel spurlos verschwunden.

Wo aber war inzwischen Cully King, und was tat er? Wir werden zeigen, daß er eine Pfandleihe in der unteren State Street aufsuchte und dort versuchte, ein Paar Diamantohrstecker an deren Besitzer loszuwerden. Wie ihr Mann bezeugen wird, gehörten diese Ohrstecker Mrs. Pherson, und sie hatte sie getragen, als sie an Bord der *Bewitched* gegangen war.

Anfangs wollte Mr. King siebenhundert Dollar für die Ohrstecker haben, gab sich dann aber mit fünfhundert zufrieden. Er erzählte, daß er, da er fremd in der Stadt sei, keinen Kredit bekommen könne, aber dringend Bargeld brauche, um einen Zahnarzt zu bezahlen. Er schien Schmerzen zu haben, verzog das Gesicht, drückte ein Taschentuch gegen seine linke Backe und deutete an, ein Backenzahn sei die Ursache seiner Beschwerden. Beweise dafür, daß das alles nur gespielt war, wird uns der Zahnarzt liefern, der die Häftlinge des Bezirksgefängnisses betreut. Die Zähne von Cully King sind ausnahmslos in hervorragendem Zustand.

Wir wissen nicht, wo sich Mr. King an den folgenden vier Tagen aufgehalten hat. In vier Tagen kann viel geschehen. Der Leichnam einer Frau kann aus dem Wasser gefischt werden, und kleinere Kratzer auf der Haut können so gut verheilen, daß man sie kaum noch sieht. Nun, ich bin sicher, daß der Herr Verteidiger Sie darauf aufmerksam machen wird, daß ich das Adjektiv ›kleinere‹ benutzt habe.«

Donnelly, ein großer, zerbrechlich wirkender Mann mit granitgrauem Haar, stand von seinem Platz auf. An ihm waren keine der nervösen Maniriertheiten zu bemerken, die die meisten anderen Personen im Gerichtssaal auszeichneten. Weder kratzte noch wand er sich, er schmollte nicht, kreuzte nicht die Arme, verlagerte sein Gewicht nicht von einem Bein aufs andere. Irgend etwas schien die beweglichen Teile seines Körpers eingefroren zu haben.

Er klang gelangweilt. »Ich habe gar nicht gewußt, daß es zu den Obliegenheiten eines Staatsanwaltes gehört, Gedanken zu lesen.«

»Erheben Sie Einspruch, Mr. Donnelly?«

»Ja, Euer Ehren.«

»Dann sagen Sie das um des Protokolls willen auch.«

»Ich erhebe Einspruch gegen den Versuch von Mr. Owen, meine Gedanken zu lesen, und dies mit folgender Begründung...«

»Oh, nehmen Sie's doch nicht so ernst, Mr. Donnelly. Die Geschworenen sind zu Beginn darauf aufmerksam gemacht worden, daß alles, was die Herren hier in ihren eröffnenden Erklärungen von sich geben, nicht mehr als rhetorische Effekthascherei sein kann... Fahren Sie bitte fort, Mr. Owen.«

»Es fällt mir schwer, mich genau der Stelle zu erinnern, an der ich so rüde unterbrochen wurde.«

»Kratzer«, sagte der Richter. »Kratzer auf dem Gesicht des Angeklagten, die angeblich schnell verheilen würden, weil sie nur geringfügig gewesen seien.«

»Danke, Euer Ehren... Ja, und warum waren sie geringfügig? Weil sie ihm von einer Frau beigebracht wurden, die durch den Kampf ums Überleben geschwächt war und die verzweifelt versuchte, den teuflischen Griff, mit dem jene Hände ihre Kehle umspannten, zu lockern. In der Tat ein tödlicher Griff. Halten Euer Ehren auch das für bloße rhetorische Effekthascherei?«

Holla ho und trallalla. Der Richter saß schweigend da, das Kinn auf seine verschränkten Hände gestützt, die Augen zur Decke gerichtet, als erwarte er, daß von dort etwas Interessantes kommen werde, ein Unwetter, ein Erdbeben oder gar ein Himmelsbeben.

Das stille Übergehen war eine neue Masche des Richters und brachte den Staatsanwalt auf die Palme. Um seine Fassung wiederzugewinnen, ging er zum Kühlbehälter und holte sich einen Becher Wasser. Es war nicht mehr als ein Mundvoll und half kaum. *Der alte Bastard versucht, mich zum Narren zu halten, und Donnelly weidet sich dran, kann gar nicht genug kriegen.*

Die drei Männer waren nun so intensiv miteinander beschäftigt, daß sie die anderen Personen im Saal gänzlich vergessen zu haben schienen – die Geschworenen, die Protokollführerin, die Justizangestellte und den Gerichtsdiener, ja selbst den Angeklagten Cully King. Er war gänzlich unwichtig, so unwichtig wie die Zuschauer bei einem Boxkampf, zu dem es eigentlich ja auch nur zweier Kämpfer und eines Schiedsrichters bedarf.

Cully Paul King. Niemand kannte ihn, keiner kümmerte sich um ihn. Ein Schwarzer von der anderen Seite des Kontinents.

Der Richter rührte sich in seiner schwarzen Robe, die vor Alter grün zu werden begann. Er war nur noch darauf bedacht, endlich den Ruhestand zu erreichen und sich von dieser Robe zu befreien wie eine alte Krähe sich in der Mauser von ihren abgenutzten Federn befreit.

»Wer ist dran?« fragte er plötzlich.

»Ich habe eine Frage gestellt«, sagte Owen gereizt, »und warte noch immer auf eine Antwort.«

»Wer sollte Ihre Frage denn beantworten?«

»Sie.«

»Und das werde ich. Ja, in der Tat, das werde ich.«

Eva Foster, die Justizangestellte, beugte sich zum Gerichtsdiener, der am gleichen Tisch saß wie sie. »Er hat wieder gepichelt. Schließen Sie bloß den Schnaps weg.«

»Zeitverschwendung«, sagte der Gerichtsdiener. »Er hat überall Schlüssel versteckt.«

»Sie sind doch so was wie ein Polizist. *Finden* Sie sie.«

»Ich werde antworten«, wiederholte der Richter. »Also, wie lautete Ihre Frage, Mr. Owen?«

»Sie hat inzwischen ihre Bedeutung verloren.«

»Das ist bedauerlich, ja, wirklich, sehr schade.« Der Richter hörte sich an wie ein Mensch, der guten Mutes und bereit ist, sich noch größerem Unheil zu stellen. »Kommen wir also zu was anderem.«

Er nahm die Brille ab, rieb sich die Augen und sah auf den Angeklagten hinunter, als sei dieser gerade eben erst hereingebracht und den Geschworenen vorgestellt worden. »Haben *Sie* irgend etwas zu sagen?«

»Ich glaube nicht. Bislang hat mir noch niemand eine Frage gestellt.«

»Ich bin sicher, daß das noch kommen wird.«

»Ja, Sir.«

»Tja, ich will sogar selbst die Kugel ins Rollen bringen.«

Die Protokollführerin Mildred Noon nahm die Hände von der Stenographiermaschine und schob ihren Stuhl so dicht wie möglich an den Richtertisch heran. »Ich glaube, das ist keine so gute Idee, Euer Ehren. Warum wollen wir den Staatsanwalt nicht seine Eröffnungsrede beenden lassen?«

»Wir, Mildred? *Wir*?«

»Sie.«

»Ich. Das ist schon besser. Also gut.« Er blickte kurz zum Staatsanwalt hinüber. »Sie können fortfahren, Mr. Owen.«

»Es ist schier unmöglich, nach einer solchen Unterbrechung fortzufahren.«

»Tun Sie Ihr Bestes, Mr. Owen. Ich bin sicher, Sie werden Worte finden. Das tun Sie doch immer.«

Der Angeklagte saß still auf seinem Platz neben Donnelly. Nur seine Pupillen schienen sich zu bewegen, braun und glänzend wie schmelzende Schokolade. Seine Hautfarbe war so hell wie Kupfer – ein Farbton, der sehr selten war und sehr bewundert wurde auf jenen Inseln, wo er zuhause war.

In seinen siebenunddreißig Jahren hatte Cully schon etliche Gerichtssäle in der Karibik von innen gesehen – auf seiner Heimatinsel St. John etwa, einen auch auf den Bahamas und einen auf Puerto Rico, der so klein war, daß Gerichtssaal und Gefängnis in diesen Gerichtssaal hier gepaßt hätten. Die drangvolle Enge, die Hitze, die Luftfeuchtigkeit und der Lärm, weil alles durcheinander redete, trugen dort erheblich dazu bei, die Gerichtsverfahren zu beschleunigen. Ein Prozeß dauerte selten länger als ein oder zwei

Tage. Irgend jemand landete für gewöhnlich im Gefängnis. Ob es den richtigen traf oder nicht, machte kaum etwas aus, denn als Gefängnis diente ein Hinterzimmer im Hause des Gefängnisaufsehers, dessen Frau eine hervorragende Köchin war und sehr liberale Ansichten hatte. Sie spielte gern Monopoli, war aber eine schlechte Verliererin. Als sie nach einwöchigem Spiel Cully 349 Dollar schuldete, sah dieser sich urplötzlich aus dem Gefängnis entlassen und mit 1,29 Dollar in der Tasche sowie dem abschließenden Hinweis der Aufsehersgattin, das sei alles, was ihm zukomme, da er wahrscheinlich geschummelt habe, auf sein Schiff zurückgeschickt.

»Sie können fortfahren, Mr. Owen«, sagte der Richter.

»Ja, Euer Ehren... Harry Arnold und sein Sohn Richie blieben an Bord der *Bewitched*, teils um das Boot bis zur Ankunft seines Eigners, Mr. Belasco, der sich in Palm Springs bei seinem kranken Vater aufhielt, in Ordnung zu halten, teils aber auch, weil sie nicht wußten, was sie sonst hätten tun sollen. Sie waren es nicht gewohnt, Befehle zu erteilen, sondern solchen zu gehorchen. Und in Ermangelung von Befehlen, denen sie hätten gehorchen können, rührten sie sich nicht von der Stelle.

Richie surfte draußen vor der Mole, und Harry verbrachte viel Zeit damit, sich mit den Fischern am Kai des Handelshafens zu unterhalten. Die anhaltende Abwesenheit von Cully King und Mrs. Pherson beunruhigte ihn jedoch immer stärker. Und dann hörte Harry am Abend des 5. Mai in den Nachrichten, daß der nackte Leichnam einer Frau gefunden worden war, der sich im Seetang verfangen hatte. Der Körper war von einem Boot der Küstenwache geborgen und an Land gebracht worden. Wir können davon ausgehen, daß auch Cully King jene Nachrichtensendung hörte, denn er erschien etwa zur gleichen Zeit auf der *Bewitched* wie die Polizei. Später am Abend traf auch Mr. Belasco aus Palm Springs ein, und er war es, der den Vorschlag machte, man solle doch im Logbuch des Schiffes nachsehen, ob dort ein Eintrag zu finden sei, aus dem hervorgehe, daß man in San Diego eine Frau an Bord genommen habe. Das war nicht der Fall.

Als Cully King von der Polizei verhört wurde, antwortete er kurz und vorsichtig. Auf Grund der Aussagen der beiden Arnolds sah er sich genötigt zuzugeben, daß Mrs. Pherson an Bord gekommen war, aber er behauptete, nicht zu wissen, was ihr dann widerfahren sei, und verweigerte jede weitere Aussage, bevor er nicht einen Anwalt habe.

Noch bevor Mr. King überhaupt die geringste Chance gehabt hatte, einen Anwalt zu kontaktieren, erschien wie durch ein Wunder ein solcher auf der Bildfläche, und zwar unmittelbar nachdem man Kings habhaft geworden war.

Er war kein gewöhnlicher Anwalt, dieser Charles Donnelly. Er war weithin bekannt, nicht nur auf Grund seiner Tätigkeit als Verteidiger, sondern auch wegen der beträchtlichen Honorare, die er für seine Dienste forderte. Niemand kann sich erklären, warum er diesen Fall übernimmt, da King überhaupt kein Geld hat.«

Donnelly erhob sich und wandte sich an den Richter. »Meine Honorare, Euer Ehren, haben mit diesem Verfahren nichts zu tun und entziehen sich Mr. Owens Kenntnis. Ich muß deshalb Einspruch erheben.«

Bevor er zu einer Entscheidung kam, lehnte sich Richter

Hazeltine in seinem Stuhl zurück und studierte wiederum ein Weilchen die Saaldecke. Es bereitete ihm ein gewisses Vergnügen, die beiden Anwälte warten zu lassen. Dadurch wurden sie daran erinnert, daß dies, wenn auch ein kleines, so doch einzig und allein sein Königreich war, und sie allenfalls Bauern, die sich auf den Feldern abrackerten.

»Dem Einspruch wird stattgegeben«, sagte er schließlich. »Es besteht kein Anlaß, auf Mr. Donnellys Honorare einzugehen, da er hier nicht wegen überhöhter Forderungen vor Gericht steht. Beschränken Sie bitte Ihre Ausführungen auf relevantere Sachverhalte.«

Der Staatsanwalt protestierte. »Ich halte diese Frage für durchaus relevant, Euer Ehren, vor allem angesichts der Tatsache, daß der Angeklagte finanziell nicht in der Lage ist, die Art von Honoraren zu zahlen, wie Mr. Donnelly sie fordert.«

»Möchten Sie sich der Mißachtung des Gerichts schuldig machen, Mr. Owen?«

»Nein, Euer Ehren.«

»Dann achten Sie ein wenig mehr auf das, was Sie sagen.«

Der Staatsanwalt schüttelte den Kopf und fuhr in seiner Erklärung fort. »Es wurde gerichtlich verfügt, daß die *Bewitched* im Hafen und die Besatzung an Bord zu bleiben hätten. Das gesamte Boot wurde mehrfach von Vertretern der Justizbehörde durchsucht, aber es fanden sich keine Spuren einer Anwesenheit von Mrs. Pherson.

Eine Woche später wurde eines der Kleidungsstücke von Mrs. Pherson aus dem Meer geborgen, das im Netz eines Fischereibootes hängengeblieben war. Es war der blau-weiß gestreifte Mantel, den sie bei Verlassen des Hotels getragen hatte. Er wird Ihnen noch als Beweisstück vorgeführt werden, und Sie werden ihn sich anschauen und dabei entdecken können, was am bedeutsamsten an ihm ist – nämlich, daß er von oben bis unten zugeknöpft ist. Und warum ist das so bedeutsam? Weil es zeigt, daß Mrs. Pherson diesen Mantel nicht trug, als sie über Bord ging. Er wurde ihr nicht von der Strömung oder von Meerestieren vom Leib gerissen. Dieser Mantel war, als man ihn aus dem Fangnetz herausholte, zugeknöpft. Mrs. Pherson war eine sehr ordentliche Frau und hatte die Angewohnheit, ein Kleidungsstück zuzuknöpfen oder seinen Reißverschluß zu schließen, wenn sie es auf den Bügel hängte, um es so in Form zu halten. Der Mantel wurde von einem Bügel genommen und dann ins Meer geworfen. Es besteht der begründete Verdacht, daß auch ihre übrige Habe über Bord geworfen, bislang aber noch nicht gefunden worden ist. Es ist, so behaupte ich, sogar mehr als ein begründeter Verdacht. Der Mann, der auf dem Stuhl des Angeklagten sitzt, wurde dabei beobachtet, wie er eben dies tat.«

Ach Gott, ach Gott, dachte der Richter. *Dieser Owen ist zutiefst verliebt in den Klang seiner eigenen Stimme. Wäre die Benutzung von Tonbandgeräten hier im Gericht nicht verboten, würde er das alles wohl auf Cassette aufnehmen und zu Hause beim Abendessen der Familie vorspielen.*

Der Richter war Virginia Owen schon mehrfach begegnet – sie war ein genauso scharfäugiger und langweiliger Mensch wie Oliver Owen. Aber auch die vernünftigste Frau tut hin und wieder etwas Dummes, und Virginia hatte nicht nur Oliver Owen geheiratet, sondern ihm auch noch drei Söhne geschenkt. Der Richter mochte Kinder nicht sehr, deshalb ging er ihnen aus dem Wege, vor allem jenen, die mit Owen verwandt waren. Die hatten ein paar ganz miese Erbanlagen.

Owens Rede nahm ihren Fortgang und klang eher wie ein abschließendes Plädoyer denn wie eine eröffnende Erklärung, eher wie eine rhetorische Darbietung denn wie eine zusammenfassende Würdigung des Beweismaterials, das man später zu präsentieren gedachte.

Charles Donnelly fing an, auf dem leeren gelben Blatt, das vor ihm lag, herumzukritzeln – einen Holzschuppen mit einem Tor, mit kreuzweisen Verstrebungen, alles sehr schnell gezeichnet und ohne den Stift jemals abzusetzen. Dann einen weiteren Schuppen und noch einen, bis es drei Reihen Schuppen waren, alle einander so gleich, als hätte er sie durchgepaust.

Er hatte schon so viele Jahre vor sich hingekritzelt (wobei es eben darauf ankam, den Stift nicht abzusetzen), daß er sich schon gar nicht mehr daran erinnern konnte, wer ihm das als Kind beigebracht hatte. Die Sache war zu trivial, um sich Gedanken oder gar Sorgen darüber zu machen, aber dann hatte er eines Tages doch einen Psychiater befragt. Der hatte angeregt, daß Donnelly zwar von den Kritzeleien Abstand nehmen, sehr wohl aber auch weiterhin Papier und Schreibgeräte mit sich führen solle.

Auch wenn es den Anschein hatte, als sei Donnelly ganz und gar mit der nächsten Reihe von Schuppen beschäftigt, hörte er doch sehr aufmerksam zu, was Owen sagte. Jener hatte im Verlauf seiner Rede höchst überflüssigerweise das Wort »schwarz« gebraucht, und dies stets in abfälliger

Weise. Schwarzer Mann, weiße Frau; böse, gut; Voodoo und schwarze Magie im Gegensatz zu gesundem Menschenverstand.

Der Prozeß hatte noch kaum richtig begonnen, da lag Owens ganze Engstirnigkeit schon offen zutage. Er schien in dem Kästchen seiner Vorurteile eingesperrt zu sein, und dieses Kästchen füllte sich mehr und mehr mit Mexikanern, Juden, Schwarzen, Schwulen und Orientalen, bis kaum noch Platz genug war für Owen selbst, den er aber gebraucht hätte, um seine Arbeit ordentlich zu erledigen. In wenigstens einem Punkt hatte er es versäumt, seine Hausaufgaben zu machen. Der Geschworene Nr. 7, ein Computertechniker namens Hudson, hatte eine Schwester, die schon seit Jahren glücklich mit einem Schwarzen verheiratet war.

»Habsucht«, sagte Owen. »Schuld an Mrs. Phersons gewaltsamem Ende ist die Habsucht dieses Mannes. Habsucht ist eine der sieben Todsünden, und in Mrs. Phersons Fall war sie in der Tat tödlich. Jawohl, und in Mr. Kings Fall könnte sie das ebenfalls sein. Das Motiv der persönlichen Bereicherung macht diesen Mord zu einem aus niedrigen Beweggründen begangenen. Und wenn jemand des vorsätzlichen Mordes aus niedrigen Beweggründen angeklagt ist, so darf der Betreffende nicht gegen Kaution auf freien Fuß gesetzt werden und muß, falls er schuldig gesprochen wird, entweder in der Gaskammer sterben oder den Rest seines Lebens ohne Hoffnung auf eine Strafaussetzung im Gefängnis verbringen. Das zeigt die Schwere an, die der Staat Kalifornien einem Verbrechen wie dem vorsätzlichen Mord um der persönlichen Bereicherung willen beimißt. Sie, meine Damen und Herren Geschworenen, sind gehalten, dem zu entsprechen.

Augenblicklich läßt sich noch nicht genau sagen, um wieviel es bei der Sache ging. Die 500 Dollar, die Cully beim Pfandleiher erhielt, sind sicher nur ein Teil dessen, was er bekam oder zu bekommen hoffte. Mehr, wahrscheinlich ging es um sehr viel mehr. Nach Aussagen von Tyler Pherson, ihres Ehemannes also, enthielt die grüne Lederschatulle Familienschmuck, den sie von ihrer Mutter geerbt hatte. Diese grüne Schatulle ist noch nicht gefunden worden und wird vielleicht auch nie gefunden werden. Cully King könnte sie nach Mrs. Phersons Tod in einem Anfall von Panik über Bord geworfen haben, zusammen mit allem anderen, was ihr gehörte.

Rhetorische Effekthascherei? Nein, in der Tat nicht. Hier geht es um Beweismaterial, das Ihnen Harry Arnold vom Zeugenstand aus liefern wird, wohnte er doch dieser den Angeklagten verurteilenden Szene bei.«

Während der Pause, die dieser Ankündigung folgte, ging ein langer und schwerer Seufzer des Zweifels durch den Saal. Es ließ sich unmöglich sagen, wo er herkam, vielleicht vom Tisch des Verteidigers oder von dem der Justizangestellten oder auch aus der ersten Zuschauerreihe. Der Richter hatte allerdings den starken Verdacht, daß er von Charles Donnelly gekommen war.

Er wandte deshalb seine Aufmerksamkeit diesem zu. Das war ein Mann, der ihm Rätsel aufgegeben hatte, seit sie sich zum ersten Mal begegnet waren. *Ein merkwürdiger Vogel*, dachte der Richter, blickte zur Wanduhr, dann auf seine eigene und stellte eine Abweichung von zwei Minuten fest. Er beschloß, der Wanduhr Glauben zu schenken, auf der es zwei Minuten später war.

Er sagte: »Sind Sie so gut wie am Ende, Mr. Owen?«

»Ich bin fertig, Euer Ehren.«

»Gut. Das Gericht zieht sich für fünfzehn Minuten zurück. Die Geschworenen seien ermahnt, den Fall mit niemandem und auch nicht untereinander zu erörtern.«

Er beugte sich vor und sagte flüsternd zur Protokollführerin: »Haben Sie mich das Wort ›gut‹ sagen hören, Mildred?«

»Ich war nicht ganz sicher, Sir. Ich meinte, Sie hätten sich nur geräuspert.«

»Natürlich. Ich habe mich nur geräuspert.«

Bevor Mildred das Papier aus der Stenographiermaschine nahm, löschte sie das Wort »gut«. Sie und den Richter verband eine lange und enge Arbeitsbeziehung. Obwohl sie ihn manchmal privat Georgy Porgy nannte, redete sie ihn im direkten Gespräch stets mit Sir an, denn sie hatte wirklich Respekt vor seinen Fähigkeiten und seinem gesunden Menschenverstand.

Er hätte sich schon vor Jahren wieder verheiraten sollen, dachte sie, während sie den langen Streifen des Stenographierpapiers in Form einer Acht zusammenrollte.

Die Justizangestellte Eva Foster trug die Dauer der Verhandlungspause in ihrem Buch ein. Sie hatte die geflüsterte Unterredung zwischen dem Richter und Mildred beobachtet und gesehen, daß Mildred danach etwas gelöscht hatte.

Nachdem die Geschworenen und die Zuschauer hinausgegangen waren, sprach sie Mildred unter der Tür an.

»Sie hätten das nicht tun sollen«, sagte sie.

Mildred riß die Augen auf in dem Versuch, überrascht auszusehen. »Was tun?«

»Streichen.«

»Ich habe lediglich einen Fehler korrigiert.«

»Ach Unsinn«, sagte Eva. »Die Art und Weise, wie Sie vor diesem Mann katzbuckeln, widert mich an.«

»Sie sind viel zu schnell angewidert, meine Liebe. Das bekommt Ihren Arterien gar nicht.«

»Meinen Arterien?«

»Ekel zieht die Arterien zusammen, und das führt zu einer Bindegewebsentzündung im Kleinhirn und zu weiteren Komplikationen, die mir im Moment nicht gegenwärtig sind.«

»Das können sie auch nicht sein, weil es sie nämlich gar nicht gibt. Sie wollen mich nur auf den Arm nehmen.«

»Das muß ich«, sagte Mildred fröhlich. »Ich war es leid, darauf zu warten, daß Sie das selber tun.«

Eva schritt davon, weniger verärgert als enttäuscht darüber, daß Mildred darauf beharrte, ihre Rolle als Frau zu gering einzuschätzen und damit die Bedeutung der Frau in der modernen Gesellschaft überhaupt abzuwerten.

Eva Foster hatte zwei runde, vollendet geformte und herausfordernd ungefesselte Brüste. Alles andere an ihr war lang und dünn und gerade – ihr Haar, ihre Beine, ihr Hals, ihre Nase, ihr Mund und selbst ihre Denkprozesse. Dieses Denken konnte ohne das geringste Zögern oder die Andeutung eines Eingeständnisses, daß da noch etwas dazwischenlag, von A nach Z gelangen.

Niemand hätte auch nur ahnen können, was für ein bewegtes Leben sie in ihrer Phantasie lebte und was für höchst unterschiedliche Gestalten darin in Erscheinung traten. Es gab jedoch Hinweise darauf – ein bestimmter Gesichtsausdruck in unbeobachteten Augenblicken; ein gelegentliches verträumtes Lächeln; eine Garderobe, die den Großteil ihres Gehalts verschlang.

Auf halbem Wege zur Registratur begegnete sie im Flur Donnelly. Er sagte nichts, als sie aneinander vorbeigingen, und in seinen Augen war nicht das geringste Anzeichen dafür zu entdecken, daß er sie überhaupt wahrgenommen hatte. Sie fragte sich, wie er wohl reagieren würde, wenn sie ihm von dem Traum erzählte, den sie in der vergangenen Nacht gehabt hatte: Sie befanden sich auf einem Bahnhof, und Donnelly saß in einem sich gerade in Bewegung setzenden Zug. Sie rannte neben dem Zug her, und da beugte er sich herab, hob sie auf, riß sie in seine Arme und entführte sie.

Sie war glücklich aufgewacht, was sie noch mehr geärgert hatte als der Traum. Man konnte sie weder einfach aufheben noch entführen, und Donnelly lebte sowieso auf einem anderen Stern und war mit einem wohlhabenden Mädchen aus den Reihen der oberen Zehntausend verheiratet (wiewohl unglücklich, versteht sich – den Gerüchten am Gericht zufolge waren alle verheirateten Männer stets unglücklich und auf dem Sprunge, ihre Frauen um der Liebe einer Sekretärin oder Registratorin willen im Stich zu lassen).

»Kotzbrocken«, sagte Eva leise vor sich hin. »Du widerlicher kalter Fisch, bleib bloß weg von meinem Bahnhof.«

Der Richter zog sich in sein Amtszimmer zurück und legte sich, dem Rat seines Arztes folgend, auf die braune Ledercouch. Sie waren zusammen alt geworden, die Couch und der Mann. An beiden zeigten sich die Wunden der Zeit, merkwürdige Säcke und Wülste. Eines der Kissen auf der Couch war voller Kratzer, die von den Pfoten des kleinen Dackels stammten, den er nach dem Tod seiner Frau täglich ins Büro mitgebracht hatte.

Als die Dackelhündin nicht mehr selbst auf die Couch hatte springen können, hatte der Richter sie hinaufgehoben, und dann hatte sie dort den ganzen Tag gelegen, nur mit Unterbrechung der Mittagspause – es war ihr egal gewesen, wo sie lag, solange sie mit ihm zusammen war.

Eines Morgens war eine Verhandlung ganz plötzlich und ohne Angabe von Gründen vertagt worden. Niemand hatte gewußt, was los war, bis Mildred den Richter dabei beobachtet hatte, wie er den toten kleinen Hund, in seinen Pullover eingewickelt, hinaus zum Parkplatz getragen hatte.

Weder seine Frau noch der Dackel waren jemals ersetzt worden.

Der Hausarzt des Richters hatte ihn streng ermahnt und ihm sehr klare Anweisungen gegeben. In jeder Verhandlungspause und auch in der Mittagspause sollte er sich hinlegen und an gar nichts denken. Er sollte sich eine Wandtafel, auf der mit Kreide Wörter aufgeschrieben waren, und einen Schwamm vorstellen, der sich vor und zurück, auf und ab bewegte, bis alle Wörter weg waren. Aber der Richter hatte entdeckt, daß die Wörter, sobald sie verschwunden waren, durch Bilder ersetzt wurden.

An diesem Morgen war es das Bild einer jungen Frau, die ihre beiden Kinder von der Brücke geworfen hatte und die erfolgreich von einem Anwalt, den ihr das Gericht beigegeben hatte, verteidigt worden war. Etwa ein Jahr nach dem Prozeß brachte sie erneut ein ungewolltes Kind zur Welt, das sie die Toilette hinunterzuspülen versuchte. Die dabei entstandene Überschwemmung führte schnell zu ihrer Festnahme. Es überraschte niemanden, daß sie schuldig gesprochen und nach Corona geschickt wurde, wo es, wie der Richter inständig hoffte, zu den Rehabilitationsmaßnahmen gehören würde, sie über Methoden der Empfängnisverhütung zu informieren.

Der Schwamm bewegte sich auf der Tafel hin und her, das Bild der jungen Frau verschwand, und der Richter schlief ein.

Die Verhandlungspause dehnte sich von fünfzehn auf vierundzwanzig Minuten aus. Chronische Unpünktlichkeit seitens eines Richters mit einem ohnehin schon überfüllten Terminkalender war nach Eva Fosters Meinung unverzeihlich und würde nicht mehr vorkommen, wenn erst eine Frau auf dem Richterstuhl säße.

Nachdem der Gerichtsdiener enteilt war, um den Richter zu holen, und nun alle auf sein Wiedererscheinen warteten, blieb Eva bei der Stenographiermaschine stehen, um mit Mildred Noon zu reden.

»Sie und ich sollten hier das Sagen haben«, meinte sie. »Und warum haben wir's nicht?«

»Aus einem einfachen Grund – wir sind keine Juristen.«

»Das könnten wir aber sein. Wir könnten hier in dieser Stadt entsprechende Abendkurse besuchen.«

»Nicht ich. Das ist die einzige Zeit des Tages, die ich mit meinem Mann zusammen sein kann.«

»Aber möchten Sie nicht etwas aus sich machen?«

»Ich dachte, ich wäre schon etwas.«

»Ich meine ein richtiges Etwas.«

»Ich fürchte, ich werde mich mit einem ganz gewöhnlichen Etwas begnügen müssen.«

»Sind Sie denn damit einverstanden, daß die Männer die Welt beherrschen?«

»Nun, ich habe dazu jedenfalls gar keine Zeit«, sagte Mildred vergnügt. »Jetzt vergessen Sie mal diese Idee und gehen Sie lieber an Ihren Platz. Die Tür des Richters geht auf.«

»Der König erscheint. Wir werden beim Mittagessen noch mal darüber reden.«

Den Teufel werden wir, dachte Mildred. Gelassen vor ihrer Maschine sitzend, sah sie zufrieden und entspannt aus. Es hatte jahrelanger Übung bedurft, um nicht mehr nervös zu werden, insbesondere nicht zu Beginn eines Mordprozesses. Sie hatte es gelernt, sich innerlich dadurch vorzubereiten, daß sie die Namen der Zeugen durchging und sich mit medizinischen Begriffen vertraut machte, die aller Wahrscheinlichkeit nach von den Psychiatern und Pathologen gebraucht werden würden.

Die Protokollführer arbeiteten immer paarweise zusammen. Seit sechs Jahren war Mildreds Partner ein kleiner, stiller Mann namens Ortig.

Ortig hätte jedes Alter zwischen dreißig und fünfzig haben können. Er gab niemals Informationen über sein Alter oder zu seiner Person. Da Mildred sehr leicht zu einem Gespräch zu bewegen war, war es für sie ganz vorteilhaft, einen Partner zu haben, der niemals Fragen stellte oder beantwortete. Sie und Ortig lösten sich alle zehn oder fünfzehn Minuten ab, denn ihr Job erforderte hohe Konzentration und schnelle Reaktion.

Wenn Ortig hereinkam, um zu übernehmen, setzte er sich an die Maschine neben ihr und gab mit einem kaum wahrnehmbaren Kopfnicken zu verstehen, daß er bereit sei, beim nächsten Satz weiterzumachen. Sie waren wie zwei Jongleure im Zirkus, die die hochgeworfenen Holzkeulen im Fluge voneinander übernehmen.

Der Richter kam herein, schlug mit seinen abgewetzten schwarzen Flügeln und ließ sich auf dem Rand seines Stuhles nieder. Er war erzürnt – über sich selbst, weil er verschlafen hatte, über die Angestellten des Gerichts, weil sie nicht genug Verstand gehabt hatten, ihn rechtzeitig zu wecken, und vor allem über den Doktor, der ihm den Rat gegeben hatte, sich in den Pausen hinzulegen. Was er brauchte, war keine Ruhe, sondern Aktivität. Er sollte sich zu Musik bewegen wie die Aerobictänzer, die er im Fernsehen sah. Die Geschworene Nr. 12 unterrichtete Aerobic, die Künste der Selbstverteidigung sowie Wasserballett und sah sehr fit aus. Er hatte allerdings noch niemals Männer in seinem Alter solche Dinge tun sehen.

»Meine Damen und Herren«, sagte er, »Sie haben die Eröffnungserklärung des Staatsanwaltes Mr. Owen gehört. Wir kommen jetzt zur Eröffnungserklärung des Verteidigers Mr. Donnelly. Sind Sie bereit, Mr. Donnelly?«

»Nein, Euer Ehren.«

»Und warum nicht?«

»Angesichts dessen, was zur Gültigkeit dieser Erklärungen gesagt worden ist, möchte ich auf die mir jetzt eingeräumte Möglichkeit verzichten und keine Erklärung abgeben.«

»Sie wollen wirklich keine eröffnende Erklärung abgeben?«

»Nein, Euer Ehren.«

»Das ist ziemlich ungewöhnlich, Mr. Donnelly. Haben Sie das mit Ihrem Mandanten besprochen?«

»Mein Mandant vertraut meinen Fähigkeiten.«

Der Angeklagte, der zunächst so überrascht ausgesehen hatte wie all die anderen Leute im Gerichtssaal auch, lächelte nun alle an, zuerst Donnelly, dann die Geschworenen, dann den Richter. Es war ein warmes, vertrauensvolles Lächeln, das einige der Anwesenden rührte, andere ärgerte.

Donnelly bemerkte es nicht einmal. »Mein Mandant sitzt hier und ist genötigt, sich allerlei gegen ihn erhobene Anschuldigungen anzuhören, von denen die meisten in den dunklen Winkeln im Kopfe des Herrn Staatsanwaltes ausgebrütet worden sind. Mir erscheint es schlichtweg sinnlos, mich zu erheben und dem allem zu widersprechen. Ich möchte lieber warten, bis ich die Unschuld meines Mandanten beweisen kann, beweisen anhand der Aussagen von vereidigten Zeugen, die ins Kreuzverhör genommen werden.«

»Mich brauchen Sie nicht weiter zu überzeugen«, sagte der Richter. »Es sei Ihnen gestattet, auf die eröffnende Erklärung zu verzichten. So wollen wir denn ohne weitere Umschweife mit der Vernehmung der Zeugen beginnen. Mr. Owen, steht Ihr erster Zeuge zur Verfügung?«

»Nein, Euer Ehren. Dem Zeugen wurde zu verstehen

gegeben, daß er nicht vor heute nachmittag aufgerufen werden würde.«

»Sind überhaupt schon Zeugen von Ihnen da?«

»Augenblicklich nicht. Der Vormittag sollte den Eröffnungserklärungen vorbehalten sein.« Er starrte kalt und vorwurfsvoll über die ganze Länge des Tisches zu Donnelly hinüber. »Mich hat der Herr Verteidiger nicht auf seine neue Masche vorbereitet.«

»Das Verfahren wäre also zum Stillstand gekommen.«

»Es scheint so, Euer Ehren.«

»Nun gut, dann vertagen wir uns also bis heute um ein Uhr dreißig. Die Zuschauer bleiben bitte auf ihren Plätzen, bis die Geschworenen den Saal verlassen haben. Die Geschworenen lassen bitte ihre Notizbücher auf ihren jeweiligen Sitzen liegen, sie werden dann vom Justizwachtmeister eingesammelt. Ich möchte Sie alle wiederum daran erinnern, daß Sie den Fall mit niemandem und auch nicht untereinander erörtern dürfen.«

Die Geschworenen verließen ordentlich und nacheinander den Saal, wobei sie befangen dreinblickten und sorgsam den Blicken der Zuschauer und des Angeklagten auswichen.

Donnelly verfügte über eine Personalakte jedes einzelnen Geschworenen, die ihm sein Mitarbeiter Bill Gunther sowie zwei Assistenten zusammengestellt hatten und die die verschiedensten Angaben von der Sozialversicherungsnummer bis zu Lieblingsgerichten, Zeitschriftenabonnements, Autos, Mitgliedschaft in Kirchen, falls gegeben, Familienstand und Zahl der Kinder enthielten. Besaß er oder sie eine Benutzerkarte der Öffentlichen Bücherei? Einen

Hund oder eine Katze? Vielleicht würde nichts von alledem Einfluß auf das Ergebnis haben, aber Donnelly wußte ebenso gut wie der Richter, daß sich eine dieser scheinbar so irrelevanten und trivialen Gegebenheiten unmittelbar auf das Urteil auswirken konnte. Eine Stimme, eine einzige Stimme konnte eine Einigung der Geschworenen verhindern – und das war es, was er anstrebte.

Die Stimme, die eine solche Einigung verhindern könnte, wäre möglicherweise die von Miss Lisa Roy, die in einer Modeboutique beschäftigt war und als Hobby Burmesen züchtete. Sie mochte weniger geneigt sein, gegen Cully zu stimmen, weil der auf die 4000-Meilen-Reise der *Bewitched* eine Katze mitgenommen hatte. Oder es könnte die Stimme von Mr. Hudson sein, dessen schwarzer Schwager in Chicago ein Grund für ihn wäre, dem Staatsanwalt seine Vorurteile Schwarzen gegenüber zu verübeln.

Auch wenn sich der Staatsanwalt nur auf Indizien stützen konnte, war er doch in einer starken Position – im wesentlichen deshalb, weil es an weiteren Verdächtigen und Motiven fehlte. Das Beste, was sich Donnelly zu diesem Zeitpunkt erhoffen konnte, war Uneinigkeit unter den Geschworenen.

Eine Stimme reichte dazu aus, und um die ging es Donnelly.

In seinem Amtszimmer entledigte sich der Richter seiner Robe und zog eine Tweedjacke an. Er fühlte sich plötzlich müde, als sei er nicht in seiner Phantasie, sondern in Wirklichkeit zu den Klängen von Musik herumgesprungen. Sein Herz schlug schnell, und als er in den Spiegel schaute, um sich die Haare zu kämmen, bemerkte er, daß sein Gesicht gerötet und schweißnaß war.

Normalerweise setzte er sich in der Mittagspause in seinen Wagen und fuhr zu einem Fischrestaurant an der Uferpromenade. Dort entspannte er sich dann bei einer Flasche Bier der Brauerei Molson und einer Garnelenplatte oder frisch gefangenem Hummer. Aber heute war es noch zu früh fürs Mittagessen,und er wußte zudem, daß es ihm nicht gelingen würde, sich zu entspannen, da ihn die Aussicht, die Geräusche und der Geruch ständig an den verhandelten Fall erinnern würden. Selbst die *Bewitched* wäre am äußersten Ende des Jachthafens zu sehen, denn sie war zu groß für die inneren Liegeplätze.

Statt also hinaus zu seinem Auto zu gehen, legte er sich wieder auf die braune Ledercouch. Er wußte wohl, daß das schlechte Zeichen waren – der beschleunigte Puls und das gerötete Gesicht, das Gefühl der Schwäche und das Schwitzen, das auf keine körperliche Anstrengung zurückzuführen war. Er fürchtete den Tod nicht, aber es wäre schon verdammt ärgerlich, wenn er sich aus diesem Fall verabschieden müßte, bevor er ihn zu einem Ende gebracht hätte.

Alles schien klar genug zu sein: ein Mann, eine Frau, Lust und Zorn und Habgier. Er hatte bei Dutzenden solcher Prozesse den Vorsitz gehabt – Messerstechereien in elenden kleinen Bars, Schießereien mit Pistolen und Revolvern, Schläge mit der Faust, dem Hammer, dem Baseballschläger. Dieser Fall aber paßte nicht zu dem vertrauten Muster. Der Schauplatz stimmte nicht – eine weithin bekannte Rennjacht; die Frau paßte nicht – verheiratet, anständig, ergeben. Natürlich ließen sich diese Dinge miteinander in Einklang bringen – auch auf Rennjachten passierten Geschichten, und auch honorige Frauen hatten manchmal Pech. Aber das dritte Element, der Angeklagte nämlich, schien nirgends hinzupassen. Er war ein unwahrscheinlicher Skipper für eine berühmte Jacht, ein Schwarzer von sechs- oder siebenunddreißig Jahren, der weitaus jünger aussah und agierte. Vielleicht war er, wenn er am Ruder stand, älter als seine Jahre, aber im Gerichtssaal wirkte er fast kindlich, folgte den Vorgängen mit wachem Interesse, lächelte bei der kleinsten Herausforderung und war sich anscheinend über die Situation, in der er sich befand, nicht im klaren oder zumindest nicht darüber beunruhigt. Der Richter hatte einen Zeitungsartikel gelesen, der den Eigner des Bootes, Mr. Belasco, mit den Worten zitierte: »Cully King ist der beste Skipper, den man für Geld bekommen kann. Er ist sachlich, selbstsicher und fürchtet sich vor nichts.«

Er erschien immer noch furchtlos, obwohl er doch wußte, daß im Fall eines Schuldspruchs die gleichen Geschworenen die Strafe festsetzen und über sein Schicksal entscheiden würden, nämlich Tod in der Gaskammer oder ein Leben im Gefängnis ohne Aussicht auf Strafaussetzung.

Irgendwo tief in seinem Inneren muß er Angst haben, dachte der Richter, *so wie wahrscheinlich auch ich irgendwo in mir drinnen Angst habe, und ich bin dreißig Jahre älter und habe nur sehr wenig zu verlieren und niemanden, der betrauert, daß ich's verliere.*

Schweiß strömte dem Richter über das Gesicht. Er zog ein Taschentuch hervor, um ihn abzuwischen, und eine Knoblauchkapsel fiel herab und kullerte über den Boden.

Er hob sie auf, steckte sie in den Mund und begann zu kauen. »Knoblauch«, so hatte ihn der Leiter des Reformhauses belehrt, »regeneriert die Gallengänge, das Blut, die Därme.« Der Richter war sich wohl bewußt, daß das auch von einem Dutzend anderer Produkte in den Regalen behauptet wurde, aber es würde schwierig werden, einen Betrug nachzuweisen, war es doch einfach unmöglich festzustellen, ob sich die Gallengänge regenerierten oder degenerierten. Aber das war letztlich auch egal. Der Knoblauch erfüllte schließlich seinen wahren Zweck und verhalf ihm zu ungestörter Ruhe.

Er schloß die Augen und stellte sich wieder die Wandtafel vor und den Schwamm, der die Wörter wegwischte, bis ein Bild erschien. Das Bild war diesmal das Cully Kings, der ihn anlächelte, freundlich, fast gütig, als ob er niemandem die Schuld an seiner Lage zuschriebe und hoffte, niemand würde sie ihm geben.

Woher kam die Zuversicht dieses Mannes? Er verdankte sie sicherlich nicht seiner Herkunft, die ihn eigentlich nur Wachsamkeit und Mißtrauen gelehrt haben konnte. Auf St. John geboren, war er mit zwölf von Zuhause durchgebrannt und zur See gegangen, um seine Jünglingsjahre zwischen den Hafenkneipen und Rumbuden der Karibik zu verbringen und zwischendurch so gut wie jeden Job auf so gut wie jedem Schiff zu übernehmen. Die Haut eines Weißen würde, wäre sie so viele Jahre lang der Sonne und dem Wind ausgesetzt gewesen, die Narben alter Geschwüre aufweisen und verhornte Stellen, die die Entstehung neuer anzeigten. Cully Kings Gesicht aber war ruhig und glatt wie die Oberfläche eines Weihers. Da gab es keine von den Stürmen auf hoher See verursachten Sorgenfalten, keine Erinnerungsmale von Raufereien in Bordellen oder von Auseinandersetzungen, die mit Messern oder Polizeipistolen entschieden worden waren. Er hatte ungezeichnet überlebt, gerade so, als habe er alle schlimmen Erfahrungen weggewischt wie der Schwamm die Wörter auf der Tafel des Richters weggewischt hatte.

Der Richter kaute die Kapsel zuende, und der Knoblauchduft zog unter der Tür hindurch in das Büro seiner Sekretärin, wo er mit dem Duft von Estée Lauders »Youth Dew« wetteiferte.

Aber eigentlich war es kein echter Wettkampf. Estée wurde stets um eine Nasenlänge geschlagen.

Um ein Uhr vierzig wurde die Verhandlung fortgesetzt. Eva Foster notierte die Zeit ordnungsgemäß in ihrem Buch; dann durchmaß sie den Raum zwischen der Richterbank und dem Tisch der Anwälte, eine Bibel in der Hand.

»Bitte geben Sie Ihren vollen Namen zu Protokoll und buchstabieren Sie den letzten.«

»Peter Gray Belasco. B-E-L-A-S-C-O.«

»Heben Sie Ihre rechte Hand. Schwören Sie feierlich, daß Sie in der vor diesem Gericht verhandelten Sache die Wahrheit sagen werden, die ganze Wahrheit und nichts als die Wahrheit, so wahr Ihnen Gott helfe?«

»Ja, ich schwöre es.«

»Bitte setzen Sie sich.«

Belasco setzte sich im Zeugenstand nieder – ein großer, drahtiger Mann in seinen späten Fünfzigern, der gewohnheitsmäßig die Augen zusammenkniff.

Belascos Vollbart weitete sich an den Seiten zu einem

kurzen, freundlichen Lächeln, das Cully zugedacht war. Dann wandte er seine Aufmerksamkeit wieder dem Staatsanwalt zu.

»Wo haben Sie Ihren Wohnsitz, Mr. Belasco?«

»Santa Felicia, achtundsechzig Rosalita Lane.«

»Und welchen Beruf üben Sie aus?«

»Bergbauingenieur, pensioniert. Genauer: halbpensioniert.«

»Wie lange sind Sie schon pensioniert oder halbpensioniert?«

»Seit vierzehn Jahren.«

»Haben Sie sich ein spezielles Hobby zugelegt, das Sie beschäftigt hält?«

»Ich nehme mit meiner Jacht *Bewitched* an Rennen teil.«

»Seien Sie bitte so gut und beschreiben Sie den Geschworenen die Jacht.«

»Es handelt sich um eine Aluminiumketsch von sechsundzwanzig Metern Länge.«

»Wo nehmen Sie mit Ihrer Jacht an Rennen teil?«

»Wo immer ein Rennen stattfindet, das ich erreichen kann. Überall auf der Welt, genau betrachtet.«

»Zum Beispiel?«

»Von New York zu den Bermudas. Von Sydney nach Hobart. Fastnet an der Südwestküste Englands. Das Transpac von hier nach Honolulu. Das ist das Rennen, an dem ich gerade teilnehmen wollte, als es zu diesem Unglück kam.«

»Haben Sie jemals eines dieser Rennen gewonnen?«

»Nein, nicht einmal annähernd. Aber ich hab' mein Boot zumindest niemals versenkt. Vor ein paar Jahren sind wir mal beim Transpac als erste ins Ziel gekommen, mußten uns aber auf Grund unseres Handikaps mit dem vierten Platz begnügen.«

»Wie wird so ein Handikap bei einem Rennen berechnet?«

»Es ist ein zeitliches Handikap, das sich nach der Größe des Schiffes und seiner Segelfläche richtet. Ein kleineres Boot kann einen ganzen Tag später ins Ziel kommen als die *Bewitched* und trotzdem zum Sieger erklärt werden.«

»Diese Jacht, die *Bewitched*, wie würden Sie die beschreiben?«

»Wie schon gesagt, es ist eine Aluminiumketsch, die von Bug bis Heck sechsundzwanzig Meter mißt.«

»Haben Sie im letzten Frühjahr an einem Rennen teilgenommen, das von Nassau nach St. Thomas auf den Jungferninseln führte?«

»Ja.«

»Und was haben Sie nach dem Rennen gemacht?«

»Meine Crew bedauert – wir waren letzte – und dann bin ich nach Hause, nach Kalifornien geflogen. Ich habe hier zu viele dringliche Geschäftsinteressen und kann nicht meine gesamte Zeit mit Segeln verbringen.«

»Welche Vorkehrungen trafen Sie bezüglich des Bootes?«

»Cully King ist mein Skipper, und ich wies ihn an, das Boot durch den Panamakanal hierher zurückzubringen.«

»Hält sich Mr. King zum gegenwärtigen Zeitpunkt hier im Gerichtssaal auf?«

»Ja, Sir. Er sitzt dort drüben. Erstklassiger Kapitän, kennt das Boot gut und ist sehr kompetent.«

»Wir brauchen nicht darauf einzugehen, wie befähigt

Mr. King zu seinem Job ist.« Der Staatsanwalt warf Belasco einen kalten, säuerlichen Blick zu, um ihn daran zu erinnern, daß er hier Zeuge der Anklage war und nicht Pressesprecher der Verteidigung. »Sie einigten sich also vertraglich, daß Mr. King das Boot hierher zurückbringen sollte?«

»Ja.«

»Und wie sahen die finanziellen Regelungen dieser Abmachung aus?«

»Es ist üblich, den Skipper nach Meilen zu bezahlen, ein Dollar, ein Dollar fünfzig, zwei Dollar. Ich bot Cully den Spitzenpreis von zwei Dollar fünfzig, weil ich sehr viel Geld in die *Bewitched* investiert habe.«

»Wie weit ist es schätzungsweise auf dem Seeweg von St. Thomas nach Santa Felicia?«

»Das hängt von den Wetterbedingungen ab. Aber 4000 Meilen kommen der Sache sehr nahe.«

»Also verdiente Mr. King ungefähr 12 000 Dollar.«

»Ja, aber davon muß er seine Mannschaft bezahlen. Wenn nur drei Mann an Bord der *Bewitched* sind, dann ist das sehr knapp, und sie müssen hart und lange arbeiten, will sagen auch entsprechend bezahlt werden. Es ist eine nicht ganz ungefährliche und auch schwere Arbeit. Entlang der Westküste Mittelamerikas werden auf Grund der politischen Unruhen vorbeifahrende Boote gelegentlich verfolgt, in irgendeinen Hafen geschleppt und dort festgehalten. Angesichts all dieser Umstände nehme ich an, daß Harry Arnold und sein Sohn einen beträchtlichen Teil dieser 12 000 Dollar bekommen. Bislang ist das allerdings alles reine Theorie, denn ich habe noch gar keine Gelegenheit gefunden, irgend jemandem irgend etwas zu bezahlen.«

Wieder lächelte er Cully King zu, und Cully lächelte zurück. Dieser Austausch ärgerte Owen und verstärkte das Zucken in seinem Mundwinkel. Von Anfang an hatte er Belasco nicht gemocht, den er privat für einen reichen, verlogenen Liberalen hielt wie Donnelly, für einen Sozialisten, einen potentiellen Drogenschmuggler, ja sogar einen Spion. Warum mußte er überall auf der Welt an Rennen teilnehmen? Warum konnte er nicht die Küste hinauf- und hinunterschippern wie ein ganz normaler Mensch?

Als er erneut das Wort ergriff, war seine Stimme angespannt. »Wie lange dauert die Reise von St. Thomas auf den Jungferninseln bis nach Santa Felicia?«

»Auch das hängt vom Wetter ab. Es gibt da günstige Winde, den Passat, zwischen St. Thomas und Colón, das sind grob gerechnet 1000 Meilen, also etwa eine Woche. Beim Kanal kommt es häufig zu Verzögerungen, denn da stauen sich die Schiffe und müssen warten, bis sie dran sind, wie die Flugzeuge auf einem großen Flughafen. Panama ist ein Kreuzungspunkt der internationalen Schifffahrt. Zwischen Panama und Mazatlán ist es ruhig, aber nördlich von Mazatlán trifft man oft auf Gegenwinde. Man muß auch Zeit für Zwischenstopps einrechnen, um Proviant und Treibstoff aufzufüllen. Insgesamt, würde ich sagen, braucht man für die Reise einen Monat. Die Dauer dieser speziellen Fahrt ist bis zur letzten Minute im Logbuch der *Bewitched* verzeichnet. Dieses Logbuch befindet sich aber nicht in meinem Besitz. Sie haben es.«

»Das trifft in der Tat zu. Ich bin gerade dabei, Gebrauch davon zu machen.« Er trat zu dem Tisch, an dem

Eva Foster saß. »Würden Sie bitte das blaue Buch hereinholen, das ich Ihnen heute morgen gegeben habe?«

Eva ging in den Raum, in dem die Beweisstücke verwahrt lagen, und kehrte mit einem in blaues Vinyl gebundenen Buch zurück, auf dem mit goldenen Lettern der Name *Bewitched* aufgedruckt war. Der Staatsanwalt nahm ihr das Buch ab und reichte es Donnelly, damit dieser es überprüfe. Das geschah kurz.

Der Richter sagte: »Wollen Sie das als Beweismittel benutzen, Mr. Owen?«

»Ja, Sir.«

»Dann lassen Sie es als Beweisstück Nr. 1 der Anklage kennzeichnen. Ich möchte bei dieser Gelegenheit den Geschworenen erklären, daß alle Beweisstücke der Anklage mit Zahlen und die der Verteidigung mit den Buchstaben des Alphabets gekennzeichnet werden.«

Der Staatsanwalt zeigte das Buch dem Zeugen. »Kennen Sie das, Mr. Belasco?«

»Ja, Sir.«

»Um was handelt es sich?«

»Um das Logbuch der *Bewitched*.«

»Was wird in solch ein Logbuch eingetragen?«

»Alles, was mit dem Boot zu tun hat.«

»Geben Sie uns ein paar Beispiele, bitte.«

»Also, ganz offenkundig gehören dazu Dinge wie das Wetter, die Windgeschwindigkeit und -richtung, die Wasserverhältnisse, also etwa die Höhe der Dünung, Informationen darüber, ob das Boot mit Wind- oder Motorkraft läuft, Treibstoffverbrauch des Motors usw.«

»Wird das alles regelmäßig verzeichnet?«

»Ja.«

»Wie oft?«

»Entweder jede Stunde oder jede halbe Stunde, je nach den Bedingungen ... Da Sie sich das Logbuch angesehen haben, wissen Sie das alles ja schon.«

»Die Geschworenen aber nicht. Für sie versuche ich hier die Bühne aufzubauen, um ihnen die Kulisse zu zeigen, vor der sich die Tragödie abgespielt hat. Fahren Sie fort, Mr. Belasco. Unter welchen Umständen würde sich die Zahl der Eintragungen im Logbuch erhöhen?«

»Wenn das Wetter schlecht ist und die See rauh; wenn ein Besatzungsmitglied erkrankt ist oder irgendeinen Unfall gehabt hat; wenn der Jimmy Krach macht ...«

»Der Jimmy?«

»Der Motor, ein GMC-Diesel, und der wird allgemein Jimmy genannt.«

»Ich werde jetzt dieses Logbuch aufschlagen«, sagte Owen, »und Ihnen die erste Eintragung zu der Reise, über die wir eben gesprochen haben, zeigen. Können Sie die erste Eintragung sehen?«

Belasco blickte ein paarmal blinzelnd auf die Seite hinab, nahm dann eine Lesebrille aus der Tasche und setzte sie auf. »Ja, ich sehe sie.«

»Was enthält sie?«

»Uhrzeit, Datum und den Ausgangspunkt, also St. Thomas. See ruhig, Wind fünf Knoten. Fahrt mit Motorkraft. Zwei Mann Besatzung an Bord, Harry Arnold, Richie Arnold.«

»Warten Sie mal einen Augenblick. Ist es üblich, die Namen der Besatzungsmitglieder festzuhalten?«

»Ja.«

»Und die von Passagieren?«

»Ich verstehe die Frage nicht ganz.«

»Wenn Passagiere an Bord sind, ist dann ihre Anwesenheit ebenfalls im Logbuch zu verzeichnen?«

»Das hängt von der Art des Schiffes ab und von der Vorgehensweise dessen, der das Kommando hat.«

»Das Boot, von dem ich hier spreche, ist die *Bewitched*. Macht das meine Frage verständlicher?«

»Ja.«

»Dann beantworten Sie sie bitte.«

»Üblicherweise wird die Anwesenheit von Passagieren an Bord der *Bewitched* festgehalten, aber das ist keine absolut bindende Regel.«

»Bevor Sie die nächste Frage beantworten, möchte ich Sie darauf hinweisen, daß mir der Inhalt des gesamten Logbuches bekannt ist. Können Sie sich, Mr. Belasco, an irgendeine Reise erinnern, bei der die Passagiere nicht im Logbuch eingetragen wurden?«

Belasco preßte die Lippen zusammen, als wenn er im Sturm ein Segel reffe. »Augenscheinlich wissen Sie mehr über meine Reisen als ich, Mr. Owen.«

»Da wären wir also wieder am Anfang angelangt. Geht üblicherweise aus dem Logbuch der *Bewitched* hervor, wenn ein Passagier an Bord ist?«

»Ja.«

»Wir hätten uns viel Zeit sparen können, wenn Sie das gleich gesagt hätten.«

Owen wandte seine Aufmerksamkeit dem Richter zu. »Euer Ehren, ich meine, man sollte bei dieser Gelegenheit die Geschworenen darauf hinweisen, daß Mr. Belasco ein sehr widerstrebender, wenn nicht gar ausgesprochen feindseliger Zeuge ist.«

»Ich erhebe Einspruch«, sagte Donnelly. »Der Zeuge hat weder Widerstreben noch Feindseligkeit erkennen lassen, sondern lediglich den Wunsch, der Herr Staatsanwalt möge seine Fragen präziser stellen.«

»Stattgegeben. Die Geschworenen werden der letzten Bemerkung des Staatsanwalts keine Beachtung schenken.«

Owen nahm Belasco das Logbuch aus der Hand und öffnete es weiter hinten an einer Stelle, die durch ein Lesezeichen markiert war. »Bitte beachten Sie die Ankunftszeit in Harbor Island in San Diego und verlesen Sie sie fürs Protokoll.«

»30. April. Das Boot wurde ausklariert, übernahm Treibstoff und Proviant und wurde am folgenden Tag noch vor Tagesanbruch zum Auslaufen klargemacht.«

»Und geschah das auch so?«

»Das ist, was hier im Logbuch steht.«

»Ist im Logbuch verzeichnet, daß zusammen mit Mr. King ein Passagier an Bord kam?«

»Nein.«

»Da ist kein Eintrag, daß ein Passagier an Bord kam?«

»Nein.«

»Und doch war da einer, oder nicht?«

»So hat man mir berichtet.«

Donnelly wollte aufstehen, um Einspruch zu erheben, aber der Richter kam ihm zuvor. »Bitte, meine Herren! Ich habe Sie vor Beginn der Verhandlung auf den Zeitfaktor aufmerksam gemacht. Dieses Verfahren verspricht – oder soll ich sagen droht? – eines der längsten in der Geschichte dieses Bezirks zu werden. Wir müssen uns bemühen, uns an den Haushaltsplan zu halten, den uns unsere Oberste Aufsichtsbehörde vorgegeben hat. Wir kennen jetzt jeden Quadratzentimeter des Bootes und so gut wie jeden Quadratzentimeter der Leute, die sich auf ihm befanden.«

Er bedachte die beiden Herren mit seinem strengsten Blick, aber das war eine vergebliche Bemühung. Donnelly flüsterte mit seinem Mandanten, und Owen studierte seine Notizen.

Ich habe meine Vormachtstellung in diesem Gerichtssaal eingebüßt, dachte der Richter. *In den alten Zeiten erzitterten die Anwälte, wenn ich sie so anblickte. Heute nehmen sie das nicht einmal mehr zur Kenntnis. Sie wissen, daß ich im nächsten Jahr nicht mehr da sein werde. Vielleicht bin ich ja auch schon in diesem Jahr nicht mehr ganz da, wenn ich danach gehe, wie mich Mildred und Miss Foster anschauen. Um mein Ansehen wieder aufzupolieren, müßte ich wohl etwas sehr Drastisches unternehmen, eine ganz ungewöhnliche Entscheidung treffen, die man noch Jahrzehnte nach meinem Ausscheiden aus dem Amt zitieren würde.*

»Sie haben zuvor ausgesagt, Mr. Belasco«, sagte Owen, »daß die *Bewitched* eine Länge von sechsundzwanzig Metern hat, ist das richtig?«

»Ja.«

»Für eine Jacht ist das sehr viel. Andererseits aber auch wieder nicht, wenn man es als einen Raum ansieht, auf dem Menschen zusammengedrängt sind. Es ist in der Tat etwas weniger als ein Drittel eines Footballfeldes. Wenn man vier Menschen auf eine Fläche setzt, die nur ein Drittel der

Größe eines Footballfeldes hat, dann würde es ihnen wohl schwerfallen, einander zu übersehen, oder?«

»Ich habe noch nie vier Leute auf ein Drittel eines Footballfeldes gesetzt.«

»Es ist einigermaßen leichtfertig von Ihnen, dieser Frage auszuweichen, Mr. Belasco.«

»Das liegt mir fern. Tatsache ist doch, daß eine Jacht wie die *Bewitched* nicht einfach eine Fläche ist, sondern ein Bauwerk – wie ein Haus, mit einer Reihe von Zimmern, mit Obergeschoß, Untergeschoß, Keller. Da könnte ein Mensch sehr leicht für andere unsichtbar bleiben.«

Owen merkte, wie seine Kehle sich zusammenschnürte, eine deutliche Warnung, daß seine Stimme bald in der Tonhöhe ansteigen und gereizt klingen würde.

Er studierte Stimmen, vor allem seine eigene. Er konnte sich ein Tonband anhören und sagen, ob er einen Streit mit seiner Frau Virginia gehabt oder ob einer seiner Söhne in der Schule etwas ausgefressen hatte. Probleme, die man in den Augen oder hinter einem Lächeln verbergen konnte, machten sich in der Stimme deutlich bemerkbar.

Owen atmete ein paarmal tief durch, um seine Rachenmuskulatur zu entspannen, bevor er wieder das Wort ergriff: »An mehreren Stellen im Logbuch ist von Nachrichten an P. B. die Rede. Wer ist P. B.?«

»Das sind meine Initialen.«

»Wenn die *Bewitched* auf See ist und nicht Ihrem Kommando untersteht, halten Sie dann Verbindung zum Skipper?«

»Wenn möglich oder notwendig, sprechen wir über Funktelefon miteinander.«

»Geben Sie Mr. King dann auch Anweisungen?«

»Es kann vorkommen, daß ich mal Vorschläge mache, im allgemeinen aber informiert mich Cully nur über den Stand der Dinge.«

»Haben Sie mit Mr. King das bevorstehende Rennen nach Honolulu, das Transpac, erörtert?«

»Natürlich.«

»Haben Sie ihn gebeten zu versuchen, für dieses Rennen einen Koch zu finden? Antworten Sie einfach mit Ja oder Nein, bitte.«

Belasco zögerte. »Nun, ich habe nicht gerade ...«

»Haben Sie Mr. King gebeten, einen Koch zu suchen? Ja oder Nein?«

»Nein.«

»Im Augenblick habe ich keine weiteren Fragen.«

»Sie können den Zeugenstand verlassen, Mr. Belasco«, sagte der Richter. »Bevor Mr. Donnelly sein Kreuzverhör beginnt, machen wir unsere Nachmittagspause von fünfzehn Minuten.«

Die Geschworenen marschierten hintereinander in das Geschworenenzimmer, die meisten der Zuschauer auf den Flur hinaus. Der Richter verharrte auf seinem Platz und beorderte mit einem leichten Kopfnicken den Gerichtsdiener Zeke di Santo zu sich.

Der Gerichtsdiener trat zum Richtertisch, wobei seine Bewegungen etwas Unbeholfenes hatten, so als habe er sich noch nicht an das zusätzliche Gewicht gewöhnt, das ihm während des einen Jahres, das er im Gerichtssaal arbeitete, zugewachsen war.

»Ja, Euer Ehren?«

»Was ist eigentlich mit der Klimaanlage los?«

»Die ist kaputt, Sir.«

»Es ist mir klar, daß sie defekt ist. Aber warum ist sie das?«

»Das weiß ich nicht, Sir.«

»Könnten Sie da nicht mal was unternehmen?«

»Wahrscheinlich nicht. Diese Dinge scheinen im Schoße der Götter zu ruhen.«

»Gewiß aber haben uns die Götter die Fähigkeit belassen, ein Fenster zu öffnen.«

»Ja, Euer Ehren. Aber das bedeutet mehr Verkehrslärm, was Euer Ehren daran hindern könnte, ordentlich zu hören.«

»Im Augenblick höre ich nichts anderes als Ihr törichtes Geschwätz ... Da wir gerade von hören sprechen, ich vernehme da immer wieder eine Art leise summendes Geräusch. Hören Sie das auch?«

»Ja, Euer Ehren.«

»Was ist das?«

»Es ist allem Anschein nach ein leise summendes Geräusch.«

»Das *weiß* ich. Aber wo kommt es her und warum?«

»Ich glaube, es kommt vom Angeklagten, Sir. Er summt vor sich hin.«

»Wieso?«

»Vielleicht, weil er glücklich ist.«

»Glücklich? In einem Gerichtssaal ist eigentlich doch wohl niemand glücklich. Sind *Sie* etwa glücklich, di Santo?«

»So lala.«

»Sie sehen einigermaßen glücklich aus. Ich beobachte, daß Sie bei meinen Scherzen lachen.«

»O ja, Sir, am lautesten von allen.«

»Am lautesten? Wieso das denn?«

»Ich mag Ihren Sinn für Humor.« *Und ich habe eine Frau und ein Kind zu ernähren.*

Der Gerichtsdiener öffnete ein Fenster, und die kühle, lärmerfüllte Luft drängte sich an ihm vorbei in den Raum, als habe sie schon den ganzen Tag darauf gewartet, endlich hereingelassen zu werden.

Di Santo registrierte die Frische mit Überraschung. Der Morgen war kühl und klar gewesen, aber nachmittags war das Wetter wie im August. Und jetzt, am frühen Nachmittag, war es wieder Herbst, und der Nebel trieb von der See landeinwärts und umhüllte die hohen, mexikanischen Palmen, so daß nur noch die Stämme sichtbar waren – wie planlos aufgestellte Telegrafenmasten.

Er blickte hinaus und sah, wie die Gerichtstauben im Glockenturm Schutz suchten, sah den einzelnen smaragdgrünen Papagei, der einmal irgendwo Haustier gewesen war, wie ein fliegendes Ampellicht über die verkehrsreiche Straße gleiten. Für einen Papagei war der Vogel erstaunlich still, was aber wahrscheinlich nur daran lag, daß es nichts gab, wogegen er sein lautstarkes Protestgeschrei hätte erheben können. Von den Tauben hatte er das Nassauern gelernt, und er lebte gut von den milden Gaben eines nahen Restaurants und vom Inhalt der Lunchpakete und braunen Papiertüten der Büroangestellten, die in den tiefgelegenen Gartenanlagen Mortadellasandwiches, hart gekochte Eier, saure Gurken und Obst verzehrten. Er trank am Brunnen vor dem Gericht und pflückte sich, je nach Saison, Feigen, Mehlbeeren und Beeren vom Feuerdorn.

Di Santo beneidete den Papagei. Niemand nörgelte an ihm herum, weil er zu viel fraß, ja niemand vermochte zu sagen, ob ein Papagei nun fett oder mager war, es sei denn, man stellte ihn auf eine Waage – und dieser Papagei würde wohl kaum gewogen werden. Er hatte sich erfolgreich allen Bemühungen widersetzt, ihn einzufangen, und flog nun, fett oder mager, aber glücklich von Baum zu Baum, von Lunchpaket zu Papiertüte.

Di Santo war ein solches Glück nicht vergönnt. Seine Frau hatte eine Waage ins Badezimmer gestellt und das Bild eines fetten Mannes auf die Kühlschranktür geklebt, eines Schauspielers, der in ziemlich jungen Jahren an einem Herzinfarkt gestorben war. Zum Geburtstag hatte sie ihm eine Dauerkarte für ein Fitneß-Center geschenkt, dem er ein paar halbherzige Besuche abgestattet hatte. Aber er zog es vor, mit seinen Freunden zum Bowling zu gehen und ein Bierchen zu trinken. Das erschien ihm sehr viel sinnvoller, als mit den Füßen Gewichte zu heben.

Der Gerichtssaal war jetzt fast leer. Donnelly und Cully King steckten flüsternd die Köpfe zusammen, und Eva Foster saß noch an dem Tisch, den sie sich mit di Santo teilte. Als er den Saal durchquerte, beobachtete sie ihn genauso kritisch abschätzend wie seine Frau und die Empfangsdame im Fitneß-Center.

Di Santo wußte, was jetzt kam, und um dem auszuweichen oder um es zumindest aufzuschieben, blieb er beim Wasserkühler stehen .

Eva trat zu ihm. »Na, was gab's denn zu Mittag?«

»Sie wissen doch, daß ich mittags nichts esse.«

»Aber wie können Sie das durchhalten, nach dem Frühstück.«

»Was für ein Frühstück? Da habe ich eine Orange gegessen, das war alles. Und vielleicht noch ein Stückchen trokkenen Toast. Mehr gibt mir meine Frau nicht.«

»Sind Sie deshalb dann zu McDonalds und haben einen McMuffin mit zwei Eiern gegessen? Ich hab Sie gesehen.«

»Ein Mensch muß Proteine haben«, sagte Zeke. »Ich hab mal im *Reader's Digest* gelesen, daß ohne ausreichend Protein das Gehirn verkümmert.«

»Ihr Gehirn ist doch schon verkümmert, deswegen brauchen Sie sich also keine Sorgen mehr zu machen. Wollen Sie mal meine ehrliche Meinung hören?«

»Nein.«

»Na gut, hier ist sie trotzdem. Wenn der Richter in den Ruhestand geht, dann wird dieser Gerichtssaal einen neuen vorsitzenden Richter – beziehungsweise hoffentlich eine Richterin – bekommen, der oder die einen eigenen Gerichtsdiener wird haben wollen. Und das ist die Chance für Sie, den Sheriff um einen aktiveren Job zu bitten. Sie verbrennen Ihre Kalorien einfach nicht. Die einzige körperliche Übung, zu der Sie hier kommen, ist die, die Türen auf- und wieder abzuschließen und Ihren Gürtel ein Loch weiterzustellen. Wären Sie nicht viel lieber draußen an der frischen Luft, um dort Dingen nachzuspüren und Verbrecher zu jagen?«

»Nein.«

»Aber warum denn nicht?«

»Die würden dann vielleicht ihrerseits mich jagen.«

Trotz der geöffneten Fenster war es noch immer heiß im Saal, roch es noch immer nach Menschen, die unter Streß standen.

Donnelly wandte sich an seinen Mandanten, ohne ihn dabei anzusehen. Von Cully Kings Gesicht ging etwas Eigentümliches aus, eine Unschuld, ja eine Freundlichkeit, die ungeheuer entwaffnend war. Das verführte einen dazu, alles zu glauben, was aus dem weichen, sinnlichen Mund kam oder sich in den sanften, sinnlichen Augen lesen ließ. Donnelly wußte, daß ein solches Vertrauen fehl am Platze war. Mandanten logen, alle taten das, ob sie nun unschuldig oder schuldig waren. Sie stießen die Wahrheit um, und es war sein Job, sie wieder aufzurichten.

»Bei unserer ersten Unterredung«, sagte Donnelly, »und bei den darauffolgenden erzählten Sie mir, Belasco habe Sie darum gebeten, für das Transpac einen Koch anzuheuern.«

»Das tat er. Zumindest gewann ich den Eindruck, daß er das tat. Wir sprachen darüber.«

»Wann?«

»Als ich ihn von Mazatlán aus anrief. Das steht im Logbuch.«

»Daß er Sie darum bat, einen Koch anzuheuern?«

»Nein, aber das Telefongespräch ist eingetragen.«

»Nicht sein Inhalt?«

»Nein.«

»Wiederholen Sie mir dieses Gespräch.«

»Da war das übliche Zeug, also wie's so geht und diese Sachen. Dann erwähnte er, daß er noch keinen Koch für das Rennen hätte. Er ist ein heikler Esser, nicht jemand, der sich mit Bohnensuppe und Würstchen zufriedengibt. Mr. Belasco muß das Beste vom Besten haben.«

»Sie schweifen ab. Bleiben Sie bei dem, was er wirklich gesagt hat.«

»Das habe ich Ihnen doch schon erzählt. Er sagte, er hätte noch keinen Koch für das Transpac.«

»Sagte er, daß er gern einen hätte?«

»Klar wollte er einen. Ein Koch ist sehr wichtig bei solchen längeren Rennen. Ich hatte den Eindruck, daß es sein Wunsch war, daß ich mich darum kümmern und versuchen sollte, einen für ihn aufzutreiben, wenn sich die Möglichkeit ergäbe.«

»Und diese Möglichkeit ergab sich dann in Gestalt von Mrs. Pherson?«

»Das dachte ich. Ich meine, ich dachte, ich würde Mr. Belasco einen großen Gefallen tun, wenn ich sie an Bord brächte.«

»Hören Sie doch auf, Cully. Sie wollten einfach mal wieder ordentlich bumsen.«

Cully dachte einen Augenblick nach und zuckte dann mit den Schultern. »Vielleicht. Klingt jetzt irgendwie respektlos, aber damals war's einfach nur natürlich. Für mich sah sie nicht so aus, wie Mr. Owen sie in seiner Rede beschrieben hat, mit diesem ganzen Kirchenkram und dem allen. Und sie hat auch kein Mineralwasser bestellt, sondern einen doppelten Martini. Das sollte ich wohl wissen, denn ich hab ihn schließlich bezahlt.«

»Was hatte Mrs. Pherson an, als sie in die Bar kam?«

»Ich weiß es nicht. Ich sagte Ihnen das schon. Ich weiß es nicht.«

»Sagen Sie's mir halt noch einmal.«

»Ich kann mich nicht daran erinnern. Alles, was mir an der Bekleidung von Frauen auffällt, ist, ob sie sie anhaben oder nicht.«

»Oh, großartig. Phantastisch.« Donnelly preßte seinen Bleistift so fest auf seinen Notizblock, daß die Spitze abbrach. »Das wird sich vor den Geschworenen wundervoll anhören.«

»Ich würde das vor Geschworenen auch nicht so sagen, Mr. Donnelly.«

»Sie haben verdammt recht, wenn Sie das lassen. Sie kommen mir nicht vor die Geschworenen, bevor wir nicht ein paar Mißverständnisse ausgeräumt haben. Zum Beispiel glauben Sie, daß Geschworene Menschen sind, nicht wahr?«

»Klar sind das Menschen.«

»Falsch. Sie waren anfangs mal Menschen, aber kaum sind sie vereidigt und haben auf der Geschworenenbank Platz genommen, da verändern sie sich. Sie verwandeln sich in Verteidiger der Wahrheit. Und am Anfang eines jeden Prozesses ist eine Wahrheit ganz eindeutig gegeben: Ein Verbrechen ist begangen und eine Person als Täter festgenommen worden. Warum ist diese Person in Haft genommen worden? Weil die Polizei davon überzeugt ist, daß sie schuldig ist – die Polizei, der zu vertrauen und die zu achten wir alle erzogen worden sind. Wir haben also eine ziemlich schiefe Ausgangslage. Wenn jetzt, an diesem Nachmittag, abgestimmt werden würde, dann würden Sie garantiert verurteilt.«

»Sie meinen, die halten mich alle für schuldig?«

»Höchstwahrscheinlich. Das hat damit zu tun, woher Sie kommen, und Sie kommen aus dem Bezirksgefängnis.«

Schweißperlen waren auf Cullys Stirn getreten. »Hören Sie mal, Sie wollen mich doch bloß erschrecken, oder?«

Donnelly antwortete nicht. Ein verängstigter Mandant war sehr viel leichter zu verteidigen als ein selbstsicherer. Eine kleine Dosis Realität konnte auf Cully nur wirken wie eine Blutreinigungskur im Frühling. »Wenn die Geschworenen in ein paar Minuten zurückkehren, dann sehen Sie sie sich genau an. Sie sind Ihre Feinde. Es ist an Ihnen, sie zu Ihren Freunden zu machen, sie zu überzeugen, daß Polizisten keineswegs unfehlbar sind. Sie machen Fehler wie jeder Mensch, und einer ihrer größten Fehler war es, Sie wegen Mordes festzunehmen.«

»Das ist wirklich ein Fehler. Ich habe nichts getan.«

»Natürlich haben Sie. Vielleicht nicht all das, was man Ihnen zur Last legt, aber doch einen Teil davon. Ich habe noch nie einen völlig unschuldigen Mandanten gehabt. Jetzt verderben Sie mir nicht alles und machen eine Ausnahme.«

Cully wischte sich den Schweiß von der Stirn. Er verstand diesen Mann nicht, der kein Gefühl hatte, der niemals lächelte oder schmollte, diesen grausamen Menschen, der seine Arbeit und seine Mandanten zu hassen schien, der aber niemals aufhörte zu arbeiten. Die Gerüchte im Knast wollten wissen, daß er mit einer reichen Frau verheiratet war. Vielleicht wirkte es sich merkwürdig auf einen Mann aus, wenn er eine reiche Frau heiratete.

»Ich habe die Geschworenen genau studiert«, sagte Donnelly. »Und sie unterscheiden sich in nichts von anderen.

Was sie wollen, ist ein Angeklagter, der demütig und bescheiden ist. Glauben Sie, daß Sie das hinkriegen können, so ein bißchen Bescheidenheit?«

»Ich hab doch nichts getan. Warum sollte ich also bescheiden und demütig sein?«

»Weil Sie einen gescheiten Anwalt haben, der Ihnen das rät. Werden Sie gescheit genug sein, seinem Rat zu folgen?«

»Ich denke schon. Aber es ist doch hart, den Demütigen zu mimen, wenn ich mich gar nicht so fühle, wenn es nichts gibt, weswegen ich mich demütig fühlen müßte. Ich weiß nicht recht, wie ich das anfangen soll.«

»Du lieber Himmel, vergessen Sie's. Spielen Sie halt bloß nicht den Klugscheißer. Glauben Sie, daß Sie das schaffen?«

Cully dachte einen Augenblick über die Frage nach. Dann: »Sie sind ein ganz schön großer Kerl, was?«

»Einsneunundachtzig.«

»Ich bin einsfünfundsiebzig. Aber wenn ich Ihnen in St. John auf der Straße begegnen würde und Sie würden mich einen Klugscheißer nennen, dann würde ich Sie zersäbeln, Mann, aufschneiden wie ein Stück Obst.«

»Ein Stück Obst«, wiederholte Donnelly und sah dabei einigermaßen amüsiert aus. »Es tut mir beinahe leid, daß Sie keine Gelegenheit haben werden, das auszuprobieren. Könnte interessant sein. Im Augenblick jedoch erscheint es zweifelhaft, ob Sie mir oder überhaupt irgend jemandem auf einer Straße in St. John oder auf irgendeiner anderen Straße zu irgendeiner vor uns liegenden Zeit begegnen werden. Es sei denn, Sie entschlössen sich, auf Ihren Anwalt zu hören. Also, hören Sie?«

»Ich höre.«

»Gut ... Die Pause ist fast um. Müssen Sie noch mal verschwinden?«

»Nein.«

»Ich aber. Bis bald.«

Es war drei Uhr zwanzig, als der Richter in den Gerichtssaal zurückkehrte und der Zeuge wieder im Zeugenstand Platz nahm. Donnelly trat zum Pult. In dem engen, Staatsanwalt und Verteidiger vorbehaltenen Geviert wirkte er recht massig, und die langsame, sorgfältige Art, wie er das Mikrophon seiner Größe anpaßte, unterstrich das körperliche Defizit des Staatsanwalts. »Mr. Belasco, ist ein Skipper dazu verpflichtet, die Namen der Passagiere, die an Bord kommen, ins Logbuch einzutragen?«

»Nein.«

»Das steht im Belieben des jeweiligen Kapitäns?«

»Ja.«

»Tragen Sie selbst die Passagiere ein?«

»Normalerweise ja. Bei einem Rennen wird natürlich alles bis ins kleinste Detail vermerkt. Aber wenn ich nur so zum Vergnügen segle, dann kann ich schon mal ein paar Dinge weglassen, sei es aus Versehen oder absichtlich.«

»Nach dem Logbuch hat Mr. King Sie von Mazatlán aus über Funktelefon angerufen. Ist das zutreffend?«

»Ja.«

»Haben Sie ihm bei dieser Gelegenheit gesagt, daß Ihnen für das Transpac-Rennen noch ein Koch fehlte?«

»Ja.«

»Können Sie sich noch daran erinnern, was genau Sie gesagt haben?«

»Nicht Wort für Wort. Aber ich sagte ihm, daß ich noch keinen Koch für das Transpac hätte.«

»Sagten Sie ihm, Sie brauchten einen?«

»Das muß ich ihm nicht sagen. Er weiß selbst, wie wichtig ein Koch bei einem Langstreckenrennen ist.«

»Baten Sie ihn, nach einem Ausschau zu halten?«

»Ich bin sicher, daß ich das implicite tat.«

»Würden Sie also sagen, daß Sie ihn auf indirekte Weise baten, einen Koch anzuheuern oder zumindest nach einem Ausschau zu halten?«

»So würde ich sagen, ja. Ich muß bei Cully niemals deutlich werden, denn er scheint ganz instinktiv zu wissen, was von ihm verlangt wird.«

Der Staatsanwalt erhob sich. »Ich erhebe Einspruch dagegen, daß der Zeuge unaufgefordert irrelevante Bemerkungen über den Angeklagten macht.«

»Sie werden versuchen, sich auf die Beantwortung von Fragen zu beschränken, Mr. Belasco«, sagte der Richter.

Donnelly stand bewegungslos hinter dem Pult, bis sich alle Aufmerksamkeit wieder auf ihn konzentrierte. »Ich habe keine weiteren Fragen, Mr. Belasco. Ich danke Ihnen.«

Der Richter schaute ein wenig verärgert drein, als habe Donnelly irgendwie seinen Plan für den Nachmittag durcheinandergebracht. »Mr. Owen, möchten Sie weitere Fragen an den Zeugen stellen?«

Owen tauschte mit Donnelly den Platz am Pult. »Waren Sie überrascht, als Sie erfuhren, daß Mr. King Mrs. Pherson als Köchin angeheuert hatte?«

»Ich war überrascht, als ich erfuhr, welchen Hintergrund

und welche soziale Stellung sie hatte. Aber das fand ich natürlich erst heraus, als ich darüber in der Zeitung las und es im Fernsehen sah.«

»Rief Mr. King Sie nach dem Auslaufen der *Bewitched* aus San Diego an, um Ihnen mitzuteilen, daß er einer Frau eine Chance geben wolle?«

»Er kann das versucht haben. Ich weiß es nicht. Ich war nämlich nicht erreichbar. Ich war an das Krankenbett meines Vaters nach Palm Springs gerufen worden. Er hatte einen Herzinfarkt erlitten.«

»Ein schlichtes Ja oder Nein genügt.«

»Ich weiß nicht, ob er mich angerufen hat. Ich war nicht zu Hause.«

»Ich habe keine weiteren Fragen.«

Belasco wollte aus dem Zeugenstand treten, aber der Richter hielt ihn mit einer Handbewegung zurück. »Einen Augenblick noch, Mr. Belasco. Vielleicht möchte Mr. Donnelly nun wiederum seinerseits ein paar Fragen an Sie stellen. Mr. Donnelly?«

»Ich habe einige Fragen, die hauptsächlich der Klarstellung dienen«, sagte Donnelly. »Mr. Belasco, wo waren Sie, als die *Bewitched* auf dem Wege von San Diego hierher war?«

»Ich war in Palm Springs.«

»Warum?«

»Mein Vater war sehr krank.«

»Haben Sie Mr. King darüber informiert, wo Sie waren?«

»Nein.«

»Ich habe augenblicklich nichts mehr.«

»Sie dürfen den Zeugenstand verlassen, Mr. Belasco«,

sagte der Richter. »Es sei bei dieser Gelegenheit daran erinnert, daß die Zeugen diesen Gerichtssaal während der Verhandlung nicht betreten dürfen, ausgenommen während der Zeit, in der sie ihre Aussage machen. Sind Sie vor Beginn der Verhandlung bereits darauf aufmerksam gemacht worden, daß Sie dem Gerichtssaal vor *und* nach Ihrer Aussage fernzubleiben haben?«

»Ja, Euer Ehren.«

»Sie können jetzt gehen, wobei aber gilt, daß Sie später noch einmal aufgerufen werden können... Haben Sie einen weiteren Zeugen, Mr. Owen?«

»Nicht gleich.« Owen schickte einen anklagenden Blick den langen, polierten Tisch hinunter zu Donnelly. »Ich bin davon ausgegangen, daß das Kreuzverhör von Mr. Belasco den Rest des Nachmittags in Anspruch nehmen würde.«

»Darf ich den Herren Anwälten empfehlen, von nun an mehr als nur einen Zeugen für die Aussage verfügbar zu halten – will sagen, daß sie entweder im Flur oder an irgendeinem nahegelegenen Ort warten. Durch das Fehlen von Zeugen ist an diesem Vormittag und an diesem Nachmittag viel Zeit vergeudet worden.« Er klopfte leicht mit seinem Hammer auf den Tisch. Holz auf Holz, das war kaum hörbar bei all den anderen Geräuschen, die von draußen in den Gerichtssaal eindrangen – der Verkehrslärm, der durch die offenen Fenster hereinkam, und das Gemurmel von Stimmen in der Vorhalle, wo eine Fremdenführerin ihre Touristengruppe durch die Memorabilien der Stadtgeschichte schleuste, also vorbei an alten Planwagen und Kanonen, vorbei an Vitrinen voller Pfeilspitzen und Muschelschalen aus den am Strand zwischen den Klippen eingelagerten

Haufen von Küchenabfällen, vorbei auch an antiken Feuerwaffen und Gemälden. Für die Führerin und ihre kleine Truppe war das Gerichtsgebäude ein Ort, an dem sie nacherleben konnten, was einmal gewesen war, wo sie aber nicht daran teilhatten, was gegenwärtig hinter den Türen vor sich ging, über denen ein beleuchtetes Schild mahnte: BITTE RUHE, VERHANDLUNG.

Der Richter hob die Stimme. »Wir vertagen uns auf morgen früh zehn Uhr. Die Zuschauer bleiben bitte auf ihren Plätzen, bis die Geschworenen den Saal verlassen haben. Die Geschworenen seien ermahnt, mit niemandem über diese Verhandlung zu diskutieren oder sich gesprächsweise auf sie zu beziehen.«

Als der Richter in seine Räume zurückgekehrt war, stand er einen Augenblick still und starrte auf das Bild vor ihm auf dem Schreibtisch, das eine rundliche, braunhaarige Frau zeigte, die einen rundlichen, braunhaarigen Dackel im Arm hielt. Beide wirkten miteinander und mit sich selbst zufrieden. Sie waren nett gewesen, die beiden, und er hatte sie wirklich nicht verdient. Sie aber hatten vorgegeben, das nicht zu bemerken, ihn geduldet und glücklich gemacht.

Er zog seine Robe aus und hängte sie in den Schrank. Dabei versuchte er dahinterzukommen, worauf Donnelly aus war. Die Tatsache, daß er keine Eröffnungserklärung abgegeben hatte, und die Knappheit seines Kreuzverhörs hatten die Wirkung, Owens Darbietung allzu langatmig erscheinen zu lassen. Kürze war einer von Donnellys Lieblingstricks, und die Geschworenen schienen das zu mögen, Schlichtheit mit Wahrheit gleichsetzend. Die Wahrheit, so meinten sie, brauchte keinen Lackanstrich, die Lilie keine Vergoldung. Damit waren sie im Unrecht, natürlich. Die Wahrheit bedurfte manchmal eines Gutteils sorgfältigster Bearbeitung, und er hatte durchaus schon Lilien gesehen, denen zumindest ein Hauch von Vergoldung nicht geschadet hätte.

Er zog sein Sportjackett über und ging durch den kleinen Empfangsraum hinaus. Hier hing seine Sekretärin Krista am Telefon und redete mit ihrem Freund, den sie mit »Sir« ansprach, damit niemand mitbekäme, mit wem sie telefonierte.

»O ja, Sir. Fünf Uhr, vielleicht etwas eher, Sir.«

Der Richter ließ sich niemals anmerken, daß er dieses Täuschungsmanöver schon durchschaut hatte, als er es zum zweiten Male mit angehört hatte. Es schien ihr ein unschuldiges Vergnügen zu bereiten, das er ihr nicht verderben wollte. Schließlich war sie ein gutwilliges Mädchen und ziemlich fähig.

Sie lächelte und winkte ihm zum Abschied zu, hängte aber nicht auf. Dem Richter wurde zum ersten Mal bewußt, daß sie wußte, daß er wußte – und irgendwie ihr und ihrem »Sir« seinen Segen gegeben hatte. Er dachte: *Verdammt, und dabei kenne ich »Sir« nicht einmal. Könnte ja auch ein hartgesottener Verbrecher sein, den sie mal den Flur entlang zu seiner Vernehmung gehen sah. Sie schauten sich kurz an, Liebe auf den ersten Blick, und dann legte sie den Schwur ab, auf ihn zu warten, bis er vorzeitig entlassen würde.*

Er öffnete die Tür, zögerte und wandte sich dann zu seiner Sekretärin um. »Krista, wenn Sie mal einen Rat brauchen, wie Sie mit einem persönlichen Problem fertig werden sollen, dann kommen Sie bitte nicht zu mir damit.«

»In Ordnung.«

»Kontaktieren Sie einen Fachmann.«

»In Ordnung.«

»Oder noch besser, werden Sie selbst damit fertig. Tun Sie, was Sie tun wollen, denn das werden Sie sowieso tun, ob mit oder ohne Rat.«

Der Nebel trieb nicht mehr länger vom Meer ins Land hinein, wenn er einmal die Ausläufer des Gebirges erreicht hatte. Dann blieb er reglos liegen, drückte auf die Stadt wie eine nasse graue Nacht, tropfte von den Laternenmasten am Parkplatz und polierte die ledernen Blätter des Feigenbaums, der die Szenerie beherrschte.

Der Feigenbaum war schon dagewesen, bevor es den Parkplatz, Autos und sogar das Gerichtsgebäude gegeben hatte. Seine gewaltigen Wurzeln griffen aus wie die Arme eines Tintenfisches, zerkrümelten die Erdoberfläche und zwangen den Asphalt zur Unterwerfung. Gelegentlich machte irgend so ein unverschämter Emporkömmling den Vorschlag, den Baum zu entfernen, aber das war so sehr gegen die Politik der Stadt, daß er sich dann kaum der empörten Proteste erwehren konnte, die von so unterschiedlichen Institutionen kamen wie etwa der Handelskammer, dem ›Sierra Club‹, der Historischen Gesellschaft, dem Rat der Chumash-Indianer und dem Klub der Kaufleute des Geschäftsviertels.

Der Baum blieb und belebte den Verkauf von Stoßdämpfern.

Der Richter identifizierte sich mit dem Feigenbaum, mit seinem Alter, seiner Stärke und seiner Fähigkeit, sich bemerkbar zu machen. Wenn er neue Risse im Straßenpflaster entdeckte und sie jede Woche größer werden sah, dann bereitete ihm das Vergnügen, auch wenn sein rheumatischer alter Lincoln über die damit verbundenen Unannehmlichkeiten murrte.

Als er gerade in die Hauptstraße einbiegen wollte, sah er Donnelly neben einem Mercedes-Coupé mit zerbeultem Kotflügel stehen und mit seinem Gehilfen Bill Gunther sprechen. Sie hatten die Köpfe dicht zusammengesteckt, als wollten sie verhindern, daß irgend jemand ihre Unterhaltung mit anhörte – eine unnötige Vorsichtsmaßregel, schluckte doch der Nebel wie eine Schallschutzwand alle Geräusche.

Gunther hatte kein großes Vertrauen zu Schallschutzwänden oder sonst irgend etwas. Der Argwohn war integraler Bestandteil seines Wesens und seines Jobs. Er war ein Ex-Polizist aus Las Vegas, wo das Mißtrauen tief und schwer über den Roulette- und Blackjacktischen hing. Seine augenblickliche Tätigkeit hatte ihm bei den Leuten vom Gericht zu großer Popularität verholfen. Er erzählte dicken Menschen, daß sie an Gewicht verlören, und dünnen, daß sie zunähmen. Er machte hübschen Mädchen weis, sie seien schlau, und schlauen, daß sie hübsch seien – und es amüsierte ihn zu beobachten, wie begierig die Menschen unverdiente Komplimente verschlangen.

Gunther und sein Chef hatten nur eines gemeinsam, und das war die Arbeit. Beide hatten weder Zeit noch Interesse, enge Freundschaften zu pflegen.

»Der Richter kommt«, sagte Donnelly. »Was meinen Sie, sollen wir versuchen, weniger vertraulich auszusehen?«

»Wir haben doch gar nichts, was uns vertraulich miteinander sein lassen könnte, oder?«

Richter Hazeltine, der mit zunehmendem Alter immer weitsichtiger wurde, hatte die beiden Köpfe beieinander gesehen. Der Anblick beunruhigte ihn, er wußte auch nicht, warum. Das ging ihn alles nichts an. Sie hätten ihre Köpfe auch unter dem Arm tragen können wie Anne Boleyn, wenn ihnen danach zumute war, und auch das ginge ihn nichts an und verstieße gegen keine ihm bekannte gesetzliche Vorschrift.

Er steuerte seinen Lincoln hinaus auf die Straße und in Richtung seines Zuhauses, obwohl das Auto nach all den Jahren den Weg wahrscheinlich auch von allein gefunden hätte.

Die Scheinwerfer einschaltend, rezitierte er halb singend, halb murmelnd die Worte des alten Liedes:

Das Haupt fest unter ihren Arm geklemmt,
durchgeistert sie den blut'gen Tower...

Donnelly

In der Schule hatte man Charles Donnelly für den Schüler mit den größten Erfolgsaussichten gehalten. Auch im College war er dann der Mann mit den größten Erfolgsaussichten gewesen. Die Juristische Fakultät verließ er als Zweitbester seines Jahrgangs, und schließlich hatte er seinen Erfolg – er heiratete eine Kupfererbin. Die Computerrevolution antizipierend, verwandelte er einen großen Teil des Kupfers in Gold, war mit dreißig Jahren bereits Millionär und entdeckte sodann, daß Geld ihn langweilte. Deshalb wandte er sich wieder der Rechtspraxis zu und spezialisierte sich auf Strafsachen.

Er hatte stets Spaß an der Herausforderung, sich am System zu messen, und seine glücklichsten Stunden verbrachte er entweder in der Bibliothek des Gerichts, wo er frühere Prozesse einsehen konnte, oder allein in seinem Büro bei der Aus- oder Überarbeitung eines Schriftsatzes.

Er arbeitete sehr häufig nachts, manchmal zusammen mit Bill Gunther, mit dem er dann über anstehende Fälle diskutierte oder der ihm von den Ergebnissen seiner Nachforschungen berichtete, die er gerade für ihn anstellte.

Es war auch Gunther gewesen, der ihn auf Cully King aufmerksam gemacht hatte.

»Heute abend wurde ein Schwarzer wegen Mordes geschnappt«, sagte Gunther. »Haben Sie davon gehört?«

»Nein. Interessant?«

»Na ja, jedenfalls nicht die übliche Abstecherei bei Raufereien in Bars oder Kneipen. Da wurde jemand auf See ertränkt.«

»Wer wurde ertränkt?«

»Die Frau eines Ölmanagers aus Bakersfield.«

Gunther hatte eine ruhige Stimme, die ihn im Verein mit seiner zarten, blassen Haut und seiner metallgefaßten Brille eher wie einen Gelehrten erscheinen ließ – ein Bild, das so gar nicht zu dem eines Ex-Polizisten aus Las Vegas paßte. Er war nach Santa Felicia gegangen, um dem Glücksspiel zu entkommen, das in Las Vegas so untrennbar zum Leben dazugehörte. Hier in Santa Felicia beschränkte sich alles auf die Wetten bei Pferderennen, Boxkämpfen, Football- oder Basketballspielen und auf ein gelegentliches Lotteriespiel. Er verlor noch immer viel, aber nicht mehr ganz so viel und ganz so oft wie fruher.

Donnelly sagte: »Haben Sie den Mann gesehen?«

»Ja.«

»Irgendeinen Eindruck?«

»Nicht eigentlich. Eher so 'ne Art Neugier. Ich kann mich an keinen einzigen Fall erinnern, bei dem ein Schwarzer festgenommen wurde, weil er eine Frau auf See ertränkt hatte.«

»War die Frau weiß?«

»Ja.«

Donnelly machte eine Pause und sagte dann: »Finden Sie ein wenig mehr darüber raus und berichten Sie mir.«

»Wann?«

»Heute abend.«

»Aber es ist schon fast elf.«

»Sie haben doch Ihre Verbindungen. Nutzen Sie sie.«

»Ich hatte eher an ein Mittagessen gedacht.«

»Billy, mein Junge, dann sind halt gerade Ihre Prioritäten neu festgelegt worden. Erst die Arbeit, dann das Essen.«

Donnellys Frau hatte ihren Namen Alexandra in Zandra umgewandelt, ihr braunes Haar in blondes und ihren fülligen Leib in einen dürren. Sie machte jedoch keinerlei Versuch, sich von jener Angewohnheit zu trennen, die ihren Mann am meisten irritierte. Wie so vielen wohlhabenden Leuten war ihr eine gewisse Knauserigkeit eigen, die Donnelly anfangs noch amüsant gefunden hatte. Sie handelte stets mit allen Geschäftsinhabern und wenn sie ein 800 Dollar teures Kleid für 750 Dollar bekam, dann meinte sie, ein Schnäppchen gemacht zu haben und gab überall damit an. Sie schnitt Coupons aus Zeitungen und Zeitschriften aus, die Einführungsangebote, doppelte Mengen zum einfachen Preis und Sonderangebote verhießen, und schickte dann die Köchin in der ganzen Stadt herum, damit sie diese preisgünstigen Angebote nutze.

Donnelly wies sie immer wieder darauf hin, daß ihre Schnäppchen keine echten Schnäppchen waren. »Du sparst ein paar Dollar beim Kauf von Lebensmitteln, gibst dafür aber drei- oder viermal so viel für Benzin aus.«

Ihre Antwort kam triumphierend: »Wir haben doch Ölaktien. Verstehst du nicht? ... Ich investiere. Benzin wird aus Öl gewonnen, und wenn ich tanke, dann *investiere* ich einfach. *Siehst* du das nicht?«

»Ich sehe in deinem Argument bloß den Anschein von

Logik. Traurigerweise basiert er auf einer falschen Prämisse.«

»Was soll das heißen?«

»Wir haben gar keine Ölaktien.«

»Aber natürlich haben wir welche. Wir müssen einfach. Jeder hat welche.«

Er zuckte die Achseln, drehte sich um und wollte gehen. Sie streckte eine Hand aus, um ihn aufzuhalten. Sie trug einen jener fließenden Seidenkaftane, die sie für gewöhnlich zu Hause trug. Als sie die Hand ausstreckte, um ihn am Gehen zu hindern, glitt der Ärmel des Kaftans zurück und ihr Arm wurde sichtbar. Er war so abgemagert, daß Donnelly den Oberarm mit Daumen und Mittelfinger hätte umspannen können. Was ihn umhüllte, sah nicht wie Fleisch aus, sondern wie Papier, das um einen Knochen gewickelt war, den man dem Hund mitbringen wollte.

Sie saßen im Wohnzimmer im Obergeschoß, das kleiner und freundlicher war als das förmlichere unten. Drei unabgelagerte Eukalyptusscheite brannten im Kamin und zischten und knisterten und verströmten ihren Lebenssaft an ihren jeweiligen Enden. Funken flogen gegen das Schutzgitter wie eingesperrte Vögel.

Er stand am Fenster und kehrte dem Raum, ihr und ihrem ganzen gemeinsamen Leben den Rücken zu.

»Du nimmst wieder diese Diätpillen«, sagte er.

»Das ist der erste Abend seit Wochen, den du mal wieder zu Hause bist, und den willst du dadurch verderben, daß ...«

»Wie viele?«

»Ich nehme hier und da mal eine. Nicht regelmäßig.«

»Zeig mir das Fläschchen.«

»Das werde ich ganz bestimmt nicht tun. Wenn ein Mann seiner Frau nicht genug vertrauen kann, um ihrem Wort zu ...«

»Wie viele nimmst du, Zan?«

»Eine am Tag. Vielleicht auch zwei.«

»Warum?«

»Du weißt sehr gut, wie leicht ich zunehme. Ich brauche doch bloß an einem Schokoladenplätzchen vorbeizugehen und habe schon wieder ein Pfund drauf. Die Pillen helfen mir. Sie lassen mich mich wohlfühlen.«

»Sie lassen dich aber gar nicht gut aussehen.«

»Wie willst du das denn wissen? Du schaust mich ja doch nie an.«

»Jetzt sehe ich dich an, und du siehst krank aus.«

Sie fing an zu zittern, dann zu schwanken. Um das Gleichgewicht zu halten, stützte sie sich auf die Lehne des Sofas. Dann bewegte sie sich tastend daran entlang wie eine Blinde, bis sie an seinem Ende angelangt war und in die Kissen sank.

»Du gemeiner Hund. Du mochtest mich nicht, als ich fett war, jetzt magst du mich nicht, weil ich dünn bin.«

»Ich mag nicht, wenn du von Amphetaminen abhängig bist.«

»Ich bin nicht süchtig.«

»Warum nimmst du sie dann?«

»Das sagte ich doch schon. Ich fühle mich dann wohl. Der Himmel weiß, daß ich was brauche, um mich wohlzufühlen. Ich hab keine Kinder, keinen Mann ...«

»Such dir ein Hobby.«

»Ein Hobby statt 'nem Mann. Wie schlau.« Sie imitierte seinen ebenmäßigen, ruhigen Ton. »Such dir ein Hobby. Mein Gott, kein Wunder, daß ich krank aussehe. *Du* machst mich krank, nicht die Pillen.«

Er zog das Schutzgitter beiseite und schob mit dem Fuß eines der Holzscheite zurecht. Funken stoben auf. Einer landete auf dem Kaminvorleger, und er stand da und sah ihn glühen und fragte sich mit einem eigentümlichen Gefühl der Erregung, ob sich die Glut wohl ausbreiten und den ganzen Teppich, den Couchtisch, das Sofa, die Vorhänge, das Zimmer, das ganze Haus entzünden würde. Dann erinnerte er sich an die Feuerwarnanlage, die Zan in fast allen Räumen hatte installieren lassen, und setzte den Fuß auf das Stückchen Glutasche. Es hinterließ nur eine kleine Wunde, die allenfalls von einem der namenlosen Mädchen bemerkt werden würde, wenn es das nächste Mal hier staubsaugte.

Er sagte: »Wie viele Ärzte trickst du aus?«

»Ich trickse überhaupt niemanden aus. Ich habe meinen Hausarzt, und das ist Dr. Stoddard. Er hält viel davon, das Gewicht unter Kontrolle zu halten.«

»Stoddard verschreibt keine Amphetamine. Woher kriegst du sie also?«

»Das geht dich gar nichts an.«

»Ich kann's natürlich rauskriegen.«

»Na klar, setz Gunther auf mich an.«

»Gunther hat Wichtigeres zu tun.«

Aber noch während er sprach, fragte er sich, ob das stimmte. Gunther war ihm dabei behilflich, das Leben eines Menschen zu retten, aber Zans Leben mochte ja ebenso in Gefahr sein wie das Cully Kings. Von den beiden hatte

Cully die besseren Chancen. Er wollte leben – Zan dagegen schien das Interesse am Leben völlig verloren zu haben.

»Zan, bitte hör mir mal zu.«

»Nein, geh. Laß mich in Ruhe. Geh ins Büro oder sonstwohin.«

Sie hatte sich in die Kissen vergraben, den Kaftan eng um sich geschlungen, als wenn sich die Seide in ihren Urzustand, in einen Kokon, zurückverwandelt hätte. Nur ihr Gesicht war zu sehen, dessen Blässe und eingefallene Wangen ihre Augen riesengroß aussehen ließen. Sie waren so grau wie Sturmwolken.

Der einzige Laut im Zimmer kam von den Eukalyptusscheiten, die noch immer gegen das Feuer ankämpften.

Dann fing Zan an zu sprechen, mit sanfter, trauriger Stimme, wie er sie schon lange nicht mehr hatte sprechen hören. »Warum können wir uns nicht wie zwei nette, ganz normale Menschen miteinander unterhalten?«

»Vielleicht weil wir keine netten, ganz normalen Menschen sind.«

»Wir könnten's doch mal versuchen.«

»Gut.«

»Erzähl mir, was im Gericht los ist. Da war heute was im Fernsehen drüber, ich hab ein Bild des Mörders gesehen. Er sieht gar nicht wie ein Mörder aus. Ist er einer?«

»Das müssen die Geschworenen entscheiden.«

»Aber was denkst du?«

»Was ich denke, spielt keine Rolle.«

»Du willst es mir nicht sagen?«

»Das wäre gegen die Regeln meines Berufes.«

»Ich wette, daß du es Gunther gesagt hast«, sagte sie. »Ich wette, du sagst *ihm* alles.«

»Er ist mein Partner.«

»Ich bin auch dein Partner.«

»Aber nicht auf dem Gebiet des angewandten Rechts.«

»Oder sonstwo.«

Sie bewegte sich in ihrem Kokon, als wolle sie daraus hervorkommen, ihre Flügel ausbreiten und davonfliegen zu einem Ort, an dem es wärmer und freundlicher wäre.

»Zan, um Himmels willen, weine nicht.«

»Es war mal alles so ganz anders.«

»Ich hol dir einen Drink. Magst du einen?«

»Ich bin unruhig. Ich bin so schrecklich unruhig.«

»Ich werde dich bei Dr. Stoddard anmelden.«

»Nein, tu das bitte nicht, Charles. Es sind nur die Nerven. Ich bin nur ein bißchen zittrig, weißt du?«

»Ja, ich weiß. Ich habe schon Dutzende von Süchtigen gesehen, im Gefängnis, im Gericht, auf den Straßen. Sie haben alle den gleichen Blick, Zan, und du kriegst ihn auch.«

Er nahm die Karaffe vom Couchtisch, goß etwas Bourbon in ein Glas und reichte es ihr. Sie zitterte zu sehr, um es in der Hand zu halten, und er hielt es ihr an den Mund, damit sie daran nippen konnte. Aus ihrem Mundwinkel rann etwas Whisky, und er wandte ein wenig den Kopf, um sie nicht ansehen zu müssen.

Er sagte: »Weiß Dr. Stoddard von den Pillen?«

»Du reitest ständig auf diesen Pillen herum. Es sind nicht die Pillen. Ich bin nur nervös.« Sie trank den Bourbon aus und bat um mehr. »Willst du nicht auch einen?«

»Nicht heute abend. Ich muß im Büro noch eine Arbeit zu Ende bringen.«

»Wir machen überhaupt nie mehr etwas zusammen, gehen nicht mehr in den Beach Club, nie mehr in den Country Club, wir frühstücken nicht mal mehr zusammen.«

»Ich kann es mir nicht leisten, bis mittags zu schlafen«, sagte er. »Du hattest mal deine eigenen Interessen, Zan. Golf, Tennis, Bridge. Hast du alles aufgegeben?«

»Tennis ermüdet mich so wahnsinnig. Und ich kann nicht den ganzen Nachmittag an einem Bridgetisch sitzen oder auf einem Golfplatz rumstehen und einem Haufen blöder Weiber dabei zusehen, wie sie sich gegenseitig beschummeln. Vielleicht könnten wir mal wieder zusammen verreisen, Charles. Paris oder irgendwas Exotisches wie Marokko.«

»Vielleicht, wenn wir diesen Fall hinter uns haben.«

»Wenn dieser Fall erledigt ist, dann wird es einen neuen Fall geben«, sagte sie und sprach die bittere Wahrheit aus. »Es wird kein Paris geben, kein Marokko. Scheiße, wir werden nicht mal bis LA kommen. Warum bist du nicht ehrlich?«

»Also schön. Wahrscheinlich wird es kein Paris oder Marokko geben, aber ich bin sicher, daß wir es gelegentlich mal schaffen werden, nach Los Angeles zu kommen.«

»Oh, das ist ja riesig. Phantastisch.«

»Es ist das Beste, was ich im Augenblick anzubieten habe.«

Er schenkte ihr etwas Bourbon nach. Diesmal war sie imstande, das Glas selbst zu halten – nicht gerade ruhig, aber doch ruhig genug, um daraus trinken zu können. Das Getränk hatte nicht die ersehnte Wirkung, nämlich sie zu einer Änderung des Themas zu bewegen.

Sie sagte: »Vor einem Monat, als du auf die Jungferninseln gefahren bist, hast du mir vorher nicht mal Bescheid gesagt. Hast du befürchtet, ich hätte dich begleiten wollen?«

»Auf die Idee bin ich gar nicht gekommen.«

»Natürlich nicht. Die Jungferninseln sind was für Hochzeitsreisen. Warum solltest du mich auch mitnehmen, wenn dich doch Gunther schon begleitete.«

»Es war eine Dienstreise. Wir waren ganze zwei Tage dort.«

»Oha, in zwei Tagen kann eine Menge passieren.«

Sie spielte des öfteren in recht abfälliger Weise auf sein Verhältnis zu Gunther an. Er leugnete nichts, gab nichts zu, sondern behandelte sie wie ein Kind, dessen Wutanfälle sich am ehesten wieder legten, wenn man sie einfach ignorierte.

»Beantworte mir eine Frage, Charles, bitte.«

»Ich werd's versuchen.«

»Warum hast du mich geheiratet? Warum, zum Teufel, hast du mich geheiratet?«

Sie rappelte sich vom Sofa hoch, ein Haufen Knochen, der sich plötzlich zu einem Skelett zusammenfügt. Sie ging unstet auf die Tür zu, und er wußte, wohin es sie zog – in ihr Schlafzimmer und zu der Schublade, in der sie gerade ihre Pillen versteckt hielt. Das Medizinschränkchen im Badezimmer wäre denn doch ein bißchen zu offenkundig gewesen. Er wußte auch, daß er sie nicht davon abhalten konnte, und machte deshalb gar nicht erst den Versuch.

Sie ging hinaus auf den Flur, und ihre Bleistiftabsätze

machten auf dem Parkettfußboden ein tickendes Geräusch wie der Zeitzünder einer Bombe.

Als er ins Büro zurückkam, erzählte er Gunther von der Auseinandersetzung mit Zan.

»Nun«, sagte Gunther, »warum haben Sie sie geheiratet?«

»Sie war sehr hübsch und irgendwie schutzlos. Sie rief mich dauernd an und wollte meinen Rat zu dieser oder jener Investition. Oder wollte wissen, was der Unterschied zwischen einer Aktie und einer Schuldverschreibung ist, und so weiter. Zu guter Letzt lud sie mich zu einer Party bei sich zu Hause ein. Danach haben wir uns auf dem Rücksitz von dem Rolls Royce ihres Vaters geliebt.«

»Schlau. Und hat Klasse.«

»Später erzählte sie mir dann, sie sei schwanger. Ich war in jenen Tagen nicht nur einfältig, sondern sogar geschmeichelt, ja fasziniert von dem Gedanken, ein Kind zu haben. Natürlich wurde nichts aus diesem Kind, und es existierte wahrscheinlich auch nie. Sie wollte gar keine Kinder... Haben Sie jemals gedacht, Sie würden gern eine Familie haben, Gunther?«

»Zum Teufel auch, ich hatte ja eine. Wir waren zwölf. Immer hungrig, immer raufend. Die Alte starb, als sie sich um das dreizehnte bemühte, und der alte Herr begab sich auf eine religiöse Sauftour und verschwand bei irgendeiner obskuren Sekte. Niemand hat ihn je wieder gesehen oder von ihm gehört.« Gunthers Lachen war bitter von erinnerter Wut.

Donnelly nickte mit dem Kopf. Als er sein Büro angemietet hatte, hatte er alle seine Zeugnisse und Diplome rahmen lassen und an den Wänden aufgehängt – ein *cum laude* hier, ein *cum laude* da. Nach ein paar Monaten nahm er dann alle wieder ab. Sie machten ihn unsicher, und seine Mandanten gehörten im allgemeinen sowieso nicht zu der Art von Leuten, die durch Papiere in lateinischer Sprache zu beeindrucken gewesen wären – viele von ihnen konnten überhaupt nicht lesen.

»Ich bin zwar nicht klug genug, um zu wissen, was ich will«, sagte Donnelly, »aber doch klug genug zu wissen, was ich nicht will, und dazu gehört, daß irgend so ein Kerl auf meinem Schreibtisch sitzt und mit seinen Hacken gegen dessen Seiten tritt. Können Sie sich nicht auf einen Stuhl setzen wie ein ganz normaler Mensch?«

»Aha, das also ist's, was normale Menschen tun, auf Stühlen sitzen. Noch was?«

»Sie zeigen Achtung vor ihrem Chef.«

»Das wird schon schwieriger, vor allem, wenn der Chef mieser Stimmung ist. Ich glaube, das mit dem Sitzen könnte ich noch hinkriegen. Ist es so recht?« Er drehte einen Stuhl um, setzte sich mit gespreizten Beinen darauf und lehnte sich gegen die Rückenlehne, das Kinn auf die verschränkten Arme gestützt. »Machen's normale Menschen so?«

»Hör'n Sie mit dem Unsinn auf und kommen wir zum Geschäftlichen.«

»In Ordnung. Ich fahre heute abend mal nach Bakersfield. Ich glaube immer noch, daß die Berichte über Mrs. Pherson zu gut klingen, um wahr zu sein. Und wenn sie zu gut klingen, um wahr zu sein, dann sind sie das vielleicht auch. Ich werde das rauskriegen. Ich habe eine Verabredung mit ihrem Hausmädchen Lucy. Lucy möchte sich weiterbilden und weiterkommen. Sie besucht Abendkurse, deshalb sind wir erst so spät verabredet. Ich lade sie in den Baumwollrüsselkäfer-Grill ein.«

»In den was?«

»Der Baumwollrüsselkäfer-Grill wird von einer Bande von Baumwollpflanzern betrieben, und sie grillen keine Rüsselkäfer, sondern Steaks und Spareribs.«

»Und was soll's? Wollen Sie Lucy mit erlesenen Speisen zusetzen?«

»Das wird wohl nicht nötig sein, denn sie ist von Natur aus gesprächig und bevorzugt den eher intellektuellen Typ.«

»Und das sind Sie?«

»Die Brille hilft.«

Donnelly lehnte sich in seinem Stuhl zurück und schaute zur Zimmerdecke empor. Die war so leer wie die Wände – bis auf einen winzigen runden Fleck etwa von der Größe eines jener Gucklöcher, wie man sie häufig an Wohnungstüren sieht. Er wußte wohl, daß das kein Guckloch war, denn sein Büro befand sich im obersten Stockwerk des Gebäudes, das ein abgeschrägtes Ziegeldach hatte, aber er war sich dieses Flecks manchmal sehr deutlich bewußt und änderte dann sein Verhalten, um seine Zustimmung zu finden.

»Ich schlage vor, daß Sie sich jetzt auf die Reise begeben«, sagte er.

»Mein Gott, Sie sind wirklich mieser Laune. Ich brauche Geld.«

»Benutzen Sie Ihre Kreditkarten.«

»Die Baumwollrüsselkäferjungs fressen kein Plastik ... He, nun lächeln Sie doch mal, das sollte ein Scherz sein.«

»Wirklich? Ich hab noch ungefähr hundert in bar. Für einen Hunderter können Sie schon 'ne Menge Steaks und Bier bekommen. Und vielleicht auch 'ne Menge Lucy.«

»Nicht Lucy. Ich sagte doch, daß sie sich verbessern will.«

»Wie sieht sie aus?«

»Als wenn sie eine Weiterbildung gebrauchen könnte. Blaue Augen, braune Haare, gefällige Maße. Ach ja, und ihr Vater hat keinen Rolls Royce, sondern einen Ford-Lieferwagen. Nicht ganz so große Klasse, aber bequemer.«

»Ich bereue, daß ich Ihnen die Geschichte mit dem Rolls Royce erzählt habe ... Und Sie werden es noch mehr bereuen, wenn Sie sie noch einmal erwähnen.«

Donnelly öffnete die Augen weit und rieb sie, aber der Fleck an der Decke blieb, wo er war. Gunther war schon an der Tür, als Donnelly ihn zurückrief.

»Augenblick noch. Sehen Sie den kleinen Kreis da oben, links von der Mitte?«

»Jawohl.«

»Für was halten Sie das?«

»Für eine Wanze. Ich meine, eine wanzige Wanze, keine elektronische.«

»Sie bewegt sich nie.«

»Dann ist's 'ne faule Wanze.«

»Nein, das ist überhaupt keine Wanze. Das ist mein Gewissen. Ich denke, man könnte das da mein Gewissen nennen.«

»Sie haben aber ein winzig kleines Gewissen.«

»Das sieht nur so winzig aus. In diesem kleinen Fleck sehe ich all die Tausende von Augen, die mich mißbilligend angesehen haben, und die vielen weiteren tausend, die nur darauf warten, daß sie an die Reihe kommen.«

»Lassen Sie ihn überstreichen«, sagte Gunther. »Oder decken Sie ihn mit Klebeband ab.«

»Ich würde trotzdem noch wissen, daß er da ist.«

»Also, was erwarten Sie von mir? Was soll ich tun?«

»Nichts. Sie wären der letzte, den ich bitten würde, da etwas zu unternehmen. Diese Augen schauen auch Sie an.«

»Du lieber Himmel, ich kann all das tiefsinnige Gerede nicht mehr aushalten. Ich mach mich lieber auf die Socken.«

»Wann werden Sie zurück sein?«

»Übermorgen. Etwa zu der Zeit, wenn das Gericht wieder zusammentritt.«

»Gut. Dr. Woodbridge wird als Zeuge vernommen werden, das ist der Pathologe. Der braucht mindestens eine Stunde, um all seine Qualifikationen und Referenzen aufzuzählen und den Projektor und die Leinwand aufzubauen. Vielleicht werden die Geschworenen von all dem Drumherum beeindruckt sein, nicht aber von ihm. Er spricht sehr langsam und stockend, als sei er sich seiner Sache nicht sicher. Und natürlich ist er das auch nicht. Die Pathologie ist keine exakte Wissenschaft, und es gibt nichts, was einem Pathologen mehr Freude macht, als mit einem anderen Pathologen nicht einer Meinung zu sein. Deshalb zahlen wir ja so große Summen, um Thorwald aus Minneapolis und Nesbitt aus Baltimore heranzuschaffen.«

»Wie groß?«

»Fünf beziehungsweise vier. Zuzüglich Spesen, versteht sich. Beide leben im Ruhestand und sind das geworden, was man als Berufszeugen bezeichnen könnte. Ich beneide sie nicht um das Geld, sie haben einen miesen Job.«

Gunther hatte zwischen seinen beiden Schneidezähnen eine schmale Lücke, und wenn er da die Luft durchblies, gab das ein sehr ausdrucksvolles zischendes Geräusch. »Sie schmeißen wirklich 'nen Haufen Geld raus für diesen Burschen, diesen Cully King.«

»Ja?«

»Ich kann aus Ihnen einfach nicht schlau werden. Übrigens glaube ich, daß er so schuldig ist wie der Satan.«

»Tatsächlich? Dann sollten Sie vielleicht lieber für den Staatsanwalt arbeiten.«

Wieder produzierte Gunther seinen Zischlaut. »Gewöhnlich *bitten* Sie mich um meine Meinung.«

»Das stimmt. Wenn ich sie brauche, werde ich das auch wieder tun, Sie danach fragen. Es täte unserer Beziehung im übrigen nur gut, wenn Sie daran dächten, daß unsere Mandanten stets rein sind wie der frischgefallene Schnee.«

»In meiner Heimatstadt war der einzige Schnee, den wir zu sehen bekamen, entweder grau oder schmutzfarben. Dieses reine weiße Zeug existiert nur auf Postkarten von Wintersportorten. Cully King ist kein Wintersportort. Er ist Dreck, würden Sie nicht auch sagen?«

Donnelly ließ nicht erkennen, ob er das gehört hatte oder nicht. Er zog seine Brieftasche heraus und entnahm ihr fünf 20-Dollar-Scheine. »Hier ist Ihr Geld. Und vergessen Sie nicht, daß Strafzettel auf Ihre Rechnung gehen, nicht auf meine.«

»Warum sollte ich einen Strafzettel kriegen?«

»Ja, warum sollten Sie?«

»Sie haben doch auch immer eine schlaue Antwort parat.«

»Das war eine Frage, keine Antwort. Knallen Sie die Tür nicht so zu, wenn Sie hinausgehen. Sie könnten meine kleine Wanze stören.«

Die Tür knallte zu.

Donnelly griff zum Telefonhörer und rief das Bezirksgefängnis an. Der für die Insassen verantwortliche Beamte erinnerte Donnelly daran, daß es schon spät war, nämlich ungefähr neun Uhr, doch Donnelly wies darauf hin, daß es einem Anwalt gestattet war, seinen Mandanten jederzeit aufzusuchen, ausgenommen während der Mahlzeiten und des Wäschetauschs, denn dann war die gesamte Wachmannschaft stark beschäftigt. Es kamen keine weiteren Einwände.

Das Bezirksgefängnis war erst zwei Jahre alt und sah von außen sehr modern aus, etwa wie eine Schule, ein Krankenhaus oder ein Bürogebäude. Innen war es wie jedes andere Gefängnis auch – der gleiche Anblick, die gleichen Geräusche, der gleiche Geruch nach Desinfektionsmitteln und noch etwas anderem, schwächer und schwerer zu identifizieren. Die Männer, die hierher kamen, und sei es auch nur für eine Woche, würden ihn nie wieder vergessen können, diesen säuerlichen Geruch der Reue.

Das kleine Sprechzimmer, in dem Donnelly wartete, bis der Aufseher Cully King herbeigeholt hatte, war fensterlos. Die Luft, die durch einen Luftschacht unter der Decke hereinkam, war kalt und sehr trocken, so daß sich Donnellys Mund fast augenblicklich wie ausgedörrt anfühlte und er etwas zu trinken brauchte. Aber es gab keinen Wasserkühler und auch kein Waschbecken. Die Möblierung bestand lediglich aus einem eisernen Tisch und drei Stühlen, die auf dem Fußboden festgeschraubt waren.

Es dauerte zehn Minuten, bis Cully King hereingeführt wurde. Er trug Gefängniskleidung und sah verschlafen aus. »Ich hab mir einen Film angesehen und bin glatt eingeschlafen«, sagte er, »aber ich habe ihn auch schon dreimal gesehen.«

»Ich möchte ein paar Dinge mit Ihnen durchsprechen, setzen Sie sich.«

Cully setzte sich auf den Stuhl auf der anderen Seite des eisernen Tisches. »Ich bin müde. Ich glaube, die tun was ins Essen, um uns ruhig zu halten. Jemand hat mir das heute beim Abendessen erzählt.«

»Wer?«

»Der Kerl, der neben mir sitzt.«

»Und da haben Sie aufgehört zu essen?«

»Ja.«

»Was geschah mit dem restlichen Essen auf Ihrem Teller?«

»Das hat der aufgegessen.«

»Wieviel macht zwei und zwei?«

»Vier. Aber ich konnte selbst sehen, daß er immer schläfriger wurde, je mehr er aß.«

»Man hat Sie verschaukelt, Cully.«

»Macht mir nichts aus. Das Essen war eh nicht gut. Ich hab mir in der Kantine drei Schokoladenriegel gekauft.

Schokolade soll einen ja... na ja, Sie wissen schon. Ich möchte nicht meine... hm... meine... Sie wissen schon... Fähigkeiten verlieren.«

»Harry Arnold berichtete mir, daß Ihre Fähigkeiten in der ganzen Inselwelt wohlbekannt sind. Ja, er nannte Sie sogar einen Beschäler. Ich bin nicht ganz sicher, was das Wort besagen soll, kann mir's aber denken.«

»Das ist so Gerede über 'nen Mann, der sich mit den Frauen anderer Männer abgibt. Hören Sie nicht auf Harry, der ist nur wahnsinnig eifersüchtig.«

»Warum?«

»Vielleicht weil Richie meine Kupferfarbe hat.«

»Hatten Sie irgend etwas damit zu tun?«

»Es gibt eine Menge kupferfarbiger Leute auf den Inseln. Und wenn Harry bei der Arbeit ist, dann ist seine Frau anderweitig tätig. Sie ist 'ne Nutte.«

Donnelly pochte mit seinen Fingern auf den Eisentisch, mit allen einzeln hintereinander, als ob er eine Fünftonfolge auf dem Klavier erst hinauf- und dann wieder hinunterspielte. »Ich habe Arnolds Frau kennengelernt. Sie ist sehr schwarz, und Richie gleicht eher Ihnen.«

»Richie ist nicht mein Sohn«, sagte Cully mit Überzeugung. »Ich hätte ja nichts dagegen, wenn er's wäre. Er ist ein guter Junge. Er behandelt mich wie so 'ne Art Held.«

»Warum wählten Sie die Arnolds als Begleiter für diese Reise aus?«

»Sie verstehen ihr Geschäft, arbeiten hart und sie sind kräftig. Das war keine Vergnügungsfahrt.«

»Sie legten aber durchaus auch Pausen fürs Vergnügen ein, wie man mir sagte.«

»Das haben Sie auch von Harry«, sagte Cully ohne Groll. »Harrys Maul wird sehr groß nach ein paar Drinks.«

»Nahmen Sie Frauen mit an Bord der *Bewitched*?«

»Nicht bis zu Mrs. Pherson. Die anderen waren nur so Flittchen. Die würden auch noch einer Ziege den Gestank stehlen. Von denen ließ ich keine auch nur in die Nähe meines Bootes.«

Donnelly spielte seine Fünftonfolge auf dem Tisch immer schneller hinauf und hinunter. Das war das einzige Anzeichen seines lebhafter werdenden Interesses. Er sagte: »Wiederholen Sie noch mal Ihre Geschichte von der ersten Begegnung mit Mrs. Pherson.«

»Die habe ich doch schon zehnmal erzählt.«

»Da macht ein weiteres Mal doch nichts mehr aus, oder? Sie saßen in der Bar des Casa Mañana Hotels. Wie kamen Sie auf die Idee, dort hineinzugehen?«

»Es sah irgendwie nobel aus. Ich hatte die ewigen Hafenspelunken und den Gestank nach Schweiß und Fisch satt. Ich wollte mal irgendwohin gehen, wo ich meinen neuen blauen Blazer und die weißen Hosen und den Rollkragenpullover tragen konnte. Ich muß ganz gut ausgesehen haben, denn die bedienten mich sofort. Als ich schon ein paar Margaritas intus hatte, kommt da eine Dame rein und setzt sich neben mich. Es waren noch andere Hocker frei, die sie hätte nehmen können, und deshalb glaubte ich ... na ja, was konnte ich denn auch anderes glauben?«

»Sie glauben verdammt schnell, wenn man bedenkt, daß Sie sich nur an die Tatsache halten konnten, daß sie sich neben Sie gesetzt hat. Sie mußte sich doch irgendwo hinsetzen, wenn sie was trinken wollte. Woher also Ihr Glaube?«

»Ich bin schon mit vielen Frauen zusammengewesen. Man muß mir sowas nicht erst sagen.«

»Wer begann das Gespräch?«

»Sie. Sie sagte ›Hallo‹ oder ›Tag‹, halt das Übliche.«

»Trug sie Make-up?«

»Wie kann man das sagen? Alles, was ich weiß, ist, daß sie ziemlich gut aussah. Ich erfuhr erst später, daß sie vierzig war, aber sie machte einen sehr viel jüngeren Eindruck. Vielleicht war's Make-up, vielleicht auch das gedämpfte Licht in der Bar, oder vielleicht die Margaritas. Frauen sehen immer viel besser aus, wenn man ein paar Drinks zu sich genommen hat. Sie selbst war auch nicht gerade ganz nüchtern, deshalb sah ich in ihren Augen vielleicht auch besser aus. Vielleicht hat sie nicht mal bemerkt, daß ich Schwarzer bin.«

Ein Wachmann blieb an dem vergitterten, in die Tür eingelassenen Fenster stehen und spähte in den Raum. Cully winkte ihm zu, und er winkte zurück. Dieser kurze Austausch schien Cullys Selbstvertrauen zu stärken.

»Ich brauche diesen ganzen Kram wie Alkohol und schummrige Beleuchtung nicht«, sagte er. »Frauen fühlen sich auf ganz natürliche Weise zu mir hingezogen.«

»Erinnern Sie sich daran, was ich Ihnen heute morgen sagte, Cully. Demütig und bescheiden.«

»Warum sollte ich so tun, als ob Frauen mich nicht mögen? Ich sag ihnen nette Sachen, ich tu nette Sachen. Warum sollten sie mich also nicht mögen? ... Mögen sie Sie?«

Donnelly dachte an sein letztes Gespräch mit Zan. Er sagte oder tat keine netten Dinge, und sie mochte ihn schon seit Jahren nicht mehr. »Nein.«

»Aber Sie sind verheiratet. Sie müssen also auch mal für eine gut ausgesehen haben.«

»Ja.«

Er erinnerte sich an die Nacht auf dem Rücksitz des Rolls Royce. Es war dunkel gewesen, deshalb hatte er Zan nicht sehen können, aber sie hatte sich überall weich und rund angefühlt, ihre Haut war kühl gewesen in der Sommernacht und hatte nach Blumen geduftet. Aber keine frisch im Garten gepflückten Blumen, sondern tote, die man mit Konservierungsmittel eingesprüht hatte, um sie lebendig aussehen zu lassen.

»Sie sehen doch keineswegs schlecht aus für Ihr Alter«, setzte Cully hinzu.

»Danke.«

»Ich wette, es gibt viele Frauen, die ...«

»Ich bin nicht der Gegenstand dieser Unterredung«, sagte Donnelly schroff. »Das sind Sie, Sie und Mrs. Pherson. Fahren Sie also fort mit Ihrer Geschichte. Also, sie kam in die Bar, setzte sich neben Sie und fing an zu reden. Was dann?«

»Ich fragte sie, ob sie etwas zu trinken haben wollte.«

»Und?«

»Sie zögerte irgendwie, tat so, als sei sie nicht der Typ von Frau, der trinke. Aber sie konnte mir nichts vormachen, vor allem nicht mehr, als sie einen doppelten Martini bestellte.«

»Wie trank sie ihn?«

»Wie meinen Sie das, wie?«

»Schnell, langsam, mittelschnell?«

»Es muß schnell gewesen sein, denn sie bestellte schon ziemlich bald einen neuen.«

»Wer zahlte den?«

»Sie.«

»Ließ sie ihn auf ihre Hotelrechnung setzen?«

»Nein. Sie zahlte bar. Ich dachte mir, daß ihr Mann ... sie trug ja einen Ehering ... daß ihr Mann vielleicht die Angewohnheit hätte, die Belege durchzugehen, und daß sie da keinen Zettel aus der Bar dabeihaben wollte.«

»Wie kam das Gespräch aufs Kochen?«

»Ich kann mich nicht genau daran erinnern, aber ich meine, sie hätte mich nach guten, in der Nähe liegenden französischen Restaurants gefragt. Sie sagte, daß sie die französische Küche sehr gern möge und daß sie zu Hause viel französisch koche. Sofort dachte ich an Mr. Belasco, weil auch der die französische Küche am liebsten mag. So ganz spontan hab ich sie dann gefragt, ob sie schon mal berufsmäßig gekocht hätte, und ich erzählte ihr von der *Bewitched* und von dem bevorstehenden großen Rennen und daß wir dafür noch einen Koch brauchten. Sie fragte ›Wohin führt denn das Rennen?‹ und ich sagte ›Honolulu‹. Da schien sie echt interessiert zu sein. Das Wort Honolulu ist für die Leute, die noch nie da waren, irgendwie aufregend.«

»Woher wissen Sie, daß sie noch nie dort war?«

»Das sagte sie mir. Sie sagte, sie und ihre Mutter hätten mal vorgehabt hinzufahren, aber dann sei ihre Mutter krank geworden und sie hätten es nie geschafft. Ich sagte ›Also dann, warum heuern Sie nicht für die Dauer des Rennens als Köchin an? Die Bezahlung ist mies, aber die Reise ist toll.‹ Sie sagte, sie würde mitkommen, einfach so.«

»Sofort?«

»Sofort.«

»Ohne auch nur kurz darüber nachzudenken?«

»Vielleicht denkt sie ja schnell. Oder vielleicht« – Cully versuchte, bescheiden auszusehen – »vielleicht schwebte ihr auch noch was anderes vor als die Kocherei. Ich erklärte ihr, die *Bewitched* sei startklar und würde in der Frühe, noch vor Tagesanbruch, auslaufen, und daß es leichter für sie sein könnte, wenn sie schon am Abend an Bord käme ... Sie wissen schon.«

»*Ich* weiß«, sagte Donnelly. »Wußte *sie* es?«

»Sie wußte es. Sie ging auf ihr Zimmer, zog sich einen Mantel an und kam wieder runter. Ich wartete in der Eingangshalle. Ich sah sie am Empfang stehen und mit einem Mann hinter dem Tresen sprechen. Ein paar Minuten später kam sie dann durch die Halle und trug ihre Handtasche und eine grüne Lederschatulle. Ich fand, sie fing an, immer besser auszusehen. Ich hatte seit Panama keine Frau mehr gehabt.«

»Mazatlán.«

»Eine lange Zeit halt. Wir gingen raus und nahmen ein Taxi zum Liegeplatz der *Bewitched.*«

»Die grüne Schatulle, haben Sie sich erboten, sie für sie zu tragen?«

»Wer glauben Sie denn, daß ich bin? Natürlich habe ich. Aber sie wollte nicht. Nach der Art zu schließen, wie sie sich an das Ding klammerte, war etwas Wertvolles drin. Allerdings dachte ich darüber nicht sehr lange nach. Ich meine, ich wurde scharf wie Lumpi, ich hatte doch keine Frau mehr gehabt seit ...«

»Mazatlán.«

»Mazatlán. Ja.«

»Und ganz nebenbei gesagt, achten Sie vor den Geschworenen auf Ihre Sprache. Sie wurden nicht scharf wie Lumpi, sondern Sie waren fasziniert.«

»Fasziniert. He, Mann, das klingt doch nicht nach mir, oder?«

»Ich möchte nicht unbedingt, daß Sie wie Sie klingen. Ich möchte vielmehr, daß Sie wie ein unschuldiger Mensch klingen, wie ein Gentleman, der sich in einem Netz grausamster Umstände verfangen hat.«

»Fasziniert. Würde das ein Gentleman so sagen?«

»Nein.«

»Warum dann ich?«

»Weil Sie des Mordes angeklagt sind. Und jedes Wort, das Sie sagen, alles, was Sie tun, bis hinab zum bloßen Zukken einer Augenbraue, alles kommt in den Computer, den die Geschworenen in ihren Köpfen haben.«

Cully rieb sich die Augen, als versuche er, Bilder fortzuwischen, die er nicht sehen wollte. »Die Sache mit den Computern, irgendwie macht mir die Angst.«

»Die grüne Schatulle, die Mrs. Pherson bei sich hatte, was glauben Sie, wog die?«

»Ich sagte Ihnen doch, daß sie mich die nicht anfassen ließ.«

»Sie können also ihr Gewicht nicht schätzen oder sagen, ob ihr Inhalt irgendwie ein klirrendes Geräusch von sich gab wie beispielsweise Schmuck?«

»Sie ging mit der Schachtel wirklich sorgsam um, fast sanft. Ich hatte plötzlich den Verdacht, es könnten Drogen drin sein.«

»Sie dachten, sie könnte da Drogen schmuggeln?«

»Fast jede Woche hört man von rechtschaffenen Leuten, die dabei erwischt werden, daß sie *Drogen* schmuggeln.«

»Aus *Bakersfield*?«

»Ich weiß nicht, wo das liegt.«

»Das ist ein Ort, wo nach Öl gebohrt, nicht Kokablätter oder Mohn angebaut wird. O ja, und Baumwolle. Sie bauen dort auch Baumwolle an. Deshalb kann's da den Baumwollrüsselkäfer-Grill geben.«

Cully schaute verwirrt drein, stellte aber keine Fragen. Er betrachtete Donnelly mit Scheu und Dankbarkeit, und selbst jetzt vermochte er immer noch nicht zu sagen, warum sich Donnelly erboten hatte, kostenlos seine Verteidigung zu übernehmen. Cully war nicht daran gewöhnt, Scheu oder Dankbarkeit zu empfinden, und seine neue Rolle machte ihn nervös.

Donnelly sagte: »Die Anklagevertretung hat Zeugen, die aussagen werden, daß Mrs. Pherson die grüne, lederne Schmuckschatulle bei sich hatte, als sie das Haus verließ. Nun bedeutet die Tatsache einer Schmuckschatulle noch nicht notwendigerweise, daß da auch Schmuck drin ist. Die Wahrscheinlichkeit ist jedoch hoch, daß dem so war.«

»Nun, ich wußte das nicht. Ich schwöre einen Eid auf die Bibel, daß ich das nicht wußte.«

»Ich glaube Ihnen ja«, sagte Donnelly, und das tat er in dem Augenblick auch. In anderem Licht, in einem anderen Raum könnte er seine Meinung wieder ändern. Aber jetzt, in diesem Augenblick, klang Cully vollkommen ernsthaft und sah auch so aus – mit gerade dem richtigen Maß an impliziertem Vorwurf, daß jemand jemals an ihm hatte zweifeln können. Wenn die Geschworenen ihn jetzt hätten sehen und hören können, dann hätte er gute Chancen gehabt, das Gebäude als freier Mann zu verlassen. So viel hing von seinem Auftreten vor Gericht ab, und es gab für Donnelly kaum eine Möglichkeit, das zu beeinflussen. Er konnte Ratschläge geben, gewiß, aber er konnte nicht sicher sein, ob diese Ratschläge auch befolgt werden würden oder könnten. Cully war nicht an Kontrolle gewöhnt. Auf See war er der Chef und bestimmte die Regeln – an Land wurde es ihm schwer, die anderer Leute anzuerkennen.

»Morgen«, sagte Donnelly, »werden Sie Ihrem ersten richtigen Test ausgesetzt werden. Der Staatsanwalt wird als Beweismittel Aufnahmen von Dr. Woodbridge vorlegen, der Mrs. Pherson obduziert hat. Seine Aussage wird einiges Gewicht haben, weil er der einzige Gerichtsmediziner ist, der den echten Leichnam zu sehen bekommt. Die anderen im Zeugenstand stützen ihre Ansichten auf das, was man als Information aus zweiter Hand ansehen könnte, das heißt auf Gewebeproben, Laboruntersuchungen von Blutproben und ähnliches. Die Qualifikation dieser später als Zeugen vernommenen Pathologen mögen ebenso eindrucksvoll, ihre Ansichten ebenso gültig sein – nicht aber für die Geschworenen. Der Staatsanwalt wird wieder und wieder darauf hinweisen, daß sein Pathologe der einzige ist, dem man Glauben schenken kann, weil er der einzige ist, der den wirklichen Leichnam zu sehen bekommt.«

»Was für Bilder wird man den Geschworenen zeigen?«

»Alle möglichen. Zunächst Bilder von der Leiche selbst, aus verschiedenen Winkeln aufgenommen. Nachdem die

Justizangestellte jedes Beweisstück numeriert hat, wird es zunächst dem Richter vorgelegt und dann mir und Ihnen, weil Sie ja neben mir sitzen, bevor es zu den Geschworenen weitergereicht wird. Gut, wenn Sie also das erste Bild sehen, wie werden Sie reagieren?«

»Ich weiß nicht. Ich hab's ja noch nicht gesehen.«

»Sie haben schon mal Tote gesehen, oder nicht?«

»Ein paar.«

»Was empfanden Sie dabei?«

Cully dachte einen Augenblick nach. »Ich war froh, weil's der war und nicht ich. Und ich fühlte mich ungeheuer lebendig, wissen Sie, so als müßte ich gleich raus und eine Frau finden. Mein Blut war in Aufruhr.«

»Sie werden Bilder einer Frau sehen, die ermordet zu haben Sie angeklagt sind. Das sollte Ihr Blut wohl bremsen, bis es nur noch dahinkriecht. Und während es dahinkriecht, werden Sie Zeit haben, sich folgendes klarzumachen: Zwölf reguläre Geschworene, sechs Ersatzleute und der dreizehnte Geschworene, der Richter, werden Ihre Reaktionen genauestens beobachten, wenn Sie sich die Bilder ansehen.«

Dieser Hinweis bereitete Cully Unbehagen. »Ja, und wie soll ich mich verhalten, damit die den richtigen Eindruck kriegen?«

»Sie sind ein ganz gewöhnlicher Mann, der das Bild einer im Meer ertrunkenen Frau vorgelegt bekommt. Tut sie Ihnen leid?«

»Sicher. Natürlich.«

»Also werden Sie Schmerz zeigen. Wenden Sie sich ab und schütteln Sie den Kopf, vielleicht schließen Sie auch die

Augen. Ich nehme nicht an, daß Sie leicht in Tränen ausbrechen.«

»Das weiß ich nicht. Ich hab's noch nie versucht.«

»Wann haben Sie zum letzten Mal geweint?«

»Ich glaube, das war im Kino.«

»Sie haben einen Toten im Film gesehen, und das ließ Ihnen die Tränen in die Augen steigen?«

»Nein, es war ein Pferd.«

»Ein Pferd?«

»Es brach sich ein Bein und jemand erschoß es. Ich finde das nicht fair, ein Pferd zu erschießen, bloß weil es sich ein Bein gebrochen hat.«

»Vergessen Sie das gottverdammte Pferd.«

»Okay.«

»Ich möchte Sie bitten, sich mal vorzustellen, daß ich Ihnen hier auf diesem Tisch die Vergrößerung eines Bildes von Madeline Phersons Leiche vorlege, die gerade in den Obduktionssaal gebracht worden ist. Denken Sie daran, daß sie genausowenig sterben wollte wie das verdammte Pferd. Wie werden Sie sich also verhalten?«

»Ich kann nicht begreifen, warum Sie dauernd auf mir herumhacken. Ich hab nichts getan.«

»Wechseln Sie nicht das Thema. Das Bild liegt hier auf diesem Tisch. Schauen Sie es sich an, verflucht noch mal.«

»Ich seh's ja an.«

»Zeigen Sie Schockiertheit, Kummer, Mitleid.«

»Alles auf einmal? Das wird hart werden.«

»Eines nach dem anderen«, sagte Donnelly durch zusammengebissene Zähne. »Jetzt wenden Sie den Kopf ab, schütteln Sie ihn leicht, klappern mit den Augenlidern.«

Cully tat, wie ihm geheißen war. Seine Darbietung war lächerlich überzogen, als ob er auf einer großen Bühne vor Tausenden von Menschen spiele – und nicht vor einem einzigen Zuschauer in dem kleinen, kalten Sprechzimmer des Gefängnisses. »Wie ist das?«

»Können Sie es nicht noch echter hinkriegen?«

»Wenn Sie das Bild echter machen.«

Donnelly fühlte sich versucht zu lachen, unterließ es aber. Er mußte die Kontrolle über diesen Mann behalten, jede Form von Kameraderie vermeiden. »Die Bilder werden morgen ganz und gar echt sein. Und sie werden Sie treffen. Ob Sie nun glauben oder nicht, auf alles vorbereitet zu sein, sie werden Sie treffen. Und ich rate Ihnen, Gefühl zu zeigen. Machen Sie bloß kein ausdrucksloses Gesicht. Vor ein paar Monaten hatte ich einen Mandanten, den brachte seine Unbewegtheit direkt nach St. Quentin, wo er die nächsten zehn Jahre zubringen wird. Im Gerichtssaal nebenan fand ein anderer Mordprozeß statt. Da ging es um das gemeine Verbrechen eines gemeinen Menschen. Der Richter, der bei diesem Verfahren den Vorsitz hatte, hatte den Einsatz von Fernsehkameras während der Verhandlung zugelassen. Und der Mörder machte sich das voll zunutze. Sobald eine Kamera auf ihn gerichtet war, brach er in herzzerreißendes Schluchzen aus. Jeden Abend konnte man dann in den Lokalnachrichten diesen Clown bewundern, wie er Rotz und Wasser heulte. Beide Männer wurden schuldig gesprochen, aber der Unbewegte bekam zehn Jahre und der Mörder nur drei.«

»Wollen Sie, daß ich *schluchze*?«

»Ich möchte, daß Sie Gefühl zeigen. Wenn Sie sich

schlecht fühlen, dann lassen Sie die Geschworenen das auch sehen.«

Beide Männer schwiegen. Der Aufseher ging vor dem Fenster in der Tür vorbei. Die Klimaanlage surrte. In der Ferne schrie jemand.

Cully sagte: »Sagen Sie Ihren Mandanten immer, wie sie sich verhalten sollen? Als hätten sie selber keine Gefühle oder Grips oder sonstwas?«

»Nein.«

»Warum dann mir? Glauben Sie, daß ich mich da lächerlich mache?«

»Ob Sie sich lächerlich machen, ist Ihre Sache. Ob Sie aber mich lächerlich machen, das ist meine, und ich habe nicht vor, diesen Prozeß nur deshalb zu verlieren, weil so ein neunmalschlauer Klugscheißer nicht auf einen guten Rat hören kann.«

»Jetzt haben Sie mich schon zum zweitenmal so genannt.«

»Es wird wohl noch öfter vorkommen.«

»Ich möchte nicht mehr mit Ihnen reden.«

»Ich bin auch nicht gerade scharf darauf, mit Ihnen zu sprechen. Aber es gibt da nun mal Dinge, die wir unbedingt durchsprechen müssen. Wann trafen Sie und Mrs. Pherson auf der *Bewitched* ein?«

»Etwa gegen einundzwanzig Uhr.«

»Und vermeiden Sie besser die Seemanssprache. Geschworene werden leicht von Ausdrücken abgeschreckt, die sie nicht verstehen. Bevor ich das vergesse, da ist noch eine Sache, die ich Sie zu tun bitte, weil sich das als sehr wichtig erweisen könnte. Zeigen Sie mir mal Ihre Hände.«

Cully hob die Hände, die Finger gespreizt.

»Ich sehe, daß Sie Ihre Nägel abkauen«, sagte Donnelly. »Wie lange tun Sie das schon?«

»Mein ganzes Leben. Jedenfalls solange ich mich erinnern kann.«

»Sie müssen damit aufhören.«

»Warum?«

»Es ist jetzt nicht genug Zeit, um darauf einzugehen.«

»Es ist hart, mit etwas aufzuhören, was man gar nicht merkt, wenn man's tut, aber ich denke, ich kann's mal versuchen.«

»Versuchen ist nicht genug. Lassen Sie Ihre Fingernägel wachsen. Beißen, knipsen oder feilen Sie sie nicht ab. Um wieder zu Mrs. Pherson zurückzukommen, wann kamen Sie beide auf der *Bewitched* an?«

»Zwischen acht und neun Uhr.«

»Was machten Sie zum Abendessen?«

»Wir haben uns unterwegs eine Pizza besorgt.«

»Nicht unbedingt französische Küche.«

»Es war ihre Idee, nicht meine. Sie sagte, sie hätte noch nie eine Pizza gegessen und daß sie eine Menge Dinge tun wollte, die sie noch nie getan hätte. Es ergab sich dann aber, daß sie sie nicht einmal anrührte. Sobald wir nämlich in meine Kajüte kamen, kippte sie in die Koje, zog nicht einmal mehr die Kleider aus. Ist das nicht Pech?«

»Mein Herz blutet. Was taten Sie dann?«

»Ich aß die Pizza. Nahm noch ein paar Drinks. Dann schlief ich ein paar Stunden und stand um drei Uhr dreißig wieder auf, um nach dem Motor zu sehen. Als wir aus dem Hafen raus waren, übernahm Harry, und ich ging wieder runter, um noch etwas Schlaf zu kriegen. Als ich aufwachte, stand sie da und starrte auf mich runter, diese Art von Starren, die einem Mann so das Gefühl gibt, als wenn er... ja, wissen Sie... gewogen würde. Das war ein komisches Gefühl, ich war ja auch mit 'ner Decke zugedeckt, sie konnte nicht sehen...«

»Erzählen Sie weiter. Sagte sie etwas?«

»Am Anfang nicht. Ich fragte sie, was los sei, und sie sagte, sie wolle schwimmen gehen, ich sollte mit raufkommen und das Boot stoppen.«

»Was hatte sie an?«

»Die gleichen Sachen, die sie am Abend vorher angehabt hatte. Nur sahen sie jetzt irgendwie zerknautscht aus. So wie sie. Sie sah nicht mehr so gut aus da im Morgenlicht. Und ich hatte einen Kater.«

»Sie sah also zerknautscht aus – eine unglückliche Wortwahl angesichts der Umstände. Das ändern Sie besser.«

»Okay. Sie sah blaß und irgendwie krank aus. Sie hatte wahrscheinlich ebenfalls einen Kater. Vielleicht glaubte sie, das kalte Wasser würde ihr darüber hinweghelfen. Ich erklärte ihr, wie kalt das Wasser da draußen in der Mitte des Kanals zu dieser Jahreszeit sei, nicht mehr als dreizehn Grad. Ich sagte ihr, daß wir etwa zwölf Knoten machten und es verrückt wäre, das Boot nur deshalb zu stoppen, damit sie schwimmen gehen könnte. Sie sagte, daß ich es vielleicht gar nicht stoppen müßte. Daß sie mithalten könne, sie sei eine vorzügliche Schwimmerin. Ich sagte, das seien die Haie auch. Die Sache mit den Haien machte dann, daß sie ihre Meinung änderte.«

»Nehmen Passagiere oft so vom Boot aus ein Bad?«

»Nur, wenn es in tropischen Gewässern vor Anker liegt und Mr. Belasco eine Party schmeißt.«

»Sie änderte also ihre Meinung, was das Schwimmen anbetraf. Was geschah dann?«

»Wir gingen in die Pantry, und ich machte Rühreier mit Toast, und wir tranken etwas von dem Kaffee, den Harry auf dem Ofen stehengelassen hatte. Wir redeten nicht viel. Es gab nichts zu sagen. Die ganze Geschichte kam uns allmählich verrückt vor, mir und ihr, die französische Küche, alles.«

»Ich möchte noch einmal betonen, wie wichtig es für Sie ist, mir die Wahrheit zu sagen«, sagte Donnelly. »Wenn ich nicht weiß, was sich tatsächlich zugetragen hat, gehe ich unter, und Sie mit mir.«

»Warum?«

»Lassen Sie uns die Wahrheit mal als ein Ziel ansehen. Wenn ich nicht weiß, wo dieses Ziel ist, dann kann ich den Anklagevertreter auch nicht davon abhalten, dorthin zu gelangen. Anders ausgedrückt, ich muß seinen Vorstoß abfangen können.«

»Ich sage die Wahrheit. Das tue ich immer. Das Gemeine ist, daß mir die Leute nicht glauben, wegen meiner Hautfarbe.«

»Hören Sie auf mit dem Quatsch, ja?«

»Das ist kein Quatsch. Sehen Sie sich mal den Staatsanwalt an, sehen Sie nur, wie der mich ansieht, als wäre ich Abschaum.«

»Er sieht jeden so an, mich eingeschlossen«, sagte Donnelly und fügte dann nachdenklich hinzu: »Vielleicht vor allem mich. Nach dem Rührei mit Toast, was taten Sie dann?«

»Löste Harry ab, damit der schlafen gehen konnte. Ich sah die Lady an dem Tag nur ein paarmal. Einmal sprach sie mit Richie und später stand sie an der Reling und beobachtete einen Schwarm Delphine. An dem Abend tranken wir was zusammen in meiner Kabine und fühlten uns langsam wieder wohler. Ja, sie fing sogar an, mich zu bestürmen, und ich bekam einen Kratzer im Gesicht von einem ihrer Ohrstecker. Sie trug solche diamantenbesetzten Stecker, also diese Dinger, die ins Ohrläppchen reingesteckt werden.«

»Wiederum keine sehr glückliche Wortwahl. Keine Stecker, bitte, und kein reinstecken. Erzählen Sie den Geschworenen einfach, daß sie Ohrringe trug.«

»Jedenfalls tat der Kratzer weh. Ich hatte das Gefühl, daß da Absicht dahintersteckte ... na ja, als ob sie's gern grob hätte. Ich mag keine Frauen, die mir auf die grobe Tour kommen, deshalb stieß ich sie weg.«

»Wie?«

»Vielleicht faßte ich sie am Hals.«

»Kein vielleicht. Sie faßten sie am Hals. Sie werden morgen oder übermorgen Bilder sehen.«

»Ich mußte mich doch schützen.«

»Sie werden's verdammt schwer haben, die Geschworenen davon zu überzeugen, daß sich ein Mann von Ihrer Größe und Ihrem Gewicht vor einer Frau schützen mußte, die nur etwa einsfünfundfünfzig groß war und ungefähr fünfzig Kilogramm schwer ... Was geschah dann?«

»Sie nahm die Ohrringe ab und sagte, ich solle sie behalten.«

»Wiederholen Sie, was sie sagte.«

»Das sagte ich doch schon. Sie sagte ›Nehmen Sie sie‹.«

»Ihre genauen Worte sind wichtig. Einfach ›Nehmen Sie sie‹?«

»Ja.«

»Was hatte sie an?«

»Warum reiten Sie eigentlich dauernd drauf rum, was sie anhatte?«

»Das Daraufrumreiten ist eine Spezialität von mir. Also, was hatte sie an?«

»Nichts.«

»Die Frau stand nackt da, nahm die Ohrringe ab, und es wurden, während sie das tat, keine anderen Worte gewechselt als ›Nehmen Sie sie‹?«

»Sie war keine große Rednerin. Und es war ja auch nicht gerade eine Situation, um groß miteinander zu reden. Sie könnte etwas gesagt haben in dem Sinne, daß es ihr leid täte, schuld an dem Kratzer in meinem Gesicht zu sein.«

»Wie redete sie Sie an? Mr. King, Cully, Skipper oder Kapitän?«

»Ich glaube, sie redete mich überhaupt nicht an.«

»Keine Kosenamen?«

»Nein.«

»Also gut. Sie steht also nackt da und nimmt sich die Ohrringe ab. Die Geschworenen könnten Mühe haben, den Ablauf so nachzuvollziehen. Zum Beispiel legt eine Frau für gewöhnlich doch erst ihren Schmuck ab, bevor sie sich auszieht.«

»Es war aber, wie ich's gesagt habe. Ich kann's nicht ändern, ob Sie mir nun glauben oder nicht.«

»Nahm sie erst den einen Ohrring ab und gab Ihnen den und dann den anderen und so weiter? Oder nahm sie erst beide ab, bevor sie sie Ihnen gab?«

»Was habe ich geantwortet, als Sie mich das letzte Mal danach gefragt haben?«

»Ich möchte wissen, was Sie diesmal sagen.«

Cully schüttelte den Kopf. »Das passierte alles im vergangenen Frühjahr. Das ist alles so lange her. Sie können doch nicht von mir erwarten, daß ich mich an jede kleine Einzelheit erinnere.«

»Doch, das kann ich. Ich tu's. Und das werden auch noch viele andere Leute.«

Cullys Blick war mit einer Art verzweifelter Intensität auf die Tür gerichtet, als wolle er, daß sie sich öffne und man ihn herauslasse. »Ich kann mich nicht daran erinnern.«

»Vielleicht sollten wir alle Ihre Antworten zusammennehmen und dann das Mittel bilden, um so zur Wahrheit zu gelangen, obwohl das ein klein wenig unwissenschaftlich wäre. Sie erinnern sich nicht mehr an die Reihenfolge, in der sie die Ohrringe abnahm, aber Sie wissen noch, daß sie sagte ›Nehmen Sie sie‹.«

»Ja.«

»Was glauben Sie, meinte sie mit dem Wort ›nehmen‹?«

»Nehmen ist nehmen. Sie meinte nur, daß sie meine wären. Sie hat sie mir geschenkt.«

»Es kam Ihnen nie in den Sinn, daß sie Sie nur gebeten haben könnte, sie an einem sicheren Ort für sie aufzubewahren?«

»Nein. Auch früher schon haben mir Frauen Geschenke gemacht. Sie mögen mich.«

»Wie vielen waren Sie schon Tausende von Dollars wert?«

»Vor ihr noch keiner.«

»Sie meinen also noch immer, daß es ihr Wille war, daß Sie die Schmuckstücke für sich behalten sollten?«

»Ja.«

»Und Sie verhielten sich entsprechend.«

»Ja.«

»Indem Sie was taten?«

»Zuerst tat ich sie in eine Schublade neben dem Bett. Am nächsten Vormittag ging ich dann an Land und zu einer Pfandleihe.«

»Frauen machen Ihnen also Geschenke«, sagte Donnelly. »Wieso?«

»Das sagte ich Ihnen doch schon, sie mögen mich, sie denken halt, ich sei ein netter Kerl. Fragen Sie doch die Leute auf den Inseln, ob ich ein netter Kerl bin.«

»Die Inseln sind etliche tausend Meilen weit weg, und die einzigen Leute, deren Ansichten etwas zählen, sitzen auf den Geschworenenbänken und auf dem Richterstuhl. Die müssen Sie davon überzeugen, daß Sie ein netter Kerl sind.«

Cully nahm einen Kamm aus seiner Hemdtasche und fuhr sich mit schnellen, zwanghaften Bewegungen durchs Haar.

»Warum kämmen Sie sich die Haare?« fragte Donnelly. »Sie gehen doch nirgends hin.«

»Ich tu das immer, wenn ich nervös bin.«

»Also, dann lassen Sie's. Ich mag's nicht. Und die Geschworenen werden's auch nicht mögen. Und warum sollte ein netter Kerl wie Sie überhaupt nervös sein?«

»Ich hab die falsche Hautfarbe.«

»Sie haben einen allzu aktiven Schwanz, das ist alles. Und das ist's, was Sie zur Strecke bringen könnte.«

Cully schlug mit der Faust auf den Tisch, erreichte dann mit vier großen Schritten die Tür und rüttelte am Gitter. Ein paar Sekunden später erschien der Gefängnisaufseher und schloß die Tür auf. Er sah müde und gelangweilt aus.

Keiner sprach ein Wort.

Während er nach Hause fuhr, begann Donnelly erneut, das Pro und Contra einer Vernehmung Cullys abzuwägen. Sie könnte sich als notwendig erweisen, denn der Durchschnittsbürger glaubte, daß gerade ein Unschuldiger unbedingt darauf beharren müßte, in den Zeugenstand gerufen zu werden, um sich zu verteidigen. Wenn alles gut ginge, das heißt wenn Cully es schaffte, die Geduld nicht zu verlieren und sich nicht von all den Anschuldigungen und Andeutungen provozieren zu lassen, dann könnte er einen guten Zeugen abgeben. Was Erscheinungs- und Ausdrucksweise anbetraf, war er durchaus vorzeigbar. Auf der anderen Seite aber war sein Verhalten nicht vorhersehbar. Er würde sich wahrscheinlich bei einer direkten Befragung ganz gut schlagen, solange er sich nicht in Widersprüche verwickeln ließ. In einem Kreuzverhör könnte es jedoch passieren, daß er kein Wort herausbrächte. Donnelly hatte es schon oft erlebt, wie sich Schwarze oder auch andere Angehörige von Minderheiten, Schuldige und Unschuldige, hinter eine Wand aus Schweigen zurückzogen – wie Kinder, die sich der Mißbilligung von Respektspersonen ausgesetzt sehen.

Aber man konnte sich nur schwer vorstellen, daß Cully in Schweigen erstarren würde. Viel wahrscheinlicher war, daß er gesprächig würde. Wenn er log, dann würde er Lüge auf Lüge setzen wie Backsteine, bis das ganze Bauwerk über seinem Kopf zusammenkrachte. War Cully erst einmal als Zeuge vereidigt, dann konnte er, Donnelly, die Verhandlung nicht mehr stoppen, egal, wie schlecht sie für ihn laufen mochte. Und das war es, was Donnelly am meisten auf die Nerven ging – der Gedanke, keine Kontrolle mehr über das Geschehen oder über Cully zu haben.

Er verließ die Schnellstraße bei einer Ausfahrt, die an einer Fernfahrerraststätte vorbeiführte. Das erinnerte ihn an Gunther. Gunther liebte solche Raststätten und behauptete immer, sie müßten die beste Küche in der ganzen Stadt bieten, denn sonst würden die Fernfahrer nicht mehr bei ihnen anhalten. Er saß wahrscheinlich gerade in einer, aß einen fetttriefenden, ketchupblutenden Hamburger und trank eine Tasse Spülwasserkaffee. Er würde ganz ruhig an der Theke sitzen und vollkommen gedankenverloren aussehen. Niemand würde vermuten, daß er mehrere Unterhaltungen gleichzeitig mitanhörte, um sich schließlich für eine zu entscheiden und sich ganz auf sie zu konzentrieren und andere Stimmen oder Geräusche wie das Geklapper der Teller, Töpfe und Pfannen oder die lokale Radiostation, die das hysterische Geröhre von Rocksängern und das nasale, dreisaitige Selbstmitleid von gitarrenreitenden Cowboys übertrugen, gar nicht mehr hören.

Gunther war ein begnadeter Lauscher. Zu der Schärfe seines Gehörs kam noch ein echtes Interesse an anderen Menschen, gleichsam losgelöst und nicht durch Zustimmung oder Mißbilligung getrübt. Und so, wie sich seine Ohren ganz auf eine Sache konzentrieren konnten, so auch sein Denken. Er hatte eine Gesichtsfeldeinengung, eine Gehöreinengung, eine Denkeinengung – und er würde seinen Hamburger verzehren, ohne etwas zu schmecken, und den Geruch von Knoblauch und Zwiebeln und Eau de Cologne und Schweiß aufnehmen, ohne diese Dinge wirklich zu riechen.

Es irritierte Donnelly, daß er an Gunther dachte, der aber sicherlich nicht an ihn. (»Donnelly? Donnelly *wer*?«) Die Tatsache, daß Gunther auch nicht an Lucy denken würde, war ein kleiner Trost.

Die Donnellys bewohnten ein Haus, das Zans Großvater gebaut hatte. Es lag in einem alten, ehrwürdigen Viertel der Stadt, das den Neureichen verschlossen war, weil kein Bauland mehr zu haben und der Verkauf der vorhandenen Häuser Beschränkungen unterworfen war, die zwar ungesetzlich und deshalb nie öffentlich anerkannt worden waren, die aber strikt eingehalten wurden. Eigentum wechselte nur selten in andere Hände über, und wenn das geschah, dann war der neue Eigentümer im Prinzip der gleiche wie der alte – reiche, weiße Republikaner übernahmen den Platz von reichen, weißen Republikanern. Es war die Art von Wohngegend, in der der Staatsanwalt gerne gelebt hätte und die Donnelly haßte. Aber er brauchte ihren Schutz ebenso wie den Zans. Niemand fragte nach seinem Herkommen, seiner Stellung im Leben oder danach, wie er wählte, obwohl einige Leute über die Art seiner Mandanten einigermaßen erstaunt waren.

Die Gittertore öffneten sich auf Berührung eines Knopfes unter dem Armaturenbrett und schlossen sich hinter ihm wieder. Er fuhr seitlich um das Haus herum zur Garage, die früher einmal Pferde beherbergt hatte. Die Pferde gab es schon lange nicht mehr, sie waren durch Zans zwei Jaguars, einen Golfkarren, ein Segelboot und das vw-Cabrio der Haushälterin ersetzt worden.

Das alte, dreigeschossige Haus war hell erleuchtet. Donnelly wußte, daß das nicht als Willkommensgruß für ihn gedacht war, sondern daß sich lediglich niemand um das Löschen der Lichter gekümmert hatte. Zan tat das mit Gewißheit nie, und die Haushälterin mit fast ebenso großer Gewißheit auch nicht, besagte deren Arbeitsvertrag doch, daß sie nach acht Uhr abends keinen Finger mehr zu rühren brauchte.

Er knipste in allen Zimmern das Licht aus, als er durch die Eingangshalle und die Treppe hinaufging. Die Tür von Zans Schlafzimmer stand einen Spaltbreit offen. Das war ebensowenig ein Willkommensgruß wie die brennenden Lichter – sie hatte bloß vergessen, sie zuzumachen.

Zan schlief in ihrem Himmelbett – sie lag auf der Seite, und das Haar fiel ihr über das Gesicht. Sie sah unwirklich aus, ein wächsernes Profil auf einem rosafarbenen Satinkissen, und unter der rosafarbenen Decke eine Ansammlung von Knochen, die noch nicht zusammengesetzt worden waren (»Bauen Sie's selbst zusammen! Kein Werkzeug erforderlich! Erstaunlich lebensecht! Batterien extra! Geld-zurück-Garantie!«)

Sie atmete schwer und unregelmäßig, mal schnell, mal

langsam, zwei oder drei Sekunden auch gar nicht, dann aber gehetzt, um das wieder aufzuholen.

»Zan?«

Eine Schildpattkatze, die sich am Fußende des Bettes zusammengerollt hatte, fing beim Klang seiner Stimme an zu schnurren. Aber dieses Schnurren war ein reiner Reflex und ebensowenig ein Willkommensgruß wie die Lichter, die noch brannten, oder die offenstehende Tür. Wenn er die Katze anfaßte, dann würde sie sich erheben, ihren knochenlosen Rücken zu einem Buckel krümmen und weggehen. Wenn er Zan berührte, würde sie stöhnend aufwachen.

Auf ihrem Nachttisch standen ein halbvolles Glas Wasser und ein Fläschchen mit Pillen. Er nahm das Fläschchen auf und las das Etikett: »Nembutal, 0,1 g, Dr. Casberg«. Die Praxis von Dr. Casberg befand sich in Westwood, und er hatte das Rezept auf Sarah Killeen ausgestellt, auf den Namen der Haushälterin der Donnellys.

Donnelly hatte keine Ahnung, wie viele Kapseln sie geschluckt hatte, aber offensichtlich genug, um die Wirkung der Amphetamine zu neutralisieren. Ihr Körper war zum Schlachtfeld geworden in dem Krieg zwischen Amphetaminen und Barbituraten, und dieses Schlachtfeld war bereits übersät mit toten oder sterbenden Zellen.

Er stand da, schaute auf sie herab und fühlte, daß ihm die schreckliche Verantwortung zukam, etwas tun zu müssen, wozu er vollkommen unfähig war, nämlich ihr Leben zu retten.

»Zan, nicht«, sagte er flüsternd. »Bring dich nicht so um. Ich wollte dir nie und nimmer wehtun. Ich wollte dich lieben. Ich weiß auch nicht, was passiert ist. Aber bitte tu dir das nicht an.«

Er steckte das Fläschchen mit den Nembutalkapseln in die Tasche. Dann machte er sich an eine systematische Durchsuchung ihres Schreibtisches und aller Schubladen, um weitere Behälter mit Pillen und Kapseln zu finden, wobei er nicht wußte, wie die Namen der Mittel oder der Ärzte, die sie verschrieben hatten, lauten würden.

Zans Schubladen waren so durcheinander wie ihr Leben. Die Haushälterin und die Mädchen hatten wahrscheinlich Anweisung, die Finger von ihnen zu lassen. Strumpfhosen und Nachthemden hatten sich in Unterröcken, Modeschmuck, Parfümfläschchen, Golfsocken, Taschentüchern, Schlüsseln, Briefen, Büstenhaltern und Stempeln verheddert. Er fand neunundzwanzig Fläschchen mit verschiedenen Mitteln, die von verschiedenen Ärzten verschrieben worden waren. Und da waren auch zwei schmutzige Briefumschläge ohne Aufschrift, mit Kapseln, bei denen es sich wahrscheinlich um Straßendrogen handelte. Er steckte alles in seine Jackentaschen – Dexedrine, Desoxyn, Plegine, Percodan, Valium, Tenuate, Seconal. Er wußte noch nicht, was er damit machen sollte, außer daß er die verschiedenen, auf den Behältern genannten Ärzte ermitteln wollte. Der einzige Name, den er kannte, war der von Zans Hausarzt, der das Percodan verschrieben hatte. Die Überprüfung würde entweder er selbst oder Gunther vornehmen müssen, da er es sich nicht leisten konnte, seinen Büroangestellten Anlaß zu weiteren Tratschereien zu geben.

Er setzte sich in Bewegung und ging quer durchs Zimmer, und bei jedem Schritt klapperten die Plastikfläschchen leise in seinen Taschen. Er fühlte sich wie ein Einbrecher. Und er hatte ja in der Tat auch einen Einbruch begangen. Er weigerte sich, an die Folgen dieser Tat zu denken oder zu erwägen, das ganze Zeug einfach wieder in die Schubladen zurückzutun und Zan unbehelligt ihrer Wege gehen zu lassen. Er hatte das Gefühl, daß er wenigstens einen Versuch machen mußte, sie in ihrer Selbstzerstörung aufzuhalten. Gespräche bewirkten nichts. Selbstkontrolle, Willensanstrengung, Disziplin – das waren Wörter, die für sie noch nie viel bedeutet hatten. Jetzt bedeuteten sie gar nichts mehr. Sofortiges Handeln war notwendig. Ihre Bezugsquellen mußten ausgetrocknet werden. Es war kein Problem, all die Ärzte zu kontaktieren, deren Namen auf den Etiketten standen, um sie zu warnen. Die Straßendrogen in den Umschlägen waren etwas anderes. Wie war sie an die gekommen? Sie vermied es doch sogar, im Auto durch die Stadtviertel zu fahren, wo der Drogenhandel zu Hause war. Ja, sie verließ überhaupt nur selten das Haus, und deshalb mußte ihr Lieferant jemand sein, der ihr die Sachen zustellen konnte – ein Mädchen, ein Gärtner, ein Mechaniker aus der Werkstatt für die ausländischen Wagen, eine Angestellte des Schönheitssalons, wo sie sich die Haare zurechtmachen und die Nägel maniküren ließ, eine Verkäuferin in einem der Modehäuser, ein Verkaufsfahrer vom Supermarkt.

Er schloß Zans Tür hinter sich und ging die Treppe wieder hinunter und dann vorbei an der Bibliothek mit ihrer Sammlung juristischer Literatur, vorbei am Speisezimmer für förmliche Anlässe, wo die Blumen auf dem langen Mahagonitisch täglich erneuert wurden, obwohl schon seit Jahren niemand mehr dort gegessen hatte, vorbei am Eßzimmer der Familie und vorbei an der Küche, bis er zu der kleinen, aus Schlaf-, Wohn- und Badezimmer bestehenden Wohnung der Haushälterin am hinteren Ende der Eingangshalle gelangte.

Er klopfte an die Tür. Ein Hund bellte und wurde angewiesen, Ruhe zu geben.

»Wer ist da?«

»Charles Donnelly.«

»Es ist nach acht.«

»Ich weiß.«

»Ich habe dienstfrei. Mein Vertrag sagt ausdrücklich, daß ich nicht verpflichtet bin, nach acht Uhr noch Dienstleistungen zu erbringen.«

»Ich möchte Ihnen auch nur eine Frage stellen, Mrs. Killeen.«

Sie entriegelte und öffnete die Tür, bat ihn aber nicht herein. Vielmehr trat sie selbst auf den Flur hinaus und stieß einen kleinen schwarzen Hund mit dem Fuß in ihre Wohnung zurück. Bevor sich die Tür wieder schloß, konnte Donnelly den Blick auf die schwüle Szene eines Pornofilms werfen.

»Es ist genau elf Uhr, Mr. Donnelly. Sie erinnern sich doch gewiß an die Bedingungen meines Vertrages.«

»Aber natürlich tue ich das. Ich habe ihn ja selbst aufgesetzt.«

»Und?«

»Ich ging vorhin zu meiner Frau hinein, um ihr Gutenacht zu sagen. Sie schlief schon. Auf dem Nachttisch fand ich ein Fläschchen Nembutal, auf dem Ihr Name und der Name eines Arztes in Westwood steht.«

Sie ging sofort in die Defensive. Sie zog ihren buntkarierten Bademantel am Hals zusammen und mit einem Ruck den Gürtel enger. Mrs. Killeen war eine große, massige Frau mit einem leichten keltischen Akzent.

»Klar steht da mein Name drauf, Mr. Donnelly. Ich hab ja diese Kapseln verschrieben bekommen. Ich zog mir eine Muskelzerrung zu, als ich meiner Schwester in Westwood beim Umzug half, und hatte dann Schwierigkeiten mit dem Einschlafen. Der Arzt meiner Schwester hat mir deshalb das Nembutal verschrieben.«

»Wie kommen die Kapseln dann in das Schlafzimmer meiner Frau?«

»Sie fragte mich mal, ob ich was zum Einschlafen hätte, und da gab ich sie ihr.«

»Ist das alles?«

»Was meinen Sie mit *alles*?«

»Ist das alles, was Sie ihr gegeben haben?«

»Ja.«

»Haben Sie ihr je auf ihre Bitten hin irgendwelche anderen rezeptpflichtigen Mittel verschafft?«

»Jetzt versteh ich, worauf Sie hinaus wollen«, sagte sie und zog erneut mit kurzem Ruck an ihrem Gürtel. »Die Antwort lautet nein, ich bin nicht ihr Lieferant. Ich weiß und alle Angestellten hier wissen es, daß sie irgend etwas nimmt. Sie führt sich ja wie eine Verrückte auf.«

»Das ist wohl nicht ganz die richtige Art, von seiner Arbeitgeberin zu sprechen.«

»Ich bin nicht im Dienst.«

»Wenn Sie es als beleidigend empfinden, für jemand zu arbeiten, der sich wie eine Verrückte aufführt, dann reichen Sie doch Ihre Kündigung ein. Es soll mir ein Vergnügen sein, ihr zu entsprechen.«

Sie durchschaute den Bluff und lächelte bloß. »Oh, mir gefällt's hier ganz gut. Als Hausangestellte muß man eben mit unberechenbarem Verhalten seitens der Herrschaft rechnen.«

»Woher bekommt sie ihren Nachschub, Mrs. Killeen?«

»Nach den Beulen in Ihrem Jackett zu schließen, haben Sie die Flaschen gefunden. Das hab ich auch. Sie kriegt das Zeug von Ärzten. Und wenn Sie glauben, daß Sie sie stoppen können, dann irren Sie sich. Versperren Sie ihr den Zugang zu einem, dann wird sie andere finden. Es gibt in dieser Stadt hunderte von Ärzten. Ein paar von denen haben Flugzeuge und Hubschrauber und Jachten, und an so was kommt man nicht ran, wenn man nur Wunden betupft und Knie bandagiert.«

»Danke«, sagte er. »Gute Nacht, Mrs. Killeen.«

»Gute Nacht, Mr. Donnelly.«

Sie kehrte in ihre Wohnung zurück, wo es sich die kleine schwarze Promenadenmischung in ihrem Stuhl vor dem Fernseher bequem gemacht hatte.

»Ich muß nicht nett zu ihm sein, wenn ich nicht will«, erklärte sie dem Hund. »Ich bin nicht im Dienst. Und überhaupt, diese verdammten Schwulen sollten vor allem erst mal gar nicht heiraten.«

Der Staatsanwalt

Die Notizbücher der Geschworenen waren ausgeteilt worden, und jedermann im Gerichtssaal saß an seinem Platz, nur der Richter noch nicht. Er saß in seinem Amtszimmer und unterhielt sich mit seinem alten Freund Quentin Woodbridge. Woodbridge war ein großer, schlanker Mann von etwa sechzig Jahren mit einem halbkreisförmigen, wie ein zerbrochener Heiligenschein aussehenden Kranz weißer Haare um seinen kahlen Schädel.

Die beiden Männer spielten zweimal wöchentlich zusammen Bridge im University Club. Diese Partien waren eine äußerst ernsthafte Angelegenheit. Fachsimpelei war untersagt, alle Gespräche auf das Notwendigste beschränkt, nämlich auf einleitende und abschließende Artigkeiten und danach die Besprechung der Spiele an der Bar.

Der Staatsanwalt Oliver Owen war ebenfalls Mitglied des Clubs, aber die beiden mieden ihn. Owen war geschwätzig. Die Stille war für ihn eine Herausforderung, ein Loch, das es zu füllen galt. Und er füllte es – mit Nebensächlichem, Witzen, Klatsch, politischen Kommentaren und Anekdoten von seiner Familie. Wenn die Witze lustig, die Nebensächlichkeiten interessant, die Kommentare klug und die Familiengeschichten weniger langweilig gewesen wären, dann hätte man ihm vielleicht mit dem Hinweis auf seine Jugend (er war vierzig) und Unerfahrenheit (er war erst spät zum Bridge gekommen und weigerte sich zu glauben, daß man es ernst nehmen könne) verziehen.

Woodbridge saß auf dem Schreibtisch des Richters und hatte die Hände so in die Taschen gesteckt, wie er das oft zu tun pflegte – als ob er fröre. Der Richter wußte, daß das nicht der Grund war.

Er sagte: »Gut?«

»Es wird Zeit hineinzugehen.«

»Ich hab dich nicht nach der Zeit gefragt, Woody. Ich habe dich gefragt, wie's dir geht.«

»Mir? Gut.«

»Wie gut?«

»Gut genug.«

Der Richter schwieg ein paar Sekunden. »Weiß es Owen?«

»Ich habe ihm nichts gesagt.«

»Er hat so eine Art, Dinge herauszubekommen.«

»Wenn er es wüßte, dann hätte er etwas zu mir gesagt, und auch zu allen anderen Leuten in der Stadt. Deshalb nehme ich an, daß er nichts weiß.« Woodbridge stand vom Tisch auf. »Der Gerichtsdiener wartet im Flur auf mich, ich geh jetzt besser.«

»Nimm's nicht zu schwer.«

Eva Foster hielt die Zeit fest, zehn Uhr neun, und der Gerichtsdiener machte die übliche Ankündigung: »Bitte sich zu erheben. Der Oberste Gerichtshof im und für den Bezirk Santa Felicia nimmt die Verhandlung auf, den Vorsitz führt Richter George Hazeltine.«

Quentin Woodbridge wurde vereidigt und nahm im

Zeugenstand Platz, ausgerüstet mit etlichen Seiten Notizen zur Auffrischung seines Gedächtnisses. Er zog diese Notizen des öfteren zu Rate, als er mit langsamer, stockender Stimme seine Qualifikationen und Referenzen aufzählte.

Owen drängte ihn nicht zur Eile. Er mochte den Klang all dieser akademischen Titel und Ehren, als hätte er irgendwie allein schon deshalb Anteil an ihnen, weil der Doktor sein Zeuge war.

»Sie sind Gerichtspathologe, Dr. Woodbridge?«

»Ja.«

»Würden Sie freundlicherweise den Geschworenen erklären, was genau ein Gerichtspathologe ist, also etwa im Unterschied zu einem gewöhnlichen Pathologen?«

»Ein Gerichtspathologe verfügt über Studienabschlüsse sowohl in der Rechtswissenschaft als auch in der Medizin.«

»Wo erwarben Sie die entsprechenden akademischen Grade, Dr. Woodbridge?«

»Den juristischen an der University of Southern California in Los Angeles, den medizinischen an der Johns Hopkins University in Baltimore.«

»Bevor Sie diese Grade erwarben, machten Sie auch den *Bachelor of Science*, nicht wahr?«

»Ja.«

»Wo war das?«

»An der University of Michigan.«

»An der University of Michigan«, sagte Owen.

Mildred Noon nahm diese Wiederholung mit ihrer Stenographiermaschine auf. Man nannte so etwas ein »Echo«, und die Anwälte bedienten sich dessen gern, um Zeit für die Formulierung der nächsten Frage zu gewinnen. Das Verfahren erhöhte noch die Schwierigkeiten eines exakten Protokolls, und Mildred hatte vor Beginn des Prozesses freundliche Zettelchen an Owen und Donnelly geschickt und sie inständig gebeten, von diesem Kunstgriff ebenso Abstand zu nehmen wie von anderen Behinderungen ihrer Arbeit, also zum Beispiel vom »Überlappen«, welches darin bestand, daß man sprach, während ein anderer noch oder schon redete, um so die vom Gesetz geforderte wörtliche Aufzeichnung aller Aussagen zu verhindern. Donnelly hatte die Botschaft ignoriert. Owen aber hatte ihren Erhalt durch eine eigene bestätigt: »Mrs. Noon, bitte nehmen Sie zur Kenntnis, daß ich niemals echoe. Und wenn vom gegnerischen Anwalt ein Überlappen herbeigeführt wird, so bin ich nicht dafür zuständig.«

Owen fuhr fort: »Während Sie noch an der Universität waren, wurden Ihnen da irgendwelche akademische Auszeichnungen zuteil?«

»Ich schloß mit *magna cum laude* ab.«

»Und wurden Sie in irgendwelche gelehrten Gesellschaften oder Bruderschaften aufgenommen?«

»Ich bin Mitglied der Phi Beta Kappa.«

»Und später an der Medizinischen Fakultät, wurden Sie da in ähnlicher Weise ausgezeichnet?«

»Ja.«

»Und wie nennt sich diese akademische Vereinigung?«

»Alpha Omega Alpha. In die werden nur die Studenten mit den allerbesten Studienabschlüssen aufgenommen.«

»Sind Sie Mitglied irgendwelcher Berufsverbände?«

»Ja.«

»Und welche sind das?«

»Die American Medical Society und die American Bar Association.«

»Haben Sie gedient, Dr. Woodbridge?«

»Ja.«

»Wo?«

»In der Navy.«

»In welcher Eigenschaft?«

»Ich war Internist am Naval Hospital von Bethesda in Maryland.«

»Haben Sie sich während Ihres Dienstes als Internist entschlossen, sich auf die Pathologie zu spezialisieren?«

»Ja.«

»Wie kam es dazu?«

»Beim Morddezernat wurde eine Stelle frei, und ich wurde auf sie berufen.«

»Haben Sie in der Folgezeit noch andere Positionen dieser Art bekleidet?«

»Ja.«

Donnelly sagte, ohne sich zu erheben: »Um der Zeitersparnis willen und um mit der Beweisaufnahme weiterzukommen, stellt die Verteidigung einverständlich außer Streit, daß Dr. Woodbridge ausreichend qualifiziert ist.«

»Die Anklagevertretung hat das Recht, eine vollständige Übersicht über den Werdegang, die Erfahrung und das Fachwissen von Dr. Woodbridge vorzulegen«, sagte der Richter. »Dem Herrn Verteidiger wird entsprechend Gelegenheit gegeben, wenn es soweit ist. Fahren Sie bitte fort, Mr. Owen.«

»Danke, Euer Ehren. Dr. Woodbridge, wie lange waren Sie am Bethesda Naval Hospital tätig?«

»Fünf Jahre.«

»Haben Sie während dieser fünf Jahre irgendwelche Artikel zu medizinisch-juristischen Fragen veröffentlicht?«

»Ich war Co-Autor eines Aufsatzes und habe bei drei weiteren mitgearbeitet.«

»Wo sind sie erschienen und in welchem Jahr?«

Woodbridge blätterte seine Notizen durch. Er hatte sie schon bei einem Dutzend anderer Prozesse benutzt und hätte eigentlich in der Lage sein müssen, sie schnell und leicht zu lesen. Aber seine Hände zitterten, und alles schien so lange her und unwichtig. Wieso war er hier in diesem trübsinnigen, schlecht beleuchteten Saal und versuchte, die Namen obskurer Zeitschriften auszugraben, die längst überholte Informationen enthielten?

Nach drei oder vier Minuten fing seine Unterlippe an zu beben wie bei einem Kind, das gleich in Tränen ausbrechen wird.

Von seinem Platz aus erkannte der Richter die Anzeichen der Ermüdung bei seinem alten Freund und setzte noch vor der üblichen Zeit um elf Uhr die Vormittagspause an. Als sich der Gerichtssaal zu leeren begann, beugte er sich herab und bat Woodbridge zu sich in sein Arbeitszimmer.

Dr. Woodbridge hatte, als er sich zum Zimmer des Richters begab, einen unsicheren Gang und das eigentümliche Gefühl, sich selbst zu beobachten – einen alten Mann, der durch die Jahre zurückschlurfte und versuchte, Dinge und Menschen wiederzufinden, die keinerlei Bedeutung mehr hatten. Hatten sie überhaupt je eine Bedeutung gehabt, diese endlosen Reihen toter Gestalten? Hatten sie je etwas bedeutet, diese ungelesenen Berichte über unbetrauerte, unerinnerte Menschen?

Im Amtszimmer des Richters legte sich Woodbridge auf die Ledercouch, ohne abzuwarten, ob er dazu aufgefordert würde.

»Du sagtest doch, daß es dir gut geht«, sagte der Richter.

»Ich sagte gut genug.«

»Was ist genug?«

»Genug, um einen weiteren Tag zu überstehen. Sieh mal, George, ich bin bloß müde. Ich bin der Gerichtssäle und der Verhandlungen müde, ich bin der Anwälte müde. Gott im Himmel weiß, daß ich auch der Toten müde bin.«

»Ich will dir mal etwas sagen, Woody. Ich meine, du solltest mit der Arbeit aufhören.«

»Und was tun?«

»Was tun? Du mußt doch nichts tun.«

»An jedem Tage ist man sechzehn Stunden wach. Wie soll ich die zubringen?«

»Du könntest versuchen, etwas zur Verbesserung deines Bridgespiels zu tun.«

»Mein Bridgespiel bedürfte keiner Verbesserung, wenn mein Partner meine Zeichen richtig zu lesen verstünde.«

»Ich halte einen Tritt unterm Tisch nicht für ein zulässiges Signal.«

»Ich auch nicht. Der Tritt war nicht beabsichtigt.«

»O Verzeihung.« Der Richter zögerte. »Kriegst du oft solche Krämpfe?«

»Halt du dich an rechtliche Fragen, George, und überlaß die medizinischen mir.«

»Das sollte keine medizinische Frage sein, sondern eine

persönliche, die eines Freundes, der Anteil an einem Freund nimmt.«

»Unsinn. Du wolltest dich einmischen.« Woodbridge setzte sich auf. »Tatsächlich haben nicht wenige Menschen gelegentlich Krämpfe, sogar tote. Natürlich wußte ich schon, daß Leichen sich manchmal bewegen, wenn sich ein Muskel zuammenzieht. Aber als ich es das erste Mal miterlebte, bin ich fast zu Tode erschrocken.«

Beide lachten, nicht so sehr aus Vergnügen an der Geschichte, sondern um sich von Spannungen zu befreien.

Woodbridge sagte: »Verrückt, nicht? Ein paar alte Käuze wie wir, mit einem Bein schon im Grabe, sind gehalten, darüber zu befinden, ob ein gesunder junger Mann wie Cully King leben oder sterben wird.«

»Du irrst, mein Freund. Wir entscheiden nicht über Leben oder Tod von Cully King. Du bist ein Zeuge, und ich bin nur der Richter.«

»Aber hör mal, George, jeder weiß doch, daß der Richter der dreizehnte Geschworene ist.«

»Es werden aber nur zwölf Stimmzettel abgegeben.«

»Richtig. Aber du kannst eine Entscheidung so oder so beeinflussen.«

»Nur auf die Gefahr hin, daß das Urteil in der Berufung wieder aufgehoben wird. Ich könnte dieses Risiko auf mich nehmen, wenn ich vollkommen von der Schuld oder Unschuld des Angeklagten überzeugt wäre. In diesem Falle aber habe ich keine solche feste Überzeugung. Ich halte mich da raus. Ich bin lediglich Beobachter.« Er stand vom Stuhl auf und sah auf seine Beine hinab. Es mochte ja eines schon im Grabe stehen, aber eines stand auch noch draußen, und er hatte Respekt vor beiden, ja empfand sogar Zuneigung zu ihnen, vor allem wenn sie von Hosen wohl verborgen waren und er sich ungestraft die kräftigen Muskeln und die gebräunte Haut der Jugend vorstellen konnte.

»Zum Teufel«, sagte er, »wir wollen uns mal ein bißchen aufheitern. Wie wär's mit einem Drink? Darfst du was trinken?«

»Nein. Du?«

»Nein.«

»Also los.«

»Wie wär's mit einem Scotch?«

»Ein Scotch«, sagte der Doktor, »der würde Wunder tun.«

Oliver Owen rief von einem der beiden Apparate im Anwaltszimmer seine Frau an.

»Bist du das, Vee?«

»Ich wüßte nicht, wer das sonst sein sollte, Oliver.«

»Ein Mädchen, die Putzfrau, deine Schwester. Man kann nie vorsichtig genug sein.«

»Ich habe kein Mädchen und keine Putzfrau, und meine Schwester lebt in Stuttgart. Also, ich nehme an, daß ich's bin.«

»Ich werde zum Mittagessen nicht nach Hause kommen. Richter Portelli hat mich zum Essen eingeladen. Wir werden wahrscheinlich irgendwohin gehen, wo's so 'n Itakerfraß gibt.«

»Red doch nicht so daher. Du magst doch italienisches Essen. Übrigens hat die Schule gerade angerufen. Die haben heute nachmittag eine Krisensitzung aller Lehrer, irgendwas wegen Vandalismus, und schicken alle Kinder schon mittags nach Hause. Das macht meinen ganzen Zeitplan kaputt. Ich wollte eigentlich zum Blutspenden ins Krankenhaus.«

»Die Jungen sind alt genug, um auch mal allein zu Hause bleiben zu können.«

»Nicht, wenn dir an einem Zuhause gelegen ist, zu dem du heimkehren möchtest.«

»Das ist doch absurd. Sie sind die wohlerzogensten Kinder in der ganzen Stadt ... Ich hab da eine Idee. Warum setzt du sie nicht auf dem Weg ins Krankenhaus hier bei mir ab? Sie können sich ein bißchen in den Gerichtssaal setzen und ihren alten Herrn in Aktion sehen. Vielleicht regt sie das an.«

»Prima«, sagte Vee und legte auf, ein wenig deprimiert angesichts des Gedankens, daß die Jungen den Nachmittag bei einem Mordprozeß zubringen sollten. Sie würden sich da vielleicht langweilen oder auf dumme Ideen kommen, aber niemals in aller Welt würde es sie zum Nachdenken anregen.

Vee stellte das Telefon auf das kleine weiße Schreibtischchen in einer Ecke der Küche zurück. Diese Ecke war ihr ganz persönliches Reich. Wenn sie in dem Bürostuhl vor der Schreibmaschine saß, auf der sie schon während ihrer Zeit auf dem College geschrieben hatte, dann fühlte sie sich als wirkliche Person, die sich deutlich von Oliver und den Jungen abhob. Die Ecke war so abgeschlossen wie eine Wahlkabine, und hier konnte sie ihre Stimmzettel so ausfüllen, wie sie es wollte.

Vee war eine kleine, hübsche Frau mit lebhaften braunen

Augen und dunklem Haar, das so fein gelockt war wie das eines Pudels und von keiner Bürste zur Unterwerfung gezwungen werden konnte. Im Verlauf ihrer fünfzehnjährigen Ehe waren ihr und Oliver drei Söhne geschenkt worden. In Gegenwart ihres Vaters hatten die Söhne sogar bei Tisch die besten Manieren und redeten ihre Altvorderen mit »Madam« und »Sir« an. Aber außerhalb des Hauses waren sie vollendete Flegel, wegen des provozierenden Unfugs berüchtigt, den sie in der Schule, im Ferienlager oder bei Exkursionen anstellten. Vee hatte schon oft das Gefühl gehabt, daß sie überhaupt nicht zu ihr gehörten, daß sie lediglich als Gefäß benutzt und dann beiseite gestellt worden war.

Wenn ihr die Schandtaten der Jungen gemeldet wurden, dann behielt sie sie für sich, denn sie wußte, daß Oliver es entweder nicht glauben oder es sonst irgendwie schaffen würde, ihr die Schuld daran zu geben.

Sonntags ging Vee mit ihren – wie sie es ausdrückte – vier Buben zur Kirche. Alle zusammen bildeten sie eine hübsche, sehr würdevolle Gruppe und sahen aus, als wollten sie für das Titelbild einer Kirchenzeitung posieren. Sie sangen bei den Liedern kräftig mit – alle außer Chadwick, der Stimmbruch hatte und von seinem Vater angewiesen worden war, den Mund zu halten und ihn nur zu gegebener Zeit zu öffnen und zu schließen. Und Chadwick öffnete und schloß den Mund. Ein aufmerksamer Beobachter könnte entdeckt haben, daß die Öffnungen und Schließungen seines Mundes durchaus etwas Übertriebenes hatten und an einen Patienten in einem Zahnarztstuhl gemahnten. Aber der größte Teil der Gemeinde hielt Chadwick mit seinen blonden Haaren und seinen engelsgleichen blauen Augen für das Idealbild eines Sohnes. Es wäre ihnen allen wohl höchst schwergefallen, sich Chadwick vorzustellen, wie er dem Mädchen, das im Gemeinschaftskundeunterricht vor ihm saß, Epoxidkleber ins Haar träufelte.

Als dieser Vorfall Oliver zu Ohren kam, marschierte er in gerechter Empörung zum Direktor.

»Mein Sohn Chadwick weiß noch nicht einmal, daß es so was wie Epoxidkleber überhaupt gibt.«

»Dann muß er im Chemieunterricht geschlafen haben«, sagte der Direktor.

»Für den höchst unwahrscheinlichen Fall, daß sich die Geschichte als wahr herausstellen sollte, wird es wohl eine logische Erklärung dafür geben.«

»Die würde ich gerne hören.«

»Wahrscheinlich war das Haar des Mädchens sehr lang und buschig und versperrte meinem Sohn die Sicht auf die Wandtafel. Deshalb unternahm er etwas, um dem abzuhelfen.«

»Genial.«

»O ja, er ist ein sehr schlauer Bursche.«

»Bursche« war nicht das Wort, das der Direktor gewählt hätte, aber er ließ sich auf keinen Streit ein. Ein Jurist war schließlich ein Jurist.

Chadwick wurde verwarnt, der Epoxidkleber aus seinem Pult entfernt und konfisziert, und die Eltern des Mädchens verzichteten auf eine Schadenersatzklage, weil ihrer Tochter der neue, kurze Haarschnitt sehr gut stand.

Als der Hausmeister der Schule die Wände der Jungentoilette mit Graffiti vollgeschmiert fand, die in Küchenlatein abgefaßt waren, fiel der Verdacht sofort auf Jonathan. Es bedurfte keiner detektivischen Kleinarbeit, um diesen Verdacht zu erhärten – Jonathan war einer von nur drei Schülern, die Latein belegt hatten, und von diesen dreien waren zwei Schülerinnen.

DIRECTORUS FICAT OMNES TUSSIS IN OFFICIO

Diese Anschuldigung verletzte die heiligsten Gefühle des Direktors in ausreichendem Maße, um ihn überaus streng gegen den Sünder vorgehen zu lassen. Jonathan wurde genötigt, die Wände der Toilette mit einer Zahnbürste abzuschrubben und 1000mal die Worte *mea culpa* an die Tafel zu schreiben. Er schrieb die Worte 999mal, weil er sich ausrechnete, daß sich niemand die Mühe machen und nachzählen würde – und das tat auch niemand. Es war dies ein kleiner Sieg in einer großen Schlacht, und so brüstete sich Jonathan damit vor seinem Bruder Chadwick, der es seinem Bruder Thatcher erzählte, der es seinem Lehrer erzählte, der es dem Direktor erzählte. Jonathan kehrte also an die Tafel zurück, um weitere 1001mal *mea culpa* zu schreiben.

Als Vee durch einen Brief des Direktors von dem Vorfall erfuhr, stellte sie Jonathan in seinem Zimmer zur Rede.

»Das war wirklich blöd von dir, Jonathan.«

»Ja, Madam.«

»Du hättest die Sprüche ebensogut auch gleich mit deinem Namen unterschreiben können.«

»Ich hatte auch daran gedacht, aber ...«

»Was soll ich bloß mit dir machen, Jonathan?«

»Du könntest mich doch ein bißchen mit dem Schlagholz im Zimmer herumtreiben.«

»Du weißt genau, daß ich das nicht kann. Du bist so viel größer als ich.«

»Tut mir leid. Ich glaube, wir müssen uns da wohl was anderes ausdenken. Vielleicht sollten wir's Vater sagen und dann wär's sein Problem.«

»O Gott, nein.«

»Oder wir könnten hinterm Haus ein Streckgestell bauen, so eins von den Dingern, weißt du, wie man sie hatte, um Leute zu foltern, indem man sie langzog. Wir könnten dann zwei Fliegen mit einer Klappe schlagen. Ich wäre endlich groß genug, um ins Basketballteam aufgenommen zu werden, und du könntest deine Lust auf Bestrafung befriedigen.«

»Bestrafung verschafft mir nicht die geringste Lust.«

»Was immer.«

»Versprich mir, nie wieder Sprüche an die Wände zu schmieren.«

»Ja, Madam. Oder sollte es besser heißen: nein, Madam?«

»Sag einfach, daß du mir versprichst, nie mehr Sprüche an die Wände zu schreiben.«

»Ich verspreche, nie mehr Sprüche an die Wände zu schreiben«, sagte Jonathan und fügte in Gedanken hinzu: *auf Latein.*

Der Jüngste, Thatcher, war Olivers Lieblingskind. Da Thatcher keinerlei literarische, künstlerische, sportliche oder musikalische Begabung erkennen ließ, wurde schon bald beschlossen, daß er Jurist werden sollte. Nach Abschluß seiner juristischen Studien würde er ein oder zwei Jahre lang in einer renommierten Anwaltskanzlei arbeiten, dann für den Kongreß kandidieren, sich im Abgeordnetenhaus oder im Senat auszeichnen und sich schließlich, wenn das Klima günstig war, um die Präsidentschaft bemühen.

Thatcher hatte das, was Oliver als einen vielversprechenden Start ansah. Er konnte die Namen aller amerikanischen Präsidenten der Reihe nach aufsagen und tat dies auch des öfteren – mit rhetorischen Schnörkeln, die die Säle widerhallen, die Zuhörer sich krümmen und die vormaligen Präsidenten sich im Grabe umdrehen lassen konnten. Die Aufführung wurde bei Dinnerparties der Eltern, bei den von Schule und Kirche veranstalteten geselligen Zusammenkünften, bei den Picknicks der »Kiwanis« und bei Wohltätigkeitsveranstaltungen der Republikaner wiederholt. Das war vielleicht keine großartige Gabe, aber einige Präsidenten hatten auch schon mit weniger angefangen.

Eines Morgens, als die Jungen in der Schule waren, bemerkte Vee zu ihrem Mann, daß es Zeit sei für eine Veränderung.

»Oliver, glaubst du nicht auch, daß Thatcher mal eine neue Nummer einüben sollte?«

»Eine neue Nummer? Das ist doch keine Nummer, meine liebe Frau.«

»Nun, was immer das ist, die Leute kriegen inzwischen wahrscheinlich zuviel davon.«

»Die Leute kriegen zuviel vom Anhören der Namen ihrer eigenen Präsidenten, vorgetragen von einem Jungen, dessen Name eines Tages sehr wohl auch auf dieser Liste erscheinen könnte?«

»Versuch doch mal, objektiv zu sein, Oliver. Wie würde es dir denn gefallen, wenn du immer und immer wieder mit anhören müßtest, wie die kleine Wendy Morris alle Zusatzartikel zur Verfassung runterleiert?«

Olivers Kaffeetasse, die sich gerade zu seinem Munde hin bewegte, blieb auf halbem Wege stehen. »Die Zusatzartikel zur Verfassung, Zusatzartikel zur Verfassung. Mensch, Vee, das ist doch eine großartige Idee, hervorragend. Ich bin erstaunt, daß ich nicht selbst darauf gekommen bin. Eine Aufstellung der Zusatzartikel zur Verfassung ist der nächste logische Schritt. Laß mal sehen, wie viele es inzwischen eigentlich gibt.«

»Zu viele«, sagte Vee. »Viel zu viele. Ich meine, Thatcher ist doch erst zehn.«

»Als ich zehn war, konnte ich ganze Seiten aus der Bibel aufsagen. Ja, ich kann Thatcher richtig vor mir sehen, wie er da vor einer großen Zuhörerschaft steht und seine kleine Stimme die großen Wahrheiten unserer Verfassung kundtut. Kannst du dir das nicht vorstellen, Vee?«

»Ja, o ja, ich kann's mir vorstellen.« Vee klatschte Marmelade auf ein englisches Muffin und hoffte, daß ihr nicht nur Thatcher, sondern auch Gott und alle zukünftigen Zuhörerscharen vergeben würden.

»Und die Daten sollten natürlich dazugehören«, sagte Oliver. »Es ist ein Jammer, daß Thatcher mit Zahlen solche Schwierigkeiten hat, aber das werden wir schon hinkriegen. Vee, meine Liebe, manchmal unterschätze ich dich wirklich. Du bist ebenso klug wie hübsch.«

Wenn so etwas von Oliver kam, dann kam es einer leidenschaftlichen Liebeserklärung gleich, aber Vee ließ sich nicht zu einer entsprechenden Reaktion hinreißen. *Ich hätte den Mund halten sollen. Armer Thatcher, er wird Wochen brauchen, um die Zusatzartikel auswendig zu lernen, und er wird niemals mit den Daten zurechtkommen. Er hat so ein miserables Gedächtnis. Ich frage mich, ob wohl auch welche von unseren Präsidenten ein so miserables Gedächtnis hatten.*

Olivers Traum strömte dahin, ungehindert von Wrackteilen und Treibgut oder nüchterner Überlegung. »Wenn Thatcher so weit ist, daß er sich um einen Studienplatz an einer juristischen Fakultät bewerben kann, dann wird er einen gewissen Vorsprung vor den anderen haben. Und den wird er brauchen können angesichts all der Abkömmlinge sozialer Minderheiten, die die höheren Lehranstalten heutzutage aufzunehmen gezwungen sind.«

»Meinst du nicht, Oliver, daß Thatcher inzwischen vielleicht ein bißchen zu alt ist, um so öffentlich zur Schau gestellt zu werden?«

»Zur Schau stellen? Wenn ich meinen Sohn ermutige, die Leute an ihre große amerikanische Vergangenheit zu erinnern, so kann das nicht als Zurschaustellung seiner Person ausgelegt werden. Und vergiß nicht, mein Liebes, daß *du* es warst, die die Zusatzartikel zur Verfassung in Vorschlag gebracht hat. Erfüllt dich das nicht mit Stolz?«

»Nicht eigentlich.« Es erfüllte sie viel eher mit Schuldgefühlen und der beunruhigenden Aussicht, gebrandmarkt durchs Leben gehen zu müssen als die Frau, die dafür verantwortlich war, daß Thatcher die Zusatzartikel zur Verfassung auswendig lernen und sie an zahllose, unfreiwillige Zuhörer in der ganzen Stadt weitergeben mußte.

Auch Donnelly nutzte die Pause zu einem Telefonat. Da er nicht wollte, daß jemand davon erfuhr, bediente er sich nicht der Apparate im Anwaltszimmer, sondern einer Telefonzelle in der Eingangshalle.

»Ellie? Charles Donnelly hier. Ich muß mich kurz fassen. Ich möchte, daß Sie Ihren Chef dazu bewegen, entweder in der Zeit bis zwölf Uhr heute vormittag oder heute nachmittag zwischen zwei und vier in den Gerichtssaal Nummer fünf zu kommen. Ja, ich weiß, daß er viel zu tun hat. Aber hier geht's im Wortsinne um Leben und Tod. Erinnern Sie ihn daran, daß er mir einen Gefallen schuldet, einen großen. Ich bitte ihn nur darum, sich in den Gerichtssaal zu setzen und zu beobachten. Ich setze mich dann später mit ihm in Verbindung. Ich wiederhole, es geht um Leben und Tod.«

Dr. Woodbridge kehrte in den Zeugenstand zurück und fuhr in der Aufzählung seiner Qualifikationen und Referenzen fort. Die Geschworenen, die einigermaßen munter von ihrer Kaffeepause zurückgekommen waren, verfielen nun in eine Art Erstarrung. Sie wußten nicht, was der Begriff »amtliche Akkreditierung« bedeutete, und als das erklärt wurde, war es ihnen herzlich gleichgültig, und sie schienen geneigt, sich Donnellys Forderung anzuschließen, diese Art von Zeitvergeudung zu unterbinden. Der Geschworene Nr. 3, der Polier Paloverde, an die harte Arbeit an frischer Luft gewöhnt, schlief in der stickigen Atmosphäre des Gerichtssaals ein und wachte erst wieder auf, als es draußen auf dem Flur zu einem Tumult kam. Selbst die schwere, etwa sieben Zentimeter dicke Eichentür konnte den Lärm nicht abhalten, den eine schreiende Frau verursachte.

»...wo ich als Berater am Veterans Administration Hospital in Sawtelle tätig war.«

»Das liegt in Kalifornien?«

»Ja.«

»Bitte sprechen Sie lauter, Dr. Woodbridge«, sagte Owen, aber der Richter unterbrach ihn.

»Einen Augenblick mal bitte.« Er nickte dem Gerichtsdiener Di Santo zu, und der ging hinaus auf den Flur. Drei oder vier Minuten später kehrte er zurück, sein Gesicht rot und naß. Unter seinen Armen durchnäßten halbkreisförmige Schweißflecke sein Hemd. Er näherte sich dem Richtertisch, während er sich mit einem Tuch das Gesicht abwischte.

»Da ist eine Verrückte draußen im Flur«, flüsterte er dem Richter zu.

»Schicken Sie sie halt weg.«

»Sie will nicht gehen, sondern hier reinkommen.«

»Und warum?«

»Sie behauptet, sie sei von jemand hier im Saal beraubt worden, und will seine Festnahme erreichen.«

»Haben Sie ihr gesagt, daß hier gerade eine Verhandlung stattfindet?«

»Das wollte ich gerade, als sie ... als sie ... als sie ...« Er beugte sich noch weiter über den Richtertisch. »Sie hat mir ins Auge gespuckt. Das ist doch entwürdigend. Wie soll man sich vor so was wie Spucke im Auge schützen?«

»Gehen Sie raus und sehen Sie zu, daß Sie sie loswerden.«

Der Gerichtsdiener wandte sich ab, um dieser Anordnung Folge zu leisten, aber bevor er noch den halben Weg bis zur Tür zurückgelegt hatte, wankte eine Frau in den Saal. Zwei Männer, ein Justizangestellter und ein Mann im Arbeitsanzug, hatten versucht, sie davon abzuhalten, und sich an ihre Arme gehängt. Sie aber hatte sich ihrem Zugriff entzogen und sie mit einem leeren Mantel stehenlassen. Sie lief laut schreiend an den Zuschauerreihen vorbei geradewegs zum Platz der Anwälte.

»Da ist er!« Sie schüttelte die Faust zum Anwaltstisch hin. »Er hat mich beraubt. Er hat mir meine Pillen weggenommen. Nehmen Sie ihn fest! Nehmen Sie ihn fest!«

Donnelly rührte sich nicht und zuckte nicht einmal mit der Wimper. Er saß da wie eine Statue aus Marmor, während zwei Justizangestellte seine Frau von hinten ergriffen. Sie hatte sich nicht damit aufgehalten, sich anzuziehen, sondern nur Hausschuhe über ihre Füße und einen Mantel über ihr Nachthemd gestreift. Der Mantel lag bei der Tür auf dem Boden wie die abgestreifte Haut einer Schlange.

»Ich will, daß man ihn festnimmt. Er versucht mich umzubringen. Er hat mir die Pillen weggenommen, die mich am Leben erhalten.«

»Ein Justizangestellter soll sie nach Hause fahren«, sagte der Richter zu Di Santo.

Einer der Zuschauer hielt die Tür auf, und Zan wurde halb in den Flur hinaus gezogen, halb getragen. Als sich die Tür hinter ihr geschlossen hatte, herrschte eine unheimliche Stille, als wäre sie ohnmächtig geworden oder bewußtlos geschlagen worden.

Zum ersten Mal seit Beginn dieses Prozesses begannen

die Geschworenen sich untereinander zu unterhalten. Der Anhauch des Wahnsinns schien sie zueinander in einen geschlossenen Kreis gezogen zu haben wie Pioniere, die von Indianern angegriffen werden.

Der Richter schlug mit seinem Hammer auf den Tisch, um sich Aufmerksamkeit zu verschaffen.

»Wir vertagen uns für zehn Minuten.« Nachdem die Geschworenen und die meisten Zuschauer hinausgegangen waren, wandte er sich ruhig an Donnelly. »Ich möchte Sie in meinem Zimmer sprechen, Mr. Donnelly ... Mr. Donnelly?«

»Ja«, sagte Donnelly. »Ich komme.«

»Benutzen Sie meine Tür.«

»Danke.«

Die beiden Männer verließen den Saal durch die Tür hinter dem Richtertisch und gingen an dem Raum für die Beweisstücke vorbei zum Amtszimmer des Richters. Donnelly durchquerte den Flur so vorsichtig, als sei er vermint.

»Ihre Frau machte einen ziemlich erregten Eindruck«, sagte der Richter.

»Ja.«

»Ich habe sie schon zwei oder drei Jahre nicht mehr gesehen. War sie krank?«

»Ja.«

»Sie sieht aus, als wäre sie in einem Krankenhaus besser aufgehoben.«

»Ja.«

»Ich nehme an, daß Sie nicht über diese Geschichte sprechen wollen ... Gut, aber ich muß. Ein Vorfall wie dieser darf sich in meinem Gerichtssaal nicht wiederholen.«

»Ich bin für die Handlungen meiner Frau nicht verantwortlich.«

»Wenn das, was sie sagte, wahr ist, dann sind Sie's in diesem speziellen Falle doch, oder nicht?« Als Donnelly nicht antwortete, fügte der Richter hinzu: »Haben Sie ihr die Pillen weggenommen?«

»Ja.«

»Warum?«

»Sie sollte nicht mehr drankommen.«

»Das klingt, als ginge es um mehr als nur eine Sorte Pillen. Was hat sie genommen?«

»Aufputscher am Morgen, Dämpfer am Abend, manchmal beide zu gleicher Zeit, zu jeder Zeit.«

»Sie bräuchte wohl Hilfe. Einfach ihre Pillen einzuziehen, reicht doch nicht aus. Sie sollten lieber ihren Arzt anrufen und ihn bitten, nach ihr zu sehen.«

»Das habe ich schon. Er ist wahrscheinlich gerade draußen und wundert sich, wo sie wohl abgeblieben sein mag. Vielen Dank übrigens, daß Sie sie nach Hause bringen ließen. Ich werde mich um ihren Wagen kümmern, wenn ich ihn finde.«

»Was werden Sie hinsichtlich ihres Zustandes unternehmen?«

»Was immer möglich ist«, sagte Donnelly. »Und das ist nicht eben viel. Eine Sicherheitsverwahrung kommt bei ihr nicht in Frage. Sie in eine Anstalt zur Verhinderung von Medikamentenmißbrauch einzuweisen, bedarf ihrer Zustimmung. Das gilt auch für die Einweisung in ein Genesungsheim. Gibt es noch andere Möglichkeiten?«

»Geben Sie ihr die Pillen wieder und stellen Sie Schwestern ein, die vierundzwanzig Stunden bei ihr bleiben, ihr die Pillen austeilen und auf sie aufpassen. Ich spreche jetzt nicht als Richter, sondern als ein anteilnehmender Beobachter.«

»Danke.«

»So ungefähr das einzige, was *ich* tun kann, wäre, die Verhandlung auf den Nachmittag zu vertagen. Dann hätten Sie die Möglichkeit, nach Hause zu gehen und die Sache in Ordnung zu bringen. Es ist noch zu früh, um in den Saal zurückzugehen. Ich hab doch zehn Minuten gesagt, oder?«

»Ja.«

»Dann haben wir ja noch fünf. Setzen Sie sich.«

Donnelly setzte sich in den Stuhl, der vor dem Schreibtisch des Richters stand. Der Richter blickte ihn über den Rand seiner Brille hinweg an.

»Sagen Sie, Donnelly, glauben Sie an genetische Programmierung?«

»In gewissem Maße.«

»Wissen Sie was? Ich bin gerade dabei, dem mit Haut und Haaren zu verfallen. Ich meine, ich sehe mich überaus stark versucht zu glauben, daß Sie und ich genetisch so programmiert worden sind, daß wir hier miteinander in diesem Raum in diesem Augenblick über dieses Thema sprechen. Halten Sie das für verrückt?«

»Diskutierbar, gewiß.«

»Das hat nichts mit Religion und so was zu tun, nur mit den Genen, DNA, irgendeinem Mechanismus, den wir noch gar nicht entdeckt haben und wahrscheinlich auch nie entdecken werden. Wir haben keine Zeit mehr dazu.« Er nahm die Brille ab und legte sie vor sich auf den Schreibtisch.

»Können Sie sich vorstellen, daß Sie und ich so programmiert wurden, daß wir jetzt etwas trinken?«

»Könnte ich mir vorstellen, ja.«

»Nein, ich bin niemand, der dem Schicksal oder Kismet oder DNA trotzt.« Zum zweiten Mal an diesem Vormittag holte der Richter die Flasche Whisky und zwei Gläser hervor. »Ich frage mich, ob ich programmiert bin, zum Alkoholiker zu werden.«

»Das erscheint angesichts Ihres Alters nicht wahrscheinlich.«

»Ich werde wohl einfach abwarten müssen und sehen, was passiert. Zum Wohl.«

»Zum Wohl.«

Zans Jaguar stand nicht auf den Parkplätzen gegenüber dem Gerichtsgebäude, und deshalb ging Donnelly einmal um den Häuserblock herum. Er fand den Wagen in der Nähe des Haupteingangs im absoluten Halteverbot. Er war nicht abgeschlossen, der Schlüssel steckte im Zündschloß, und Zans Handtasche lag auf dem Vordersitz. Der Anblick des verlassenen Autos berührte Donnelly stärker als Zans Auftritt im Gerichtssaal oder auch die fürchterliche Szene am gestrigen Abend. Er war auf eine eigentümliche Weise symbolisch. Der Schlüssel im Zündschloß schien auf jemanden zu warten, der die Sache in die Hand nahm, und die Handtasche auf dem Vordersitz schien jemanden aufzufordern, Besitz zu ergreifen. Zan konnte nichts in die Hand oder in Besitz nehmen, nicht einmal mehr sich selbst. Sie war gegen ein paar Plastikfläschchen und zwei schmutzige Umschläge ausgetauscht worden.

Ohne das Auto auch nur anzufassen, ging er ins Gerichtsgebäude zurück, rief sein Büro an und bat seine Sekretärin, sofort zu ihm zum Haupteingang zu kommen. Dann trat er wieder auf die Straße hinaus und wartete.

Er setzte sich auf die Betonbank an der Bushaltestelle vor dem Gericht. Er hatte noch niemals an einer Bushaltestelle gesessen oder einer solchen mehr als nur einen flüchtigen Blick gewidmet oder sich gar gefragt, was das für Menschen sein mochten, die da warteten. Ein mexikanischer Junge im Teenageralter las in einem Buch über Computer, und ein Rentner döste unter seinem Strohhut vor sich hin.

Am anderen Ende der Sitzbank saß eine junge Schwarze mit zwei kleinen Kindern. Sie hatte eine Papiertüte auf dem Schoß, aus der oben ein paar Blumen herausschauten. Die Kinder aßen aus einer Keksschachtel. Sie starrten Donnelly mit der offenen, freundlichen Neugier sehr junger Wesen an.

»Hallo«, sagte Donnelly.

Der Arm der Mutter schnellte mit einer Geschwindigkeit vor, die nur ein Karatefachmann zuwege bringt, und zog die beiden Kinder an sich.

»Sprecht ihr mir bloß nicht mit einem fremden Mann, hört ihr?«

Donnellys Gefühle schienen mit jedem Ereignis dieses Tages höher an die Oberfläche zu steigen. Normalerweise hätte er die Bemerkung der Frau ignoriert, sie wahrscheinlich nicht einmal gehört, sie jedenfalls nicht persönlich genommen. Jetzt aber beschäftigte sie ihn. Was meinte sie mit anderem Mann? Meinte sie einen Fremden? Oder fühlte sie instinktiv, daß er »anders« war?

»Es tut mir leid«, sagte er. »Ich wollte nicht...«

»Was mich angeht, rede ich auch nicht mit 'nem fremden Mann.«

Die Papiertüte auf ihrem Schoß raschelte, die Blumen nickten mit den Köpfen, die Kinder aßen weiter ihre Kekse.

»Es tut mir leid«, wiederholte er, und da war etwas in seiner Stimme, was den alten Mann aus der Vergangenheit und den Teenager aus der Zukunft holte. Sie schauten ihn beide mißbilligend an, als sei er ein ungebetener Eindringling aus der Gegenwart.

Die Glocke im Turm des Gerichtsgebäudes schlug die dreiviertel Stunde. Er saß nun auf den Steinstufen vor dem Haupteingang und beobachtete eine Taube, die am Brunnen trank. Es war dies ein Tag der ersten Male. Er hatte noch niemals zuvor eine Taube beim Trinken beobachtet. Sie tauchte ihren Schnabel ins Wasser und warf dann den Kopf zurück wie ein Mensch, der gurgelt.

Er fragte sich, wie lange er seiner genetischen Programmierung nach wohl noch hier auf den Stufen des Gerichts sitzen und einer Taube beim Trinken zusehen mußte.

Kurz vor zwei Uhr kam Staatsanwalt Owen zusammen mit seinen Söhnen Chadwick, Jonathan und Thatcher zur Nachmittagssitzung ins Gericht. Es waren große, hubsche Jungen, die eine starke Ähnlichkeit mit ihrem Vater hatten. Gerichtsdiener Di Santo war vorgewarnt worden und hatte drei Plätze in der ersten Reihe belegt. Feierlich überreichte er jedem Jungen ein Notizbuch und einen Kugelschreiber von eben der Art, wie sie auch die Geschworenen benutzten.

Chadwick fragte: »Wofür ist das denn?«

»Um Notizen zu machen«, sagte der Gerichtsdiener.

»Notizen worüber?«

»Die Verhandlung. Was alles passiert und so weiter.«

»Passiert doch gar nichts.«

»Das Gericht ist noch nicht wieder zusammengetreten. Wenn das Gericht zusammentritt, dann kannst du die amerikanische Rechtsordnung mal in Aktion sehen.«

»Du meine Fresse«, sagte Jonathan. »Das ist ja schlimmer als Schule. Ich dachte, wir wären hier, um mal was zu lachen zu kriegen.«

»Das hier ist keine Vergnügungsstätte«, sagte der Gerichtsdiener.

Die Jungen standen im Mittelpunkt des allgemeinen Interesses, bis die Geschworenen an ihre Plätze zurückkehrten. Dr. Woodbridge nahm im Zeugenstand Platz, und der Richter kam durch seine eigene Tür herein.

Dr. Woodbridge begann damit, daß er eine große Anzahl von Fotos der Leiche Madeline Phersons herumzeigte. Die Bilder wurden der Verteidigung vorgelegt, dem Richter und dann den Geschworenen. Die Zuschauer konnten nur einen flüchtigen Blick erhaschen, was die Jungen ganz entschieden enttäuschte.

Chadwick nahm seinen Stift und schrieb: »Das ist aber gar kein gutes Beispiel für das amerikanische System der Gerechtigkeit, man kann ja nicht mal die Bilder sehen. Was soll daran eigentlich gerecht sein?« Angesichts dieses Mangels fingen die Jungen an, flüsternd zu protestieren, bis ihr Vater sich umdrehte und sie durch finstere Blicke zum Schweigen brachte.

Es war Jonathan, der die Ansicht seines älteren Bruders unterstützte. »Das hier ist ein mieses Beispiel für die amerikanische Rechtsordnung deswegen, weil ich nicht mal das Belastungsmaterial sehen kann.«

Die Idee, per Notiz miteinander zu kommunizieren, schlug ein, und nun kam es zu einer wahren Flut von Botschaften:

O. O. sollte seine Haare länger wachsen lassen, damit seine Ohren nicht mehr rausgucken.
Der Richter sieht beschwipst aus.
Sieh dir mal an, wie die Justizzicke mit den Titten wakkelt, wenn sie geht.
O. O. ist langweilig.
Einer der Geschworenen in der ersten Reihe pennt.
Ich auch. Ich schreibe das hier im Schlaf.
So sieht das auch aus, du Schwachkopf.
Ich stimme dafür, daß wir abhauen. Die ganze Zeit gehen Leute rein und raus, da wird's niemand merken.
Bist du bekloppt? O. O. wird uns vermissen.
Er wird Thatcher vermissen. Du und ich, wir hauen ab, und Thatcher kann hierbleiben.
Ich wil auch abhaun ich bin genauso gelankwailt wie ir Ir müst mich mitnem.
Halt Ruhe und schreib die Präsidentennamen rückwärts auf.
Ha ha ha.
Wenn ir mich hirlast dann häule ich.
Mist, das bringt der fertig. Und O. O. stellt sich auf seine Seite.

Okay, bleiben wir also alle und sterben wie Helden.

Ich wil nich stärbn. Wenn du machst das ich stärb dann schrei ich.

Sterben ist viel zu gut für dich, du kleiner Scheißer.

Der Staatsanwalt wandte sich einmal mehr den Zuschauern zu und sah, wie seine Jungen eifrig in ihren Notizbüchern schrieben. Er fühlte Stolz in seiner Brust aufsteigen wie Gasbläschen.

Jonathan bemerkte den Ausdruck auf dem Gesicht seines Vaters und interpretierte ihn richtig. Er schrieb:

Er wird mit dem hier im Club rumprotzen. Wir fangen lieber mal an aufzupassen. Wer ist eigentlich angeklagt?

Der schwarze Kerl.

Glaubst du, daß er schuldig ist?

Wie soll ich das denn wissen? Hab ihn doch noch nie gesehen.

O. O. hält ihn für schuldig.

O. O. hält jeden für schuldig.

Meine Fresse, was ist, wenn er nachher unsere Notizbücher sehen will?

Wir sagen ihm, daß er erst mal einen Durchsuchungsbefehl beibringen muß.

Falls er das schafft, müssen wir was haben, was wir ihm vorzeigen können.

Und das wäre was?

Halten wir den schwarzen Burschen für schuldig oder nicht?

Chadwick schrieb: »Ein Mensch ist solange unschuldig, bis seine Schuld bewiesen ist. Der Beweis muß auf Tatsachen beruhen. Ich verfüge über keinerlei Tatsachen, deshalb ist er's vielleicht oder vielleicht ist er's auch nicht.«

»Dies ist«, schrieb Jonathan, »ein sehr verwirrender Fall, weil ich überhaupt nichts darüber weiß. Ich habe noch nie eine Leiche gesehen, außer im Kino und im Fernsehen. Ich möchte Pathologe werden, damit ich mal eine richtige Leiche zu sehen kriege (wenn die Bezahlung stimmt).«

Thatcher schrieb: »Mein Daddy is der bäste Statsanwald der welt und deshalb is der schwarze schuld. Ich hab ein hund auf dem raasen gesehn. Ich wil ein hund. Warum kaufen wir kein hund?«

Im Verlauf des Nachmittags erfuhren die Jungen ein paar interessante Dinge.

Der Körper der Frau wies zahlreiche Quetschungen, Hautabschürfungen und Schnittwunden auf. (»Schreck laß nach«, dachte Jonathan, »mein Körper hat die dauernd.«)

Die Frau hatte vier gebrochene Rippen, drei auf der linken Seite und eine auf der rechten. (»He«, dachte Chadwick, »wißt ihr noch, wie sich Thatcher zwei Rippen gebrochen hat, als er vom Baum gefallen ist und ein Jahr lang geheult hat?«)

In den Lungen der Frau hatte sich nur eine sehr geringe Menge Salzwasser gefunden. Im Falle ertrunkener Opfer sind Lungen selten mit Wasser gefüllt. (»Ich wette, ich hab mehr geschluckt als nur ne geringe Menge, als ich surfen gelernt habe«, sagte Chadwick. »Du hast doch nie surfen gelernt«, antwortete Jonathan.)

Die Frau war an Asphyxie, also den Erstickungstod gestorben, verursacht durch Untertauchen unter Wasser.

Die drei Jungen trugen ihr Urteil in ihre Notizbücher ein.

»Schuldig« – Chad Owen.

»Schuldig« – Jon Owen.

»Schult« – Thatcher Hamilton Owen, Esq.

Als sich das Gericht um vier Uhr dreißig vertagte, fuhr ein Justizbeamter in Zivil die Jungen in einem Polizeiauto nach Hause.

Thatcher fragte den Fahrer: »Sind Sie 'n richtiger Polyp?«

»Kneif mich und du wirst's ja sehen.«

»Dann werd ich vielleicht festgenommen.«

»Aber garantiert. Wegen Beamtenbeleidigung.«

»Ich hoffe«, sagte Jonathan, »du kriegst dann lebenslänglich.«

»Ich will kein lebenslänglich. Ich will kein ...«

»Ach, halt's Maul, du kleiner Scheißer. Wenn du Glück hast, stecken sie dich in die Gaskammer.«

Thatcher protestierte. »Ich hab genug davon, immer ein kleiner Scheißer zu sein.«

»Tröste dich«, sagte der Polizist. »Irgendwann wirst auch du erwachsen und dann bist du ein großer Scheißer.«

Es war dies kein guter Tag für Thatcher. Die Sache mit den Zusatzartikeln wurde ihm noch am nämlichen Abend nach dem Essen eröffnet, als die Familie noch am Tisch beisammen saß.

»Thatcher und ich«, verkündete Oliver, »werden uns nun in die Bibliothek zurückziehen.«

Vee seufzte hörbar, die beiden älteren Jungen tauschten argwöhnische Blicke, und selbst Thatcher, der nicht gerade wegen seines Scharfsinns berühmt war, witterte Unheil.

»Warum?« fragte er.

»Weil wir etwas Wichtiges zu besprechen haben.«

»Warum?«

»Hör auf, wie ein verrückter Papagei dies Warum zu wiederholen«, sagte Vee. »Jetzt geh schon und bring's hinter dich.«

Um seinem Bruder einen Gefallen zu tun (von dem natürlich erwartet wurde, daß er ihn mit Zins und Zinseszins zurückzahlen würde), versuchte Jonathan, dem Gespräch eine andere Richtung zu geben. »Ich möchte mal wissen, ob Papageien verstehen können, was sie sagen, wenn sie sprechen, und auch die anderen Angehörigen der Papageienfamilie wie Kakadus, Aras, Wellensittiche, Nymphensittiche und so weiter und so weiter.«

»Sei still!« Vees Stimme war so scharf, daß alle vier männlichen Wesen sie anstarrten, als ob sie ein Roboter wäre, der ganz plötzlich die Fähigkeit der sprachlichen Äußerung erworben hätte. Dann begannen die beiden älteren Jungen ohne besondere Aufforderung, den Tisch abzuräumen, und Thatcher und sein Vater zogen sich in die Bibliothek zurück, wo Oliver ihm den Anlaß ihrer Zusammenkunft erläuterte.

»Was ist ein Zusatzartikel?« fragte Thatcher.

»Ein Zusatz ist etwas, was dem Original hinzugefügt wird, um es abzuändern, im allgemeinen zum Besseren.«

Thatcher dachte sorgfältig darüber nach. »Du meinst

also wie 'ne Frau, die zum Doktor geht und sich die Titten größer machen läßt?«

»Nein. Nein, ich würde einen Zusatzartikel zur Verfassung nicht in die gleiche Kategorie einordnen wie eine Busenvergrößerung.«

»Was ist ein Busen?«

»Du fängst an, mir auf die Nerven zu gehen, Thatcher.«

»Da kann ich aber doch nichts für. Ich muß diese Sachen eben wissen, wenn ich groß und dann Präsident werden soll.«

»Na gut. Also, mathematisch gesprochen, ist ein Busen gleich zwei Titten.«

»Ich hab mal Mama am Telefon über eine Frau reden hören, die ihre . . .«

»Thatcher!«

»Ja, Sir.«

»Sei still!«

»Ja, Sir.«

»Also, unsere Aufgabe ist es nun, die Zusatzartikel zu unserer Verfassung auswendig zu lernen.«

»Was ist eine Verfassung?«

»Das Gesetz eines Landes. Die ersten zehn Zusatzartikel bezeichnet man allgemein als die *Bill of Rights.*«

»Die *ersten zehn*?« wiederholte Thatcher. »Waubau, wie viele gibt's denn?«

»Zweimal zehn plus sechs, das bedeutet also sechsundzwanzig Zusatzartikel zur Verfassung. Ich lese dir den ersten mal vor. Hör gut zu. Hörst du gut zu, Thatcher?«

»Sechsundzwanzig. Oh, verdammt.«

»Zusatzartikel eins befaßt sich mit den Grenzen, die der

Macht des Kongresses gesetzt sind. Er lautet wie folgt: ›Der Kongreß darf kein Gesetz erlassen, welches die Begründung einer Religion betrifft oder ihre freie Ausübung behindert; oder die Freiheit der Rede oder der Presse einschränkt; oder das Recht der Menschen, sich friedlich zu versammeln und die Regierung zu ersuchen, Missstände abzustellen.‹ 15. Dezember 1791. Verstehst du das, Thatcher?«

»Nein.«

»Hast du irgend etwas davon verstanden?«

»Nein.«

»Warum nicht?«

»Zu viele große Wörter.«

»Sie mögen dir im Augenblick noch groß vorkommen, mein Sohn, aber wenn du sie auswendig lernst, werden sie schrumpfen.«

»Wieviel werden sie schrumpfen?«

»Thatcher, ich werde langsam ärgerlich.«

»Ich weiß. Dein Gesicht wird ganz rot. Mama sagt, daß wenn dein Gesicht anfängt rot zu werden, wir besser die Flatter machen.«

Oliver sah ehrlich schockiert aus. »Das ist ganz unmöglich. Deine Mutter sagt nie so etwas Ruchloses.«

»Nicht, wenn du da bist.«

»Vielleicht hast du sie mißverstanden?«

»Nein, sie hat kurze Wörter benutzt. Sie können ja am Anfang groß gewesen sein und sind dann geschrampft.«

»Geschrumpft, heißt das. Schrumpfen, schrumpfte, geschrumpft.«

»Ja, Sir.«

»Also, um wieder zu den Zusatzartikeln zu kommen, was war der Sinn von Zusatzartikel eins?«

»Ich weiß nicht.«

»Sollte er die Macht des Kongresses begrenzen?«

»Ich denke ja.«

»Na bitte, du fängst doch schon an, das zu begreifen. Ich wußte es doch. Jetzt sprich mir also nach: Der Kongreß darf kein Gesetz ...«

»Der Kongreß darf kein Gesetz ... Ich möchte mal wissen, ob es ein Gesetz über Hunde gibt. Ich meine, sie sollten ein Gesetz machen, daß jeder einen Hund kaufen muß. Ich hab einen Hund auf dem Rasen beim Gericht gesehen, der war echt süß und strubbelig. Warum kaufen wir uns keinen Hund?«

»Ich will keinen Hund haben.«

»Was ist aber, wenn der Kongreß ein Gesetz macht, das dich *zwingt*, einen anzuschaffen?«

»Ich würde so ein Gesetz befolgen, natürlich, aber ...«

»Wau. Stell dir das mal vor, jeder mit einem Hund, Mama und du und Chad und Jon und ich, ich mit dem größten, weil ich der Kleinste bin. Ich und mein großer Hund würden dann Chad und seinem kleinsten was verpassen. Und alle Kinder in der ganzen Nachbarschaft würden ihre Hunde mit zur Schule bringen und dann hätten wir Hundekämpfe in der Pause. Wau.«

Wau, echote Oliver im Stillen und blickte durch das Fenster der Bibliothek hindurch zum Himmel. Aber Gott war wie üblich woanders.

Später, am Abend, als Vee und Oliver im Begriff waren, sich zur Nachtruhe zu begeben, bürstete Vee sich ihr Haar, und Oliver putzte seine Zähne. Er war ein gewissenhafter Zähneputzer. Zehn kreisförmige Bürstenbewegungen an der Vorder- und an der Rückseite eines jeden Zahnes, wobei die Bürste in einem Winkel von fünfundvierzig Grad zu halten war, um auch den Zahnbelag am Rande des Zahnfleisches zu entfernen.

Er kam aus dem Bad und blieb hinter Vee stehen, die an ihrem Frisiertisch saß. »Läuft mein Gesicht wirklich rot an, wenn ich sauer bin?«

»Siebenundfünfzig, achtundfünfzig, ja.«

»Und du hast wirklich den Jungs gesagt, daß sie besser die Flatter machen, wenn mein Gesicht rot anläuft?«

»Ich könnte etwas in dieser Richtung geäußert haben.«

»Warum?«

»Es erschien mir ein vernünftiger Ratschlag zu sein.«

»Hättest du das nicht auch etwas anders formulieren können?«

»Wie denn zum Beispiel?«

»Etwa ›Jungs, wenn euer Vater aufgebracht ist, dann entfernt euch freundlicherweise aus seiner Gegenwart.‹«

»Ich hätte es so sagen können, tat's aber nicht. Die Jungen reagieren weit besser auf eine einfache Sprache. ›Macht die Flatter‹ ist weit lebendiger und auch unwiderstehlicher als ›Entfernt euch freundlicherweise aus seiner Gegenwart.‹ Meinst du nicht auch?«

»Unglücklicherweise ja.«

Er legte die Hände auf ihre Schultern, während sie ihr Haar zuende bürstete. In dem sanften, rosigen Licht der

Doppelleuchten des Schlafzimmers sah sie so hübsch aus und fast so jung wie damals, als er ihr zum ersten Mal begegnet war, nämlich genau einen Tag nach Abschluß seines Jurastudiums.

Sie war mit jemand anderem zur Abschlußfeier gekommen, und er mit einem anderen Mädchen. Es war Liebe auf den ersten Blick gewesen. Sie heirateten, sobald Oliver die Arbeit in einer Anwaltskanzlei aufgenommen hatte. Vee arbeitete im ersten Jahr auch noch – bis einen Tag vor Chadwicks Geburt.

Vee freute sich an ihren Kindern und nahm die verschiedenen Phasen und ihre Fehler hin, wie sie die Änderungen des Wetters hinnahm. Sie wußte nur zu gut, daß Thatcher Glück haben würde, wenn er's bis zum College schaffte, von der Uni, dem Kongreß und der Präsidentschaft gar nicht zu reden. Sie wußte auch, daß Oliver schließlich Vernunft annehmen würde und sie ein nettes, ganz normales Leben führen könnten.

In der Zwischenzeit gab es da eben diese Zusatzartikel.

Er erzählte ihr von Thatchers Idee eines ganz neuen Zusatzartikels, der es jeder Person zur Pflicht machen sollte, einen Hund zu halten.

»Wie süß«, sagte Vee.

»Nicht wirklich.«

»Oh, aber das ist es doch. Du weißt ja, daß Thatcher dauernd zu fremden Hunden hinrennt, um sie zu streicheln.«

»O ja, ich weiß. Ich habe ja schließlich im letzten Jahr die sechsunddreißig Nadelstiche auf seiner Hand bezahlt. Und im übrigen zielt Thatchers in Vorschlag gebrachter Zusatzartikel nicht auf das Streicheln ab, sondern auf die Veranstaltung von Kämpfen zwischen Jungen und Hunden auf dem Schulgelände.«

Sie lachte. Er nicht.

»Ich fange an, daran zu zweifeln«, sagte er, »daß Thatcher aus dem Holz ist, aus dem Präsidenten gemacht werden.«

»Er hat noch fünfundzwanzig Jahre Zeit, bis er sich um eine Kandidatur bewerben kann. Du könntest also im Augenblick ruhig mal aufhören, dir Sorgen zu machen, und ins Bett kommen. Wer ist mit dem Lichtausknipsen dran?«

»Du.«

»Ich dachte du.«

»Na gut, ich.«

Sie stieg ins Bett, und er knipste das Licht aus und kroch zu ihr.

Sie lagen nebeneinander in der Dunkelheit und ihre Körper berührten sich, waren aber doch zugleich getrennt durch Thatcher und die Zusatzartikel und den Hund, durch den Prozeß und die Bilder der toten Frau und das lächelnde braune Gesicht des Mannes, der sie getötet haben könnte, durch Vees kaputten Staubsauger und die Fettuccine, die Oliver zu Mittag gegessen hatte.

Vee sagte: »Wie haben sich die Jungen im Gericht aufgeführt?«

»Sehr gut, ausgenommen ein bißchen Geflüster. Ich gestehe, daß mich ihre Notizen zu der Verhandlung enttäuscht haben.«

»Vielleicht erwartest du zuviel von ihnen.«

»Mehr noch. Manchmal habe ich das Gefühl, daß ich den Kontakt zu meinen Söhnen verloren habe.«

»Manchmal hast du das auch, Oliver. Aber wir alle berühren uns und entfernen uns dann wieder voneinander, das ganze Leben lang.«

Sie legte ihren Kopf auf seine Schulter und lächelte, den Mund an seiner Haut. Er war ein so großer, schöner Mann, daß sie sich oftmals fragte, warum ausgerechnet ihr das Glück vergönnt gewesen war, sich ihn zu angeln.

Die Justizangestellte

Bevor am nächsten Morgen die Verhandlung fortgesetzt wurde, ließ der Richter Eva Foster in sein Amtszimmer rufen.

Der Richter hatte die halbe Lesebrille auf, die sein Gesicht in zwei einander widersprechende Hälften teilte. Der obere Teil bestand aus der breiten Denkerstirn und den ernstblickenden kleinen Augen, der untere aus den runden Backen und den vollen, rosigen Lippen eines älter gewordenen Thatcher.

Eva trug ein neues Strickkleid – angesichts des Anlasses eine unglückliche Wahl.

»Setzen Sie sich, Miss Foster.«

»Ja, Sir.«

Der Richter betrachtete sie eingehend über den Rand seiner Brille hinweg, legte dann den Kopf zurück und besah sie sich auch durch die Brille, um auf diese Weise zu einer ausgewogenen Ansicht zu gelangen.

Schließlich begann er zu sprechen: »Der Staatsanwalt Owen hat gestern seine drei Söhne mit ins Gericht gebracht. Die beiden älteren haben Sie deutlich bemerkbar... äh, haben Sie bemerkt, oder sollte ich besser sagen beäugt?«

»Jungen in dem Alter beäugen alles, was sich bewegt.«

»Und Sie *bewegen* sich wahrhaftig. Sehr ordentlich, wenn ich das sagen darf.«

»Tue ich meine Arbeit in zufriedenstellender Weise, Sir?«

»Aber ja doch, durchaus. Sie sind mir da drinnen eine große Hilfe, schleppen alle diese Beweismittel herbei, Messer, Pistolen, Kleidungsstücke und so weiter. Was mich zum Thema bringt.«

»Was?«

»Kleidungsstücke. Ihre Kleidung.«

Eva sah auf ihr Kleid hinab, das sie einen ganzen Wochenlohn gekostet hatte und das in *Vogue* angezeigt gewesen war. »Mögen Sie dieses Kleid nicht?«

»Ich mag's sehr wohl. Überaus kleidsam.«

»Worum geht's denn dann? Ich vermag nicht zu sehen ...«

»*Er* aber hat gesehen. Mr. Owen meine ich. Und was er sah, das waren zwei seiner Söhne, die Sie beäugten. Und so mußte er selbst Sie natürlich auch beäugen, um feststellen zu können, was die beiden beäugten. Verständlich, wirklich. Verantwortlichkeit der Eltern und so. Wie dem auch sei ... er kam zu einer Schlußfolgerung.«

»In der Tat?«

Die obere Hälfte im Gesicht des Richters schien gegen die untere zu kämpfen, und der Kampf unentschieden zu enden.

»Du liebe Güte, Miss Foster, diese ganze Geschichte mit der Beäugerei, die stammt doch nicht von mir. Ich bin sozusagen nur der Mittelsmann.«

»Zu welcher Schlußfolgerung ist Mr. Owen gekommen?«

»Er meint ... das heißt er hält dafür, glaubt, was immer... daß Sie keine Unterkleidung tragen, die dazu geeignet wäre, zu schnüren, einzuschließen, zu bändigen, was...«

»Ich weiß, was ›schnüren‹ bedeutet, Euer Ehren. ›Schnüren‹ ist das, was die alten barbarischen Chinesen mit den Füßen ihrer kleinen Prinzessinnen machten. Sie schnürten deren Füße, um sie an einem natürlichen Wachstum zu hindern. Deshalb konnten dann diese armen Geschöpfe nicht richtig laufen. Diese Barbaren glaubten, nur Bauern hätten es nötig, zu Fuß zu gehen. Ein grausames, unmenschliches Verfahren.«

»Oh, um Gottes willen, Miss Foster. Ich fordere doch nicht von Ihnen, daß Sie sich die Füße schnüren. Ich möchte doch nur, daß Sie einen BH tragen.«

Eva hüllte sich in absichtsvolles Schweigen und sah sich im Raum um. Der war ebenso widersprüchlich wie das zweigeteilte Gesicht des Richters. Über Reihen würdevol ler roter und goldener Gesetzesbücher thronte eine große, ausgestopfte Waldohreule, der eines ihrer Glasaugen fehlte und die eine tote Maus zwischen ihren Krallen zerdrückte. Der Mahagonitisch zeigte die Wundmale von eingebrannten Zigaretten und Seemuscheln, die der Richter bei seinen Morgenspaziergängen am Strand sammelte. Dem jüngsten dieser Muschelhaufen verdankte der Raum den durchdringenden Fischgeruch.

»Der Gerichtsdiener«, sagte Eva schließlich, »hat einen Schmerbauch.«

»Das ist mir bekannt, Miss Foster.«

»Haben Sie ihn aufgefordert, einen Schnürleib zu tragen?«

»Nein.«

»Warum nicht?«

»Ein Schmerbauch ist doch nicht so beäuglich... beäugbar... ach Quatsch, ein Schmerbauch ist eben nicht ganz so verführerisch wie bestimmte andere Teile der menschlichen Anatomie. Außerdem hat er einen Gürtel drumrum.«

»Um seine Hosen hoch zu halten.«

Der Richter begann zu bereuen, das Thema angesprochen zu haben. »Es würde mir sehr schwer werden, meinen Gerichtsdiener dazu anzuhalten, einen Schnürleib anzulegen.«

»Sie scheinen aber gar nichts dabei zu finden, mich zu bitten, einen BH zu tragen.«

»Ganz im Gegenteil. Ich habe gezögert, habe das Pro und Contra eingehend abgewogen, eine lange Zeit darüber nachgegrübelt.«

»Wenn Sie noch ein bißchen länger nachgegrübelt hätten, dann wäre Ihnen bestimmt aufgegangen, daß dies ganz eindeutig ein Fall von sexueller Diskriminierung ist.«

»Aber das ist doch keine Diskriminierung. Es trägt lediglich ganz offenkundigen Unterschieden zwischen den Geschlechtern Rechnung. Der Schmerbauch des Justizwachtmeisters gehört nicht in die gleiche Kategorie wie Ihre Brust.«

»Fälle von sexueller Diskriminierung können bis zu den höchsten Instanzen gehen.«

»Herr im Himmel«, sagte der Richter. Und dabei hatte der Tag so gut für ihn begonnen. Die Sonne schien, er hatte gut gefrühstückt, niemand war sauer auf ihn. Und nun wurde plötzlich vor dem Obersten Gerichtshof wegen sexueller Diskriminierung gegen ihn verhandelt. »Könnten wir diese Unterredung nicht einfach vergessen, Miss Foster?«

»Ich könnte schon, wenn Sie's auch könnten.«

»Sie hat nie stattgefunden, in Ordnung?«

»Gut. Aber sollte das noch einmal passieren, dann würde ich nicht zögern, die Sache dem Nationalen Frauenverband zur Kenntnis zu bringen.«

»Sie könnten sich übrigens nicht vielleicht zu irgendeinem Kompromiß verstehen?«

»Sie meinen, einen halben Büstenhalter tragen? Das erscheint mir nicht sehr sinnvoll. Es könnte sogar die entgegengesetzte Wirkung von der haben, die Sie anstreben, und ganz bestimmte abartige Typen überhaupt erst richtig anturnen, wenn Sie verstehen, was ich meine.«

»Ja, ja, ja.«

»Und außerdem«, sagte Eva, »gibt's keine Halb-BHs. Ich müßte einen ganzen kaufen und ihn dann zerschneiden, was es unmöglich machen würde, ihn irgendwo zu befestigen.«

»Ich habe keinen halben BH vorgeschlagen, Miss Foster, sondern einen Kompromiß, etwas in der Art eines ... nun, eines enganliegenden Unterhemdes vielleicht.«

»Ich habe schon seit Jahren kein Hemd mehr getragen.«

»Vielleicht könnten Sie ja auch andere Kleidungsstücke wählen, in denen sich die Konturen der menschlichen Gestalt nicht ganz so deutlich abzeichnen. Wären Sie bereit, mal über einen solchen Kompromiß nachzudenken?«

»O ja. Ich würde einen solchen Kompromiß als eklatante Diskriminierung ansehen.«

»Also gut, Thema durch.«

»Danke, Sir. Und ich will mich auch bemühen, sehr, sehr vorsichtig hinauszugehen, damit ich nicht irgendwelche ...«

»Ach, schnürn Sie sich doch die Füße, Foster.«

Zehn Minuten vor zehn brachte ein Justizbeamter Cully King aus dem Bezirksgefängnis in den Saal. Im Gefängnis trug Cully die gleiche Kleidung wie die anderen Insassen, aber an Verhandlungstagen war es ihm erlaubt, seine besten Sachen zu tragen, also einen marineblauen Blazer, graue Hosen, weißes Hemd und einen blauen Schlips, den er in Mazatlán an einer Bude an der Strandpromenade gekauft hatte. Der Schlips zeigt das Bild einer Jacht, das von einem am Orte seßhaft gewordenen amerikanischen Künstler nach einem Foto der *Bewitched*, das ihm Cully vorgelegt hatte, angefertigt worden war. Niemand hätte auf diesem Bild die *Bewitched* zu erkennen vermocht, aber jeder Seemann konnte ausmachen, daß es sich um eine Ketsch handelte, und der Künstler hatte darauf beharrt, daß dies eine der besten Arbeiten war, die er jemals für 25 Dollar angefertigt hatte.

Weder Donnelly noch der Staatsanwalt waren schon da, und abgesehen vom Gerichtsdiener und ein paar frühen Zuschauern waren Cully und Eva allein im Saal.

»Wir werden heute morgen wohl verspätet anfangen«, sagte Eva zu Cully. »Ich rege den Richter immer damit auf, daß ich recht habe. Er kann es gar nicht vertragen, wenn andere Leute so früh am Morgen recht haben, und deshalb braucht er wahrscheinlich einige Zeit, um sein Ego wieder zu beruhigen.«

»Ist mir egal, ob er zu spät kommt. Ich muß ja nirgendwo hin.« Cully lächelte ein eher ernstes, süßes Lächeln, das ihn sehr jung aussehen ließ. »Wollen Sie irgendwohin?«

»Nicht in nächster Zeit. Ich nehme meinen Urlaub erst Weihnachten. Ich weiß noch nicht, wohin ich dann fahre.«

»Meine Inseln sind zur Weihnachtszeit sehr schön. Ich wäre in den Ferien gern zu Hause.«

»Bei Ihrer Frau und Ihren Kindern?«

»Sie ist nicht meine Frau. Wir haben nie geheiratet. Vielleicht sind das auch gar nicht meine Kinder, aber ich ernähre sie alle, damit ich der King bei ihnen bin. Das soll ein Witz sein, verstehn Sie?«

»Ja.«

»Warum lächeln Sie nicht mal? Ich dachte, das wäre ein ganz guter Witz.«

»Erzählen Sie mir was über Ihr Haus.«

»Da gibt's nicht viel zu erzählen, denn da ist nicht viel Haus. Klein, überfüllt, nicht allzu sauber, wenn man's mal mit einem Schiff vergleicht. Mein Schwager wohnt bei uns. Er ist ein fauler Hund, aber ein guter Tänzer, und Louise geht gern tanzen. Ich, ich kann nicht tanzen, außer wenn ich besoffen bin. Mag ja sein, daß ich dann auch nicht tanzen kann, aber dann tu ich's. Ich tue praktisch alles, wenn ich betrunken bin.« Er hielt einen Augenblick inne. »Wenn ich je mal einen umbringe, dann wahrscheinlich meinen Schwager. Da hab ich schon oft dran gedacht.«

»Sie dürfen nicht so reden«, sagte Eva. »Die Leute könnten das hören und einen falschen Eindruck von Ihnen kriegen.«

»Wieso denn? Mein Schwager hat doch nichts mit der Frau zu tun, die ich als Köchin an Bord gebracht habe.«

»Halten Sie noch immer an dieser Geschichte fest?«

»Sie ist wahr.«

»Es klingt aber nicht wahr.«

»Ich kann doch nicht ändern, was passiert ist.«

»Mr. King, Sie müssen lernen, wie man sich selbst als einen unschuldigen Menschen präsentiert. Ein unschuldiger Mensch spricht nicht über die Möglichkeit einer Ermordung seines Schwagers.«

»In Ordnung, ich werd nicht mehr drüber reden. Ich werd aber weiter drüber nachdenken.«

»Hörn Sie mal. Was ich meine ist, Sie können nicht einfach daherkommen und die Wahrheit sagen. Sie müssen das so machen, daß sie wahrer als die Wahrheit klingt.«

»Wollen Sie mich auf den Arm nehmen?«

»Nein.«

»Ich hab aber so das Gefühl.«

»Nein. Ich versuche doch nur, Ihnen zu helfen.«

»Warum?«

»Ich weiß nicht.«

Cully verfiel in ein verwirrtes Schweigen. Er saß da, die Hände auf den Tisch gelegt, und hielt zwischen Daumen und Zeigefinger der rechten Hand einen Bleistift, den er auf der Handfläche seiner Linken hin und her rollte. Auf der helleren Haut seiner Handfläche traten die Schwielen hervor wie Kieselsteine an einem Sandstrand.

Eva mochte diese Hände, die so ganz anders waren als die

Hände Donnellys, die stets viel zu sorgfältig manikürt erschienen, oder die des Richters, die von Arthritis gekrümmt waren, oder die des Gerichtsdieners mit ihren blassen, aufgedunsenen Fingern, von denen einer von seinem Ehering fast stranguliert wurde. Cully hatte schmale, kräftige Hände, bei denen man sich darauf verlassen konnte, daß sie Dinge zuwege brachten, daß sie für einen sorgten und einen beschützten.

Sie blickte auf ihre eigenen Hände hinab, die klein und dünn waren, und sie verspürte den plötzlichen, sehr verwirrenden Wunsch, eine der beiden in die Cullys zu legen und sie dort liegen zu lassen.

Sie hielt fast eine Minute lang den Atem an und mußte dann tief Luft holen, um den Mangel an Sauerstoff wieder auszugleichen. Sie fragte sich, was wohl mit ihr los sei und ob sie vielleicht mit einem vernünftigen Menschen wie Mildred reden sollte. Nach Jahren der Tätigkeit beim Gericht hatte Mildred den sechsten Sinn für Schuld oder Unschuld eines Angeklagten entwickelt. Sie würde wissen, ob dieser Mann ein Mörder war oder nicht.

»Ich mag Ihr Kleid«, sagte Cully.

»Wieso?«

»Es ist halt ein schickes Kleid. Es steht Ihnen ganz großartig.«

»Ich hasse es«, sagte Eva. »Ich hasse es. Ich werde es nie wieder anziehen.«

Bill Gunther kam herein und schwang seine abgewetzte alte Aktenmappe. Er sah aus, als hätte er die Nacht in einer Wäscheschleuder zugebracht, die seinen Anzug zerdrückt, einen Knopf von seinem Hemd abgerissen und sein Haar zerwühlt hatte. In Wirklichkeit war er seit Mitternacht auf der Rückfahrt von Bakersfield unterwegs gewesen und dabei in dichten Nebel geraten, der den Verkehr so gut wie zum Stillstand gebracht hatte. Seine metallgefaßte Brille schien das Muster dieses Nebels aufgenommen zu haben, denn Gunthers Versuche, sie mit seinem Jackenärmel zu säubern, waren vergeblich gewesen.

Er zog eine Krawatte aus der Jackentasche und band sie sich um. Dann fuhr er sich mit der Hand durch die Haare, wobei er seine Finger wie die Zähne eines Kamms einsetzte. Er war bei Beginn des Prozesses reif für einen Haarschnitt gewesen und war es immer noch. Der Gesamteindruck, den er vermittelte, war der eines Mannes, der wichtigere und tiefgründigere Dinge im Kopf hatte als Kleider und Haarschnitte.

»Es ist üblich«, sagte Eva, »sich zu Hause anzukleiden.«

»Ich war gar nicht zu Hause.«

»Das glaube ich wohl.«

»Ich bin so lange nicht mehr zu Hause gewesen, daß ich meine Adresse schon ganz vergessen habe. Sie haben sie nicht zufällig irgendwo rumliegen, oder?«

»Nein. Rufen Sie doch mal Ihre Mutter an.«

»Mir sind die Mütter gerade ausgegangen.«

Er legte seine Aktenmappe auf den Tisch. Ihr entströmte ein schwacher, aber durchaus identifizierbarer Geruch nach getragener Unterwäsche und schmutzigen Socken, weshalb er sie auf den Fußboden transferierte. Dann wandte er sich Cully zu.

»Wie ist's gestern gelaufen?«

»Nicht so gut, glaube ich. Vielleicht sogar schlecht.«

»Wie schlecht?«

»Dieser Doktor da machte, daß es aussah, als wenn ich sie gewürgt und in die Rippen geboxt hätte. So ist es nicht gewesen.«

»Wenn's nicht so gewesen ist, dann können die's auch nicht beweisen.«

»Vielleicht doch, wenn Dr. Woodbridge weiter solche Wörter benutzt, die sonst niemand verstehen kann.«

»Warten Sie mal ab, bis Donnelly den drankriegt. Dann wird der Woodbridge so unanständige Wörter wie ›Scheißspiel‹ benutzen.«

»Sie mögen diesen Donnelly, nicht?«

»Er ist der Boss. Er zahlt meine Miete, mein Bier, also mag ich ihn, klar doch.«

»Aber Sie sind nicht wirklich mit ihm befreundet.«

»Ich weiß nicht mal, wo er wohnt.«

»Tst, tst, Ihr Gedächtnis hat heute morgen aber Lücken«, sagte Eva. »Sie können sich nicht daran erinnern, wo Sie wohnen, und auch nicht daran, wo Ihr Spezi wohnt. War's eine schlimme Nacht?«

»Die allerschlimmste.«

»Sie haben wohl 'nen Packen bei Ihrem Buchmacher gelassen, was?«

»Ach, halten Sie sich raus, Foster. Ich bespreche hier die Zeugenvernehmungen mit unserem Mandanten.«

»Dann versuchen Sie, leiser zu reden. Ein paar von den Beobachtern haben ziemlich gute Ohren.«

Der Staatsanwalt erschien mit seinem ersten Assistenten Bernstein, und eine Minute später auch Donnelly.

Donnelly sah so gepflegt aus wie immer. Sein grauer, changierender Anzug paßte zum Glanz und zur Farbe seiner Haare. Dazu trug er ein weißes Hemd, die Harvard-Krawatte und den Schlüssel der Phi Beta Kappa. Der Schlüssel war sein rechtmäßiges Eigentum, aber in Harvard hatte er nicht studiert. Von seiner neuenglischen Familie gedrängt, westwärts zu ziehen und dort auch zu bleiben, war er nach Kalifornien gegangen und hatte sich an der University of California in Berkeley eingeschrieben. In dem hier herrschenden, weniger restriktiven und ausgeglicheneren Klima war er erfolgreich tätig geworden.

»Guten Morgen, meine Herren«, sagte Donnelly. »Haben Sie in Ihren Sachen geschlafen, Gunther?«

»Ich hab überhaupt nicht geschlafen.«

»Wirklich? Das müssen Sie mir später erzählen. Sehr viel später.«

Gunther zuckte mit den Schultern, nahm seine Aktenmappe auf und begab sich zu seinem angestammten Platz innerhalb des den Anwälten vorbehaltenen Gevierts, aber ganz an der Schranke in einiger Entfernung ihres Tisches.

Donnelly packte die Papiere aus, die er mitgebracht hatte, Unterlagen, die mit Buchstaben, Ziffern und Schnörkeln bedeckt waren, die als Geschriebenes gelten mochten, und ein Exemplar der lokalen Morgenzeitung mit einem Bericht über die gestrige Verhandlung. Es war ein ziemlich zutreffender Bericht, und Donnelly gab ihn Cully zu lesen.

Cullys Gesicht blieb beim Lesen unbewegt, aber seine Hände zitterten leicht. »Die tun so, als sei ich schuldig.«

»Der morgige wird besser ausfallen«, sagte Donnelly.

»Ich denke, die Geschworenen sind jetzt mit medizinischen Begriffen gesättigt.«

»Warum glauben Sie das?«

»Sie haben sich nicht mehr so viele Notizen gemacht wie am Anfang. Sie sind jetzt reif für eine schlichtere Sprache. Und ich auch.«

»Bitte sich zu erheben. Das Oberste Gericht in und für den Bezirk Santa Felicia nimmt die Verhandlung auf. Den Vorsitz hat Richter George Hazeltine.«

Es war fünfzehn Minuten nach zehn.

Eva Foster trug die Zeit in ihr Notizbuch ein, Mildred Noon saß gelassen vor ihrer Stenographiermaschine, und Dr. Woodbridge wurde vom Gerichtsdiener in den Zeugenstand eskortiert. Im Gerichtssaal war es warm wie in einer Scheune, aber der Geruch war anders. Es roch nach gestreßten Menschen.

Der Richter beobachtete den Gerichtsdiener, als dieser an seinen Platz zurückkehrte, und bemerkte, daß dessen Schmerbauch immer größer zu werden schien und sein Khakihemd aufs äußerste spannte. Er sah aus wie jemand, dessen Brust herabgesunken und im letzten Moment vom Ledergürtel der Hose aufgefangen worden war. Ein Schnürleib wäre vielleicht gar keine so schlechte Idee, dachte der Richter. Er holte tief Luft, hielt eine Minute lang den Atem an und sagte dann:

»Da Mr. Owen seine Befragung von Dr. Woodbridge beendet hat, sind wir nun also bereit für das Kreuzverhör durch Mr. Donnelly. Sind *Sie* bereit, Mr. Donnelly?«

»Ja, Euer Ehren.«

Donnelly bezog den Platz am Pult, dem Zeugen genau gegenüber. Sein Gebaren und seine Stimme waren ernst.

»Dr. Woodbridge, mein Name ist Charles Donnelly. Falls irgendwelche im Verlaufe dieser Befragung von mir gestellten Fragen zu persönlich oder sogar feindselig erscheinen sollten, möchte ich Sie schon im voraus um Vergebung bitten. Sollten hier Zweifel geäußert werden, so betreffen diese nicht Ihre Integrität, sondern ausschließlich bestimmte Schlußfolgerungen, zu denen Sie gelangt sind. Auch wenn wir bei diesem Fall gegnerischen Lagern angehören, sind wir doch beide daran interessiert, die Wahrheit zu finden. Und bei der Wahrheitssuche kommt es nicht selten zum verbalen Schlagabtausch. Ich bedaure dies, aber ich muß für das kämpfen, woran ich glaube. Würden Sie eine Entschuldigung vorab annehmen, Doktor?«

»Oh, gewiß.« Woodbridge spürte ein Zucken in seinem linken Mundwinkel. Wenn er allein gewesen wäre, dann hätte es sich zu einem Lächeln ausgewachsen. Er kannte Donnelly nun schon seit Jahren, und das hier war eine seiner Lieblingsmaschen, sich nämlich den Geschworenen als Pfadfinder zu präsentieren, der sich um der Gerechtigkeit willen schmutziger Tricks bedienen muß.

»Dr. Woodbridge, Sie sagten gestern, die Ursache für den Tod von Mrs. Pherson sei Asphyxie gewesen.«

»So ist es.«

»Können Sie uns eine kurze und einfache Definition des Begriffes Asphyxie geben?«

»Ich kann's kurzmachen, aber nicht einfach, denn es handelt sich dabei um einen ziemlich komplizierten Vorgang.«

»Kurz würde ausreichen.«

»Asphyxie bedeutet Tod durch Mangel an Sauerstoff, der auf eine Blockierung der Atemwege zurückzuführen ist.«

»Kann diese Blockierung der Atemwege durch ganz verschiedene Dinge verursacht werden?«

»Ja.«

»Könnten Sie bitte einige nennen.«

»Da wäre zunächst an Unglücksfälle zu denken, also wenn jemand etwas, gewöhnlich ein Stück Fleisch, hinunterzuschlucken versucht, das zu groß ist und dann in seiner Kehle stecken bleibt. Eine weitere Ursache kann eine Erkrankung sein, zum Beispiel ein Tumor oder eine heftige allergische Reaktion auf ein bestimmtes Nahrungsmittel wie etwa Schalentiere, die den Rachen zuschwellen läßt. Erstikken, eine weitere Ursache, kann Folge eines Unfalls sein, wenn sich zum Beispiel ein Kleinkind in den Bettüchern verfängt, oder willentlich herbeigeführt werden, etwa durch ein vor das Gesicht gepreßtes Kissen. Das Erhängen, der Gebrauch einer um den Hals gelegten Schlinge, also Seil, Draht, Gürtel, ist eine nicht ganz ungewöhnliche Form der Selbsttötung. Eine andere Ursache der Asphyxie können Hände sein, die Druck auf die Luftröhre oder auf den Kehlkopf ausüben, mit anderen Worten das Erdrosseln.«

Das Geheul einer Sirene unmittelbar vor den Fenstern des Gerichtssaales ließ den Doktor verstummen, und er schüttelte den Kopf angesichts der Vergeblichkeit seines Bemühens, dagegen anzukommen.

Als das Sirenengeheul verebbte, sagte Donnelly: »Haben Sie nicht die wichtigste Ursache der Asphyxie übergangen, Dr. Woodbridge?«

»Nicht absichtlich. Ich wollte gerade das Ertrinken anführen, als ich unterbrochen wurde.«

»Gestern nachmittag hat der Herr Staatsanwalt die Tatsache hervorgehoben, daß sich in Mrs. Phersons Lunge nur sehr wenig Wasser befand. Sind beim Ertrinken die Lungen im allgemeinen mit Wasser gefüllt?«

»Nein. Sehr selten.«

»Können Sie uns so kurz wie nur möglich sagen, was beim Ertrinken tatsächlich passiert, also wenn zum Beispiel jemand über Bord fällt?«

»Der betreffende Mensch würde wohl anfangen, um sein Leben zu kämpfen, also wahrscheinlich um Hilfe schreien und im Wasser um sich schlagen. Während dieses Überlebenskampfes dringt dann Wasser in den Rachen und in die Luftröhre ein und macht, daß die Schleimhäute aus Gründen des Selbstschutzes mehr Schleim absondern. Dieser Schleim verbindet sich mit dem Wasser zu einer viskosen Substanz, etwa wie Seifenschaum, aber klebrig und zäh. Das kann sich dann noch mit Erbrochenem verbinden, und das Opfer erstickt an seinen eigenen Körperflüssigkeiten.«

»Können wir also daraus schließen, daß die Todesursache nicht Wasser in der Lunge ist, wie allgemein angenommen wird?«

»Ja.«

»Was, wenn der Sturz aus dem Boot kein Unfall ist, sondern absichtlich herbeigeführt wird?«

»Auch dann würde Wasser aufgenommen werden, und die Reaktion der Schleimhäute wäre die gleiche.«

»Es ist ein weitverbreiteter Glaube, daß ein ertrinkender Mensch dreimal an die Oberfläche kommt. Trifft das zu?«

»Nein. Der Körper kommt unter Umständen überhaupt nicht mehr hoch und wird nie gefunden. Das gilt vor allem bei Süßwasser.«

»Warum das?«

»Der menschliche Körper ist schwerer als Süßwasser.«

»Und was ist mit Salzwasser?«

»Salz erhöht die Schwimmkraft des Körpers. Wenn das Wasser sehr stark salzhaltig ist wie etwa beim Großen Salzsee in Utah, dann wird der Auftrieb des Körpers so groß, daß es Mühe macht zu schwimmen.«

»Wirkt sich die Wassertemperatur auf die Überlebenszeit aus? Streichen Sie das ... Dr. Woodbridge, Sie sagten gestern aus, daß nach Ihrer Meinung Mrs. Pherson an Asphyxie, verursacht durch Erdrosselung, gestorben ist.«

»So ist es.«

»Sie sagten ferner, daß die Erdrosselung durch den Gebrauch von Händen herbeigeführt wurde.«

»Ja.«

»Sie stützten Ihre Ansicht auf zwei Vertiefungen, die man vorne am Hals von Mrs. Pherson fand und die ungefähr Daumengröße haben.«

»Das war der Hauptgrund, ja.«

»Sie sagten auch aus, daß diese Vertiefungen prämortal, das heißt also vor Eintritt des Todes beigebracht worden sind, ist es nicht so?«

»Ja.«

»Kennen Sie die genaue Todeszeit von Mrs. Pherson?«

»Nein.«

»Können Sie sie mit einer Toleranz von plus-minus einer Stunde angeben?«

»Nein.«

»Von etwa zwei Stunden?«

»Auch das läßt sich nicht mit Sicherheit sagen, nein.«

»Warum nicht?«

»Die Tatsache, daß der Körper im Wasser gelegen hat, das eine Temperatur von dreizehn Grad aufwies, macht es schwer, den genauen Zeitpunkt des Todes zu bestimmen.«

»Und doch behaupten Sie, daß die Vertiefungen, die man am Hals von Mrs. Pherson fand, vor ihrem Tod entstanden sind. Wie sicher sind Sie sich da?«

»Hundertprozentig. Oder fast hundertprozentig.«

»Fast.« Donnelly sprach das Wort langsam aus und ließ es gleichsam in der Luft stehen wie eine Wolke des Zweifels. »Auf dem Gebiet der Medizin, aber auch in anderen Wissenschaften kommen täglich neue Tatbestände ans Licht, nicht wahr?«

»Ja.«

»Versuchen Sie eigentlich, Dr. Woodbridge, sich über erzielte Fortschritte, über neue Theorien und neue Erkenntnisse, wie sie in den verschiedenen Publikationen veröffentlicht werden, auf dem laufenden zu halten?«

»Ich versuche das. Gegenwärtig aber gibt es so viele medizinische Publikationen, daß ich mich wohl entscheiden müßte, ob ich sie alle lesen will oder aber meine eigene Arbeit tun.«

»Ist das spezielle Gebiet der Lebensrettung aus kaltem Wasser ein relativ neues?«

»Ich denke schon.«

»Haben Sie irgendwelche Fachveröffentlichungen dazu gelesen?«

»Nicht sehr viele.«

»Nicht sehr viele. Heißt das, nur wenige?«

Der Staatsanwalt stand auf. »Einspruch, Euer Ehren. Die wissenschaftliche Qualifikation von Dr. Woodbridge wurde zu Beginn seiner Aussage festgestellt. Dieses ganze Herumwühlen in dem, was er gelesen hat und was nicht, betrachte ich als ungerechtfertigte Belästigung.«

»Ich nicht«, sagte der Richter. »Einspruch abgelehnt. Wiederholen Sie Ihre Frage, Mr. Donnelly.«

»Ich will sie anders formulieren. Haben neuere Forschungen auf dem Gebiet des Ertrinkens in kaltem Wasser lange vertretenen Auffassungen widersprochen?«

»Lange vertretene Auffassungen werden auf so gut wie allen wissenschaftlichen Gebieten fast täglich torpediert. Könnten Sie einen ganz bestimmten Fall nennen?«

»Ein weithin bekannt gewordener Vorfall ereignete sich im vergangenen Jahr in der Nähe von Seattle. Zwei Jungen spielten auf einem zugefrorenen See, das Eis brach und einer der beiden ging unter. Sein Spielkamerad versuchte, ihn zu retten, aber auch er fiel ins Wasser und ging unter. Das wilde Gebell ihres Hundes zog die Aufmerksamkeit auf diesen Unfall. Es verging mehr als eine Stunde, bis der Körper des ersten Jungen aus dem See geborgen werden konnte. Es waren keine Spuren von Leben mehr an ihm zu entdekken, aber die ärztlichen Helfer machten sich an die Arbeit, denn dazu sind sie ja angehalten, ob die Aufgabe nun hoffnungslos erscheint oder nicht. In diesem Falle hatten die Wiederbelebungsversuche Erfolg, und der Junge fing schon bald von selbst wieder an zu atmen. Kurze Zeit darauf verstarb er dann allerdings doch. Während der langen

Zeit, die er da in dem eisigen Wasser gelegen hatte, war er zunächst lebendig geblieben, sein Stoffwechsel hatte sich so verlangsamt, daß sein Zustand der eines sozusagen ausgesetzten Lebens war. Erinnern Sie sich an diesen Fall, Doktor?«

»Ja.«

»Wie reagierten Sie, als Sie erstmals darüber lasen oder davon hörten?«

»Ich war sehr angetan von den Fähigkeiten des menschlichen Körpers.«

Diese unerwartete Antwort brach den Bann, und ein Gemurmel der Zustimmung und Belustigung trieb durch den Gerichtssaal. Donnelly war verärgert darüber, daß ihm die Aufmerksamkeit der Zuhörer entglitten war, aber dann wurde ihm bewußt, daß ihm das durchaus auch zum Vorteil gereichen konnte, und so verfolgte er das Thema weiter.

»Erinnern Sie sich noch daran, Dr. Woodbridge, wie lange der Junge unter Wasser gewesen war, bevor man ihn herauszog?«

»Ich glaube, mindestens eine Stunde.«

»Was für eine körperliche Mechanik war das, die ihn rettete, wenn auch nur für kurze Zeit?«

»Der Begriff, den Sie vorhin benutzten, scheint mir eine für den Laien ausreichende Beschreibung zu sein, nämlich ausgesetztes Leben. Die Absenkung der Körpertemperatur und die Verlangsamung des Metabolismus verringern den Sauerstoffbedarf des Gehirns.«

»Sind noch weitere Fälle von Menschen aktenkundig geworden, die eine zuvor noch niemals verzeichnete Zeitspanne unter Wasser überlebt haben?«

»Ja.«

»Zuverlässig dokumentiert?«

»Ja.«

»Welches war der gemeinsame Nenner aller?«

»Die niedrige Temperatur des Wassers.«

Das Zucken im Mundwinkel von Dr. Woodbridge wurde stärker. Er wußte, was jetzt kam. Er konnte es in Donnellys Augen lesen und an der Art erkennen, wie sich der Staatsanwalt in seinem Stuhl vorschob, bereit zum Start wie ein Läufer, der auf den Startschuß wartet.

»Dr. Woodbridge, könnte so etwas auch bei Madeline Pherson geschehen sein?«

Der Staatsanwalt schnellte hoch. »Einspruch, Euer Ehren. Der Zeuge wird hier zu Spekulationen aufgefordert. Ich erhebe ferner Einspruch gegen die Richtung dieser Fragen überhaupt, oder sollte ich besser sagen: dieser Antworten, hat es doch ganz den Anschein, als hielte der Herr Verteidiger dem Doktor eine medizinische Vorlesung.«

»Der Zeuge braucht die gestellte Frage nicht zu beantworten«, sagte der Richter.

»Lassen Sie mich statt dessen eine hypothetische Frage stellen«, sagte Donnelly. »Nehmen wir einmal an, das wäre im Falle von Mrs. Pherson so gewesen, wäre es dann nicht auch denkbar, daß die Vertiefungen an ihrem Hals und die Quetschungen und Kratzwunden an ihrem Körper erst verursacht wurden, *nachdem* sie im Wasser versunken war?«

Donnelly wartete die Antwort gar nicht erst ab. Es bedurfte keiner. Er blätterte die Seite in seinem Notizblock um, als wäre es die letzte Seite eines Buches.

Er blickte auf die Wanduhr und sah, daß es elf Uhr sechzehn war, also später als die übliche Zeit der Vormittagspause, aber noch zu früh für die Mittagspause. Er beschloß, die letztere dennoch zu beantragen, würde das den Geschworenen doch nahezu drei Stunden Zeit geben, über die Frage nachzudenken: *Hätte so etwas auch bei Madeline Pherson geschehen können?*

Angesichts der um fünfundvierzig Minuten verlängerten Mittagspause beschloß Eva Foster, nach Hause zu gehen. Sie wohnte zusammen mit ihrem Vater Frank, ihrer Stiefmutter Dora und deren Sohn Pete in einem dreigeschossigen viktorianischen Haus. Ihr Vater hatte etliche Male die Arbeitsstelle und viermal die Frau gewechselt, aber er hielt mit hartnäckiger Zuneigung an dem alten Kasten fest – und das trotz all der Bürogebäude und Wohnblocks, die in der Nachbarschaft hochgezogen wurden.

Eva ging in ihr Zimmer im zweiten Obergeschoß und vermied dabei die zwei knarrenden Stufen und die durchgetretene Stelle im Teppich auf dem oberen Flur, über die jeder unweigerlich stolpern mußte. Niemand kümmerte sich um den durchgetretenen Teppich. Er gehörte ebenso zu dem alten Haus wie der Speisenaufzug, der sich mit seinem Förderkorb geräuschvoll zwischen der Küche und der dritten Etage hin- und herbewegte.

In ihrem Schlafzimmer betrachtete sie sich in dem hohen, in der Schranktür eingelassenen Spiegel. Dann zog sie das Strickkleid aus, warf es auf die Steppdecke auf ihrem Bett und zog sich ein sehr weitgeschnittenes, baumwollenes Hemdblusenkleid über. Das war ein hübsches und vernünftiges Kleid, wie sie es schon immer hätte tragen sollen. In jedem Büro in der Stadt gab es eines, das haargenau so aussah und irgendein anonymes weibliches Wesen bekleidete.

Auf ihrem Weg nach unten bemerkte sie, daß zu der abgetretenen Stelle im Flurteppich zwei neue fadenscheinige Stellen hinzugekommen waren, eine zu beiden Seiten, verursacht durch Leute, die offensichtlich versucht hatten, dem ursprünglichen Loch auszuweichen. Am Ende würde es wohl eine Vielzahl solcher sich wie Pilze im ganzen Flur ausbreitenden Flecken geben.

Sie fand ihre Stiefmutter in der Küche, wo sie gerade einen Salat anrichtete und einer Show im Fernsehen zusah. Die Show wurde von anhaltendem Gelächter begleitet, das nur gelegentlich von Gesprächsfetzen unterbrochen wurde.

Doras hohe, scharfe Stimme durchschnitt das Gelächter wie ein Stilett. »Was treibst du denn hier?«

»Ich wohne hier.«

»Was?«

»Ich ... wohne ... hier.«

Dora schaltete den Fernseher ab und schmollte, als all die fröhlichen Leute so plötzlich aus ihrem Leben verschwanden wie sie hineingekommen waren. Sie war von jener blonden Schönheit, von der man stets nur in der Vergangenheitsform sprach. »Du weißt schon, was ich meine«, sagte Dora. »Du bist doch nicht rausgeflogen, oder? Der Himmel weiß, daß das hier eine ziemlich ansteckende Krankheit ist.«

»Ich bin nicht rausgeflogen. Das Gericht hat sich sehr früh zurückgezogen.«

Sie öffnete den Kühlschrank und holte sich eine Dose Tomatensaft und einen Apfel heraus.

Dora beobachtete sie voller Mißtrauen, als wäre sie nicht so ganz sicher, ob man ihr die Wahrheit gesagt hatte. »Wieso das?«

»Wieso was?«

»Warum hat sich's früh zurückgezogen?«

»Aus technischen Gründen.«

»Ich wünschte, du würdest mir hin und wieder mal erzählen, was los ist bei euch. Heute nachmittag kommt mein Bridgeclub, und die sind ganz wild auf ein paar Insiderinformationen zu diesem Fall.«

»Ich kann dir mit keinen Insiderinformationen dienen.«

»Wieso denn nicht? Du mußt doch eine Meinung dazu haben, ob der Mann schuldig ist oder nicht. Gütiger Himmel, du bist doch bei allem dabei.«

»Ich bin jetzt dabei, ja, aber ich war nicht dabei, als die Frau starb.«

Eva stand am Spülbecken, trank ihren Tomatensaft und blickte hinaus auf den Amberbaum, der ihr Haus von dem Wohnblock nebenan trennte. In der Mittagssonne leuchteten seine riesigen Blätter in strahlendem Orange, als ob sie in ein vibrierendes neues Leben ausbrechen wollten. Aber jedes Jahr aufs neue erinnerte sie ihr Vater düster daran, daß diese Pracht nicht Leben war, sondern der Tod. Und schon bald würden die Blätter allmählich abfallen und sich zusammenrollen wie die knusprige Teighülle von Tacos. Dann würde der Vater früh aufstehen, sie zu einem Haufen zusammenharken und in die Mülltonne stopfen. Ihr Vater war ein sehr ordentlicher Mann.

»Ich wette, die andern tun's«, sagte Dora.

»Was für andere tun was?«

»Die, die da im Gerichtssaal arbeiten. Ich wette, die gehen nach Hause und erzählen ihren Leuten alles.«

»Du kannst alles in der Zeitung nachlesen, was du wissen darfst.«

»Aber die Mädchen vom Bridgeclub, die wissen alle dasselbe, und ich hab nichts Besonderes, was ich ihnen erzählen könnte.«

»Wenn deine Freundinnen unbedingt wissen wollen, was in einem Gerichtssaal vor sich geht, dann sollten sie einfach mal kommen und sich das ansehen. Der Eintritt ist frei.«

Eva schälte den Apfel und viertelte ihn.

»Da hab ich den Fernseher abgestellt, damit wir reden können«, sagte Dora, »und jetzt hast du gar nichts zu erzählen.«

»Nicht über den Fall, nein. Wir könnten uns übers Wetter unterhalten.«

»Davon krieg ich noch genug, wenn dein Vater nach Hause kommt. Der wird mir dann erzählen, was sie in Paris, Bangkok, Hong Kong oder sonstwo für Temperaturen haben. Und wir kommen kaum jemals über Los Angeles hinaus. Ich kapier's nicht, wieso ein Mann, der sechsundfünfzig Jahre alt ist, jeden Abend die Wasserberichte in der Zeitung lesen muß, und wie hoch die Wellen waren, aus welcher Richtung sie kamen und die Abstände dazwischen. Ich kapier's einfach nicht, wieso ein Mann, der sein Leben lang das Land nicht verlassen und auf keinem Surfbrett gestanden hat, unbedingt die Temperatur in Hong Kong wissen muß oder die Höhe der Wellen in Zuma Beach. Meinst du nicht auch, daß das ein bißchen komisch ist?«

»Darüber habe ich noch nicht nachgedacht. Wie warm ist es denn übrigens in Hong Kong?«

»Wieso?« fragte Dora kalt. »Willst du hinfahren?«

»Vielleicht.«

»Wenn du nicht alles Geld für Kleider ausgeben würdest, dann könntest du dir das vielleicht leisten.«

»Vielleicht gewinne ich auch mal eine Reise dorthin. Das ist's überhaupt. Du könntest doch mal bei einer der Quizsendungen mitmachen, die du dir dauernd ansiehst, und eine Reise nach Hong Kong gewinnen. Du würdest dann ja wohl nicht selber fahren, weil du die Chinesen nicht magst, und mir das Ticket geben. Und bevor ich noch da ankomme, weiß ich schon die Temperatur. Wie hört sich das an?«

Doras rundliches, rosiges Gesicht nahm einen verärgerten Ausdruck an – wie das eines enttäuschten Kindes. »Nicht im Traum würde ich dir das Ticket schenken. Entweder würde ich's verkaufen oder selber fahren, Chinesen hin oder her. Und da wir gerade davon sprechen, daß du alles Geld für Klamotten ausgibst, was ist eigentlich mit dem Kleid passiert?«

»Mit welchem Kleid?«

»Heute morgen beim Frühstück hast du ein neues Strickkleid angehabt.«

»Ich habe mich umgezogen.«

»Das seh ich. Aber wieso?«

»Weil ich's so wollte.«

»Du mußt doch einen Grund dafür gehabt haben, daß du's wolltest.«

»Ich bin zu der Ansicht gelangt, daß es nicht zu einem Gerichtssaal paßt.«

»Sie schreiben euch doch sicher nicht vor, was ihr anziehen müßt?«

»Nein.«

»Aber warum willst du dann nicht so attraktiv aussehen wie's nur irgend geht? Das Kleid hat dich fast sexy aussehen lassen.«

Eva wußte, was jetzt kam: Es war an der Frau, so sexy wie nur möglich auszusehen, denn man konnte ja nie wissen, wann der Mr. Right daherkam. Oder auch nur Mr. Half-Right, denn eine Frau in Evas Alter konnte es sich nicht mehr leisten, allzu wählerisch zu sein.

Das war Doras Lieblingsstück, und sie beherrschte es wie eine Virtuosin. »Erinnerst du dich noch an den netten Mr. Weatherby, den dein Vater neulich am Samstag aus dem Büro zum Essen mitgebracht hat? Na, der hat deinen Vater nach dir ausgefragt und dir Grüße ausgerichtet. Das ist doch ein Zeichen, daß er an dir interessiert ist, auch wenn du das ganze Essen über dagesessen hast wie 'ne tote Muschel.«

»Wie unterscheidest du eine tote von einer lebendigen Muschel?«

»Tot oder lebendig, darum geht's doch gar nicht. Mr. Weatherby ist ein durchaus vorzeigbarer Mann. Er zieht sich gut an, das sollte dir wohl gefallen, er hat gute Zähne und nicht die Spur von Schuppen.«

»Wie kann er auch Schuppen haben, wenn er eine Glatze hat?«

»Sein Haar wird oben ein bißchen dünn, das kannst du doch nicht Glatze nennen.«

»Kann ich. Habe ich grade.«

»Wann kriegst du das bloß in deinen Schädel rein, daß du kein Küken mehr bist? Du kannst nicht so etepetete sein. Du lieber Himmel, worauf wartest du denn eigentlich?«

Noch immer am Fenster stehend, sah Eva auf den Amberbaum hinaus, der sich in der Sonne zu Tode strahlte. »Nicht, daß dich das irgend etwas anginge, aber ich warte darauf, daß ich mich verliebe.«

»Verlieben? Das ist doch albern.«

»Warum?«

»Die Menschen können nicht einfach darauf warten, daß sie sich verlieben. Sie müssen raus und danach suchen, was dafür tun, nicht einfach am Eßtisch rumsitzen und sich aufführen wie . . .«

»Eine tote Muschel.«

»Ja, wie 'ne tote Muschel. Das hab ich gesagt und ich werd mich nicht dafür entschuldigen. Mr. Weatherbys Haare mögen ja oben ein bißchen dünn werden, aber er bekommt ein sehr ordentliches Gehalt. Und die Tatsache, daß er sich nach dir erkundigt hat, muß bedeuten, daß er interessiert ist.« Dora erdolchte ein ölglänzendes Salatblatt. »Und du wartest drauf, daß du dich verliebst. Ich kann gar nicht glauben, daß du das gesagt hast.«

»Glaub's nur.«

»Bist du sicher, daß du nicht so was hast, was sie 'ne Vaterfixierung nennen?«

»Das bezweifle ich.«

»Laß uns bloß hoffen, daß du recht hast. Eine meiner Freundinnen hat neulich gesagt, wie komisch das sei, daß Frank vier Frauen hatte und daß du trotzdem immer das gleiche Schlafzimmer behalten hast, das du schon als Kind hattest, statt auszuziehen und dir 'ne eigene Wohnung zu suchen, was du dir spielend leisten könntest, wenn du nicht alles Geld für Klamotten ausgeben würdest. Nicht, daß ich was dagegen hätte, daß du bei uns bist, aber man sollte meinen, daß du bei all deinem Gebrabbel über die Unabhängigkeit der Frauen ausziehen und dir 'ne eigene Wohnung suchen müßtest. Warum machst du das nicht mal?«

»Trägheit«, sagte Eva. »Wir toten Muscheln leiden alle an Trägheit. Und ich wäre dir jetzt sehr verbunden, wenn du Mr. Weatherby nicht noch einmal aufs Tapet brächtest. Er mag ja ein ordentliches Gehalt beziehen, aber er ist ein eingebildeter Esel, der an Logorrhöe leidet.«

»Was ist das denn?«

»Schlag's nach.«

»Das ist doch wieder typisch. Wenn du bei einer Auseinandersetzung den kürzeren ziehst, dann kannst du nur noch deine höhere Bildung raushängen lassen.«

»Ich könnte mir sehr wohl noch etwas anderes vorstellen«, sagte Eva, »aber das wäre ungesetzlich.«

Sie verbrachte den Rest der Mittagspause damit, sich Schaufenster anzusehen, Mildred Noon zum Geburtstag einen Regenschirm zu kaufen und schließlich in eine Buchhandlung zu gehen, um sich nach einer Karte und Literatur über die Karibischen Inseln zu erkundigen.

Sie war Stammkundin dieses Buchladens, und deshalb begrüßte sie die Dame mittleren Alters, die hinter der Kasse stand, mit Namen.

»Wollen Sie auf eine Kreuzfahrt gehen, Miss Foster?«

»Eines Tages, vielleicht.«

»Ich war noch nie in der Karibik. Aber ich habe eine Freundin, die mal eine von diesen Reisen mitgemacht hat, so ähnlich wie die mit dem Traumschiff im Fernsehen. Ein Traumschiff, daß ich nicht lache! Erstens waren die meisten Passagiere Frauen, die einzigen Männer an Bord gehörten zur Besatzung.«

»Und zweitens?«

»Da war kein zweitens. Was glauben Sie wohl, warum sie diese Reise mitgemacht hat? Das war ein teurer Fehler. Sie hätte wohl besser daran getan, in einem Fitneß-Club Mitglied zu werden.«

»Danke für den Tip.«

»Da sind Sie wenigstens von Männern umgeben und können sich unter denen mal umsehen. Es ist erstaunlich, was für schlechte Menschenkenner Frauen sind. Sie benutzen ihre Augen und Ohren an Stelle ihres Gehirns. Sie könnten ebensogut auch *Eene-meene-mee* sagen und abzählen.«

Eva blickte auf die Karte in ihrer Hand hinab. Sie hatte angefangen zu zittern, als habe jemand die Tür aufgemacht und den Wind hereingelassen. Aber sie spürte keinen Luftzug.

Eene-meene-mee, fang 'nen Neger dir beim Zeh.

Hatte die Frau diese Worte absichtlich gewählt? Sie schien sie auf so merkwürdige Art und Weise anzusehen. Vielleicht wußte sie alles über den Prozeß, war vielleicht eine der anonymen Zuschauerinnen und hatte Cully mit ihr sprechen, ihn lächeln und ihr Kleid bewundern sehen.

Sie fing an, die Karte wieder zusammenzufalten, aber die

Karte wollte sich nicht falten lassen, und da nahm die Verkäuferin sie ihr aus der Hand. »Kommen Sie, lassen Sie mich das mal machen.«

»Danke«, sagte Eva.

»Ich persönlich glaube, daß die beste Methode, Männer – oder auch Frauen – kennenzulernen, die ist, sich einen Hund anzuschaffen. Leute, die mit Hunden spazierengehen, lernen sich immer kennen. Ist Ihnen das schon mal aufgefallen?«

»Ja.«

»Ich glaube überhaupt, daß Hunde viel klüger sind als Menschen. Wenn Hunde sich kennenlernen wollen, dann gehen sie einfach zueinander hin, beschnüffeln sich ein bißchen und sind dann auf Anhieb entweder Freunde oder Feinde. Wäre es nicht schön, wenn die Menschen das auch fertigbrächten?«

»Ich denke schon.«

»Fühlen Sie sich nicht wohl, Miss Foster?«

»Es ist nichts.«

»Vielleicht haben Sie zu schwer gearbeitet. Also wissen Sie, es ist ja schon ulkig, aber all die Jahre, die Sie nun schon hierherkommen, habe ich nie gewußt, was Sie eigentlich beruflich machen.«

»Ich arbeite für die Regierung.«

»Da sind Sie aber gut dran. Wie man hört, gibt's da ja eine ordentliche Krankenversicherung. Und die Pension! Wenn ich so eine Pension kriegen könnte, würde ich alles dran setzen, ewig zu leben.«

»Ich nehme die Karte«, sagte Eva. »Und das Taschenbuch über die Jungferninseln.«

»Soll ich Ihnen eine Tüte geben?«

»Nein, danke, ich habe noch Platz in meiner Handtasche.«

»Was für eine hübsche Tasche«, sagte die Verkäuferin. »Woraus ist die?«

»Alligator.«

»Ich dachte, die Alligatoren stünden auf der Roten Liste der bedrohten Arten, und man dürfe ihre Häute nicht mehr verwenden?«

»Das war mal zutreffend. Inzwischen züchtet man sie aber auch in Gehegen, und die Verwendung solcher Häute ist legal.«

Eva bezahlte das Buch und die Karte und trat wieder auf die Straße hinaus.

Sie war zehn Minuten vor der Zeit wieder im Gerichtssaal, wo Cully bereits am Anwaltstisch saß. Der Gerichtsdiener di Santo stand im hinteren Teil des Raumes und unterhielt sich mit einem Rentner, der seine Zeit zwischen dem Gericht und der einen Häuserblock entfernten Bibliothek aufteilte.

»Mein Spielplan ist einfach«, sagte der alte Mann zu di Santo mit einer Stimme, die aller Wände spottete, »heute hier, morgen dort. Das Gericht ist lebendiger, dafür sind die Stühle in der Bibliothek bequemer. Diese Bänke da können ja einem Elefanten das Kreuz verbiegen.«

Eva setzte sich an den Tisch, den sie sich mit di Santo teilte. Cully lächelte ihr zu, wartete aber, daß sie zuerst etwas sage.

»Sie sind früh dran«, sagte sie.

»Ja.«

»Wo kriegen Sie Ihr Mittagessen?«

»Im Gefängnis. Wir kriegen mittags unsere Hauptmahlzeit. Das Essen ist in Ordnung. Es gibt Gerüchte, daß sie was reintun, um uns zu beruhigen, aber wenn man Hunger hat, ist einem das egal.«

»Es wäre aber nicht legal, wenn sie das täten.«

»Glauben Sie, daß die das abhalten könnte?«

»Natürlich. Sie nicht?«

Cully zuckte die Achseln und wandte sich ab.

»Ich muß an unsere Rechtsordnung glauben«, sagte Eva. »Ich bin schließlich ein Teil davon.«

»Ich ja auch, im Augenblick.«

»Das vergesse ich immer wieder. Es klingt wahrscheinlich ziemlich verrückt, aber es ist wahr. Wenn wir hier so sitzen und uns unterhalten, dann vergesse ich einfach immer wieder, daß wir keine ganz normalen Menschen sind, die in einer ganz normalen Beziehung zueinander stehen.«

»Zwei Leute wie wir könnten niemals eine ganz normale Beziehung zueinander haben, wie auch immer der Prozeß ausgeht. Selbst wenn mich die Geschworenen für unschuldig erklären, würden Sie nie sicher sein.«

»Doch, das wäre ich. Ich sagte Ihnen doch, ich *glaube* an das System.«

Er produzierte ein komisches Geräusch zwischen den Zähnen, aus dem man so gut wie alles hätte heraushören können – eine Mutter, die ihr Kind beruhigt, den Ansatz zu einem Fluch oder ein schlichtes Ausatmen der Luft.

Eva zog das Taschenbuch aus ihrer Handtasche und fing an zu lesen:

Die Karibische See ist mit Inseln übersät. Einhundert dieser Inseln von verschiedener Größe östlich von Puerto Rico tragen den Namen Jungferninseln. Vulkanischen Ursprungs und mit Kalkstein bedeckt, weisen sie ein tropisches Klima auf. Die einzige Wasserquelle bilden die Niederschläge, die in Zisternen aufgefangen werden. Die Inseln gehörten zu Dänemark, bis die Vereinigten Staaten sie 1917 den Dänen im Zusammenhang der strategischen Bemühungen um einen Schutz des Panamakanals abkauften.

Die Inseln haben nur eine kleine ortsansässige Bevölkerung, aber sie sind – und das gilt vor allem für die drei größten, also St. Thomas, St. John und St. Croix – ein beliebter Zufluchtsort für Touristen, insbesondere während der Wintermonate. Der Haupthafen auf St. Thomas ist ein beliebter Anlaufhafen für Hochseejachten.

Es war Kolumbus, der die Inseln 1493 entdeckte und sie nach der hlg. Ursula benannte, deren 11 000 Jungfrauen bei der Verteidigung ihrer Unschuld den Tod gefunden hatten. Ein Jahrhundert später taufte sie Sir Francis Drake zu Ehren von Elisabeth I. um.

»Ich hätte Ihnen doch alles erzählen können, was Sie über meine Inseln wissen wollen«, sagte Cully. »Sie hätten sich kein Buch darüber zu kaufen brauchen.«

»Ich hab's zufällig auf dem Ladentisch liegen sehen und mitgenommen. Ich versuche immer noch, mich zu entscheiden, wohin ich im Urlaub fahren soll.«

»Solche Bücher sagen Ihnen nicht immer die ganze

Wahrheit. Sie erzählen vom blauen Meer, aber nichts über den Mangel an Süßwasser. Sie beschreiben die großen, schönen Strände, ohne dabei die großen, schönen Insekten zu erwähnen.«

»Wie ... wie groß?«

»Die Größe ist nicht entscheidend. Es sind eigentlich die ganz kleinen, die am schlimmsten beißen. Eine Frau wie Sie sollte lieber in eine Stadt wie New York fahren, um sich die Shows und die Museen und solche Sachen anzusehen.«

»Woher wissen Sie, was eine Frau wie ich gern tun würde?«

»Also, zum Beispiel haben Sie eine sehr helle Haut, was bedeutet, daß Sie nicht viel Zeit im Freien zubringen.«

»Daran hindert mich halt mein Job. Ich mag außer Kunstgalerien und Museen noch eine ganze Menge anderer Dinge. Schiffe, zum Beispiel. Ich liebe Schiffe, und ich werde nie seekrank. Eines Tages würde ich gern mal mit einem Boot irgendwohin fahren.«

Kaum hatte sie diesen Satz ausgesprochen, da bereute sie ihn auch schon. Er schien zwischen sie zu fallen wie eine Wand, und als er wieder sprach, war seine Stimme kaum hörbar. »Warum haben Sie das gesagt?«

»Was gesagt?«

»Daß Sie gern mal mit einem Boot fahren würden. Meinten Sie ein ganz gewöhnliches Boot oder eine Jacht wie die *Bewitched*?«

»Ich habe gar nichts Besonderes gemeint. Ich habe nur gesagt, daß ich schon immer gern mal mit einem Boot oder Schiff irgendwohin gereist wäre, was immer gerade fährt.«

»Die Frau, die ich zuletzt irgendwohin mitnahm mit dem

Boot, kam nie dort an. Wäre sie angekommen, dann würde keiner von uns hier in dem Gerichtssaal sitzen. Aber da sind wir nun mal. Nehmen Sie lieber den Zug.« Seine Lippen verzogen sich zu dem Zerrbild eines Lächelns. »In einem Zug sind Sie besser aufgehoben, vor allem, wenn Sie keine Fremden in der Bar anmachen.«

Das Gericht trat um zwei Uhr elf wieder zusammen.

Dr. Woodbridge, in den Zeugenstand zurückgekehrt, erschien nach der langen Mittagspause erfrischt. Er brachte es sogar fertig, dem die Befragung fortsetzenden Donnelly freundlich zuzunicken, als dieser mit seinem Bündel von Papieren zum Pult schritt.

Der Gerichtsdiener, der bereits die Eröffnung der Nachmittagssitzung verkündet hatte und an seinen Platz zurückgekehrt war, erhob sich erneut und ging schnell zum Richtertisch hinüber.

Er sagte in flüsterndem Ton: »Eine der Geschworenen fehlt.«

»Da hätten Sie mich doch auch unterbrechen können, als ich sagte ›Es ist zu Protokoll zu nehmen‹, oder?«

»Ich hab's nicht eher bemerkt. Sie sitzt in der hinteren Reihe, die Nummer acht, und sie ist wirklich klein.«

»Name?«

»Mrs. Latham.«

»Tja, da können wir wohl nur warten.« Der Richter hob die Stimme und wandte sich an die im Saal Versammelten: »Eine unserer Geschworenen hat sich offenbar auf dem Weg zum Gericht verirrt. Statt eine Vertagung anzuberaumen, möchte ich Sie einfach bitten, ein paar Minuten zu warten. Bis zu ihrem Eintreffen steht es Ihnen frei, sich miteinander zu unterhalten.«

Neun Minuten vergingen, bis endlich eine ältliche, grauhaarige Frau in den Saal gestürzt kam. Ihr Haar war ungekämmt, und die saubere, ordentliche Fassade, die sie bei den vorangegangenen Sitzungen dargeboten hatte, war verschwunden. Sie trug eine speckige Nylonjacke, auf deren Rücken »Olympische Spiele '84« aufgedruckt war, und dazu verschmutzte Jeans, ein Hosenbein halb hochgerollt.

Der Richter sah sie über den Rand seiner Brille mißbilligend an. »Sie sind spät dran, Mrs. Latham.«

»Ja, Sir. Das Fahrrad von meinem Enkelsohn hatte einen Platten.«

»Und wie hat sich das auf Sie ausgewirkt, Mrs. Latham?«

»Ich saß drauf.«

Der Richter zog flüsternd seinen Gerichtsdiener zu Rate und sprach dann erneut zu der ältlichen Frau: »Sie wohnen in der Gaviota Avenue Nr. 14?«

»Ja, Sir.«

»Und Sie sind den ganzen Weg hierher mit dem Fahrrad gekommen?«

»Mußte ich. Mein Auto ist heute morgen vom Parkplatz der Geschworenen gestohlen worden. Als ich rausging, um in der Mittagspause nach Hause zu fahren, war da, wo ich mein Auto hingestellt hatte, nur noch ein leerer Fleck. Es ist höchst unamerikanisch, daß einem unmittelbar neben dem Gerichtsgebäude das Auto gestohlen wird, die Polizeiwache gerade um die Ecke. Der Platz muß doch von Polizisten und Beamten und Richtern und Gerichtsdienern gewimmelt haben, und direkt vor ihren Nasen bricht jemand mein Auto auf, schließt es kurz und fährt davon.«

Der Einspruch des Staatsanwalts kam laut und ohne Verzug. »Euer Ehren, ich protestiere gegen alle weiteren Auslassungen der Geschworenen in dieser öffentlichen Sitzung und beantrage eine Beratung an der Seitenschranke.«

Beide Anwälte und die Protokollführerin kamen rechter Hand des Richters zusammen, der seinen Stuhl zu ihnen drehte.

Der Staatsanwalt begründete seinen Einspruch. »Ihre Bemerkungen deuten eine mögliche Voreingenommenheit gegenüber den Organen der Justiz an und könnten Veranlassung geben, sie von ihrem Amt zu entbinden.«

»Unsinn«, sagte der Richter. »Sie ist verrückt. Sie wären auch verrückt, wenn Sie die ganze Strecke von der Gaviota Avenue bis hierher mit dem Fahrrad fahren müßten.«

»Ich meine, es wäre das Mindeste, was Sie tun könnten, Euer Ehren, sie in Ihrem Amtszimmer zu befragen und festzustellen, ob sie in der Lage sein wird, ein faires und unparteiisches Urteil zu fällen.«

»Wenn das das Mindeste ist, was ich tun kann, dann will ich's auch tun. Ich tue immer das Mindeste, was ich tun kann. Haben Sie sonst noch irgendwelche Instruktionen für das Gericht, Mr. Owen?«

»Nein, Sir.«

»Gut, also setzen Sie sich alle wieder.« Er klopfte leicht mit dem Hammer auf den Tisch. »Das Gericht vertagt sich für fünf Minuten. Die Geschworenen können sich in das Geschworenenzimmer zurückziehen, mit Ausnahme von Mrs. Latham, die ich in mein Amtszimmer bitte.«

Mrs. Latham fand allmählich Gefallen am Rampenlicht. Sie war eine winzig kleine Frau und daran gewöhnt, in Geschäften übersehen zu werden, vor der Kasse immer am Ende der Schlange zu landen und bei Paraden lediglich Rücken zu sehen. Sie folgte dem Richter aus dem Gerichtssaal und versuchte im Gehen, ihr Haar zu ordnen.

»Bitte setzen Sie sich, Mrs. Latham.«

»Ja, Sir.«

»Sind Sie gegenüber Polizeibeamten voreingenommen, Mrs. Latham?«

»Nicht bis heute mittag, als ich zu meinem Auto ging und es nicht mehr da war.«

»Davor aber hegten Sie nie irgendeinen Groll gegen Vertreter des Gesetzes?«

»Nein, Sir. Nie. Ich bin eine waschechte Amerikanerin, von Kopf bis Fuß.«

»Empfinden Sie Unmut darüber, daß man Sie aufgefordert hat, bei diesem Verfahren als Geschworene mitzuwirken?«

»Aber nein. Ich hab doch nichts weiter zu tun.«

»Haben Sie den Diebstahl Ihres Autos der Polizei gemeldet?«

»Ja, Sir.«

»Hat Sie die Reaktion der Polizei zufriedengestellt?«

»Sie waren höflich, machten mir aber nicht viel Hoffnung.«

»Es ist nicht Sache der Polizei, Hoffnung zu verbreiten.

Wenn Sie danach verlangt, müßten Sie wohl eher eine Kirche aufsuchen.«

Mrs. Latham durfte weiter ihres Amtes als Geschworene Nummer acht walten.

Die lange Verzögerung der Nachmittagssitzung veranlaßte Richter Hazeltine zu einer Apologie, die lediglich zu einer weiteren Verzögerung führte. Das verschaffte ihm eine gewisse Befriedigung. Er wollte nirgends hin und deshalb war es ihm völlig gleichgültig, wie lange es dauern würde, bis er dort ankam. Und es war zudem sehr wohltuend zu sehen, wie der Staatsanwalt grimmig die Arme über der Brust verschränkt hatte, und Donnelly mit weißen Fingerknöcheln die Seiten des Pults umklammert hielt.

»Shakespeare schrieb sehr beredt über die Ereignisse und Bedingungen, die das Leben so schwer erträglich machen. Dazu gehörten für ihn

Der Mächt'gen Druck, des Stolzen Mißhandlungen,
Verschmähter Liebe Pein, des Rechtes Aufschub . . .

Was vor etlichen Jahren galt, das gilt auch heute noch. Das juristische Procedere ist lang und langsam. Und wie's schon so viele Richter in so vielen Gerichtssälen vor mir getan haben, möchte auch ich um Entschuldigung bitten . . . Mr. Donnelly, Sie können nun mit der Befragung von Dr. Woodbridge fortfahren.«

»Danke, Euer Ehren«, sagte Donnelly. »Dank auch dafür, daß Sie uns den Monolog Hamlets in Erinnerung gebracht haben.«

»Ach, war das Hamlet? Ich dachte, es wäre Lear. Wissen

Sie, irgendwann einmal habe ich alle Shakespeareschen Monologe auswendig gelernt. Es war kaum von Bedeutung, wer da was sagte. In jenen Tagen, als die Schulen noch Schulen und keine Diplomfabriken waren, war das Auswendiglernen eine Form der Bestrafung. Wenn ein Schüler dabei erwischt wurde, daß er Kaugummi kaute oder ungefragt redete, dann mußte er nach Schulschluß dableiben und einen Monolog lernen. Ja, wenn ich jetzt darüber nachdenke, dann glaube ich auch, daß es Hamlet war. Die Pfeil'-und-Schleudern-Rede, stimmt's?«

Mildred Noon beugte sich zum Richter und sagte mit kaum wahrnehmbarer Bewegung von Lippen und Kehlkopf: »Soll ich das alles ins Protokoll aufnehmen?«

»Warum nicht? Ich sage es doch alles, oder?«

»Ja, aber vielleicht wollen Sie es nicht alles in der Abschrift lesen.«

»Ganz im Gegenteil. Diesem Prozeß fehlt ein Hauch von Klasse. Warum nur muß immer alles auf das kleinste Vielfache herabgeschraubt werden?«

»Ich weiß nicht, aber...«

»Pfeil' und Schleudern, Mildred. Pfeil' und Schleudern. Und nun wieder an die Arbeit.«

Und so wurde die Arbeit wieder aufgenommen und alles protokolliert. Mildred hatte die vage Hoffnung, das gedruckte Wort würde vielleicht dazu beitragen, die Tatsache zu verwischen, daß der Richter in seiner Mittagspause mehr getrunken als gegessen hatte.

Donnelly sagte: »Kann ich jetzt fortfahren, Euer Ehren?«

»Gewiß. Das habe ich Ihnen doch schon gesagt.«

Der Richter lehnte sich im Stuhl zurück, der Staatsanwalt nahm seine Arme herab, und Donnelly ließ das Pult los und nahm ein Blatt Papier von dem vor ihm liegenden Stapel.

»Dr. Woodbridge, Sie haben gesagt, daß nach Ihrer Auffassung Mrs. Pherson an manueller Erdrosselung gestorben ist. Richtig?«

»Ja.«

»Ihre Verwendung des Wortes ›Ansicht‹ deutet an, daß eine andere Person angesichts der gleichen Gegebenheiten zu einer gänzlich anderen Schlußfolgerung gelangen könnte. Ist das möglich?«

»Es ist möglich, daß verschiedene Pathologen zu unterschiedlichen Ergebnissen gelangen können. Aber ich glaube, sie müßten wohl alle darin übereinstimmen, daß bei Mrs. Phersons Tod Erdrosselung in gewissem Umfange eine Rolle spielte.«

»In gewissem Umfange. War's das, was Sie sagten?«

»Ja.«

»Ihre Verwendung dieses Ausdrucks erscheint als eine Abschwächung Ihrer ursprünglichen Aussage, daß nämlich Mrs. Pherson an manueller Erdrosselung starb, oder nicht?«

»Ich habe meine ursprüngliche Aussage insofern modifiziert, als ich deutlich gemacht habe, daß das meine Ansicht ist.«

»Wollen Sie damit etwa sagen, daß die Pathologie keine exakte Wissenschaft, sondern eine interpretierende ist, bei der es statt um Tatsachen um Ansichten geht?«

»Sie ist beides, nehme ich an.«

»Wenn man mal die Pathologie mit der Mathematik vergleicht – also wenn zum Beispiel Mathematiker die Zahlen zwei und zwei vor sich haben, dann stimmen sie einhellig darin überein, daß die Addition vier ergibt, oder nicht?«

»Ja.«

»Da gibt's keine Meinungsunterschiede, kein Wenn und Aber?«

»Nein.«

»Würden Sie also die Mathematik als eine exakte Wissenschaft bezeichnen?«

»Auf einer so weitgehend vereinfachten Ebene würde ich auch die Pathologie als eine exakte Wissenschaft bezeichnen. Wenn eine Gruppe von Pathologen mit einem Kadaver konfrontiert wird, dann werden alle einhellig darin übereinstimmen, daß das ein toter Körper ist.«

Die Zuschauer schnurrten vor Vergnügen. Das Geräusch erinnerte Donnelly an die Schildpattkatze, die am Fußende von Zans Bett schlief und in ihren Träumen schnurrte, alles vergessend außer sich selbst.

Ärger ließ Donnellys Stimme schärfer werden. »Sie sind der erste Pathologe dort im Zeugenstand, Dr. Woodbridge. Glauben Sie, daß noch weitere drankommen werden?«

»Ich bin sicher, daß die Befragung weiterer Pathologen vorgesehen ist.«

»Glauben Sie, daß die anderen Ihre Auffassung hinsichtlich der Ursache des Todes von Mrs. Pherson teilen werden?«

»Ich erhebe Einspruch«, sagte der Staatsanwalt. »Der Zeuge wird aufgefordert, eine Schlußfolgerung zu ziehen, die jeder Grundlage entbehrt.«

»Stattgegeben.«

»Ich ziehe die Frage zurück«, sagte Donnelly befriedigt. Sie war bereits beantwortet worden.

Dann sagte er: »Worauf stützen Sie Ihre Auffassung, daß manuelle Erdrosselung beim Tode von Mrs. Pherson im Spiel war, in gewissem Umfange?«

»Erstens waren da die Vertiefungen an ihrem Hals, die von Daumen stammen.«

»*Ihrer Meinung nach* von Daumen stammen. Was noch?«

»Gebrochene Knochen im Larynx. Das ist keine Frage der Auffassung oder Interpretation. Ein gebrochener Knochen ist ein gebrochener Knochen.«

»Diese Knochen, die für den Kehlkopf kennzeichnend sind, wie würden Sie die beschreiben?«

»Ich bin nicht sicher, daß ich die Frage verstanden habe.«

»Sind das große oder kleine Knochen?«

»Kleine.«

»Sind es kräftige, robuste Knochen?«

»Nein.«

»Sind sie zerbrechlich?«

»Sehr zerbrechlich, ja.«

»Erweisen sich diese Knochen bei Opfern einer Erdrosselung häufig als beschädigt?«

»Sowohl ihre Position als auch ihre Zusammensetzung macht sie anfällig.«

»Anfällig für Druck?«

»Ja.«

»Druck jeglicher Art?«

»Ja. Aber in diesem Falle wie auch in anderen, gleichgearteten ...«

»Sie haben die Frage beantwortet, Dr. Woodbridge.«

»Ist es mir nicht gestattet, meine Antwort zu modifizieren?«

»Da Sie die meisten Ihrer bisherigen Antworten schon modifiziert haben, warum nicht auch diese noch.«

»Ich beantrage, daß diese Bemerkung aus dem Protokoll gestrichen wird«, sagte der Staatsanwalt. »Einmal mehr versucht der Herr Verteidiger, den Zeugen zu schikanieren und einzuschüchtern.«

»Streichen«, sagte der Richter. »Nehmen Sie doch freundlicherweise Abstand von Entgleisungen dieser Art, Mr. Donnelly.«

»Ich will's versuchen, Euer Ehren.«

»Bei mir gibt's keine Punkte fürs Versuchen. *Tun* Sie's.«

»Ja, Euer Ehren. Dr. Woodbridge, wie viele Opfer einer Erdrosselung haben Sie schon obduziert?«

»Das weiß ich nicht genau.«

»Können Sie uns eine ungefähre Zahl angeben?«

»Ich könnte Ihnen eine genauere Zahl nennen, wenn Sie mir einen genauer bezeichneten Zeitraum angeben. Meinen Sie, seit ich hier im Bezirk Santa Felicia arbeite?«

»Gut, ich beschränke meine Frage auf diesen Zeitraum.«

»Dann lautet meine Antwort: vielleicht ein Dutzend.«

»Und wiesen diese Leichen solche Male an der Kehle auf wie die, die man bei Mrs. Pherson feststellte?«

»Ähnliche.«

»Male an der Kehle von *vielleicht* einem Dutzend Erdrosselungsopfern, *ähnlich* denen, die bei Mrs. Pherson festgestellt wurden, die Ihrer *Auffassung* nach an manueller Erdrosselung starb. Ist das so richtig?«

»Nun, ich...«

»Oder ziemlich richtig? Oder ein ganz klein bißchen richtig?«

Wiederum schnellte der Staatsanwalt hoch. »Einmal mehr wird der Zeuge schikaniert.«

»Sie sind bereits verwarnt worden, Mr. Donnelly«, sagte der Richter. »Eine weitere Nichtbefolgung der Ermahnungen des Gerichts könnte den Vorwurf der Nichtbeachtung des Gerichts nach sich ziehen, ein Umstand, dessen Sie sich bewußt sein müssen.«

»Ja, Euer Ehren. Ich halte aber das, was ich gesagt habe, nicht für schikanös.«

»In diesem Saal, Mr. Donnelly, zählt allein mein Dafürhalten.«

»Ja, Euer Ehren.«

Der Richter schmollte. Er fühlte ein Jucken zwischen den Schulterblättern, an das er auch dann nicht herangekommen wäre, wenn er jetzt nicht auf dem Richterstuhl gesessen hätte, und außerdem noch ein Jucken in seinem Kopf, das von der Veränderung Donnellys ausgelöst wurde. In früheren Prozessen war Donnelly mit Morden – in jedem Sinne des Wortes – durchgekommen, und das deshalb, weil er stets in peinlichster Weise höflich geblieben war und die Kanten selbst seiner schneidendsten Fragen durch Zusätze wie ›wenn Sie gestatten‹, ›mit Verlaub‹, ›mit Ihrer gütigen Erlaubnis‹ und ähnlichem entschärft hatte. Er war wie ein kunstfertiger Schlittschuhläufer gewesen, der so schnell über das Eis geglitten war, daß es gar keine Zeit gehabt hatte, zu brechen. Das hatte sich geändert – nicht viel, aber doch genug, um demjenigen aufzufallen, der ihn früher hatte agieren sehen. Er lief immer noch Schlittschuh, aber das Eis hatte Risse bekommen.

Donnelly fuhr mit seiner Befragung fort. »Dr. Woodbridge, ich würde jetzt gern einer weiteren Ihrer Ansichten nachgehen, nämlich der, daß diese Druckstellen oder blauen Flecken Mrs. Pherson schon vor ihrem Tode beigebracht wurden. Sie sagten, Ihrer Auffassung nach seien diese Druckstellen prämortal, ist es nicht so?«

»Ja.«

»Also vor dem Tode zugefügt?«

»Ja.«

»Ist es möglich, daß blaue Flecken auch nach dem Tode, also post mortem, entstehen können?«

»Sobald das Herz aufgehört hat, das Blut durch das Gefäßsystem zu pumpen, gehorcht das Blut den Gesetzen der Schwerkraft und setzt sich an den tiefstgelegenen Stellen des Körpers ab. Die diese Stellen umgebende Haut verfärbt sich dann und sieht wie eine Druckstelle aus.«

»Dann lautet Ihre Antwort also ja?«

»Ein qualifiziertes Ja.«

»Ist es möglich, daß die Druckstellen an Mrs. Phersons Hals erst nach ihrem Tode verursacht worden sind?«

»Ich vermag nicht zu erkennen, wie das ...«

»Ich habe nicht gefragt, ob Sie das erkennen können. Ich möchte wissen, ob es möglich war.«

»Es ist möglich, aber nicht wahrscheinlich.«

Das Zucken im Mundwinkel des Arztes war jetzt deutlicher zu sehen und kam so regelmäßig wie das ruckweise Vorrücken eines Sekundenzeigers.

»Nehmen wir einmal an, daß die Druckstellen vor ihrem

Tode verursacht wurden«, sagte Donnelly. »Wie lange dann vor ihrem Tod?«

»Das weiß ich nicht.«

»Hätten sie nicht sogar schon da sein können, bevor Mrs. Pherson an Bord der *Bewitched* kam?«

»Das wäre möglich.«

»Können Sie sich irgendeinen Grund denken, der das ausschließt?«

»Nun, vor allem ist sie doch von einer ganzen Reihe von Menschen gesehen worden, im Hotel, in ihrem Zimmer, in der Bar, am Empfang, aber auch von der Besatzung der *Bewitched.* Und keiner hat, soweit ich weiß, irgendwelche Druckstellen erwähnt.«

»Also, um der Justizbeamtin zu ersparen, nochmals einige der hier bedeutsamen Beweisstücke hereinbringen zu müssen, möchte ich Sie fragen, ob Sie mal auf Ihrem Hals die relative Position der blauen Flecken zeigen könnten, die am Hals von Mrs. Pherson entdeckt wurden.«

»Wie möchten Sie, daß ich das mache?«

»Mit Ihrem Daumen und Zeigefinger.«

»Sie waren ungefähr hier.«

»Ich bitte ins Protokoll aufzunehmen«, sagte Donnelly, »daß Dr. Woodbridge zwei unter seinem Hemdkragen liegende Stellen anzeigt.«

Die Hand des Arztes fiel zurück in seinen Schoß wie ein verwundeter Vogel.

»Haben Sie irgendwelche Druckstellen an Ihrem Hals, Dr. Woodbridge?«

»Nein.«

»Könnte man sie sehen, wenn Sie welche hätten?«

»Nein.«

»Warum nicht?«

»Sie wären von meinem Kragen verdeckt.«

»Wissen Sie, womit Mrs. Pherson bekleidet war, als sie das Hotel verließ?«

»Nein.«

»Was hatte sie an, als Sie sie zum ersten Mal sahen?«

»Nichts.«

Es war dies ein schlichtes Wort, das lediglich einen Sachverhalt feststellte, der den Zuschauern längst bekannt war, aber trotzdem hatte es eine schockierende Wirkung. Manche zogen scharf die Luft ein, andere bewegten sich unbehaglich auf ihren Sitzen, als wäre die Frau vor ihren Augen entkleidet worden.

»Unter welchen Voraussetzungen wird routinemäßig eine Obduktion durchgeführt?«

»Wenn jemand, der zuvor nicht krank war, plötzlich stirbt, oder wenn es offensichtliche Anzeichen von Gewaltanwendung gibt, die entweder selbst- oder fremdverschuldet sind.«

»Wenn das Opfer einer Gewalttat zu Ihnen ins Labor gebracht wird, was wird dann zuerst unternommen?«

»Gewisse Schritte, die es der Polizei erleichtern, das Opfer zu identifizieren.«

»Und das bedeutet?«

»Der Körper wird gemessen und gewogen, Fingerabdrücke werden genommen und natürlich Fotos gemacht.«

»Wurde das alles auch im Falle von Mrs. Pherson getan?«

»Ja.«

»Und wie lauten die entsprechenden Angaben?«

»Da muß ich in meinen Aufzeichnungen nachsehen.«

»Tun Sie das bitte.«

Der säuberliche Stapel Papier, den Dr. Woodbridge am Vortag mit in den Gerichtssaal gebracht hatte, fing langsam an, so zerknittert und unordentlich auszusehen wie der Doktor selbst. »Soll ich Ihnen meine ursprünglichen Notizen verlesen oder die ein wenig erweiterte und redigierte Fassung meiner Sekretärin?«

»Die kürzere Version.«

»Der Leichnam ist der einer weißen Frau, gut gepflegt, Alter ungefähr vierzig, blaue Augen, braune Haare, Größe einssiebenundfünfzig, Gewicht vierundfünfzig Kilogramm.«

»Dann war sie also eine kleine Frau?«

»Kleiner als der Durchschnitt, ja.«

»Werden, bevor Sie irgendwelche Einschnitte vornehmen, noch andere Tests gemacht?«

»Es werden Blutproben entnommen.«

»Zu welchem Zweck?«

»Um festzustellen, ob die Person unter irgendwelchen akuten oder chronischen Erkrankungen gelitten hat.«

»Noch etwas?«

Woodbridge warf dem Staatsanwalt einen Blick zu, den Donnelly geschickt abfing. Er folgte ihm.

»Dr. Woodbridge, wurde einer dieser Tests gemacht, um festzustellen, ob Mrs. Pherson Alkohol im Blut hatte?«

»Ja.«

»Wie sah das Ergebnis aus?«

»Eins Komma vier null Promille.«

»Was bedeutet das?«

»Daß sie ein paar Drinks zu sich genommen hatte.«

»Es ist unzweideutig festgestellt worden, daß die Frau getrunken hat. Für die Geschworenen wäre wichtig zu wissen, wie viel.«

»Ich kann Ihnen nur die Zahlen nennen, die meine Tests ergeben haben.«

»Sehr schön. Ich habe hier ein Merkblatt, Dr. Woodbridge, das die Bedeutung der Ergebnisse einer Blutalkoholuntersuchung erläutert. Wollen Sie sich das bitte mal ansehen, Doktor? Es besteht nur aus einem einzigen Blatt.«

Donnelly brachte das Blatt zum Zeugenstand und blieb dort stehen, während der Arzt es durchsah. Es vergingen ungefähr vier Minuten. In dieser Zeit war kein Geräusch im Saal zu hören, aber die Stille schien voller Schwingungen zu sein. Es war jene Art von Stille, wie sie nur Gerichtssälen eigen ist – eine pulsierende Erwartung.

»Ist Ihnen dieses Blatt bekannt, Dr. Woodbridge?«

»Nicht dieses spezielle hier. Aber ich habe andere dieser Art gesehen.«

»Können Sie den Geschworenen seinen Zweck erläutern?«

»Das Merkblatt gibt an, wieviel eine Person von bestimmter Größe in einem bestimmten Zeitraum trinken muß, um einen bestimmten Blutalkoholgehalt zu erreichen.«

»Dann ist also die Körpergröße für die Ergebnisse von bestimmendem Einfluß?«

»Ja.«

»Würden Sie bitte mal auf dem Merkblatt nachschauen, ob auch die Zahl eins Komma vier null erscheint?«

»Ja, sie steht hier.«

»Was wird da in bezug auf Gewicht, Anzahl der Drinks und die Zeit, in der sie konsumiert wurden, ausgesagt?«

»Es ist aufgeführt, wie hoch der Alkoholgehalt im Blut einer Person ist, die 120 Pfund wiegt und innerhalb von zwei Stunden sechs Drinks à zwei Deziliter vierzigprozentigen Alkohol, wie sie in Bars oder Restaurants serviert werden, oder sechs 0,33-Liter-Flaschen Bier trinkt.«

»Bei welchem Alkoholgehalt gilt man im Staat Kalifornien dem Gesetz nach als betrunken?«

»Bei einem Promille.«

»Würden Sie bitte für diejenigen von uns, die ein schlechtes Gedächtnis haben, noch einmal das Gewicht von Mrs. Pherson angeben?«

»Einhundertacht Pfund.«

»Und der Alkoholgehalt in ihrem Blut?«

»Eins Komma vier null.«

»Das Merkblatt vor Ihnen sagt etwas darüber aus, wie sich ein bestimmter Alkoholgehalt auf das Verhalten auswirkt. Können Sie uns bitte mal sagen, was das Merkblatt zum Verhalten von Personen mit eins Komma vier null Promille sagt, die also laut Gesetz betrunken sind?«

»Ihr Reaktions- und Urteilsvermögen ist stark beeinträchtigt.«

»Und was ist bei eins Komma fünf null Promille?«

»Für diese Zahl ist kein Verhaltensmuster angegeben.«

»Welches ist dann der nächste Wert?«

»Zwei Komma null.«

»Und wie verhält sich eine Person bei diesem Blutalkoholgehalt?«

»Zwei Komma null lassen auf wahrscheinlichen Alkoholismus schließen, und die betreffende Person ist bis zu zehn Stunden nach dem letzten Drink nicht fahrtüchtig.«

»Und Mrs. Pherson lag wahrscheinlich zwischen den beiden angegebenen Werten, wenn man ihr Körpergewicht von einhundertacht Pfund berücksichtigt, was ja zwölf Pfund weniger sind als das aufgeführte Beispiel von hundertzwanzig Pfund. Ist das richtig?«

»Sehr wahrscheinlich.«

»Würden Sie sagen, daß Mrs. Pherson betrunken war?«

»Dieses Merkblatt stützt sich nur auf Durchschnittswerte, und es wäre ...«

»Und daß ihr Reaktions- und Urteilsvermögen stark beeinträchtigt waren?«

»Ohne Zweifel war ein bestimmtes Maß an Beeinträchtigung gegeben.«

»Und würden Sie sagen, daß eine Person, die das Trinken nicht gewöhnt ist, stärkere Reaktionen zeigt als eine, die regelmäßig trinkt?«

»Das gehört nicht zu meinem Fachgebiet.«

»Ich habe den größten Teil des Tages mit dem Versuch zugebracht, Ihr Fachgebiet zu bestimmen, und da ich nur unbestimmte Antworten wie ›vielleicht‹, ›in gewissem Maße‹, ›möglicherweise‹, ›nach meiner Auffassung‹ bekommen habe ...«

»Einspruch«, rief der Staatsanwalt. »Eine so scharfe und bösartige Aussage ist unverzeihlich.«

»Streichen Sie die Bemerkung des Herrn Verteidigers«, sagte der Richter. »Noch einmal möchte ich Sie daran erinnern, Mr. Donnelly, daß Sie bei dem vorliegenden Fall als Anwalt tätig sind und nicht als der Richter. Sie könnten einmal über den folgenden Tatbestand nachdenken: Im Bezirk Santa Felicia gibt es am Obersten Gerichtshof fünf Richter und siebenhundertundfünfundsiebzig Anwälte.«

»Das war mir nicht bekannt, Euer Ehren.«

»Hin und wieder habe ich doch mal das Glück, auf etwas zu stoßen, was Sie nicht wissen, Mr. Donnelly. Haben Sie noch weitere Fragen an den Zeugen?«

»Nach einer kurzen Pause würde ich gern noch ein paar Fragen stellen.«

»Dann setze ich hiermit eine Pause von fünfzehn Minuten an.«

Der Richter und die Geschworenen und die meisten Zuschauer verließen den Saal. Eva wäre gern geblieben und hätte sich mit Cully unterhalten, aber der war in ein Gespräch mit Donnelly vertieft, weshalb auch sie auf den Flur hinausging.

Auf der Bank direkt unter dem Schild BITTE RUHE, VERHANDLUNG saß ein schwarzgekleideter Mann mittleren Alters mit grimmigem Gesicht. Er trug eine verspiegelte Sonnenbrille, die das Bild der anderen Menschen reflektierte, sein eigenes aber verbarg. Eva sah ihn nicht zum ersten Mal an eben dieser Stelle sitzen, manchmal sich unterhaltend, manchmal mit geneigtem Kopf, als bete er oder zähle die Fliesen auf dem Fußboden oder höre einfach nur zu, was alle anderen zu sagen hatten. Den Gerichtssaal hatte er nie betreten.

Als Eva gerade an ihm vorbeigehen wollte, erhob sich der

Mann und trat zu ihr, seine beiden Arme steif nach unten haltend.

»Miss Foster?«

»Ja?«

»Ich habe Sie da drin im Gerichtssaal beobachtet, deshalb weiß ich, wer Sie sind.«

»Ich habe Sie nie dort gesehen.«

»O nein, ich darf da auch nicht rein. Aber wenn die Tür aufgeht, dann schaue ich rein, um zu sehen, was da drinnen los ist.«

»Warum dürfen Sie nicht hinein?«

»Ich bin als Zeuge geladen. Man hat mir gesagt, es sei üblich, die Zeugen vor und selbst noch nach ihrer Aussage vom Gerichtssaal fernzuhalten. Aber das ist nicht fair. Ich möchte hinein und hören, was sie über sie sagen. Ich möchte aufstehen und allen sagen können, was für eine gute Frau sie war, eine gute, gottesfürchtige Frau.«

»Sie sind ... sind Sie ihr Mann?«

»Ja.«

»Sie werden Gelegenheit zum Sprechen haben, wenn Sie an der Reihe sind, Mr. Pherson.«

»Das ist viel zu spät. Ich höre doch die Leute hier auf dem Flur reden, deshalb weiß ich, was da drin passiert, all die Verleumdungen, die Lügen. Sie hat nie getrunken, ihr Leben lang keinen Tropfen Alkohol angerührt. Und Gott weiß, daß sie nie allein in eine Bar gehen und da einen Mann ansprechen würde, einen Schwarzen noch dazu. Lügen, Lügen, ein verrücktes Lügengespinst, das der Mörder da gewoben hat.«

»Bitte sprechen Sie leiser, Mr. Pherson, oder der Gerichtsdiener wird Sie zum Verlassen des Gebäudes auffordern.«

Er starrte sie an, als habe er einen Augenblick lang ganz vergessen, daß sie da war, eine lebendige Person und keine leere Wand, an die man die Wörter warf. »Sie sind sein Freund.«

»Der Gerichtsdiener und ich kennen uns schon sehr lange, aber das bedeutet...«

»Nein, ich meine den anderen, den Schwarzen. Ich habe Sie beide vor den Sitzungen miteinander sprechen sehen, sich einander zuneigen, lächelnd, sehr freundlich, sehr behaglich. Was flüstern Sie ihm ins Ohr?«

»Ich habe ihm nie etwas ins Ohr geflüstert.«

»Ich habe Sie ihm da was in sein schwarzes Ohr raunen sehen. Bei uns zu Hause gibt es einen Pilz, der wird Baumpilz genannt und sieht aus wie ein schwarzes Ohr, und der ist glänzend und schleimig.«

»Hier so im Flur herumzuhängen ist nicht gut für Sie, Mr. Pherson.«

»Nun, dann werd ich Ihnen sagen, was Sie ihm in sein schleimiges schwarzes Ohr flüstern können. Sagen Sie ihm... sagen Sie ihm, daß er, wenn er für unschuldig befunden wird, nicht frei sein wird, nie und nimmer frei. Ich werd ihn kriegen. Wenn er wegzulaufen versucht, werde ich ihn finden, egal wie weit und wie schnell er läuft.«

»Ich glaube, Sie sollten lieber nach Hause gehen und sich ausruhen, Mr. Pherson.«

»Mein Zuhause ist sehr weit weg.«

»Wo wohnen Sie denn in der Zeit, die Sie hier in der Stadt sein müssen?«

»Im Biltmore. Mein Zimmer geht zum Strand raus. Nachts liege ich wach und höre das Meer, wo er sie reinwarf, nachdem er ihr Gewalt angetan und sie erwürgt hat.«

»Nichts davon ist bislang bewiesen.«

»Für mich schon. Er machte sie mit Schnaps willenlos und nahm sie mit runter auf das Boot und vergewaltigte sie, dann nahm er ihren Schmuck und warf sie über Bord. Ich erwisch ihn. Ich erwisch ihn, und wenn es mich den Rest meines Lebens kostet. Sagen Sie's ihm. Richten Sie's ihm von mir aus.«

Die Sympathie, die sie anfänglich für ihn empfunden hatte, begann sich zu verflüchtigen. »Es gehört nicht zu meinen Aufgaben, Morddrohungen an einen Angeklagten oder sonst irgend jemanden weiterzuleiten.«

»Ich hab ja versucht, es ihm selber zu sagen, aber der Gerichtsdiener wollte mich nicht an ihn ranlassen. Ich habe ihm auch schon einen Brief ins Gefängnis geschrieben, aber ich glaube nicht, daß er den erhalten hat.«

»Die Post dort wird kontrolliert. Eine Drohung wie Ihre würde man wohl nicht durchlassen.«

»Dann ist es jetzt an Ihnen, ihm das zu sagen.«

Er streckte die Hand aus und berührte ihren Arm. Seine Hand war so kalt, daß die Kälte fast augenblicklich durch den dünnen Stoff ihres Ärmels drang, und sie wich einen Schritt zurück, als wollte sie der Berührung durch den Tod ausweichen.

»Ich meine, Sie sollten nach Hause nach Bakersfield zurückfahren, Mr. Pherson, und dort abwarten, bis der Staatsanwalt soweit ist, Sie in den Zeugenstand zu rufen.«

»Es ist schon soweit. Ich bin als nächster dran.«

»Dann versuchen Sie besser, sich zu beruhigen. Haben Sie irgendein Beruhigungsmittel, das Sie einnehmen könnten?«

»Meine Frau und ich haben nie an chemische Hilfsmittel geglaubt.«

»Ein großer Teil Ihrer Glaubenssätze könnte arg durchlöchert werden, noch bevor dies alles zu Ende ist. Ich an Ihrer Stelle würde alle Hilfen nutzen, die ich kriegen könnte.«

Er nahm die Brille ab, und zum ersten Mal sah sie seine Augen – dunkel und bitter und rot gerändert.

»Sie reden mit mir, als wäre ich ein dummer alter Narr. Ich bin aber kein alberner alter Narr, Miss Foster. Und ich habe durchaus gemeint, was ich vorhin gesagt habe. Ich werde diesen schwarzen Bastard drankriegen, und wenn's mich den Rest meines Lebens kostet.«

Er kehrte zu der Bank zurück und nahm wieder seine ursprüngliche Stellung ein, den Kopf geneigt, die Hände gefaltet. Aber jetzt wußte sie, daß er weder betete noch die Fliesen zählte. Er schmiedete Pläne. Und er war kein dummer alter Narr, sondern ein gefährlicher Mann.

Sie kehrte in den Gerichtssaal zurück. Der Gerichtsdiener stand am Fenster und sprach mit einer jungen Frau, die vom lokalen Fernsehen engagiert worden war, um Porträtskizzen des Angeklagten, des Richtes und der Geschworenen anzufertigen, da im Gerichtssaal nicht gefilmt werden durfte.

Cully saß allein am Anwaltstisch.

Er schien guter Laune zu sein. »Wie stehen die Dinge in der Welt da draußen?«

»Unverändert.«

»Ist es so schlimm?« Als sie nicht antwortete, sagte er: »He, das war ein Scherz. Es gibt kein Gesetz, das es verbietet, hin und wieder mal zu lächeln.«

»Worüber?«

»Über mich.«

»Ich lächle nur, wenn mir danach zumute ist. Früher erwartete man von den Frauen, daß sie die ganze Zeit über nur lächelten, bloß dem Ego der Männer zuliebe.«

»Wieso auch nicht?«

»Den Frauen ist klargeworden, daß sie, mal von der Fortpflanzung ganz abgesehen, genauso wichtig sind wie die Männer. Wir sind ebenso intelligent und geschickt, und was uns an Stärke fehlt, das machen wir durch Ausdauer wett.«

Er schien von dem Sperrfeuer ihrer Worte ganz erschlagen. »He, Augenblick mal. Ich hab Sie doch nicht gebeten, mich *so* anzulächeln. Ich kenn einen Haufen Frauen, die mich so anlächeln. Was ich meinte ... ich meinte ja nur, daß es Ihnen nicht schaden würde, halt mal ein bißchen zu lachen, wenn ich einen Witz mache.«

»Also schön. Ha ha.«

Die Eichentür des Gerichtssaales öffnete sich mit der drückenden, schwerwiegenden Verbindung aus Gewicht und Gerechtigkeit. Ein Mann spähte herein, an seinen Bermudashorts, seinem Strohhut und der an seinem Hals baumelnden japanischen Kamera unschwer als Tourist zu erkennen. Er hielt die Tür lange genug auf, um Eva einen Blick auf Mr. Pherson zu ermöglichen, der gerade mit einem langen, dürren Finger in ihre Richtung wies. Cully wandte der Tür den Rücken zu, so daß er Pherson nicht sah, aber selbst wenn er ihn erblickt hätte, hätte er ihn wohl kaum erkannt.

»Ihr Mann ist da«, sagte Eva.

Cully schaute zutiefst verwirrt drein. »Wessen Mann?«

»Mrs. Phersons. Er wird gegen Sie aussagen.«

»Wie kann er gegen mich aussagen? Er kennt mich doch gar nicht.«

»Er kannte seine Frau. Er wird sagen, daß sie nie getrunken hat und daß sie die letzte gewesen wäre, die sich in eine Bar getraut und einen Mann angesprochen hätte.«

»Aber genau das war's, was sie getan hat.«

»Er wird das niemals glauben. Zumindest wird er's niemals zugeben. Sieht das nicht wieder den Männern ähnlich? Wenn er zugäbe, daß seine Frau so was macht, dann würde das in seinen Augen etwas über ihn selbst aussagen und die Leute könnten denken, er hätte ihr vielleicht nicht das gegeben, was sie haben wollte.«

»Vielleicht hat er ihr nicht gegeben, was sie haben wollte?«

»Deshalb haben Sie's, nehme ich an.«

»Ich bot Mrs. Pherson die Möglichkeit, sich bei dem Rennen nach Honolulu als Köchin zu versuchen, weil sie sagte, sie wüßte 'ne Menge über französische Küche, und das ist genau das, was Mr. Belasco mag.«

»Sie hat wahrscheinlich in ihrem ganzen Leben noch kein einziges Essen zubereitet. Die Phersons hatten eine Haushälterin und ein Mädchen, jedenfalls nach der Abschrift der vorläufigen Beweisaufnahme. Diese Abschrift steht auch Ihnen zur Verfügung. Haben Sie sie nicht gelesen?«

»Ich hab's versucht. Aber sie war so voller Lügen, voll übler Sachen, die ich nie getan habe. Ich bin nicht wie der Mann in dieser Abschrift. Ich bin ich, und ich denke, ich bin ein ganz netter Mensch. Ich würde nie solche üblen Sachen machen.«

»Erzählen Sie das mal Mr. Pherson.«

»Hat er... na ja, Sie wissen schon, viel über mich geredet?«

»Genug.«

»Was hat er gesagt?«

»Er will unbedingt, daß Sie bestraft werden.«

»Wie?«

»Das ist ihm ganz egal, Hauptsache, Sie sind am Ende tot.«

»Er will also, daß ich sterbe.« Cullys Stimme verriet weder Überraschung noch Furcht, nur eine Art müder Bitterkeit. »Das wollen sie alle. Schauen Sie sie doch an.«

Inzwischen kehrten auch die Zuschauer in den Gerichtssaal zurück. Der Gerichtsdiener öffnete die Tür, hakte sie ein und trat beiseite, während sie alle an ihre Plätze gingen, die Künstlerin mit ihrem Skizzenblock, der Reporter der Lokalzeitung, Touristen, eher zufällig von der Erregung erfaßt, eine ganze siebente Klasse mit ihrem Lehrer, pensionierte Angestellte und Hausfrauen, die einen Nachmittag oder einen Mann totzuschlagen suchten.

Cully war in seinem Stuhl herumgefahren, um sie anzusehen. Jetzt wandte er sich wieder dem Tisch zu.

»Die wollen alle meinen Tod«, wiederholte er.

»Nicht alle. Bei jedem Prozeß gehen die Meinungen der Beobachter auseinander. Einige sind auch auf Ihrer Seite.«

»Woher wollen Sie das wissen?«

»Da wird viel Körpersprache eingesetzt in so einem Gerichtssaal. Kopfnicken, Lächeln, Grimassen, Stirnrunzeln.«

»Die Dame da in der ersten Reihe, malt die ein Bild von mir?«

»Sie malt alle Leute, die etwas mit dem Prozeß zu tun haben.«

»Ich bemerkte, wie sie mich in der Pause anstarrte.« Er schien Mr. Pherson und all die anderen, die seinen Tod wollten, ganz vergessen zu haben. Er sah zufrieden und ein wenig verlegen aus. »Ob sie's mich sehen läßt, wenn sie fertig ist?«

»Vielleicht macht sie ja gar kein Bild von Ihnen.«

»Ich wette doch. Deshalb ist sie in der Pause hiergeblieben, um meine Gesichtszüge zu studieren, weil sie doch nur meinen Hinterkopf sehen kann, wenn die Verhandlung wieder weitergeht. Sehe ich einigermaßen in Ordnung aus?«

»Sie sehen ... gut aus.«

»Sollte ich mich umdrehen, damit sie mich besser sehen kann?«

»Nein. Nein, ich denke, daß sie Sie gesehen hat.«

Und das habe ich auch, dachte Eva.

Sie hatte einen Kind-Mann gesehen, naiv, ichbezogen, ungehobelt, der bei der Aussicht, eine Zeichnung von sich selbst zu sehen zu bekommen, gänzlich vergessen konnte, daß er vor Gericht stand und daß es um sein Leben ging. Sie fühlte, wie ihr das Blut in den Kopf schoß. Widerstreitende Gefühle weiteten und verengten ihre Adern und pochten in ihren Schläfen.

»Miss Foster, könnten Sie nicht versuchen, das für mich zu arrangieren, daß ich das Bild mal sehen kann? Ich meine, wenn's hübsch ist. Ich will kein häßliches Bild von mir sehen. Wenn sie meint, daß ich schuldig bin, könnte sie mich ja häßlich malen. Ich bin doch nicht häßlich, oder?«

»Nein.«

»Sie könnte mich auch gutaussehend malen. Glauben Sie, daß sie mich vielleicht gutaussehend malt?«

»Das weiß ich doch nicht.«

»Ich würde das Bild sehr gern sehen. Könnten Sie das für mich arrangieren?«

»Nein.«

»Warum denn nicht?«

»Weil ich nicht mag.«

Er blinzelte, als hätte ihm jemand plötzlich mit einer starken Lampe ins Gesicht geleuchtet. »Sie hören sich komisch an. Als ob Sie was gegen mich hätten.«

»Der einzige Mensch, gegen den ich etwas habe, bin ich selbst.«

»Warum wollen Sie dann nicht so was Einfaches tun wie die Frau da fragen, ob ich das Bild mal sehen darf? Vielleicht möchte ich ja Kopien davon haben, die ich meiner Frau und meinen Kindern nach Hause schicken kann.«

»Sie sagten ... Sie haben mir erzählt, Sie wären nicht verheiratet.«

»Ich nenne sie meine Frau, sie nennt mich ihren Mann, die Kinder nennen mich Papa. Das macht alles einfacher und tut niemandem weh.«

»Das tut nicht weh, meinen Sie also?« Jetzt schien sich alles Blut in ihrem Kopf gesammelt zu haben, so daß ihre unteren Gliedmaßen gefühllos und ihre Hände kalt und klamm zurückblieben. Sie beugte sich zu ihm und sagte mit heiserem Flüstern: »Sie können sich Ihr verdammtes Bild sonstwohin stecken.«

Er sah sie verwirrt an, und sie hatte irgendwie das Gefühl, ein schutzloses Wesen verletzt zu haben, das überhaupt nicht wußte, was es Verkehrtes getan hatte.

»Hören Sie«, sagte sie. »Ich darf nicht tun, worum Sie mich gebeten haben. Es ist nicht erlaubt.«

»Nein, das ist nicht der Grund. Es ist, weil Sie mich hassen. Warum?«

»Ich hasse Sie nicht.«

»Es klingt aber so.«

»Sehn Sie mal, Sie und ich dürften eigentlich nicht einmal miteinander reden, von Sachen wie Liebe und Haß mal ganz zu schweigen.«

»Ich hab nie was von Liebe gesagt.«

»Ich meinte Emotionen, Gefühle ganz allgemein. Ich meinte ...«

»Ich weiß, was Sie meinten«, sagte Cully.

Donnelly und Gunther waren hereingekommen, und Gunther blieb vor Evas Tisch stehen und warf seine Aktenmappe auf die polierte Oberfläche.

»Foster, Sie sehen schuldig aus. Was haben Sie getan? Sich verschworen, die Regierung zu stürzen? Ja? Nein?«

»Geht Sie nichts an.«

»Ich möchte an allem teilhaben. Ich langweile mich. Meine Seele lechzt nach ein wenig Aufregung.«

»Sagen Sie ihr, sie soll Ruhe halten.«

»Mr. Gunther«, sagte Donnelly, »denken Sie freundlicherweise daran, daß Miss Foster dazu neigt, persönliche Bemerkungen dieser Art als sexuelle Belästigung auszulegen.«

»Habe ich Sie sexuell belästigt, Miss Foster?« fragte Gunther.

»Nein.«

»Irgend jemand sonst?«

»Nein.«

»Es würde Ihnen nicht wirklich etwas ausmachen, wenn's jemand täte, oder, Foster?«

Sie sah zu den beiden Männern auf. Beide lächelten.

Und das tat auch Cully.

Bevor der Summer das Ende der Pause verkündete, sprach Staatsanwalt Owen am Fuße der Wendeltreppe, die zum Glockenturm hinaufführte, mit seinem Zeugen.

Owen zögerte, den Älteren zu kritisieren, glaubte dann aber doch, dies um des vorliegenden Falles willen tun zu müssen.

»Sie waren sich Ihrer Sache nicht ganz sicher da oben«, sagte er. »Sie haben sich sogar ziemlich von Donnelly rumschubsen lassen.«

»Ich tat mein Bestes.«

»Dieses ganze Zeug da mit dem Ertrinken in kaltem Wasser, das haben Sie mir gegenüber nie erwähnt.«

»Es ist ein relativ neues Gebiet.«

»Ich meine, Sie hätten mir das sagen sollen. Das hätte mir die Möglichkeit gegeben, mich besser vorzubereiten. Bei einem Fall wie diesem können Überraschungen verheerende ...«

»Es erschien mir unwahrscheinlich, daß Donnelly etwas von diesen Dingen wie der Rettung aus kaltem Wasser wüßte oder daß er das benutzen würde.«

»Wie groß sind die Chancen, daß Mrs. Pherson so zu Tode kam, wie er das angedeutet hat, nämlich erst, *nachdem* sie im Wasser war?«

»Ich nehme an, eins zu einer Million.«

»Es geschah also nicht so.«

»Nein.«

»Warum sind Sie sich dessen jetzt so sicher, wo Sie doch im Zeugenstand noch so zögerlich waren?«

»Ich stehe hier nicht unter Eid. Und nicht Donnelly gegenüber.« Ein Schwall kalter Luft kam die Wendeltreppe herunter, und Woodbridge fröstelte. »Es ist seine zur Schau gestellte Rechtschaffenheit, die mir angst macht. Er kommt auf einem Schimmel dahergeritten, um einen Verfolgten zu erretten, irgendeinen Mexikaner oder einen Schwarzen oder eine Prostituierte, und es schert ihn überhaupt nicht, wie viel Scheiße sein Pferd fallenläßt oder wen es mit seinem peitschenden Schweif trifft.«

Die fünfzehnminütige Pause, die sich zu einer halbstündigen ausgedehnt hatte, war Donnelly offensichtlich sehr gelegen gekommen. Er bezog wieder seinen Platz am Pult, diesmal ohne Notizen, ausgenommen ein gelbes Blatt aus einem Schreibblock. Er beobachtete fast gütig, wie Woodbridge in den Zeugenstand zurückkehrte.

»Dr. Woodbridge, ich möchte Ihre Aufmerksamkeit jetzt auf die Beweisstücke Nummer 17 und 19 der Anklage lenken. Miss Foster, sind die beiden verfügbar?«

»Hier sind sie, Sir.«

Nummer 17 war ein Bild von der rechten Gesichtshälfte Madeline Phersons, Nummer 19 zeigte die linke Gesichtshälfte.

»Fanden Sie auch Gelegenheit, Mrs. Phersons Ohren zu untersuchen, Dr. Woodbridge?«

»Ja.«

»Gab es da irgendwelche Besonderheiten an Mrs. Phersons Ohren?«

»Nichts Spezielles, nein. Ich sah wohl, daß sie beide durchstochen waren, für Ohrringe.«

»Gibt es irgendwelche Rißwunden, wie sie entstehen könnten, wenn jemand während oder nach Verübung eines Verbrechens wie zum Beispiel Raub oder Mord Ohrringe abreißt? Das ist ja eine Verletzung, die Opfer von Gewaltverbrechen häufig aufweisen. Um die Frage zu wiederholen: Gab es irgendwelche Anzeichen dafür, daß Mrs. Phersons Ohrringe gewaltsam entfernt worden waren?«

»Nein.«

»Was schließen Sie daraus?«

»Daß sie sie selbst abgenommen hat.«

Der Staatsanwalt erhob Einspruch, aber die Antwort von Dr. Woodbridge wurde zugelassen.

»Um Sie etwas ganz anderes zu fragen, Dr. Woodbridge – können Sie uns Auskunft über Ihren Gesundheitszustand geben?«

»Über mein Befinden?«

»Ja. Ist Ihr Gesundheitszustand gut, einigermaßen gut oder schlecht?«

»Einigermaßen gut.«

»Haben Sie irgendein chronisches Leiden, das Sie bei der Verrichtung Ihrer Arbeit beeinträchtigen könnte?«

»Ich glaube, daß meine Arbeitsleistung durchaus zufriedenstellend ist.«

»Ich will meine Frage noch einmal wiederholen und bitte Sie um eine genauer darauf eingehende Antwort. Haben Sie irgendein chronisches physisches Leiden, das Ihre Fähigkeit einschränken könnte, Ihre Arbeit auszuführen?«

»Ich glaube nicht.«

»Sind Sie sich dessen nicht ganz sicher?«

»Wenn ich nicht ins Detail gehen will, kann ich auf Ihre Frage nur antworten, daß ich für die ordnungsgemäße Ausübung meiner Arbeit qualifiziert bin.«

Donnelly trat zum Zeugenstand. »Würden Sie bitte mal dieses Stück Papier nehmen und es vor sich hinhalten?«

»Ich erhebe Einspruch, Euer Ehren«, sagte Owen. »Ich sehe keinen Sinn in dieser Befragung, keine Relevanz für den verhandelten Fall.«

»Sinn und Relevanz werden gleich sichtbar werden, Euer Ehren«, sagte Donnelly. »Wenn Sie den Zeugen ersuchen würden, zu tun, worum ich ihn gebeten ...«

Bevor Donnelly den Satz noch vollenden und der Richter über den Einspruch des Staatsanwaltes befinden konnte, streckte Woodbridge die Hand aus, ergriff das Stück Papier und hielt es mit ausgestrecktem Arm vor sich hin. Dann wandte er den Kopf beiseite, als wolle er nicht mit ansehen, was mit dem Papier geschah. Es zitterte, anfangs nur ganz leicht, dann aber immer heftiger, bis es ein knisterndes Geräusch von sich gab.

»Sind Sie nervös, Dr. Woodbridge?«

»Nein.«

»Ihre Hand zittert aber. Gibt es dafür irgendeinen Grund?«

»Ja.«

»Könnten Sie uns diesen Grund nennen?«

Owen verschränkte die Arme in einer Geste der Selbstverteidigung vor der Brust, denn er befürchtete, daß etwas geschehen würde, wußte aber nicht, was das sein könnte.

Der Richter wußte es. »Mr. Donnelly, ist es erforderlich, diese Fragestellung hier weiter zu verfolgen?«

»Ich meine, daß die Antwort von Dr. Woodbridge einen gewissen Einfluß auf die von ihm gemachten Aussagen hat. Ich brauche Euer Ehren wohl nicht daran zu erinnern, daß der Ausdruck ›jenseits eines begründeten Zweifels‹ von großer Wichtigkeit für ein Strafverfahren ist.«

»Das ist richtig, Mr. Donnelly. Sie müssen mich nicht daran erinnern.«

»Darf ich dann meine Frage an Dr. Woodbridge wiederholen?«

»Bitte.«

»Dr. Woodbridge, Sie haben soeben ausgesagt, Sie seien nicht nervös«, sagte Donnelly. »Sie waren schon bei vielen Strafverfolgungen beteiligt und haben sich den Ruf erworben, stets kühl und gelassen zu sein. Warum zittern also jetzt Ihre Hände?«

Die Antwort des Arztes kam langsam und kaum hörbar: »Ich habe Parkinson.«

»Würden Sie bitte ein wenig lauter sprechen, damit die Geschworenen Sie gut verstehen können?«

»Ich leide an der Parkinsonschen Krankheit.«

»Könnten Sie bitte erläutern, was das ist?«

»Es handelt sich um ein degeneratives Leiden, das sich auf die motorischen Funktionen auswirkt, das heißt also auf die Körperbewegungen.«

»Erfolgen diese Bewegungen unfreiwillig?«

»Ja.«

»Der medizinische Ausdruck dafür ist Schüttellähmung, nicht wahr?«

»Ja.«

»Leiden Sie unter Akinesie beziehungsweise Bradykinesie, das heißt also Verlangsamung der Bewegungen?«

»Manchmal.«

»Verspüren Sie auch eine zunehmende Versteifung?«

»Ja.«

»Sprechschwierigkeiten?«

»Manchmal.«

»Was verursacht das alles?«

»Man weiß nicht, warum Menschen an Parkinson erkranken.«

»Was ich meine ist: was verursacht die Symptome?«

»Eine Funktionsstörung in dem Teil des Gehirns, der die Körperbewegungen steuert.«

»Kann diese Funktionsstörung im Gehirn auch zu Konfusion führen?«

»Sie kann das bewirken, was fälschlicherweise als Konfusion angesehen wird, weil sie manchmal Auswirkungen auf die Fähigkeit hat, die Sprache zu beherrschen.«

»Beeinträchtigt diese Funktionsstörung des Gehirns die Fähigkeit zu denken, zu urteilen und Sachverhalte richtig einzuschätzen?«

»Nein.«

»Bekommen Sie gegen Ihre Erkrankung Mittel verschrieben?«

»Ja.«

»Fühlen Sie sich durch diese Medikamente in irgendeiner Weise beeinträchtigt? Verursachen sie Konfusion oder Unsicherheit?«

»Nein. Nein. Ich bin nicht verwirrt. Ich kann denken...« Er zerknüllte das Stück Papier in seiner Hand und warf es zu Boden. »Ich kann vollstä... ich kann vollkom... ich kann völlig... klar denken. Mein Kopf... sehr klar.«

Der Einspruch des Staatsanwalts und der Hammer des Richters ertönten gleichzeitig.

»Das Gericht vertagt sich auf morgen früh zehn Uhr«, sagte der Richter. »Die Geschworenen werden ermahnt, diesen Fall nicht untereinander oder mit anderen zu erörtern und keine sich auf ihn beziehende Berichterstattung zu lesen oder anzusehen.«

Woodbridge trat aus dem Zeugenstand und wischte sich mit dem Taschentuch das Gesicht ab. Er trat zu Donnelly ans Pult.

»Sie Hundesohn.«

»Tut mir leid«, sagte Donnelly. »Aber ich habe Ihre Krankheit nicht ausgelöst, sondern lediglich, im Dienste der Verteidigung meines Mandanten, die Geschworenen darauf aufmerksam gemacht.«

»Wie weit gehen Sie eigentlich bei der Verteidigung eines Mandanten?«

»Soweit das Gesetz es erlaubt.«

»Bevor Sie mit Ihrem Schimmel zu weit reiten«, sagte

Woodbridge, »vergewissern Sie sich lieber, daß er ein Vollblut ist.«

Er ging, und Donnelly sah ihm nach. Er wußte nicht genau, was Woodbridge mit dem Schimmel gemeint hatte, aber es bekümmerte ihn nicht weiter. Er hatte erreicht, was er hatte erreichen wollen.

Bei einigen Geschworenen, vielleicht sogar bei allen, war nun ein begründeter Zweifel entstanden. »Jenseits des begründeten Zweifels« und »mit moralischer Gewißheit« – das waren die zentralen Punkte der Instruktion, die der Richter den Geschworenen gab, bevor diese ihre Beratungen aufnahmen.

Die Sache mit der moralischen Gewißheit würde schon schwieriger werden. Letztlich lief es auf ein Gefühl hinaus, ob ein Angeklagter nun schuldig oder unschuldig war.

Solche Gefühle waren nur schwer zu erzeugen und zu verändern. Sie setzten sich aus Stückchen von Vergangenem, Teilchen von Gegenwärtigem, aus Gesehenem, Gehörtem und Gerochenem zusammen, was alles im Bauch zu einer einzigen Masse verarbeitet wurde. Diese Masse konnte freundlich oder gehässig sein, aber sie war unverdaulich.

Er sah Woodbridge den Gerichtssaal verlassen – sehr langsam, als ob seine Krankheit, einmal ans Licht gebracht, an Schwere und Ernsthaftigkeit zugenommen hätte. Donnelly verspürte ein gewisses Bedauern, daß er im Interesse der Gerechtigkeit ein Stück von Woodbridge hatte töten müssen. Es ging ja nicht eigentlich um Leben oder Tod von Cully. Donnelly selbst war in diesem Jahr schon Hunderte von Malen gestorben, und er würde noch viele Hunderte von Malen sterben.

Leben und Tod zählten nicht. Was zählte, war die Rechtsordnung als solche, das System der Gerechtigkeit für alle. Wenn das der Schimmel war, auf dem er ritt, dann war das ein Vollblut.

Wie stets am Ende eines Tages, leerte sich der Gerichtssaal sehr schnell. Es dauerte ganze fünf Minuten, bis nur noch Cully, der Gerichtsdiener, Eva und die Künstlerin im Saal waren, die noch in der vordersten Reihe saß und letzte Hand an ihre Zeichnungen legte. Die Frau sah auf, als Eva zu ihr trat. »Ist meine Parkzeit schon lange abgelaufen?«

»Nein. Ich wollte Sie nur fragen, ob Mr. King mal die Zeichnung sehen dürfte, die Sie von ihm gemacht haben. Würde Ihnen das etwas ausmachen?«

»Überhaupt nicht. Hier ist sie.«

»Zeigen *Sie* sie ihm.«

»Wollen Sie sie denn gar nicht sehen?«

»Nein«, sagte Eva, »ich will sie nicht sehen.«

Die Zeugen

In der Nacht hatte sich dichter Nebel vom Meer über der Stadt ausgebreitet, den Glockenturm des Gerichts eingehüllt und die Schläge der Uhr erstickt. Die Stunden, ungehört und ungesehen, existierten nicht mehr, bis schließlich die Sonne ein Loch in den Dunst brannte. Da erwachte der entflogene Papagei, der Hauptbewohner des Turmes, und fing an, sein Gefieder zu putzen, wozu er Fett aus einer entsprechenden Drüse benutzte. Während er sich so für den Tag vorbereitete, behielt er den Polizeiwagen im Auge, aus dem die für die Verhandlungen dieses Morgens bestimmten Häftlinge entladen wurden. Der Vogel stieß auf die Männer herab, und sein freier Flug verhöhnte ihre Fesseln.

Die Stunden erwachten zu neuem Leben. Acht. Neun. Zehn Uhr.

Im Gerichtssaal 5 gab der Mann, der in den Zeugenstand trat, seinen Namen mit Tyler Winslow Pherson an. Er wohnte in der Garden Grove Avenue 300 in Bakersfield und war Vizepräsident der Valley Oil Corporation. In Beantwortung der Frage des Staatsanwaltes sagte er aus, die Verstorbene sei seine Ehefrau Madeline gewesen.

»Wir waren achtzehn Jahre verheiratet«, sagte Pherson. »Madeline war eine wunderbare Ehefrau, die sich ganz dem Dienst an anderen verschrieben hatte, an Kindern, Alten und Behinderten. Sie sammelte stattliche Geldbeträge für wohltätige Zwecke. Monate verbrachte sie damit, die Brailleschrift zu erlernen, um Bücher für Blinde übersetzen zu können, und sie arbeitete in der Sterbeklinik mit und beriet dort die Angehörigen unheilbar Kranker. Sie war eine Frau, die Gott liebte und die von Ihm geliebt wurde. Ich kann einfach nicht begreifen, wie Er es zulassen konnte, daß ihr so etwas Schreckliches widerfuhr.«

»Sie haben unser aller tiefstes Mitgefühl, Mr. Pherson. Aber im Interesse des Fortganges dieser Verhandlung muß ich Sie bitten, sich auf die Beantwortung meiner Fragen zu beschränken.«

»Wie konnte Er zulassen, daß all dies einer Frau wie Madeline widerfuhr? Warum?« Er blickte auf Cully herab. »Warum? Warum haben Sie sie umgebracht?«

Donnelly sprang auf, um Einspruch zu erheben, und der Richter klopfte mit dem Hammer auf den Tisch, aber Pherson sah und hörte nichts.

»Wie viele haben Sie schon umgebracht? Wie viele andere werden Sie noch umbringen, wenn man Sie laufen läßt?«

»Sie machen sich der Mißachtung des Gerichts schuldig, Mr. Pherson«, sagte der Richter, »wenn Sie in dieser Art und Weise fortfahren.«

»Ich habe ein Recht darauf, das zu erfahren. Ich habe ein Recht darauf.«

»Aber der Angeklagte hat auch ein Recht auf ein faires Verfahren, das nach den Gesetzen ...«

»Gesetze! Die Gesetze begünstigen doch samt und sonders diesen Mörder. Gibt es denn gar keine Gesetze, die das Andenken meiner toten Frau schützen?«

»Wenn Sie sich nicht beherrschen können, Mr. Pherson, sehe ich mich genötigt, Sie zu bitten, den Zeugenstand zu verlassen und später wiederzukommen.«

Owen war darauf bedacht, das nicht sichtbar werden zu lassen – aber der Ausbruch von Mr. Pherson kam ihm sehr gelegen. Seine Äußerungen mochten ja aus dem Protokoll gestrichen werden, aber es war nicht wahrscheinlich, daß die Geschworenen sie oder Mr. Phersons gequältes Gesicht, mit dem er sie hervorgestoßen hatte, vergessen würden.

Owen sagte: »Fühlen Sie sich in der Lage, mit Ihrer Aussage fortzufahren, Mr. Pherson?«

»Ja. Ja, alles in Ordnung.«

»Ich würde gern ein paar den familiären Hintergrund betreffende Tatbestände festhalten. Zum Beispiel – haben Sie Kinder?«

»Nein, dieser Segen ist uns versagt geblieben.«

»Gibt es irgendwelche sehr engen familiären Bindungen?«

»Madeline hatte ein sehr enges Verhältnis zu ihrer Mutter.«

»Lebt diese Mutter in Bakersfield?«

»Nein. Sie ist im März gestorben. Madeline und ihre Mutter hatten vor, zusammen nach Hawaii zu fahren, aber dann wurde ihre Mutter krank. Das ging Madeline sehr zu Herzen. Deshalb wollte ich, daß sie mal ausspannt. Ich dachte, ein Tapetenwechsel würde ihr guttun, sie etwas aufheitern. Die Ironie dieses Gedankens verfolgt mich Tag und Nacht, die Ironie, daß ich, der ich ihr zu helfen versuchte, Schuld an ihrem Tod haben muß. Sie selbst wollte eigentlich gar nicht weg. Es war meine Entscheidung. Ich bin es gewöhnt, Entscheidungen zu treffen, ich bin es auch gewöhnt, recht zu haben.« Er schüttelte den Kopf. »Diesmal hatte ich nicht recht, Gott steh mir bei.«

»Würden Sie bitte nur meine Fragen beantworten, Mr. Pherson.«

»Ja. Ja, schon gut.«

»Hat Mrs. Pherson etwas von ihrer Mutter geerbt?«

»Ein wenig Grundbesitz, eine Versicherungspolice, ein paar Wertpapiere und den Familienschmuck, der schon seit Generationen immer an die älteste Tochter überging. Die Versicherung dieses Schmucks entsprach nicht mehr dem aktuellen Stand. Madeline hatte vor, ihn mal wieder schätzen zu lassen, um dann die Versicherung entsprechend zu erneuern. Der augenblickliche Wert dieses Schmuckes ist mir nicht bekannt.«

»Glauben Sie, daß er einen beträchtlichen Wert hatte?«

»Ja.«

»Auf welche Weise kam Mrs. Pherson an den Schmuck?«

»Der Anwalt ihrer Mutter übergab ihn ihr in seinem Büro.«

»In einem Behälter?«

»Ja.«

»Waren Sie zugegen?«

»Ja.«

»Können Sie uns dieses Behältnis beschreiben?«

»Es hatte etwa die Größe eines Kosmetikköfferchens, war mit grünem Leder bezogen und hatte ein großes, altmodisches Schloß. Ich habe es ihr hinaus zum Auto getragen, und sie hielt es während der ganzen Fahrt bis nach

Hause auf ihrem Schoß. Sie weinte nicht, machte auch sonst keine besonderen Umstände, aber es war keine glückliche Zeit. Während der Krankheit ihrer Mutter war sie immer fröhlich und hilfsbereit geblieben. Nun war das alles vorbei. Vielleicht dachte sie, als sie das Köfferchen auf ihrem Schoß hielt, daß sie die letzte Eigentümerin dieses Schmukkes sein würde, denn es gab keine älteste Tochter, an die sie ihn hätte weitervererben können. Es gab ja überhaupt keine Tochter, mit ihr endete dieser Zweig der Familie.«

»Und da haben Sie sie überredet, Ferien zu machen, die Tapeten zu wechseln?«

»Ja. Sie entschied sich für die Gegend von San Diego. Meine Sekretärin erledigte die notwendigen Buchungen, und ich fuhr sie hinaus zum Flughafen. Sie rief mich dann an, als sie angekommen war, und klang recht fröhlich. Das war das letzte Mal, daß ich ihre Stimme hörte.«

»Das ist im Augenblick alles, Mr. Pherson«, sagte Owen. »Ich danke Ihnen.«

Donnelly erhob sich und ging zum Pult, um das Kreuzverhör weiterzuführen. »Mr. Pherson, Sie sagten soeben, daß Ihre Frau fröhlich klang, als sie Sie anrief. Überraschte Sie das?«

»Ich war froh darüber.«

»Ja, aber waren Sie auch überrascht?«

»Ich hatte gedacht, es würde länger dauern, bis sie ihre Depression überwinden und wieder Freude am Leben finden würde. Meine Antwort lautet also: Ich war angenehm überrascht.«

»Hat sie jemals von Selbstmord gesprochen?«

»Nein, nie.«

»Ich meine, Sie sagten, daß Ihre Frau unheilbar Kranke und deren Angehörige beraten hat, stimmt das?«

»Ja.«

»Wird im Verlauf solcher Gespräche nicht ganz automatisch auch das Thema Selbstmord angesprochen?«

»Wenn ich sagte, daß sie niemals von Selbstmord gesprochen hat, dann meinte ich, mit Bezug auf sich selbst. So etwas wäre ihr niemals in den Sinn gekommen.«

»Obwohl sie sich doch, folgt man Ihrer Aussage, nach dem Tode ihrer Mutter in einem Zustand der Depression befand?«

Pherson saß schweigend da, bewegungslos – bis auf seine Augen, die langsam die zwei Reihen der Geschworenen auf und ab wanderten, um mit jedem einzelnen von ihnen einen Blickkontakt herzustellen.

»Meine Frau hat sich nicht selbst getötet, sie ist ermordet worden.«

Diese Worte hatten nicht den lauten, abweisenden Tonfall seiner vorangegangenen Anschuldigungen, sondern er sprach sie mit ruhiger Würde und tiefster Überzeugung.

Donnellys Einspruch war Routinesache. Phersons Worte würden aus dem Protokoll gestrichen werden, den Geschworenen aber im Gedächtnis haften bleiben, wie eindringlich der Richter sie später auch ermahnen mochte, alle Emotionen aus dem Spiel zu lassen und ihre Entscheidung allein auf Tatsachen zu gründen. Sie würden das nicht tun – wenn es überhaupt vorkam, dann kam das bei Geschworenen nur höchst selten vor. Es war schon eigentümlich, wie sich Tatsachen verzerren oder unsichtbar machen ließen.

Und Tatsache war, daß Madeline Pherson diese Hotelbar

nicht in der Absicht betreten hatte, milde Gaben für wohltätige Zwecke einzusammeln, Bücher in Blindenschrift zu übersetzen oder unheilbar Kranken mit ihrem Rat zur Seite zu stehen. Sie war in die Bar gegangen, um doppelte Martinis zu trinken und einen Fremden kennenzulernen.

Der Richter sagte: »Möchten Sie noch weitere Fragen an diesen Zeugen richten, Mr. Donnelly?«

»Im Augenblick nicht, Euer Ehren.«

»Dann sind Sie jetzt erst einmal entlassen, Mr. Pherson. Man wird Sie benachrichtigen, sollte man Sie noch einmal hier benötigen. In der Zwischenzeit gilt für Sie das gleiche wie für alle anderen Zeugen auch, nämlich daß Sie diesen Gerichtssaal vor Abschluß des Verfahrens nicht unaufgefordert betreten dürfen. Und ich möchte Sie auch daran erinnern, daß Sie Ihre Aussage nicht mit anderen Zeugen erörtern.«

»Verzeihung, Euer Ehren«, sagte der Staatsanwalt. »Aber mein nächster Zeuge ist leider noch nicht aus San Diego eingetroffen. Das ist eine Fahrt von vier oder fünf Stunden, vielleicht auch noch länger, und ich erwarte ihn erst gegen ein Uhr. Das ist mein Fehler. Ich bin davon ausgegangen, daß die Vernehmung von Mr. Pherson sehr viel länger dauern würde.«

»Gut. Statt der üblichen Vormittagspause machen wir dann eben jetzt schon Mittag und treten um zwei Uhr wieder zusammen.«

Cully saß auf der Kante seines Stuhles, die Hände vor sich auf dem Tisch und die Finger ineinander verschlungen wie geölte Seile. Donnelly setzte sich neben ihn und packte seine Papiere in die Aktenmappe. »Nun? Stimmt was nicht?«

»Hat sie wirklich alle diese guten Taten getan?«

»Ja, Gunther hat's überprüft.«

»Aber das sieht der Frau gar nicht ähnlich, die mich da in der Bar angesprochen hat. Die hat nicht versucht, meine Seele zu retten, das kann ich Ihnen flüstern. Die hat sich ganz schön an mich rangemacht.«

»Das sagen Sie.«

»Sie ging wirklich ran. Ich schwör's. Vielleicht hat die Polizei einen Fehler gemacht, und die Leiche, die sie gefunden haben, war nicht sie, sondern 'ne ganz andere.«

»Sie ist von ihrem Mann und ihrer Haushälterin eindeutig identifiziert worden.«

»Ich hab mal einen Film über eine Frau mit gespaltener Persönlichkeit gesehen, die ...«

»Vergessen Sie's. Mrs. Pherson war eine nette, normale, ganz gesunde Frau.«

»Aber warum hat sie sich dann so an mich rangemacht?«

»Vielleicht sind Sie einfach so unwiderstehlich.«

Der Gerichtssaal war jetzt ganz leer – bis auf die zwei Männer und den Gerichtsdiener, der an der Tür stand und auf den Aufseher wartete, der Cully ins Gefängnis zurückbringen würde.

»Noch mal zu den Kratzern auf Ihrer Backe – war sie so wild in ihrer Leidenschaft, daß sie Sie mit ihren Fingernägeln gekratzt hat?«

»Nein. Nein, so war das nicht. Was passierte war, daß sie mich an sich riß, und mir dabei mit ihren Ohrsteckern die Backe zerkratzte.«

»Welcher Ohrstecker?«

»Ich bin nicht sicher. Ich meine, da war doch einiges los, und wir waren beide betrunken, und wer kann sich schon so eine Kleinigkeit merken wie welcher Ohrstecker oder besser Ohrring das war?«

»Die Geschworenen wollen gern Kleinigkeiten wie diese wissen. Manchmal können die die großen Dinge im Ganzen schlucken wie der Wal den Jonas, aber bei Kleinigkeiten, die keinen Sinn ergeben oder an die man sich nicht erinnern kann, plötzlich unheimlich pingelig werden.«

»Okay, sagen wir also, es war der linke.«

»Lassen Sie uns mal gar nichts sagen, bevor wir die Szene nicht rekonstruiert haben.«

»Und wie das?«

»Kommen Sie auf mich zu und packen Sie mich, wie Mrs. Pherson Sie gepackt hat.«

»Das sähe aber 'n bißchen komisch aus. Die Leute könnten meinen ...«

»Die Geschworenen sind raus, und das sind die einzigen Leute, deren Denken uns interessieren sollte. Also los, packen Sie zu, tun Sie's.«

»Nein.«

»Na los doch. Tun Sie ganz einfach mal so, als fänden Sie mich unwiderstehlich, und in einem Anfall von Leidenschaft ...«

»Nein, das würde komisch aussehen, ich würde mich komisch fühlen.«

»Wieso? Nehmen Sie an, wir spielten eine Szene aus einem Theaterstück.«

»Ich bin kein Schauspieler.«

»Packen Sie mich endlich, Sie Hundesohn.«

Der Gerichtsdiener wandte sich beim Ton der erhobenen Stimme um. »Da drüben irgendwas nicht in Ordnung?«

»Doch«, sagte Donnelly. »Wir sprechen nur gerade darüber, wie unwiderstehlich Cully auf Frauen wirkt.« Als sich die Aufmerksamkeit des Gerichtsdieners wieder dem Flur zugewandt hatte, fügte Donnelly hinzu: »Nicht nur auf Mrs. Pherson, sondern auch auf unsere liebe kleine Eva. Wie sie Sie mit heißen Blicken verschlingt – das würde ausreichen, einen Truthahn zu braten. Spüren Sie die Hitze nicht, Truthahn?«

»Nein.«

»Dieser plötzliche Anfall von Bescheidenheit ist gar nicht Ihr Stil, Cully.« Donnelly hatte seine Aktentasche fertig gepackt. Jetzt schloß er sie, machte aber keine Anstalten zu gehen. »Übrigens habe ich da einen Brief für Sie. Er war an mich adressiert, aber die Anlage ist für Sie bestimmt.«

»Von wem ist er?«

»Von Ihrer Frau.« Donnelly legte den Brief auf den Tisch, aber Cully nahm ihn nicht auf, ja schaute ihn nicht einmal an. »Möchten Sie ihn nicht lesen?«

»Nein.«

»Ich denke, das sollten Sie lieber doch tun. Es ist manchmal ganz hilfreich, die Ansichten anderer Menschen zu erfahren.«

»Louise hat nur eins im Sinn.«

Der Brief war säuberlich getippt und mit Satzzeichen versehen und enthielt nur zwei Schreibfehler.

»Das hat nicht Louise getippt«, sagte Cully. »Sie kann gar

nicht tippen. Das hat ihr Bruder für sie geschrieben. Er hat sie wahrscheinlich auch zum Schreiben gedrängt. Dieser Mistkerl haßt mich.«

»Ach ja. Das ist ja Ihr Schwager, der, den Sie so gerne ermorden würden.«

Cully sah überrascht auf. »Wer hat Ihnen denn das erzählt?«

»Miss Foster. Sie war der Ansicht, ich sollte Sie ermahnen, solche Bemerkungen zu unterlassen, weil die Leute sonst einen falschen Eindruck bekommen könnten. Oder den richtigen, wie auch immer.«

»Ich hätte das nicht gesagt, wenn ich gewußt hätte, daß sie's überall rumposaunt.«

»Sie hat's nicht rumposaunt. Sie wollte Sie nur schützen und hat es deshalb mir gesagt. O ja, sie ist schon eine Tigerin, unsere kleine Eva, und was für eine. Und Sie, Amigo, sind ihr Junges.«

»Das bin ich nicht. Will ich nicht sein. Das lehne ich ab.«

»Junge haben keine Wahl«, sagte Donnelly. »Lesen Sie Ihren Brief.«

In dem Umschlag steckten zwei Briefe. Der eine enthielt die Bitte an Mr. Donnelly, Esquire, den beigefügten anderen Brief an Cully King weiterzuleiten.

Lieber Cully,
ich hoffe, Dir geht es okay, weil das bei mir mit Sicherheit nicht so ist. Ich brauche Geld. Du kannst nicht erwarten, daß ich von nichts lebe, während Du rumziehst und Leute umbringst. Bald ist schon das Erntedankfest, und wofür soll ich dann dankbar sein, mit einem Mann im Kittchen und

mit nichts anzuziehen. Ob Du nun unschuldich bist oder schuldich, das mindeste, was Du tun könntest wäre, mir das Geld zu schicken, das Mr. Belasco Dir gezahlt hat. Wo Du bist, nützt es Dir ja doch nichts, da hast Du freie Wohnung und Verpflegung und vielleicht sogar Farbfernsehen.

Bis zu dieser Stelle las Cully, dann warf er den Brief zu Boden. »Belasco hat mich noch gar nicht bezahlt.«

»Ich weiß. Ich habe ihn gebeten, es nicht zu tun, und er hat dem auch zugestimmt.«

»Und wozu soll der Blödsinn gut sein?«

»Das Geld wird für Sie aufbewahrt. Auf diese Weise können Sie mit mehr oder weniger Recht behaupten, über kein Vermögen zu verfügen. Und wenn Sie kein Vermögen haben, dann bekommen Sie einen Verteidiger gestellt – für den Fall, daß irgend etwas geschieht, was mich daran hindert, Ihre Verteidigung fortzuführen. Falls oder wenn Sie herauskommen, sollten Sie genug Geld haben, um die Zeit überbrücken zu können, die Sie brauchen werden, um die Einzelteile Ihres Lebens wieder zusammenzusammeln.«

»Ich will aber nicht irgendwelche Stücke zusammenklauben. Und im übrigen will kein Aas, daß ich wieder rauskomme.«

»Es gibt eine ganze Reihe von Leuten, die das möchten.«

»Aber nicht wegen mir wolln die das. Louise will mich raushaben, damit ich weiter für sie sorgen kann und für diese Laus von ihrem Bruder. Pherson will mich draußen haben, damit er Gelegenheit kriegt, mich umzubringen.

Eva Foster hat wahrscheinlich irgend so eine Wahnsinnsidee, daß sie mich heiraten kann. Na klar wollen die alle, daß ich rauskomme.«

»Und ich auch.«

»Bei Ihnen ist's doch, weil Sie nicht gern einen Prozeß verlieren.«

»Nein. Es ist deshalb, weil ich *Sie* nicht gern verlieren würde.«

Cully brauchte eine Minute, um zu verstehen. Als er endlich begriff, spannte sich sein ganzer Körper an, als wolle er jeden Augenblick zuschlagen.

»Denken Sie darüber nach«, sagte Donnelly.

»Sie sind ja verrückt.«

»Nein. Ich denke schon eine ganze Weile daran, aus diesem Geschäft auszusteigen und mich auf meine Ranch in Idaho zurückzuziehen. Ich habe genug vom Gesetz, von den Bestraften und von den Strafenden. Ich möchte gerne mal nette, normale Geschöpfe um mich haben, Pferde, Hunde, Rinder. Ich bezweifle zwar, daß es einen Gott gibt, wenn es aber doch einen geben sollte, dann müssen das Seine Geschöpfe sein, nicht wir. Sie akzeptieren die Welt und sich selbst. Die sind nicht dauernd dabei, dafür zu planen, zu intrigieren und zu kämpfen, daß sie nach oben kommen, wo es dann nicht mehr weitergeht, nur noch bergab. Ein Fluß fließt mitten durch das Gelände der Ranch, er ist im Frühling wild und reißend, wenn in den Bergen die Schneeschmelze einsetzt. Im Herbst strömt er ganz ruhig dahin. Aber gleichgültig, welche Jahreszeit es gerade ist, jeder einzelne Tropfen Wasser ist anders als die anderen. Es ist nicht wie beim Meer, wo alle Wellen gleich zu sein scheinen, so monoton wie der Tod. Ein Fluß ist lebendig, frisch, kraftvoll. So muß ich mich gefühlt haben, als ich noch ein Kind war, aber ich kann mich nicht mehr daran erinnern, ich kann mich nicht mehr erinnern.«

»Ich muß nicht hier rumsitzen und mir diesen Schwachsinn anhören.«

»Doch, das müssen Sie. Sie haben gar keine andere Wahl. Sie sind des Mordes angeklagt, und das schränkt Ihre Wahlmöglichkeiten erheblich ein.«

»Jeder Mensch hat Rechte.«

»Die Rechte von jemandem, der des Mordes angeklagt ist, sind im wesentlichen nur auf dem Papier und in den luftigen Köpfen der Idealisten vorhanden. Sie sitzen also ganz still und hören Ihrem Anwalt zu. Wenn Sie sich irgendwie rühren oder protestieren, wenn Sie laut werden oder gar streitsüchtig, dann kommt der Gerichtsdiener herüber, dann ein Polizist, zwei Polizisten, und Sie finden sich in Handschellen und Ketten wieder. Des Mordes angeklagte Menschen können nicht tun und lassen, was sie wollen. Sie sitzen schön brav da und hören ihren Anwälten zu, ob sie nun den Wetterbericht vorlesen oder einen vernünftigen Vorschlag machen. Und das ist's, was ich gemacht habe – einen vernünftigen Vorschlag.«

»Nicht für mich.«

»Sie sagten, Sie wollten die Stücke Ihres Lebens nicht zusammensammeln. Nun, das gilt auch für mich. Ich muß von der Vergangenheit fort. Kommen Sie mit mir, Cully.«

Der Gerichtsdiener gähnte, verlagerte sein Körpergewicht von einem Bein auf das andere, verglich seine Armbanduhr mit der Uhr an der Wand und dachte an ein Sandwich, ein kaltes Bier und warmen Apfelkuchen.

»Denken Sie gut darüber nach«, sagte Donnelly.

»Da gibt's nichts nachzudenken, hören Sie? Nichts.«

»Sie werden für den Rest Ihres Lebens ausgesorgt haben.«

»Was für ein Leben! Hängt man da mitten im Nirgendwo auf einer Ranch fest, mit 'nem Schwulen und 'nem Haufen Kühe und einem Fluß statt dem Meer. Das ist nicht mein Fall. Ich will ein freier Mann sein oder tot.«

»Ein gewisser Gewinn steht mir doch wohl für meine Investitionen zu. Sehen Sie doch den Tatsachen ins Auge, Cully. In diesem Augenblick stehen die Chancen etwa zehn zu eins gegen Sie. Wenn es mir gelingen sollte, dieses Verhältnis umzukehren, dann verdanken Sie mir Ihr Leben. Und denken Sie daran – ich habe Sie nicht in diesen Schlamassel hineingebracht. Das haben Sie alles sich selbst zuzuschreiben.«

»Das habe ich nicht. Es war *ihre* Schuld. Ich glaube, sie hat das alles schon vorher so geplant. Sie hatte die Absicht, über Bord zu springen, und das hat sie dann auch getan. Wie Sie ja auch aus dem Doktor da im Zeugenstand rausgeholt haben, hätte sie dann vielleicht auch ohnmächtig werden können, und irgendwas im Meer hat ihr diese Male am Hals beigebracht.«

»Quatsch«, sagte Donnelly. »Die Male stammen von Ihnen. Sie haben sie erwürgt.«

»Wozu?«

»Die Juwelen.«

»Ich hab nur 500 Dollar für die Ohrstecker gekriegt.«

»Der andere Schmuck, der in der grünen Lederschatulle.«

»Ich weiß rein gar nichts über diese Schatulle, ich schwör's.«

»Sie lügen mit der gleichen Natürlichkeit, mit der Sie atmen, und deshalb werde ich Sie auch gar nicht erst fragen, was Sie damit gemacht haben oder wie Sie die Schmuckstücke loswerden wollen, deren Beschreibung bald jedem Edelsteinhändler und jeder Pfandleihe vorliegen wird.«

Cully stieg das Blut ins Gesicht und färbte es purpurrot. »Ich kann nicht loswerden, was ich gar nicht habe.«

»Was Sie nicht haben«, sagte Donnelly, »ist irgend jemand, der Ihnen Glauben schenkt.«

»Es ist Ihr Job, sie dazu zu bringen, daß sie mir glauben.«

»Die meisten Anwälte würden einen ganz schönen Batzen Geld für einen Job wie diesen verlangen. Alles aber, was ich verlange, ist Dankbarkeit.«

»Die Dankbarkeit ist mir grad ausgegangen.«

»Denken Sie darüber nach, wie Ihre Zukunft im Augenblick aussieht. Selbst wenn man Sie für nicht schuldig befindet, werden Sie nie den Geruch dieses Prozesses loswerden können. Man wird Sie nicht etwa als unschuldigen Menschen ansehen, sondern als Mörder, der Schwein gehabt hat. Natürlich werden Sie in Ihrem Arbeitsbereich keinen Job mehr kriegen. Welcher Jachtbesitzer würde wohl einem Mann mit Ihrem Ruf sein Boot anvertrauen wollen? Als Sie Mrs. Pherson erwürgten, haben Sie zwei Menschen umgebracht, nämlich sie und sich selbst. Sie sind erledigt,

Cully. Sie glauben, die Straße vor Ihnen mache nur eine Kurve, und sehen nicht, daß sie aufhört, zu Ende ist.«

Donnelly fuhr nach Hause. Er fühlte sich benommen und schwach wie jemand, der von langer Krankheit genesen ist.

Sein Leben war stets einer Reihe von Plänen gefolgt, die gut durchdacht und exakt gezeichnet gewesen waren. Nun hatte sich im Verlauf einer kurzen Pause eine Tür geöffnet, und die Pläne waren im ganzen Raum durcheinandergewirbelt worden. Es gab keine Möglichkeit, sie wieder einzusammeln und zu ordnen.

Er parkte seinen Wagen in der Garage. Die beiden Autos von Zan standen an ihrem gewohnten Platz, aber in der Luft hing der Geruch von Auspuffgasen, und die Motorhaube von Zans Jaguar war noch warm.

Er betrat das Haus durch den Seiteneingang. Die Haushälterin, Mrs. Killeen, telefonierte in der Küche. Sie hängte sofort auf, als sie ihn erblickte, erhob sich und schob den steifen weißen Kragen ihrer rosafarbenen Dienstbekleidung zurecht.

»Sind Sie zum Mittagessen da, Mr. Donnelly?«

»Wenn das keine Umstände macht.«

»Ich würde gern vorab informiert werden. Im Notfall kann ich aber immer schnell irgendwas machen.«

»Wenn jemand ganz schlicht in sein eigenes Haus zurückkehrt, kann man das wohl kaum als Notfall bezeichnen.«

»*Ich* plane im voraus.«

»Ich auch«, sagte Donnelly. Und das hatte bis vor einer Stunde auch gestimmt. Jetzt aber waren alle Pläne über den

Haufen geworfen, und das erschreckte ihn, versetzte ihn gleichzeitig aber auch in Hochstimmung.

»Ihre Frau ist oben in ihrem Zimmer«, sagte Mrs. Killeen. »Sie ist übrigens guter Laune, verderben Sie die bloß nicht.«

»Ist das ein Befehl, Mrs. Killeen?«

»Nur ein sehr guter Ratschlag. Aber Anwälte neigen ja wohl dazu, lieber selbst gute Ratschläge zu geben als welche anzunehmen, und deshalb sollte ich wohl besser den Mund halten.«

»Eine sehr gute Idee.«

Die Tür von Zans Zimmer stand offen, aber er klopfte trotzdem an, um sie nicht zu erschrecken. Sie saß an ihrem kleinen Sekretär aus Ahornholz und schrieb einen Brief. Sie war für einen herbstlichen Tag in der Stadt angezogen und trug ein beigefarbenes Tweedkostüm, ähnlich dem Farbton ihres Haars. Der weite Schnitt des Kostüms ließ sie weniger dünn erscheinen, und das frische Make-up verdeckte ihre Blässe.

»Nanu, Charles, was für eine nette Überraschung.«

»Auch für mich. Du siehst sehr gut aus.«

Die Ruhe ihrer Stimme und ihrer Hände ließen ihn sich fragen, was für Pillen sie wohl an diesem Morgen geschluckt und welchen Arzt sie dazu gebracht hatte, sie ihr zu verschreiben.

»Ich schreibe gerade an meinen Bruder Michael, um ihm meine Neuigkeit mitzuteilen. Oder besser – unsere Neuigkeit.«

»Ich wußte noch gar nicht, daß wir Neuigkeiten irgendwelcher Art haben.«

»O ja, haben wir aber. Du hast sie nur noch nicht entdeckt.«

Sie lachte. Das klang angenehm – so ganz ohne das unterschwellige Kreischen, das zumeist in ihrem Lachen mitschwang.

»Bist du bereit für eine große Riesenüberraschung, Charles? Ich sollte dich eigentlich raten lassen, aber es wäre grausam, dich noch länger auf die Folter zu spannen.«

»Ich könnte es aushalten.«

»Egal, du würdest es ja doch nicht erraten. Es ist viel zu wunderbar, ehrlich.«

»Also sag's mir.«

»Wir werden ein Kind bekommen.«

Der Schock, der ihn zunächst traf, löste sich fast augenblicklich wieder, denn er kam schnell zu der Einsicht, daß sie gar nicht von ihrer eigenen Schwangerschaft sprechen konnte – sie war schließlich über vierzig, ihr Gesundheitszustand angegriffen und sie war drogensüchtig. Was sie meinte, war eine Adoption. Und selbst das erschien sehr wenig aussichtsreich. Sie könnte sich niemals dafür qualifizieren – und er ebensowenig. Aber sie wirkte so glücklich, und es gab in jedem Leben nur so wenige wirklich glückliche Augenblicke, daß er ihr diesen nicht kaputtmachen wollte. Bis es endlich doch sein mußte.

»Ich glaube, das ist genau das, was wir brauchen, Charles. Etwas, was uns zueinander bringt, was uns ein gemeinsames Anliegen ist. Wir haben uns auseinandergelebt, und ein Baby wird uns etwas geben, wofür wir planen können, das Kinderzimmer, die Anziehsachen, die Taufe ...«

»Woher bekommen wir dieses Baby, Zan?«

»Ich habe von einem Geburtshelfer in der Stadt gehört, der so etwas arrangiert.«

»Für Geld?«

»Für Geld, natürlich, eine Entschädigung für seine Bemühungen. Er bringt ungewollte Babys und sich Babys wünschende Eltern zusammen, das ist sein Motto.«

»Bist du da heute morgen hingefahren, zu diesem Arzt?«

»Ja.«

»Hast du ihm schon Geld gegeben?«

»Nein. Er muß dich erst noch kennenlernen, um sich zu vergewissern, daß du dir Kinder wünschst... Das tust du doch, oder nicht, Charles?«

»Ich meine, wir sollten uns über das alles erst einmal unterhalten, bevor wir zu einer Entscheidung kommen. Wir müssen warten, bis dieser Fall, den ich gerade betreue, abgeschlossen ist. Dann werden wir uns zusammensetzen und miteinander reden.«

»Wann wird denn dein Fall abgeschlossen sein?«

»Das weiß ich nicht.«

»In Wochen? Monaten?«

»Möglicherweise.«

»Aber der Doktor möchte bis morgen von uns Bescheid bekommen.«

»So leid es mir tut, aber das geht nicht, Zan. Du hast dir zwanzig Jahre Zeit gelassen, um über eine Adoption nachzudenken, jetzt kannst du auch noch ein wenig länger warten, deine Gesundheit und Kraft wiederherstellen und dich überhaupt darauf vorbereiten, die Verantwortung für ein Kind zu übernehmen. Das ist nämlich ein großer Schritt. Ob nach oben oder unten, bedarf weiterer Überlegung.«

»Überlegung!« Sie nahm das Stück Briefpapier zur Hand, auf dem sie gerade geschrieben hatte, und begann, es immer kleiner zusammenzufalten, bis es wie ein Fächer aussah. »Das ist doch nur ein anderes Wort für nein, oder?«

»Es bedeutet, daß wir uns über die Situation klar werden müssen.«

»Fehlt dir der Mut, offen und geradeheraus nein zu sagen?«

»Wenn du es so haben möchtest, dann gut – also nein. In deinem augenblicklichen Gesundheitszustand bist du nicht in der Lage, die Verantwortung für ein Kind zu übernehmen.«

Sie nahm den kleinen Fächer, den sie aus dem Briefbogen gefertigt hatte, und fing an, ihn langsam vor ihrem Gesicht hin und her zu bewegen. Alle ihre Bewegungen waren langsam. Da er nicht wußte, was für Pillen sie genommen hatte, war er nicht sicher, ob diese gar nicht typische Schläfrigkeit darauf hindeutete, daß das Mittel seine Wirkung schon verloren hatte oder aber erst allmählich zeitigte. Und dann gab es noch die – allerdings nicht sehr wahrscheinliche – Möglichkeit, daß sie nichts eingenommen hatte, sondern nur einem Traum nachhing.

»Ich bin ein sich ein Baby wünschendes Elternteil«, sagte sie.

»Heute bist du das. Aber was ist morgen?«

Das Wort hatte nicht die von ihm erwartete Wirkung.

»Morgen werde ich runterfahren zu dem Doktor und ihm sagen, an was für einem wichtigen Fall du gerade arbeitest und daß du deshalb nicht selbst mitkommen konntest, daß du ihn aber doch wissen lassen wolltest, wie sehnlich du dir ein Baby wünschst. Morgen«, wiederholte sie. »Stell dir das doch mal vor, daß da morgen ein Baby sein könnte, das schon darauf wartet, in unser Leben zu kommen.«

»Dein Leben«, sagte er, »nicht meines.«

»Du mußt dich ja nicht beteiligen, Charles. Du wärest sowieso kein toller Vater. Du hast ja kaum mehr Gefühl als eine Runkelrübe. Ich mag Tausende von Fehlern haben, aber zumindest einmal war ich zur Liebe fähig, und ich werde es wieder sein. Da haben sich viele, viele Jahre der Liebe in meinem Inneren angesammelt.«

»Wie heißt dieser Arzt, Zan?«

»Das werde ich dir nicht verraten.«

»Na gut. Vielleicht finde ich ihn ja in den ›Gelben Seiten‹ unter der Rubrik ›Kinderverkauf‹.«

»Du willst mir das alles vermasseln, stimmt's?«

»Diese spezielle Geschichte, ja.«

»Warum? Haßt du mich so sehr?«

»Nein.«

»Immer, wenn ich eine Idee habe, machst du sie mir kaputt.«

»Das hier ist keine Idee«, sagte er, »sondern ein Hirngespinst. Ich weiß nicht, wann und wo es entstanden ist, aber ich weiß, wann und wo es enden wird. Nämlich jetzt.«

»Es ist kein Hirngespinst. Ich möchte ein Kind haben.«

»Im Augenblick stimmt das wahrscheinlich sogar. Aber morgen willst du dann vielleicht einen Schimpansen haben. Du kannst wahrscheinlich für ungefähr das gleiche Geld einen bekommen.«

Der erste Zeuge der Nachmittagssitzung gab seinen Namen mit Alfred Elfinstone an, von Beruf Assistant Manager des Hotels Casa Mañana in San Diego.

Zunächst hatte es den Anschein, als werde seine Aussage so undramatisch ausfallen wie seine ganze Erscheinung. Er war klein, adrett, dezent gekleidet und sprach mit deutlich britischem Akzent. Den hatte er sich während seines Dienstes bei dem Londoner Ableger seiner Hotelkette zugelegt und dann durch all die Jahre hindurch beibehalten, betrachtete ihn als ein Zeichen der Kultur inmitten einer Welt ohne Gesetze, Manieren und korrekte Syntax.

Ja, er hatte vorübergehend am Empfang Dienst getan, als Mrs. Pherson an diesem Nachmittag im Hotel eingetroffen war. Sie war eine nett aussehende, sehr gepflegte Frau, die robuste, vernünftige Schuhe trug, so wie englische Damen sie trugen, wenn sie übers Moor wanderten – ein Anblick, der Mr. Elfinstone zwar niemals zuteil geworden war, den er sich aber nach der Lektüre der Romane von Jane Austen und der Schwestern Brontë gut vorzustellen vermochte.

Mrs. Pherson hatte ihm, so erinnerte er sich, eine grüne Lederschatulle übergeben und ihn gebeten, sie im Safe für sie zu verwahren. »Es schien mir eine Schmuckschatulle zu sein, ziemlich alt, bis auf das Schloß, das brandneu war oder doch zumindest in meinen Augen dieses Aussehen hatte. Später«, sagte er, »kam sie noch einmal zum Empfang zurück und holte die Schatulle ohne jede Erklärung wieder ab. Wenigstens habe ich, falls sie eine Begründung abgegeben hat, diese nicht verstanden.«

»Diese? Was heißt *diese*?«

»Was sie gesagt hat.«

»Und das war was?«

»Daß sie etwas zu tun gedenke, was sie noch nie zuvor in ihrem Leben getan habe und sicher auch nie wieder tun werde. Dann lachte sie. Sie hatte ein angenehmes Lachen, perlend, aber doch beherrscht, wie guter Champagner.«

»Das haben Sie mir bei unseren früheren Unterredungen verschwiegen, Mr. Elfinstone. Warum?«

»Es kam mir gerade eben erst wieder in den Sinn.«

»Verwirrten Sie die Äußerungen von Mrs. Pherson?«

»Nicht übermäßig. Gewöhnlich achte ich nicht sehr darauf, was die Leute sagen. Was sie tun, das ist doch, was zählt.«

»Und was tat sie?«

»Nahm den Lift zu ihrem Zimmer hinauf. Ein paar Minuten später kam sie wieder herunter, ging durch die Lobby und traf sich mit einem Mann.«

»Ist dieser Mann hier im Gerichtssaal anwesend?«

»Ich bin mir dessen nicht sicher. Ich habe nicht sehr auf diesen Mann geachtet. Mir fiel vor allem auf, daß sich das Grün der Lederschatulle mit dem Blau und Weiß ihres Mantels biß, den sie trug. Gepflegte Damen vermeiden eigentlich derartiges.«

Owen glättete die Falten der Mißbilligung zwischen seinen Augenbrauen. Im allgemeinen mochte er keine Überraschungen. Und im besonderen mochte er keine Zeugen, denen im Zeugenstand ganz plötzlich etwas einfiel, was sie dann ohne jede vorherige Absprache herausposaunten.

Elfinstone kratzte sich an der linken Stirnseite, als versuche er, noch weitere Überraschungen hervorzuzaubern.

Und das gelang ihm auch. »Jetzt, wo ich darüber nachdenke, erinnere ich mich, daß ich sie fragte, was sie denn vorhabe. Sie antwortete, daß sie mir das nicht verraten könne, es sei ein Geheimnis und wenn jemand es erführe, könne der versuchen, sie davon abzuhalten. *Ich* nicht, sagte ich zu ihr. Ich mag Leute, die nach dem Außergewöhnlichen streben, die die Zeit nutzen. *Carpe diem.* Als ich sie durch die Empfangshalle gehen sah, dachte ich bei mir *Ja, die kleine Lady wird die Zeit schon nutzen.*«

»Dann machte also, soweit Ihnen das zu erkennen möglich war, Mrs. Pherson keinen verzweifelten Eindruck?«

»Du liebe Güte, nein. Die war so glücklich wie eine Lerche am Himmel. Ich bin zwar kein Ornithologe, aber ich glaube, Lerchen werden deshalb für so glücklich gehalten, weil sie eine Menge singen. Mrs. Pherson sang zwar nicht, versteht sich, sie war ja schließlich in der Eingangshalle eines Hotels. Aber sie hätte gut in sich drinnen singen können, sozusagen.«

»Ja, danke, Mr. Elfinstone. Ich habe keine weiteren Fragen.«

»Möchten Sie Fragen an diesen Zeugen stellen, Mr. Donnelly?«

»Ja, Euer Ehren.«

»Dann bitte.«

Donnelly tauschte mit Owen den Platz am Pult.

»Mr. Elfinstone, wie viele Jahre sind Sie schon im Hotelgewerbe tätig?«

»Mehr als zwanzig Jahre.«

»Haben Sie in dieser Zeit schon mit Gästen zu tun gehabt, die ins Hotel kamen, sich einschrieben und dann Selbstmord begingen?«

»O je, ja. Ja, in der Tat. Obgleich wir immer versuchen, nicht über solche Vorkommnisse zu sprechen. Die Leute neigen dazu, Zimmer zu meiden, in denen sich eine Tragödie abgespielt hat.«

»Haben Sie in all den Jahren beobachten können, daß potentielle Selbstmörder vergleichbare Verhaltensmuster zeigen?«

»Nein.«

»Einige waren offenkundig verzweifelt, nicht wahr?«

»Ja.«

»Und andere auch wieder recht fröhlich?«

»Ja.«

»Waren wieder andere von ruhigem, angenehmem Betragen?«

»O ja. Stille vor dem Sturm, Sie verstehen schon.«

»Wollen Sie damit also, anders ausgedrückt, sagen, daß Sie einen potentiellen Selbstmörder nicht schon auf Grund seiner Erscheinung und seines Betragens ausmachen können?«

»Wenn wir dazu in der Lage wären, würden wir solche Leute wohl zur Konkurrenz schicken.«

Mr. Elfinstone entwickelte sich zu einem wahren Publikumsliebling, und sowohl er als auch die Zuhörer hätten es gerne gesehen, wenn alles so weitergegangen wäre. Aber Donnelly hatte keine Fragen mehr, und der Richter beschied Mr. Elfinstone, daß er den Zeugenstand verlassen könne.

Und so verließ er ihn, befriedigt darüber, daß er seine Pflicht getan und dabei niemandem geschadet hatte. Er war kein Anhänger der Todesstrafe.

Die Zeugenaussagen von Isaac Stoltze und Angelina Gomez beanspruchten den Rest des Nachmittages.

Stoltze war der Barkeeper, der gerade Dienst gehabt hatte, als Mrs. Pherson die Hotelbar aufgesucht und sich neben Cully King gesetzt hatte. Er war ein zögernder, wenn nicht gar ein widerstrebender Zeuge. Die Aufwandsentschädigung, die er vom Staat bekam, würde den Verlust eines Tagesverdienstes sowie die Kosten der Fahrt von San Diego hierher nicht aufwiegen. Und abgesehen von den finanziellen Aspekten widersprach eine Zeugenaussage seinen Grundsätzen und seiner Praxis der Nicht-Einmischung. Er kümmerte sich um seine eigenen Angelegenheiten und leistete gute Arbeit, und wenn andere Leute eben dies auch getan hätten, dann müßte er nicht hier in diesem Zeugenstand sitzen und sich anstarren lassen, als sei er derjenige, der sich etwas zuschulden hatte kommen lassen.

Der Staat hätte sich das Geld auch ebensogut sparen können. Stoltze konnte Mrs. Pherson oder die Person Cully Kings auf den Bildern nicht mit letzter Sicherheit identifizieren, sich auch nicht erinnern, was und wieviel sie getrunken oder ob sie die Bar zusammen verlassen hatten.

Angelina Gomez war eine füllige, hübsche junge Frau mit einem Gesicht, fast so rund wie ein Kartoffelkloß, und mit Augen wie schwarze Beeren. Sie war zum ersten Mal in ihrem Leben Zeugin, und es war auch ihre erste Reise, die sie über Los Angeles hinaus nach Norden geführt hatte. Sie war mit Mr. Elfinstone zusammen hergefahren, der ihr versichert hatte, daß es nichts gäbe, was sie beunruhigen müsse, daß sie lediglich die Wahrheit zu sagen habe. Seine Versicherungen aber hatten sie nur immer nervöser gemacht. Die Wahrheit wanderte schließlich in ihren Kopf hinein und wieder hinaus wie ein verirrtes Kind, das sich nie lange genug an einem Ort aufhält, um entdeckt werden zu können.

Die Anspannung erwies sich als zu viel für Angelina. Sie schluchzte in Mr. Elfinstones Taschentuch, trank den Kaffee, den er sich in einer Thermoskanne mitgenommen hatte, und benutzte seinen Rückspiegel, um ihr Make-up wieder in Ordnung zu bringen. Als sie den Gerichtssaal erreichte, war sie gefaßt, hatte sich die Wahrheit in einem Winkel ihres Kopfes festgesetzt.

Sie berichtete dem Staatsanwalt, daß sie Zimmermädchen und für den Südflügel der vierten Etage des Casa Mañana zuständig sei. Wenn die Gäste sich am Empfang eingeschrieben hätten, sagte sie, dann packten sie für gewöhnlich erst einmal ihre Koffer ganz oder doch teilweise aus, verließen dann ihre Zimmer wieder und führen hinunter, um einen Spaziergang am Strand zu machen oder sich die kleinen Läden im Erdgeschoß anzusehen. Ihre Aufgabe sei es, während dieser Zeit dafür zu sorgen, daß alles sauber sei, die Aschenbecher geleert und benutzte Handtücher durch frische ersetzt würden. Sie habe eben dieses getan, als Mrs. Pherson unerwartet in ihr Zimmer zurückgekehrt sei.

»Lassen Sie uns an dieser Stelle mal einen Augenblick innehalten«, sagte Owen. »Haben Sie das Zimmer während der Abwesenheit von Mrs. Pherson betreten?«

»Ja.«

»Hatte sie da schon ausgepackt?«

»Ja, Sir. Alles war in den Schrank gehängt oder in die Schubladen eingeräumt. Sie war eine sehr ordentliche

Dame. Alles, was ich zu tun hatte, war, ein paar Handtücher zu ersetzen, die sie benutzt hatte.«

»Die Kleider, die im Schrank hingen, waren die sehr sorgfältig dort hineingetan worden?«

»O ja, so als wenn sie in einem Laden verkauft werden sollten – alle Reißverschlüsse waren zugezogen, alle Knöpfe geschlossen, damit die Sachen besser in Form blieben.«

»Und wo genau waren Sie, als Mrs. Pherson so unerwartet zurückkam?«

»Im Bad. Ich erbot mich, zu gehen und später noch mal wiederzukommen, aber sie sagte nein, das mache doch gar nichts, denn sie ginge sowieso gleich wieder. So räumte ich das Bad fertig auf und wechselte zwei Handtücher aus. Ich hörte, wie sie im Schlafzimmer mit sich selbst sprach. Zumindest nehme ich an, daß sie mit sich selbst sprach. Es war ja sonst niemand da. Es war, wie wenn man angezogen ist, um auszugehen, und dann, bevor man geht, noch mal in den Spiegel schaut und sagt: ›He, du siehst doch ganz gut aus.‹«

»Klang sie glücklich, Miss Gomez?«

»O ja, richtig glücklich, vielleicht als hätte sie ein paar Drinks zu sich genommen.«

»Hörten Sie ihr zu?«

»Ich mußte zuhören. Ich war ja da. Man kann doch seine Ohren nicht auf- und zumachen wie die Augen.«

»Was hörten Sie?«

»Etwas wie ›Du wolltest schon immer mal nach Hawaii, und jetzt machst du das einfach.‹ So was in der Art. Ich dachte mir nichts dabei. Eine Menge Leute würden gern mal nach Hawaii fahren, mich eingeschlossen. Ich bin bis zum heutigen Nachmittag noch nicht einmal hier in Santa Felicia gewesen.«

»Dann schien sie sich also auf die Reise zu freuen, ist das richtig?«

»Gewiß. Warum nicht?«

Owen hatte keine weiteren Fragen, und Donnelly verzichtete. Das Gericht vertagte sich über das Wochenende.

Am Freitag abend durften die beiden älteren der Owenschen Jungen, Chadwick und Jonathan, zu einem Footballspiel ihrer Schule gehen.

Der Jüngste, Thatcher, wußte sehr wohl, was ihm bevorstand. Er konnte das Büchlein mit den Zusatzartikeln zur Verfassung schon aus der Jackentasche seines Vaters hervorlugen sehen, weshalb er sich auch so lange wie irgend möglich in der Küche herumtrieb und sogar so weit ging, der Mutter dabei zu helfen, das Geschirr in die Spülmaschine zu räumen.

»Ich fühle mich krank«, sagte er zu Vee. »Als wenn es was Ernsthaftes wäre.«

»Wirklich? Und was soll es deiner Meinung nach sein?«

»Windpocken.«

»Ich seh aber gar keine Flecken.«

»Hier auf meinem Arm.«

»Da bist du doch in die Nesseln geraten, wie?«

»Oder ich hab vielleicht das Rocky-Mountains-Fleckfieber.«

»Das kommt von Zecken, die es hier in der Gegend gar nicht gibt.«

»Wie wär's dann mit Endometriose?«

»Könntest du das wohl mal buchstabieren?«

Thatcher war so leicht zu erwischen wie ein Schmetterling. Er hatte das Wort aufgeschnappt, als er das Gespräch zweier Lehrerinnen belauscht hatte, und hatte es sogleich in einer Ecke seines Notizbüchleins notiert, weil er dachte, es könnte ihm eines Tages vielleicht von Nutzen sein. Und dies war der Tag. Er holte einen Papierschnipsel aus der Tasche und las die sorgsam niedergeschriebenen Buchstaben laut vor.

»E-n-d-o-m-e-t-r-i-o-s-e.«

»Das klingt wahrhaftig ernst«, sagte Vee.

»Ist es auch. Ich glaube, ich sollte lieber ins Bett gehen und fernsehen.«

»Ich glaube, daß du da falsch glaubst. Dein Vater wartet auf dich im Arbeitszimmer.«

»Aber ich fühl mich schwach und schwindlig. Mir verschwimmt alles vor den Augen.«

»Du hast kein Fieber, deine Gesichtsfarbe ist gut und du hast zwei ordentliche Portionen zum Abendbrot gegessen.«

»Was aber, wenn ich wirklich diese Krankheit habe? Das könnte übel ausgehen.«

»Nicht so übel wie das, was dir bevorsteht, wenn du dich nicht endlich ins Arbeitszimmer schleppst. Und im übrigen zu deiner Information: Endometriose ist eine Erkrankung der Gebärmutter, und Jungs haben keine Gebärmutter.«

»Ich könnte ja eine Ausnahme sein. Ich bin noch nie geröntgt worden.«

Vee schloß die Spülmaschine mit einem lauten Knall. »Verdufte, Thatcher.«

»Okay. Aber es wird dir noch leid tun, wenn ich dann einer tödlichen Krankheit erlegen bin.«

»Wir sind alle sterblich, Thatcher. Im Augenblick jedoch bist du gefährdeter als die meisten, und das hat nichts mit Endometriose zu tun. Dein Vater hat's nicht gern, wenn man ihn warten läßt.«

Vee schaltete die Spülmaschine an, wischte sich die Hände an der Schürze ab, entdeckte, daß sie gar keine um hatte, und griff nach einem Handtuch.

»Thatcher, ich möchte, daß du mir einen Gefallen tust.«

»Was springt dabei für mich raus?«

»Was für dich dabei rausspringt? Die Freude, jemanden glücklich machen zu können, Stolz auf deine Fähigkeit, Mitgefühl mit einem anderen menschlichen Wesen zeigen zu können.«

»Wieviel macht das in Dollars aus?«

»Einen.«

»Also, worum geht's?«

»Hab Geduld mit deinem Vater. Du weißt, wie stolz er auf dich ist und wie lieb er dich hat.«

»Wenn er mich wirklich so lieb hat, wie kommt's dann, daß ich nicht bei dem Footballspiel bin? Wenn ich für Football noch zu jung bin, dann bin ich auch noch zu jung, um die Zusatzartikel auswendig zu lernen.«

»Ach, komm schon, Thatcher, sei vernünftig.«

»Ich bin ja vernünftig. Alle anderen sind's nicht.«

»Ein grüner Schein ist ein grüner Schein. Hol ihn dir oder laß es bleiben.«

»In Ordnung, abgemacht. Was muß ich machen?«

»Sei nett zu deinem Vater. Der Fall, den er gerade am

Hals hat, ist ihm sehr wichtig, und er arbeitet sehr viel. Da wär's schon ganz gut, wenn er das Gesetz mal ein bißchen vergessen könnte.«

»Die Zusatzartikel«, erklärte Thatcher mit tödlicher Vernünftigkeit in der Stimme, »*sind* das Gesetz.«

»Ach, du weißt schon, was ich meine. Gib dir Mühe, wenigstens ein paar von ihnen zu lernen. Nimm den alten Collegeanlauf.«

»Ich bin erst in der sechsten Klasse.«

»Dann nimm eben den alten Sechsklässleranlauf. Würdest du das für mich tun, bitte?«

»Nein, ich tu's für einen Dollar.«

Vee umarmte ihn und küßte ihn auf den Kopf. Sie liebte diesen Jungen, der seinem Vater so ähnlich war, so sehr wie den Vater, der so sehr seinem Sohn glich.

In dem kleinen, mit Büchern vollgestopften Arbeitszimmer saß Oliver Owen in dem roten Ledersessel vor dem Kamin. Das Leder war in Wirklichkeit Vinyl, und der Kamin hatte eine Gasflamme, aber die Bücher waren echt und gelesen.

Thatcher saß auf dem Fußboden, die Arme um seine angezogenen Beine geschlungen, das Kinn auf die Knie gestützt.

»Wäre ein Stuhl nicht bequemer, Thatcher?«

»Nein.« Dann dachte er an den Dollar und fügte hinzu: »Dad.«

»Na gut. Kommen wir direkt zum Geschäft. Wie nennt man die ersten zehn Zusatzartikel?«

»Die *Bill of Rights*.«

»Gut. Das hast du also behalten.«

»Ich hab aber nicht behalten, was in ihnen drinsteht, außer dem einen darüber, daß wir alle Pistolen bei uns tragen sollen.«

»Das ist nicht ganz das, was er besagt, Thatcher. Wir kommen später darauf zurück. Im Augenblick laß uns mal ein paar von den anderen Zusatzartikeln durchgehen, damit du eine Vorstellung davon bekommst, was vor dir liegt. Sehen wir uns mal Artikel dreizehn an. Wie alle anderen Artikel auch, ist er mit einer römischen Zahl beziffert – in diesem Falle mit einer zehn, der drei Einsen folgen. Bei den römischen Zahlen bedeutet ein x eine Zehn, und drei Einsen dazu ergibt was?«

»Wenn ich einen Computer hätte, wie all die anderen Kinder in der...«

»Du brauchst keinen Computer, um zehn und drei zusammenzuzählen, vor allem dann nicht, wenn ich dir das Ergebnis schon genannt habe, nämlich dreizehn.«

»Ich wollte gerade dreizehn sagen.«

»Der Zusatzartikel XIII lautet folgendermaßen: ›Abschnitt Eins. Es soll weder Sklaverei noch unfreiwillige Knechtschaft geben, es sei denn als Strafe für ein Verbrechen, für das der Betroffene in einem ordentlichen Verfahren verurteilt worden ist, in den Vereinigten Staaten oder an solchen Orten, die ihrer Rechtsprechung unterstehen. Abschnitt Zwei. Der Kongreß soll die Macht haben, diesem Artikel durch die geeignete Gesetzgebung Geltung zu verschaffen.‹ 18. Dezember 1865.«

Thatcher kaute gedankenverloren an seinem linken Daumen. »Heißt das, daß wir keine Sklaven haben dürfen?«

»Ja.«

»Aber warum nicht?«

»Weil Sklaverei ein Unrecht ist.«

»Wieso?«

»Stell keine dummen Fragen, Thatcher. Denk dir die Antwort mal selber aus. Wärst du gern der Sklave von jemand, würdest du gern allen seinen Befehlen gehorchen und ohne Lohn oder Vergütung arbeiten?«

»Nein, aber ich hätte nichts dagegen, selbst einen zu haben. Mann, stell dir vor, wie toll das wäre, wenn man einen Sklaven hätte, der alle Hausarbeiten für einen machte, einem die Kleider aufsammelte und die Schularbeiten erledigte und die Kinder verhauen würde, die man nicht mag. Wau, wär das nicht super?«

»Nein, das wäre nicht super, Thatcher. Es wäre unmoralisch und ungesetzlich, und außerdem würde dich der Besitz eines Sklaven hoffnungslos abhängig machen.«

»Das bin ich doch eh schon, sagt Chadwick. Wau, wenn ich denke, was mein Sklave diesem Widerling antun ...«

»Laß uns beim Thema bleiben. Zur damaligen Zeit, nämlich 1865, sprach tatsächlich noch einiges für die Sklaverei. Und offensichtlich wurden auch etliche Folgen des Zusatzartikels XIII von seinen Vätern nicht in ausreichendem Maße bedacht. Ich beziehe mich hier auf die exzessive Ausbreitung der schwarzen Rasse in den letzten einhundert Jahren.«

»Vielleicht könnte mein Sklave ja auch für mich zur Schule gehen und die Prüfungen machen. Und am Freitag könnte er abends an meiner Stelle zu Hause bleiben, während ich zum Footballspiel ginge. Mein lieber Mann, wenn ich mal Präsident bin, dann werd ich die Sklaverei wieder einführen.«

»Halt den Mund, Thatcher.«

»Wieso?«

»Weil du ... weil ich ... weil ... eben einfach weil.«

»Das klingt nicht grad juristisch einwandfrei.«

»Sie mag ja nicht juristisch einwandfrei sein, aber ich schlage trotzdem vor, daß du die Anweisung befolgst. Und zwar *jetzt.*«

»Okay, okay. Das war doch sowieso alles nicht meine Idee.«

»Jetzt.«

Thatcher schoß aus dem Zimmer wie ein befreiter Sklave. Seufzend steckte Oliver das Büchlein mit den Zusatzartikeln wieder in seine Tasche. Dann lehnte er sich zurück und schloß die Augen.

Als Vee ein halbe Stunde später hereinkam, fand sie ihn schlafend. Sie beugte sich zu ihm hinab und küßte ihn genauso auf den Kopf, wie sie Thatcher auf den Kopf geküßt hatte – mit den gleichen, aus Stolz, Freude und Resignation gemischten Gefühlen.

»Oliver, Lieber.«

Er schreckte hoch. Für Oliver gab es kein langsames, süßes Erwachen, immer sprangen seine Augen gleich auf, bereit, einem Feind ins Angesicht zu sehen. »Was ist los?«

»Dein Büro hat angerufen. Ein Mann namens Harry Arnold hat versucht, dich zu erreichen. Du kannst ihn unter fünf-fünf-fünf-eins-acht-eins-acht zurückrufen.«

»In Ordnung. Dank dir.«

»Müssen sie eigentlich immer so dein Wochenende stören?«

»Harry Arnold ist bei diesem Fall mein wichtigster Zeuge. Ich muß sehen, was er von mir will.«

Harrys Wünsche waren einfach: Zwei Flugtickets nach Hause auf die Jungferninseln, für sich eins und eins für seinen Sohn Richie. Er war es leid, herumzulungern und darauf zu warten, daß er endlich als Zeuge aufgerufen wurde – er hatte genug von Santa Felicia, genug vom Klima, von den Leuten, vom Essen.

»Ich möchte nach Hause«, sagte Harry.

»Das geht nicht.«

»Und was, wenn ich einfach fahre?«

»Wenn Sie jetzt abreisen, wo Sie noch unter Strafandrohung vorgeladen sind, dann wird das Gericht anordnen, daß Sie wieder zurückgeholt werden, und Sie können zu einer beträchtlichen Geld- oder sogar Gefängnisstrafe verurteilt werden. Mein Rat ...«

»Wer hat Sie um den gebeten?«

»... wäre, daß Sie bleiben, wo Sie sind, und das alles als kleinen Urlaub ansehen. Die Aufwandsentschädigung, die Ihnen der Richter für Übernachtung und Verpflegung zuerkannt hat, ist doch sehr großzügig bemessen.«

»Schöner Urlaub, wenn man in so einem lausigen Motel festhängt und Sohn Richie die meiste Zeit am Strand rumlungert. Kein Ort für 'nen fünfzehnjährigen Jungen, mit all den Pennern, Säufern und Dealern. Klar, auch zu Hause hängt er am Strand rum, aber da kennt ihn jeder, und er ist nicht der einzige Schwarze so wie hier.«

»Ich rufe Sie gleich am Montag morgen in den Zeugenstand. Wir haben ja die Fragen schon im einzelnen durchgesprochen, die ich Ihnen stellen werde. Wenn ich fertig bin, wird der Verteidiger Sie ins Kreuzverhör nehmen. Dann kann es sein, daß ich mich entschließe, weitere Fragen an Sie zu richten, und sehr wahrscheinlich kommt dann auch die Verteidigung noch mal. Mit all dem sind Sie ja schon vertraut gemacht worden.«

»Aber was kommt dann danach?«

»Es könnte sein, daß Sie aufgefordert werden, sich für eine weitere Befragung zu einem späteren Zeitpunkt zur Verfügung zu halten.«

»Gott im Himmel, da könnte ich ja auch Weihnachten noch hier sitzen.«

»Für einen Mordprozeß ist nun mal nicht die Bequemlichkeit der Zeugen ausschlaggebend. Sie mögen es ja als Pech ansehen, daß Sie zu dieser ganz bestimmten Zeit an diesem ganz bestimmten Ort waren, aber am Ende werden Sie noch einsehen, daß das ein rechtes Glück war, weil es Sie in die Lage versetzt hat, der Gerechtigkeit zum Sieg zu verhelfen.«

»Ich will nich Zeuge sein. Ich hab niemanden jemanden umbringen gesehn.«

»Sie haben mir gesagt, Sie hätten damals in der Nacht Schreie gehört. Das macht Sie zu dem Menschen, der als letzter Mrs. Phersons Stimme gehört hat.«

»Vielleicht war's gar nich ihre Stimme. Vielleicht war's das Radio.«

»Richie wird aussagen, daß auch er diese Schreie gehört hat.«

»Warum müssen Sie den Jungen in dem seinem Alter da mit reinziehen?«

»Ich habe ihn da nicht hineingezogen und ich habe Sie da nicht hineingezogen. Die Dinge sind halt so geschehen.«

»Es könnte aber trotzdem noch immer das Radio gewesen sein.«

»Sie haben mir auch berichtet, daß Cully King viel trank und daß er bekannt dafür ist, daß er gewalttätig wird, wenn er betrunken ist.«

»Ein Haufen meiner Freunde sind das.«

»Eine Stunde oder so nachdem Sie die Schreie gehört hatten, gingen Sie an Deck, um nach einem losen Tau zu sehen, und da sahen Sie, wie Cully King Kleidungsstücke über Bord warf.«

»Hätt ja auch Müll sein können.«

»Was ist los, Harry? Bis jetzt waren Sie sich doch ziemlich sicher, was die Schreie der Frau und die über Bord geworfenen Kleider anbetrifft.«

»Ich will nach Hause. Es gefällt mir hier nicht. Ich mag nicht, wie mein Junge sich aufführt, wenn er sich da draußen mit den Pennern am Strand rumtreibt, wo er doch erst fünfzehn ist.«

Owen dachte an seinen eigenen Sohn Chadwick, der knapp ein Jahr jünger war als Richie, aber verglichen mit diesem wirklich noch ein Kind. Er sagte: »Sie haben großes Glück, Harry, daß Sie einen so verantwortungsbewußten, fleißigen Sohn haben wie Richie.«

»Nix Glück. Ich erziehe ihn dazu.«

»Seien Sie am Montag morgen um neun Uhr in meinem Büro«, sagte Owen, »und bringen Sie Richie nicht mit. Er darf nicht in den Gerichtssaal hinein, beziehungsweise nur, solange er als Zeuge aussagt. Neun Uhr, und seien Sie pünktlich.«

»Wer sagt das?«

»Der Bundesstaat Kalifornien sagt das.«

Es herrschte ein langes Schweigen, dann erklang Harrys Stimme wieder, diesmal angespannt und hoch, als werde sie durch zusammengebissene Zähne gepreßt: »Ich werde da sein.«

Harry hängte auf und stellte das Telefon auf den Nachttisch zurück. Gegen zwei Kissen gelehnt, sah er mit seiner gewölbten Brust und den überentwickelten Deltamuskeln aus wie ein Riese, dem der Hals fehlte. Unterhalb der Gürtellinie war er klein und mager. Er war vollkommen schwarz – das purpurn schimmernde Schwarz der Eingeborenen der westindischen Inseln. Er konnte mit der Behendigkeit eines Affen, der auf eine Kokospalme klettert, einen Mast erklimmen und wieder hinunterrutschen, ohne daß sich ein einziger Tropfen Blut auf seinen schwieligen Handflächen zeigte. Wie Cully King, war auch er schon als Junge zur See gefahren, aber ihm fehlten Cullys Verstand und Durchhaltevermögen, deshalb hatte er kaum lesen und schreiben gelernt. Er konnte oder wollte sich nicht mit Computern anfreunden. Sie erweckten einen lange begrabenen Aberglauben zu neuem Leben, und ihre Sprache war die eines feindlichen, barbarischen Stammes.

Er stellte den Fernseher an und sah einen alten Film, bis Richie nach Hause kam. Es war schon nach zehn.

»Wo warste?« fragte Harry.

»Aus.«

»Wo ist aus?«

»Das Gegenteil von drin.«

»Soll wohl lustig sein?«

»War's vielleicht nicht.«

»War's nicht, nein. Also von vorne. Wo biste gewesen?«

»Rumgelaufen.«

»Rumgelaufen wo, mit wem, wozu?«

Richie setzte sich in den einzigen Polsterstuhl, der im Zimmer vorhanden war. Er war größer als sein Vater, hatte eine hellere Haut, aber gleichermaßen kräftige Schultern und Arme. Er wuchs immer gerade in seine Sachen hinein oder aus ihnen heraus. Die glückliche Mitte war so schnell vorbei wie jeder glückliche Augenblick.

Er zupfte an dem frisch auf seiner Oberlippe sprießenden Ansatz eines Bärtchens, um dessen Wachstum zu beschleunigen, und sein Vater sah ihm mißbilligend dabei zu.

»Du solltest dein Gesicht mal sauberer waschen«, sagte Harry. »Da bist du also draußen gewesen und rumgelaufen, was?«

»Hm.«

»Wo draußen und wo rum?«

»Ich hab mich treiben lassen. Du weißt schon, dies getan, das getan.«

»Was heißt dies?«

»Hab ein paar Videospiele gespielt.«

»Woher hast'n das Geld gehabt?«

»Ich hab heute nachmittag einem Burschen dabei geholfen, seinen Trimaran ins Wasser zu lassen. Dann bin ich bis zum Ende der Mole, um nach der *Bewitched* zu sehen. Da ist immer noch so 'ne Art Sicherheitswache drauf. Komisch, wie sie da einfach so tot im Wasser liegt, wo wir doch so hart geschuftet haben, um sie für das große Rennen herzubringen.«

»Harte Arbeit hat noch niemand umgebracht.«

»Ich hätte nichts dagegen hierzubleiben, wenn sie uns nur auf dem Boot wohnen ließen.«

»Wir fahrn bald nach Hause«, sagte Harry. »Ich komm am Montag in den Zeugenstand, und wennse mit mir fertig sind, kommst du an die Reihe.«

»Ich hab nichts zu sagen gegen Cully. Er ist ein guter Kerl, ist wie 'n Vater zu mir.«

»Wie kommt's, daß du zwei Väter brauchst?«

Das war eine alte Eifersucht, die immer wieder einmal auftauchte wie ein hartnäckiges Unkraut. Man trampelte darauf herum, mähte es ab oder riß es sogar mit der Wurzel aus – aber es kehrte doch immer wieder, sich aus einem unabänderlichen Tatbestand nährend: Harry und seine Frau waren sehr schwarz, während Richies Haut so kupferfarben war wie die Cullys. Harry hatte seinen Verdacht nie ausgesprochen, aber alle seine Freunde kannten ihn. Und das galt auch für Richie, dem die Vorstellung durchaus gefiel und der nach geheimen Zeichen von Cully ausspähte, die besagten, daß der Verdacht begründet sei.

»Ich brauch keine zwei Väter«, sagte Richie. »Einer reicht völlig.«

»Vielleicht auch schon zuviel, eh?«

»Das hab ich nicht gesagt.«

»Du hast's nich gesagt, aber ich hab's gehört.«

Harry lachte. Er mochte seine eigenen Witze so sehr,

daß es ihm ganz egal war, ob andere Leute sie ebenfalls mochten.

»Möchtest du was im Fernsehen sehen?« fragte Harry.

Richie schüttelte den Kopf. »Warum glauben die, daß Cully die Lady umgebracht hat?«

»Geld.«

»Cully braucht doch kein Geld. Er ist doch ganz happy, so, wie alles ist, ein Schiff unter sich und Frauen die Menge noch dazu.«

»Was soll das denn heißen?«

»Die sich an ihn ranschmeißen.«

»An den haben sich nie keine Frauen rangeschmissen, soweit ich sehn konnte. So 'n paar alte Schnepfen, klar. Jeder richtige Kerl wird von alten Schnepfen angemacht. Du weißt, was 'ne Schnepfe is?«

»Klar.«

»Dann halt dich von denen fern.«

Richie murrte. Jede Unterhaltung mit seinem Vater schien in gleicher Weise zu enden: Tu dies oder tu das nicht. Es war wohl sicherer, das Gespräch wieder zu Cully zurückzulenken, der sich überhaupt nicht darum scherte, was Leute ihn zu tun oder nicht zu tun hießen. *Ich und Cully, wir haben viele Gemeinsamkeiten. Wenn sie ihn rauslassen und wir wieder daheim auf den Inseln sind, dann werde ich ihn direkt ansprechen und ihn bitten, mir die Wahrheit zu sagen, daß er nämlich mein richtiger Vater ist. Vielleicht leben dann er und ich wie eine richtige Familie zusammen.*

»Wenn er die Lady wegen dem Geld umgebracht hat«, sagte Richie, »wie kommt's dann, daß er nix gekriegt hat?«

»Er hat ja 'n bißchen gekriegt. Den Rest, da hatte er eben noch keine Möglichkeit, den zu verscherbeln.«

»Welchen Rest?«

»Na, die Juwelen in der grünen Schachtel.«

»Ich glaub nicht, daß Juwelen in der Schachtel waren. Das fühlte sich gar nicht so an, klimperte und klirrte überhaupt nicht.«

»Woher weißt denn du das?«

»Sie hat sie mich tragen lassen.«

»Wann?«

»Einmal.«

»Das Zeug muß alles in Watte gewickelt gewesen sein. Das isses, in Watte gewickeltes Zeug klimpert nich.« Harry kratzte sich an der Schulter. Sie wölbte sich purpurschwarz wie eine Aubergine. »Du hast die also mal für sie getragen?«

»Hm.«

»Wassen für 'n Mal?«

»Kann ich mich nicht erinnern. Halt so 'n Mal wie jedes andere.«

Harry wußte, daß sein Sohn log, aber irgend etwas warnte ihn vor dem Versuch, die Wahrheit mit Zwang oder List aus ihm herauszuholen. Die Wahrheit war häufig etwas, von dem man sich besser fernhielt.

»Laß uns fernsehen«, sagte Harry. »Möchtest du was im Fernsehen anschaun?«

»Ist mir egal.«

»Okay, du suchst das Programm aus.«

»Nein, such du's aus.«

Keiner von beiden rührte sich. Dann sagte Harry: »Hör

zu, Junge, alles, worum ich dich bitte, is, daß de keine Dummheiten machst.«

»Zum Beispiel?«

»Du bist noch jung. Du kannst kleine Fehler machen, wenn de noch jung bist, aber fang nich an, große zu machen bevor de nich älter bist.«

Richie beugte sich nach vorn, die Hände auf den Lehnen des Sessels – als wollte er sich zum Sprung fertig machen.

»Irgendwas haste auf'm Gewissen, laß es da«, sagte Harry. »Gebrabbel verstreut's nur wie Mist. Ich mein, sag mir nie was, auch wenn ich dich bitte.«

Am Montag morgen bat der Verteidiger Charles Donnelly aus persönlichen Gründen darum, das Verfahren für zwei Tage auszusetzen. Deshalb bekam Harry erst am Mittwoch Gelegenheit, seinen neuen Anzug anzuziehen, den er sich in einem Secondhand-Laden für fünf Dollar gekauft hatte – und dazu noch ein Hemd für fünfzig Cent sowie einen Schlips und ein darauf abgestimmtes Taschentuch für fünfundzwanzig Cent.

Das Jackett war ihm zu klein, weshalb er es offen ließ, und die Hosen waren zu groß, so daß er sie mit einem Gürtel aus imitiertem Leder, der einen Dollar gekostet hatte, hochgezogen hielt, so gut es eben ging.

»Sie sehen toll aus«, sagte Owen zu ihm. »Sie können sich die Hosen ja später noch ändern lassen.«

»Wieso? Ich glaub nich, daß ich sie später noch mal anziehn werde.«

»Wie Sie wollen... Wieviel schuldet Ihnen denn der Staat für diese Bekleidung?«

»Sechsfünfundsiebzig.«

Owen erstattete ihm diesen Betrag, genau abgezählt. »Normalerweise übernehmen wir keine Kosten für solche Sachen, aber hier handelt es sich um eine besondere Situation. Ich möchte nämlich, daß Sie wie ein anständiger, hart arbeitender Mann aussehen.«

»Ich *bin* ein anständiger, hart arbeitender Mann.«

»Gewiß, natürlich sind Sie das. Aber ich möchte, daß die Geschworenen das auch sehen können. Angesichts Ihrer Rasse ist es besonders wichtig, daß Sie sich von Ihrer besten Seite zeigen, Ihr bestes Gesicht, sozusagen.«

»Ich hab nur ein Gesicht«, sagte Harry. »Wolln Sie, daß ich's bleiche?«

»Ich will ganz einfach nur realistisch sein, Harry. Staatsbürgerliche Rechte hin und her, es gibt halt noch immer viele Vorurteile.«

»Im Ernst.«

»Ich möchte – und das möchte ich bei allen meinen Zeugen –, daß Sie ordentlich aussehen.«

Harry war sich nicht sicher, was mit »ordentlich« gemeint war, aber er gewann den Eindruck, daß an der ganzen Unterhaltung sowieso etwas nicht stimmte. Sie vergrößerte nur seinen Unmut über die Verzögerungen und verstärkte seine Sorgen und seine Unruhe wegen Richie. Der Junge verhielt sich viel zu ruhig. Er verbrachte Stunden damit, allein am Strand spazierenzugehen, oder beim Schwimmen draußen am sandigen Ende der Mole. Das Wasser hatte weniger als fünfzehn Grad und war viel zu kalt dafür, und Richie kehrte jedesmal mit blauen Lippen, zitternd und stumm ins Motel zurück. Harry fragte Owen: »Wie kommt's eigentlich, daß es da 'ne neue Verschiebung gegeben hat?«

»Der Verteidiger mußte seine Frau in ein Krankenhaus in Long Beach bringen.«

»Gibt's hier denn keine Krankenhäuser?«

»Nicht diese spezielle Art.«

»Was, wenn's noch 'ne Verzögerung gibt und noch eine?«

»Damit müssen Sie genauso fertig werden wie wir anderen auch.«

»Die andern hängen alle nicht in 'nem lausigen Motelzimmer rum.«

»Das verdanken Sie Ihrem Freund Cully«, sagte Owen. »Er hätte uns allen eine Menge Ärger ersparen können.«

Es trat eine Pause ein. Harry sah besorgt drein. »Wenn ich in den Gerichtssaal reinkomme, wo sitzt er dann?«

»Vor dem Platz des Richters steht ein langer Tisch. Cully sitzt mit seinem Verteidiger Donnelly ganz außen an seiner linken Seite.«

Donnelly wartete ruhig und in Gedanken verloren auf den Beginn der Verhandlung. Gunther saß auf seinem gewohnten Platz neben der Schranke. Er hatte Donnelly geholfen, Zan in das Krankenhaus in Long Beach zu bringen. Er fuhr, während Donnelly auf dem Rücksitz bei Zan saß und sie in seinen Armen hielt. Der Hausarzt hatte ihr eine Beruhigungsspritze gegeben, und sie schlief, den Kopf an Donnellys Brust gelehnt. Anfangs war sie leicht wie ein Vogel, und ihre Zerbrechlichkeit und Hilflosigkeit hatten ihm die Tränen in die Augen getrieben. Aber je länger sie fuhren, desto schwerer wurde sie – als wären ihre Adern statt mit Blut mit geschmolzenem Blei gefüllt. Seine Arme schmerzten, und seine Tränen verdunsteten in der trockenen Luft der Klimaanlage. Dann verspürte er den Andrang neuer Tränen, diesmal um seiner selbst, seiner eigenen Hilflosigkeit und Unfähigkeit willen, die Bürde noch länger tragen zu können. Alles endete da, wo es begonnen hatte – auf dem Rücksitz eines Autos. Zu Gunther sagte er, es sei der Smog, Smog reize immer seine Augen. Und Gunther hatte ihm voller Ernst beigepflichtet.

Um neun Uhr fünfzig wurde Cully von einem Justizangestellten in den Gerichtssaal gebracht. Morgens sah Cully eigentlich immer freundlich, ja fast fröhlich aus, aber heute war sein Gesicht grimmig, und er setzte sich sehr zögernd, als sei er nicht ganz sicher, ob das nun sein Platz war oder nicht.

Eva Foster lächelte ihn an, und der Gerichtsdiener nickte ihm zu, aber Cully nahm beides nicht wahr. Er sagte zu Donnelly: »Ich hab von dem Jungen einen Brief gekriegt. Er wurde mir heute morgen von einem der Aufseher zugestellt, der oft draußen an der Mole angelt.«

»Das ist aber doch nett.«

»Keineswegs nett. Schlimm. Beknackt. Der Junge ist durchgedreht.«

»Lassen Sie mal sehen.«

Der Brief bestand aus einem einzigen Bogen Papier, der mehrfach gefaltet worden war. Die Botschaft war mit solchem Nachdruck niedergeschrieben worden, daß der Kugelschreiber das Papier an mehreren Stellen durchbohrt hatte.

Lieber Cully,
ich nehme an, daß ich Sie besser weiter mit Cully anrede bis Sie mir endlich sagen was ich schon weiß. Ich habe über alles viel nachgedacht und nicht erst in den vergangenen paar Wochen und ich weiß daß Sie mein richtiger Vater sind. Sie und ich können eine echte Familie sein wenn wir nach Hause kommen. Ich habe ein bißchen Geld für den Anfang. Die Frau da gab mir einen 100-Dollar-Schein und deshalb werde ich Ihnen nicht zur Last fallen machen Sie sich also keine Sorgen bitte deswegen.

Richie

Harry macht das nichts aus. Er mag mich und Sie sowieso nicht besonders.

Donnelly faltete das Blatt wieder zusammen, während Cully ihm ängstlich zusah.

»Nun? Was schlagen Sie vor? Was soll ich jetzt tun?«

»Nichts.«

»Aber der denkt doch, ich bin sein Vater.«

»Und sind Sie's?«

»Ich hab's Ihnen an dem Abend im Gefängnis doch gesagt, daß ich's nicht bin. Harrys Frau ist 'ne Nutte, die geht doch mit jedem mit.«

»Da hätte sie also auch mit Ihnen gehen können.«

»Wenn sie's tat, dann war ich viel zu besoffen, um mich daran zu erinnern. Das ist aber auch ganz egal. Ich will nicht sein Vater sein. Zur Hölle mit dem Zusammenleben wie 'ne richtige Familie, der und ich oder ich und sonst irgendwer. Himmel, warum glauben eigentlich alle, sie hätten Anspruch auf ein Stück von mir, bloß weil ich wegen Mord angeklagt bin? Himmel«, sagte er noch einmal. »Die Lady Foster da möchte auch, daß wir 'ne richtige Familie werden. Und Sie und Ihre gottverdammte Ranch, und meine Frau und ihr Trottel von Bruder. Und der verrückte Pherson, der nur drauf wartet, daß er mich umlegen kann. Und jetzt ist's der Junge. Der ganze bescheuerte Haufen von euch allen, ihr wartet doch nur darauf, daß ihr mich aufschneiden könnt wie'n Kuchen.«

»Senken Sie die Stimme etwas«, sagte Donnelly. Ihm fiel der alte Kinderreim ein: »Vierundzwanzig Schwarzdrosseln in Pastetenteig gebacken. / Und als die Pastete aufgeschnitten wurde, fingen sie zu singen an...« In dieser Pastete hier war allerdings nur eine Schwarzdrossel, und es würde keinen Gesang geben.

»Ich will nicht der Mann von irgend jemand sein, nicht der Vater, nicht der Liebhaber, nicht die Zielscheibe von irgend jemand. Ihr seid krank, ihr seid alle krank – auf mich loszugehen wie die Kannibalen. Das seid ihr, ja, Kannibalen. Ich gehe lieber in die Gaskammer, als daß ich mich bei lebendigem Leibe von 'nem Haufen Kannibalen auffressen lasse.«

»Es könnte sein, daß Sie da gar keine Wahl haben«, sagte Donnelly. »Das wird sehr stark von Harry abhängen.«

Harry gab einen sehr viel besseren Zeugen ab, als Owen erwartet hatte. Er war ernst und ehrerbietig, von Scheu ergriffen angesichts der Erhabenheit des Gerichtssaales mit seiner gewölbten Decke und seinen Kristallüstern. Ihm kam das alles vor wie eine Kirche, und Gott Vater selbst saß majestätisch und in eine schwarze Robe gekleidet auf Seinem Thron.

Harry erzählte von seiner kurzen Bekanntschaft mit Mrs. Pherson – damals, als sie zusammen mit Cully an Bord der *Bewitched* gekommen war. Die Geschworenen, die das alles schon in der einen oder anderen Version zu hören bekommen hatten, sahen gelangweilt aus, bis er zu der Stelle seines Berichtes kam, wo davon die Rede war, daß er mitten in der Nacht eine Frau hatte schreien hören.

Owen fragte ihn, ob diese Frau Mrs. Pherson gewesen sei.

»Muß wohl«, sagte Harry. »Sie war ja die einzige Frau an Bord.«

»Welcher Art waren ihre Schreie?«

»Art?«

»Rief sie Worte, die Sie verstehen konnten?«

»Nein. Es waren einfach so Schreie.«

»Wie lange dauerten sie an? Eine Minute? Zwei Minuten?«

»Nich so lange. Zehn Sekunden, vielleicht noch weniger.«

»Dachten Sie daran, dem mal nachzugehen?«

»Ich dachte daran, ja.«

»Aber Sie sind nicht gegangen?«

»Nein.«

»Warum nicht?«

»Ich dachte mir, falls die und der Cully da was miteinander treiben, der Cully ausflippen würde, wenn ich plötzlich reinplatzen würde. Cully wird leicht wild, wenn er angesoffen ist.«

Donnelly erhob Einspruch, der Richter gab ihm statt, und Harrys letzter Satz wurde aus dem Protokoll gestrichen.

Owen fuhr fort: »Haben Sie dann Mrs. Phersons Stimme noch einmal gehört?«

»Nein.«

»Dachten Sie, alles wäre in Ordnung?«

»Ja, Sir, bis ... bis ich ging, um nach einem losen Tau zu sehn.«

»Was geschah da?«

»Ich sah, wie Cully was über Bord warf.«

»Was war dieses was?«

»Sah wie Kleider aus.«

»Kleidung von ihm? Oder von ihr?«

»Ich weiß nich. Ich tauchte weg, um nich gesehn zu werden.«

»Hatten Sie Angst vor diesem Mann, vor diesem Cully King?«

»Ich hab mich nie nich vor irgendeinem Mann gefürchtet«, sagte Harry. »Aber auf 'nem Schiff is der Skipper der Boss. Den verhört man nich und klagt man nich an, jedenfalls nich, bevor man nich an Land gegangen is. An Land ist's dann nur er und Sie, da is keiner Boss, alle Griffe sind erlaubt.«

»Wie spät, glauben Sie, war es, als das geschah?«

»Ungefähr vier Uhr morgens. Ich sah Cully an der Achterreling.«

»Wie war es möglich, daß Sie sehen konnten, was Cully tat?«

»Es war 'ne klare, ruhige Nacht bei zunehmendem

Mond, und wir fuhren mit vollem Licht, weil wir auf 'ner Schiffahrtsstraße waren, und wir wollten ja nich von 'nem Öltanker überfahren werden. Ich konnte sehen, daß er was über Bord warf.«

»Ließ er etwas ins Wasser fallen, oder kippte er etwas aus einem Behälter ins Wasser?«

»Ich kann mich nich erinnern, einen Behälter gesehn zu haben. Das ging alles so schnell. Wir machten zu der Zeit so zehn Knoten. Das steht im Logbuch, das haben Sie und ich ja da zusammen nachgeschaut. Bei zehn Knoten bleiben Kleider, die ins Wasser geschmissen werden, schnell zurück, und das gilt auch für Leute, was ja keine alltägliche Sache is. Niemand is bisher von 'nem Schiff verschwunden, auf dem ich angeheuert hatte.«

Owen zog seine Notizen zu Rate. »Sagen Sie, Mr. Arnold, ist es Aufgabe des Skippers, sich um die Beseitigung des auf dem Boot anfallenden Abfalls zu kümmern?«

»Nein, Sir. Auf der *Bewitched* war Richie dafür zuständig, mein Sohn.«

»Dann wäre das also etwas Ungewöhnliches gewesen, wenn Mr. King da Abfall beseitigt hätte, vor allem mitten in der Nacht, ist es nicht so?«

»Sehr ungewöhnlich, ja, Sir.«

»Was hatte Cully King an, als er diese Sachen über Bord warf?«

»Nichts.«

»Er war nackt?«

»Ja, Sir.«

»Wie hoch war denn die Lufttemperatur an jenem Morgen um vier Uhr?«

»Das steht im Logbuch, ich hab's selbst da eingetragen. Acht Grad.«

»Würde sich ein Mensch bei so niedriger Temperatur ohne jede Bekleidung wohlfühlen können?«

»Einspruch«, sagte Donnelly, ohne sich zu erheben oder auch nur von seinen Notizen aufzublicken. »Die Frage fordert zu einer Meinungsäußerung auf und ...«

»Stattgegeben«, sagte der Richter. »Aber mal ehrlich, Mr. Donnelly, die Antwort ist doch wohl so offenkundig, daß ein Einspruch kaum der Sache wert erscheint, ja eher als Vergeudung der Zeit des Gerichts angesehen werden könnte.«

Harry, der nicht wußte, ob er nun antworten sollte oder nicht, ging auf Nummer sicher: »Vielleicht ein Eskimo.«

Ein Zuhörer fing an zu lachen, und der Richter klopfte energisch mit dem Hammer. »Der Zeuge möge davon Abstand nehmen, hier Urteile abzugeben, die nicht der Beantwortung einer ihm gestellten Frage dienen. Fahren Sie fort, Mr. Owen.«

»Sind Sie sicher, daß er nackt war, Mr. Arnold?«

»Ja, Sir. Das Komische is, daß, wenn er schwarz gewesen wär wie ich« – er blickte zu Cully hinab und in seiner Stimme lag ein leichter Vorwurf – »wenn er schwarz gewesen wär wie ich, dann hätt ich ihn vielleicht gar nicht gesehn. Aber der Mond und die Fahrlichter schienen voll auf ihn drauf, und er glänzte wie Kupfer.«

Diesmal reagierte das Publikum auf das Bild, das Harry evoziert hatte, auf das Bild eines kupferhäutigen Mannes, der nackt auf dem Deck einer Jacht im Mondlicht stand, mit unsicherem Gekicher.

Der Richter sah nichts Belustigendes darin. »Sie sind gebeten worden, Mr. Arnold, hier nicht ungefragte Anmerkungen dieser Art zum Besten zu geben.«

»Ich hab doch nur die Wahrheit gesagt.«

»Dieses Gericht ist weder zeitlich noch räumlich so ausgestattet, daß es sich mit allen Wahrheiten dieser Welt befassen könnte. Fahren Sie bitte fort, Mr. Owen.«

»Lassen Sie mich Ihnen eine rein hypothetische Frage stellen, Mr. Arnold«, sagte Owen. »Wenn Sie unbekleidet in einem Haus von einem Brand überrascht würden, würden Sie sich dann erst anziehen, bevor Sie ins Freie liefen?«

»Nein.«

»Sie hätten es viel zu eilig, nicht wahr?«

»Ja, Sir. Ich würde lieber frieren als sterben.«

»Ihr Motiv wäre also der Wunsch zu überleben?«

»Ja.«

»Glauben Sie, daß Cully King einen ähnlichen Grund gehabt haben könnte? ... Streichen Sie das. Sagen Sie, waren Sie schon auf vielen Jachten tätig, Mr. Arnold?«

»Ja, Sir.«

»Lange Fahrten, kurze Fahrten?«

»Beides.«

»Konnten Sie bei irgendeiner dieser Reisen viele Leute beobachten, die bei einer Temperatur von acht Grad nackt einen Mondschein-Spaziergang an Deck machten?«

»Nein.«

»Überhaupt welche?«

»Nein, Sir. Niemand, nie. Nicht, daß ich in den warmen Nächten in der Karibik nicht ein paar Techtelmechtel gesehn hätte.«

Diesmal sauste der Hammer herab, bevor die Zuschauer noch reagieren konnten. Der Richter setzte eine Pause von fünfzehn Minuten an.

Nur wenige Zuschauer blieben im Saal bei Eva Foster, Cully und dem Gerichtsdiener di Santo zurück.

Di Santo fühlte sich wohl. Er hatte seine Frau davon zu überzeugen vermocht, daß er fünf Pfund abgenommen hatte, und sie hatte ihm daraufhin zur Belohnung ein Abendessen mit Steak versprochen. Er hatte diesen Gewichtsverlust mit einem einfachen Trick erzielt, den ihm einer seiner Kollegen verraten hatte. Er hatte die Waage von ihrer harten Stellfläche, nämlich den Fliesen im Badezimmer, auf eine weiche, nämlich den Teppichboden im Schlafzimmer, transferiert. Ein unerwartetes Ergebnis dieses Täuschungsmanövers war, daß er, als er seine Frau von dem Gewichtsverlust von fünf Pfund überzeugt hatte, selbst ebenfalls überzeugt worden war. Sein Gürtel schien doch etwas lockerer zu sitzen, seine Bauchmuskeln sich etwas gefestigt zu haben – und das bevorstehende Steakessen erschien ihm wie ein rechtmäßig gewonnener Preis.

Eva folgte ihm zum Wasserkühler.

»Ich soll am Tag acht Gläser von diesem Zeug trinken«, sagte er. »Das hilft, den Appetit zu zügeln. Irgendeine Veränderung an mir bemerkt?«

»Sie haben abgenommen.«

»Das haben Sie wirklich bemerkt?«

»Nein, aber Sie wollten's doch hören, und deshalb hab ich's gesagt ... Zeke, tun Sie mir einen Gefallen, ja? Ich möchte gern mal mit Cully reden, unter vier Augen.«

»Wieso?«

»Er braucht eine kleine Aufmunterung.«

»Gehört das neuerdings zu den Aufgaben von Justizangestellten, die Angeklagten aufzumuntern?«

»Das ist außerplanmäßig.«

»Wenn ich's nicht besser wüßte, würde ich sagen, daß Sie endlich normale Vorstellungen von einem Mann entwikkeln. Er ist ein recht gut aussehender Kerl.«

»Wirklich? Das ist mir noch gar nicht so aufgefallen.«

»Okay, ich bin draußen auf dem Flur, falls Sie mich brauchen sollten.«

»Wozu sollte ich Sie brauchen sollen?«

»Hörn Sie mal, das da ist kein Kind, das festgenommen wurde, weil's beim Murmelspiel geschummelt hat. Das ist ein Killer.«

»Wieso hält ihn eigentlich jeder für schuldig, bloß weil er festgenommen worden ist?«

»Wir haben mehr Grund anzunehmen, daß er schuldig ist, als Sie Grund haben anzunehmen, daß er es nicht ist.«

»Ich nehme das nicht an, ich *weiß* es.«

»Sagen Sie's dem Richter.«

Cully hatte von dieser Unterredung nichts mitbekommen. Er saß mit gesenktem Kopf und hochgezogenen Schultern am Tisch. Als Eva sich neben ihn auf Donnellys Stuhl setzte, wandte er nicht einmal den Kopf, um sie anzusehen.

»Mr. King? Cully?«

Er sagte: »Ich dachte immer, Harry wär mein Freund. Und jetzt schickt er mich in die Gaskammer. Klar wußte ich, daß er ein bißchen eifersüchtig war, weil er dachte, ich und seine Frau hätten vielleicht ... wir haben's aber nie getan, das schwör ich.«

»Mr. Donnelly wird das schon klären, wenn er ihn ins Kreuzverhör nimmt.«

»Ich hab sie nicht schreien hören. Sie war bei mir in der Kajüte, aber ich hab geschlafen. Ich wär doch aufgewacht, wenn da irgendwer geschrien hätt.«

»Was haben Sie da über Bord geworfen?«

»Altes Bettzeug, das ich schon die ganze Zeit loswerden wollte. Mr. Belasco besteht darauf, daß sein Boot sauber ist.«

»Wieso waren Sie nackt?«

»Ich sagte Ihnen doch, ich hab im Bett gelegen.«

»Wo war sie?«

»Das weiß ich nicht. Ich weiß nur, daß sie nicht da war, als ich aufwachte.«

»Aber sie war da gewesen?«

»Sie war da gewesen, ja.«

»Und dann war die ganze Geschichte, daß Sie sie als Köchin angeheuert hatten, einfach Quatsch?«

»Nein, bis zu einem gewissen Grad war das zutreffend.«

»Aber nicht zutreffend genug.«

»Nein.«

»Sagen Sie mir, bis zu welchem Grade.«

»Also sehn Sie mal, es ist doch ganz unmöglich, einer Frau wie Ihnen verständlich zu machen, daß Leute manchmal Dinge tun, die zu der Zeit, wo sie sie tun, richtig und vernünftig erscheinen, später aber ziemlich blöde.«

»Tatsächlich?« Sie trug einen glatten, goldenen Armreif, der wie ein riesiger Ehering aussah. Er hatte einen Schnappriegel, den sie pausenlos öffnete und wieder schloß. Das sanfte, klickende Geräusch, das das verursachte, klang ganz so, als knipse jemand einen Schalter an und aus.

»Alles hängt vom Standpunkt ab«, sagte Cully, »und Standpunkte ändern sich.«

»Meiner nicht.«

In ihrer Stimme schwang etwas mit, was ihn in seinem Stuhl herumrutschen ließ, als sei dieser plötzlich äußerst unbequem geworden.

»Möchten Sie meinen Standpunkt kennenlernen, Cully?«

»Ich glaube nicht.«

»Ich werde ihn Ihnen aber trotzdem verraten, denn es wäre nicht fair, wenn ich das nicht täte. Dies ist zwar ein fürchterlicher Ort und es ist eine fürchterliche Zeit dafür, aber vielleicht ergibt sich nicht so schnell wieder eine Gelegenheit dazu. Und ich dachte, es würde Ihnen vielleicht über diesen Prozeß hinweghelfen, wenn Sie wüßten, daß da jemand ist, der Sie liebt, der Sie wirklich liebt und an Sie glaubt.«

Zum ersten Mal, seit sie sich neben ihn gesetzt hatte, wandte er sich ihr zu und starrte sie an. »Hörn Sie auf, mit Ihrem Armband rumzumachen.«

»Was?«

»Das Armband. Machen Sie's doch nicht dauernd auf und zu.«

»Mein *Armband*«, wiederholte sie, als handele es sich um ein unanständiges Wort. »Sie reden von einem *Armband*, während ich versuche, Ihnen meine Liebe zu gestehen? Wie grausam, wie entsetzlich grausam Sie doch sind.«

»Ich will Ihre Liebe nicht und nicht die von sonst irgend jemand. Ich bin Seemann und kann mir nicht leisten, daß mir so'n Klotz am Bein hängt.«

»Klotz.« Das war ein ebenso unanständiges Wort wie Armband – ein totes Gewicht und ein wertloses Schmuckstück.

»Das ist doch nicht Ihr Ernst.«

»Kommen Sie zu sich, Mädchen.«

»Ich glaube, Sie reden und tun nur so, um mich loszuwerden. Vielleicht versuchen Sie ja, mich davor zu bewahren, daß ich verletzt werde, falls man Sie schuldig spricht. Nein, Cully, so nicht. Nichts kann meine Liebe hindern. Köpfe können sich ändern, aber Herzen nicht. Ich wette« – sie stieß die Luft aus und holte erneut tief Atem – »ich wette, Sie bringen mir die gleichen Gefühle entgegen wie ich Ihnen.«

»Heiliger Scheißdreck«, sagte Cully.

Harry Arnold kehrte um elf Uhr zwanzig in den Zeugenstand zurück. Er sah diesmal entspannter aus – als sei er nun nicht mehr tief ergriffen von der Erhabenheit des Gerichtssaales, der Anwesenheit Gottes in schwarzer Robe und den zwölf Aposteln auf den Geschworenenbänken. Jetzt war das ein ganz gewöhnlicher Gerichtssaal mit ganz gewöhnlichen Menschen darin.

Owen fragte ihn, wann denn die *Bewitched* in den Hafen von Santa Felicia eingelaufen sei.

»Am folgenden Morgen.«

»Wo machten Sie und Mr. King fest?«

»An der äußersten Anlegestelle im Jachthafen 5. Nur waren das nicht Cully und ich, sondern Richie und ich.«

»Sahen Sie Mr. King überhaupt an diesem Morgen?«

»Ja.«

»Sprachen Sie mit ihm?«

»Ja.«

»Was sagte er?«

»Daß er direkt an Land gehen wollte, weil er wegen seiner Zahnschmerzen einen Zahnarzt aufsuchen müßte. Ich fragte ihn, ob er Frühstück haben wollte, und er sagte nein, sein Zahn täte ihm zu weh.«

»Während dieser Unterhaltung – tat Mr. King da etwas Ungewöhnliches?«

»Ja.«

»Und was war das?«

»Er hielt ein Taschentuch, ein zusammengefaltetes Taschentuch, mit seiner linken Hand an seine linke Backe.«

»Glaubten Sie ihm die Geschichte mit den Zahnschmerzen?«

»In dem Moment ja. Cully is'n komischer Mensch. Er kann sich 'n Arm gebrochen haben und kein Mucks sagen, aber so 'ne kleine Sache wie 'ne Erkältung oder Zahnweh, so was haut ihn glatt um.«

»Einspruch«, sagte Donnelly. »Der Zeuge trägt hier eine Charakteranalyse vor, die weder verlangt noch relevant ist.«

»Stattgegeben«, sagte der Richter. »Beschränken Sie sich bitte auf die Beantwortung der Fragen, Mr. Arnold.«

»Ja, Sir. Okay, Sir.«

Owen versuchte, seinen Ärger zu verbergen. Unnütze Unterbrechungen gehörten zu Donnellys Strategie, die darauf abzielte, ihn zu ärgern. Das war etwas, was auch einer seiner Söhne aus dem gleichen Grunde tun und dabei das gleiche Ergebnis erzielen konnte. Er war verärgert.

»Nachdem Mr. King an Land gegangen war, was taten Sie da, Mr. Arnold?«

»Ich machte Frühstück für mich und Richie.«

»Sahen Sie Mrs. Pherson?«

»Nein. Ich dachte, sie würde ausschlafen und sich vielleicht später zeigen.«

»Was machten Sie nach dem Frühstück?«

»Wir klarten die Pantry auf. Dann fingen Richie und ich damit an, das ganze Boot durchzugehn und dafür zu sorgen, daß alles an seinem Platz war, wie Mr. Belasco das immer gern haben will.«

»Dieses Aufklaren des Bootes, erstreckte sich das auch auf die Kapitänskajüte?«

»Ja.«

»In welchem Zustand fanden Sie diesen Bereich vor?«

»In perfekter Ordnung.«

»War Mrs. Pherson da?«

»Nein, Sir.«

»Gab es irgendwelche Anzeichen dafür, daß sie dagewesen war?«

»Nicht eins.«

»Kein Lippenstift auf dem Kissen, kein Kamm, keine Haarbürste?«

»Nein.«

»Nasse Handtücher oder irgendwelche Toilettenartikel?«

»Nein.«

»Sahen Sie auch im Abfalleimer nach?«

»Es gehört zu meinem Job, Abfalleimer zu leeren«, sagte Harry. »Nur war da eben nix zu leeren.«

»Nicht mal ein einziges Papiertuch?«

»Nein, Sir.«

»Schauten Sie auch in den Wäschekorb?«

»Ja, Sir. Auch da nichts drin. Irgendwie war ich überrascht, daß ich gar keine Handtücher und überhaupt nichts drin finden konnte und das Bett auch frisch bezogen war. Es fing an auszusehen, als wär die ganze Sache nie gewesen, ich meine, als wär sie nie an Bord gekommen. Aber ich wußte doch, daß sie dagewesen war. Ich erinnere mich an ihren blau-weiß gestreiften Mantel, weil einer unserer Spinnaker auch blau und weiß is und er mir deshalb auffiel.«

»Sahen Sie sie jemals wieder?«

»Nein, Sir. Sie hatte sich einfach in Luft aufgelöst. Wenn nicht dieser blau-weiße Mantel gewesen wär, der aussah wie unser Spinnaker, dann hätt ich wohl glauben können, es wär nie jemand dagewesen.«

»Würden Sie sagen, Mr. Arnold, die Kajüte sei absichtlich so hergerichtet worden, daß es aussah, als sei niemand darin gewesen?«

»Einspruch«, sagte Donnelly. »Spekulation, persönliche Ansichten.«

»Stattgegeben.«

»Lassen Sie mich die Frage anders formulieren«, sagte Owen. »Sah die Kajüte so aus, als ob niemand darin übernachtet hätte?«

»So sah es aus, ja, Sir, genau so.«

»Würden Sie also sagen, daß jemand die Kajüte so hergerichtet haben muß?«

»Ja.«

»Wer könnte dieser Jemand gewesen sein?«

»Es muß Cully King gewesen sein. Er war ja der einzige, der außer mir und Richie da war.«

Donnellys Kreuzverhör beanspruchte den Rest der Woche. Unter dem Druck bohrendster Fragen sah sich Harry gezwungen zuzugeben, daß die Schreie auch aus dem Radio hätten kommen können. In starken Zweifel wurde auch seine Aussage zu der über Bord geworfenen Kleidung gezogen.

»Wenn Sie Kleidung sagen, meinen Sie dann Dinge, die man anzieht?«

»Ja.«

»Was für Kleidungsstücke waren das denn?«

»Ich weiß nich.«

»Hemd, Mantel, Hose?«

»Ich konnte nicht sehn, was für Kleider das waren.«

»Sie konnten also kein bestimmtes Kleidungsstück erkennen?«

»Nein.«

»Woher wissen Sie dann, daß das Kleidungsstücke waren?«

»Ich hab gesehn, was ich gesehn hab.«

»Wenn Sie so sicher sind, daß Kleidungsstücke über Bord geworfen wurden, warum können Sie dann kein einziges nennen?«

Harry starrte eine Weile auf seine eigene Kleidung. »Ein Hemd. Ich sah 'n Hemd.«

»Was für eine Art von Hemd?«

»Das konnte ich nich so deutlich sehn.«

»Welche Farbe hatte es denn?«

»Die Verteidigung drangsaliert den Zeugen«, sagte Owen. »Das alles dauerte doch nur wenige Sekunden. Man kann nicht von Mr. Arnold erwarten, daß er uns erklärt, er habe ein rosafarbenes Sporthemd mit einem weißen Button-down-Kragen der Weite neununddreißig gesehen.«

»Mr. Arnold behauptet, er habe ein Hemd gesehen«, sagte Donnelly. »Ich versuche nur herauszufinden, wie er zu dieser Annahme gelangt ist.«

Harrys Blicke wanderten ängstlich von Donnelly zu Owen und hefteten sich schließlich auf den Richter. »Ich hab Kleider gesehen. Vielleicht war's kein Hemd, aber es warn Kleider. Und diese Schreie kamen auch nicht aus 'nem Radio. Wenn Cully eine Frau an Bord bringt, dann isses nich so, daß die Zeit hätten, dem Radio zuzuhörn.«

Im Gerichtssaal breitete sich Gelächter aus. Donnelly hätte Einspruch erheben können, und der Richter hätte dann sicherlich angeordnet, daß Harrys letzte Bemerkung aus dem Protokoll und in den Köpfen der Geschworenen gestrichen würde. Aber er wußte genauso gut, daß die Geschworenen dies nicht vergessen würden und könnten, und deshalb beschloß er, sich die Situation zunutze zu machen.

»Wollen Sie damit andeuten, Mr. Arnold, daß das angebliche Schreien vielleicht auf eine, sagen wir mal, sexuelle Erregtheit hindeuten könnte?«

»Würde mich nicht überraschen.«

»Dann lautet Ihre Antwort also ja?«

»Eher möglicherweise.«

Donnelly wartete, bis sich die Belustigung der Zuhörer wieder gelegt hatte, um dann eine neue Richtung einzuschlagen.

»Sie sagten aus, Mr. Arnold, daß Sie mit Cully King sprachen, nachdem Sie das Boot vertäut hatten.«

»Ja.«

»Und er sagte, daß er an Land gehen wolle, um sich seinen schmerzenden Zahn behandeln zu lassen?«

»Ja.«

»Und er hielt mit seiner linken Hand ein Taschentuch an seine linke Backe?«

»Ja.«

»Und nach Ihrer Beobachtung hatte er nichts in seiner rechten Hand?«

»Ich hab nichts gesehn.«

»Die zur Debatte stehende Schmuckschatulle ist ziemlich groß, nicht wahr?«

»Ja.«

»Sie haben sie gesehen, nicht wahr?«

»Als sie an Bord kam, ja.«

»Ist es möglich, daß er einen Gegenstand von dieser Größe bei sich gehabt haben könnte, ohne daß Sie das bemerkten?«

»Nicht wahrscheinlich.«

»Nicht einmal möglich, oder, Mr. Arnold?«

Es kam keine Antwort.

»Euer Ehren, ich möchte an dieser Stelle ein Tonband als Beweismittel vorlegen und die Aufnahme kurz zu Gehör bringen.«

Eva holte das Band, und der Gerichtsdiener brachte das Tonbandgerät herbei und stellte es mitten auf den Tisch vor Donnelly und Owen.

»Ich bitte Sie nun, sich das anzuhören, Mr. Arnold, und mir zu sagen, ob Sie das Geräusch erkennen.«

Das Gerät wurde angestellt. Das Geräusch war das eines 671-GMC-Dieselmotors bei einer Geschwindigkeit von zehn Knoten. Gunther hatte es unter Aufsicht zweier Justizangestellter auf einer in Santa Felicia registrierten Jacht aufgenommen.

Ein tiefes, vibrierendes Brummen erfüllte den Gerichtssaal.

»Erkennen Sie dieses Geräusch, Mr. Arnold?«

»Das issen Diesel. Sechs Zylinder, vielleicht auch acht.«

»Ist dieses Geräusch dem ähnlich, das die Maschine der *Bewitched* macht?«

»Ja, Sir.«

»Was für einen Motor hat die *Bewitched*?«

»Sechseinundsiebzig GMC. Das sind die mit sechs Zylindern.«

Donnelly hielt für einen Augenblick das Band an. »Es ist bislang noch gar nicht festgestellt worden, wo Sie sich eigentlich gerade befanden, als Sie die Schreie hörten.«

»Ich war mit meinem Sohn Richie im Maschinenraum. Er spielte gern an den Maschinen, wissen Sie, wie Kinder, die unter der Motorhaube eines Autos rumfummeln.«

»Würden Sie bitte mal kurz aus dem Zeugenstand kommen und die Lautstärke des Tonbandgerätes so einstellen, daß die Geschworenen möglichst genau das hören, was Sie hörten?«

Harry drehte die Lautstärke höher und das vibrierende Brummen verstärkte sich. Eine Geschworene in der hinteren Reihe hielt sich die Ohren zu.

Donnelly stellte das Gerät ab und nahm seine Befragung wieder auf. »Sagen Sie mir, Mr. Arnold, gab es irgendwelche Besonderheiten, was die Anlage des Maschinenraums der *Bewitched* anbetrifft?«

»Alles auf der *Bewitched* ist besonders.«

»Ich meine ganz speziell die Maßnahmen, die ergriffen wurden, um das Maschinengeräusch zu dämpfen.«

»Der Maschinenraum ist sehr gut schallisoliert.«

»So daß die Menschen an Deck nicht die volle Lautstärke der Maschinen hören?«

»So isses.«

»Würde das auch bedeuten, daß die Menschen im Maschinenraum nicht alle Geräusche mitbekommen, die an Deck zu hören sind?«

Harry antwortete nicht.

»Ich hab gesehn, was ich gesehn hab«, sagte er dann. »Und ich hab gehört, was ich gehört hab. Mein Sohn Richie war bei mir, fragen Se den doch.«

»Das werde ich, sobald ich die Möglichkeit dazu bekomme.«

Diese Möglichkeit ergab sich erst am folgenden Mittwoch. Das Gericht hatte sich über die ersten beiden Tage der Woche vertagt, damit der Richter einer wichtigen psychiatrischen Anhörung im Norden des Bezirks vorsitzen konnte.

Am Mittwoch morgen hatte Richie seinen ersten Auftritt

vor Gericht. Sein Vater hatte darauf bestanden, daß er sich das Haar sehr kurz schneiden ließ. Und er hatte einen langärmeligen Pullover für ihn erstanden, der das über den Muskeln spannende T-Shirt ersetzen sollte, welches Richie normalerweise trug. Er sah unbehaglich und verdrossen aus und sprach so leise, daß die Protokollführer ihn mehrmals bitten mußten, seine Antworten zu wiederholen.

Richie gab an, daß er fünfzehn Jahre alt sei und die Schule verlassen habe, um an dieser Reise der *Bewitched* teilnehmen zu können, weil er das gern gewollt und sein Vater gesagt habe, es sei eine wertvolle Erfahrung, wenn er dabei behilflich sein könne, ein Schiff durch den Kanal und die Westküste hinaufzubringen.

Während er sprach, hielt er meist die Augen gesenkt. Nur als er über die Nacht befragt wurde, in der Mrs. Pherson verschwunden war, sah er Cully gerade ins Gesicht – fast so, als wolle er ihn um Erlaubnis bitten, antworten zu dürfen. Cully aber wandte den Kopf ab.

Owen sagte: »Ist dir die Bedeutung des Eides klar, den du vor wenigen Minuten abgelegt hast, Richie?«

»Ich muß immer die Wahrheit sagen.«

»Und wenn du nicht die Wahrheit sagst, wie nennt man das dann?«

»Lügen.«

Das Publikum war so leicht zum Lachen zu bringen wie eine Kirchengemeinde. Und das Geräusch von Gelächter im Gerichtssaal irritierte Owen. Er glaubte immer, es sei irgendwie gegen ihn gerichtet.

»Natürlich ist das dann eine Lüge«, sagte er schroff. »Der juristische Ausdruck dafür ist Meineid, und das ist eine strafbare Handlung. Also, du willst dich doch keines so schweren Vergehens wie eines Meineides schuldig machen, oder?«

Owen konnte am Gesichtsausdruck des Jungen erkennen, daß er die Sache falsch angepackt hatte. So hätte das vielleicht bei seinen eigenen Jungen funktioniert, aber das hier war kein Junge, sondern ein Mann, der die Arbeit eines Mannes verrichtete und die Verantwortung eines Mannes trug. Das war kein Teenager, der unter der Motorhaube eines Autos herumfummelte – er stand im Maschinenraum einer Jacht, die Millionen wert war.

»Ich wollte auch nur deutlich machen«, fügte Owen hinzu, »was für eine ernste Sache es ist, Zeuge der Anklage zu sein und damit die Öffentlichkeit zu vertreten.«

»Ich bin doch kein Zeuge der Öffentlichkeit. Da war keine Öffentlichkeit, da waren nur ich und Harry.«

»Meinst du die sehr frühen Morgenstunden, also sagen wir mal zwischen Mitternacht und Morgendämmerung?«

»Ja.«

»Warst du mit deinem Vater im Maschinenraum?«

»Ja.«

»Erzähl uns mal genau, was geschah.«

»Ich meinte, daß die Maschine immer wieder mal so'n komisches hämmerndes Geräusch machte, und deshalb rief ich Harry rein, und wir warteten beide, ob wir's hören würden. Und dann sagte Harry ›He, hast du das gehört?‹ und ich sagte ›Ich hab kein hämmerndes Geräusch gehört‹, und da sagte er, nein, er meinte Schreie, eine Frau, die schrie. Ich sagte, daß ich keine Schreie gehört hätte, und da sagte er ›Ihr blöden Gören werdet alle taub davon, daß ihr dauernd so laute Musik hört.‹ Dann hörte ich's auch.«

»Du hörtest eine Frau schreien?«

»Ja, ich glaube. Ich glaube, ich hörte das.«

»Sagte dein Vater irgendwas, daß er mal gehen und nachsehen wolle?«

»Er wollte gehen, aber er hatte Angst, Cully würde ausrasten, wenn er und die Lady, hm, Sie wissen schon, Spaß miteinander hätten, na ja, Spaß oder so was in der Art.«

»Was geschah dann?«

»Harry sagte, die Maschine hörte sich für ihn völlig in Ordnung an, und er meinte, ich sollte mich aufs Ohr haun. Das tat ich dann auch.«

»Du bist sofort eingeschlafen?«

»Ja.«

»Ich habe keine weiteren Fragen.«

Donnellys Kreuzverhör fiel kurz aus, und er vermied Owens Fehler, den Jungen herablassend zu behandeln.

»Du hast dem Gericht erzählt, daß du glaubst, du hättest Schreie gehört. Ist das richtig?«

»Ja.«

»Hast du sie schon gehört, bevor dein Vater dich darauf aufmerksam gemacht hat?«

»Nein.«

»Bist du ein bißchen taub, Richie?«

»Nein.«

»Hörst du laute Musik?«

»Klar, wie jeder andre auch. Nur hat's mich nicht taub gemacht.«

»Wäre es möglich, Richie, daß du deinem Vater nur gesagt hast, du hättest die Schreie gehört, um ihm zu zeigen, daß du nicht von der lauten Musik taub geworden bist?«

Owen erhob sich, um Einspruch zu erheben, aber bevor noch der Richter darüber befinden konnte, sagte Donnelly, er wolle die Frage zurückziehen.

»Während du auf das Motorengeräusch lauschtest, hat dich dein Vater da noch auf ein anderes Geräusch aufmerksam gemacht und dich gefragt, ob du es gehört hättest?«

»Ja.«

»Und wie hast du darauf geantwortet?«

»Zuerst sagte ich nein, und da sagte er, wir Gören wären alle blöde, uns selbst dadurch taub zu machen, daß wir dauernd Rock-Musik hörten.«

»Hat dich das geärgert?«

»Es war nicht wahr.«

»Wolltest du deinem Vater beweisen, daß das nicht wahr war?«

»Er liegt mir andauernd damit in den Ohren.«

»Hast du ihm deshalb zugestimmt, um ihn und diese ganze Geschichte mit der Taubheit endlich loszuwerden?«

Richie saß eine ganze Minute lang stumm da, seine Augen wiederum mit einer Mischung aus Verwirrung und Flehen auf Cully gerichtet. Donnelly hatte den Eindruck, daß die Antwort des Jungen ganz von der Reaktion Cullys abhängen werde. Aber es kam keine, kein Erkennen, keine Bestätigung, kein Versuch, Einfluß auf die Zeugenaussage zu nehmen.

»Hast du meine Frage gehört, Richie?«

»Ja.«

»Und wie lautet deine Antwort?«

»Ich hab die Lady schreien hören.«

»Du warst dir dessen bisher nicht so sicher. Warum bist du es jetzt?«

»Ich weiß nicht. Ich bin's halt. Die Lady hat geschrien.«

»Wenn ein Mann mal so antwortet und mal so, ist es dann nicht gerechtfertigt anzunehmen, daß er die Antwort schlicht und einfach nicht weiß? Du hast gesagt ›ich glaube‹. Du hast gesagt ›ich weiß nicht‹. Du hast gesagt ›vielleicht‹. Jetzt sagst du plötzlich, daß du ganz sicher bist. Bedeutet das nicht, daß du nur in diesem Augenblick sicher bist, nicht notwendigerweise aber auch noch im nächsten?«

Owen stand auf. »Die Verteidigung drangsaliert den Zeugen.«

»Der Zeuge drangsaliert die Verteidigung«, sagte Donnelly sarkastisch. »Ich habe keine weiteren Fragen.«

In der Mittagspause fuhr Richter Hazeltine zur Strandpromenade. Er parkte sein altes Auto am Straßenrand, um die Parkgebühr von fünfzig Cent pro Stunde zu sparen, die man auf den näher am Jachthafen gelegenen Parkplätzen berappen mußte. Das war keine Frage der Sparsamkeit, sondern eine des Prinzips. Er fand die Parkgebühr diskriminierend und zudem noch wirtschaftlich fragwürdig. Die Einnahmen, die eigentlich für den Ausbau der Hafenanlage gedacht gewesen waren, hatten sich einfach in schmutzige Luft und Wasser voller Öl und Abfall, in den Abschaum des Meeres und den Müll der Seeleute verflüchtigt.

Der Richter zog sein Jackett aus, nahm den Schlips ab und rollte die Hemdsärmel auf. Er zog teerfleckige Turnschuhe an, setzte sich eine Baseballmütze der Giants auf und steckte Sonnengläser auf seine normale Brille. Dann holte er sein aus einem Wurstsandwich und einem hartgekochten Ei bestehendes Mittagessen aus dem Handschuhfach und steckte es in seine Hosentasche, wobei insbesondere das Ei seiner Silhouette eine interessante Wölbung verlieh.

Auf diese Weise verkleidet machte er sich auf den Weg und ging am Jachtclub vorbei, wo er auf der Terrasse einen gewerblichen Bürgen und einen Anwalt einen Drink nehmen sah, zur Mole. Er passierte die Reihe von Betonbänken, die an der Ufermauer aufgestellt waren und auf denen die verschiedensten Menschen Platz genommen hatten, um ihre Sandwiches, Hamburger oder Fish-'n-chips zu verzehren.

Die Flut lief ab, und der Steg war naß und rutschig. Am Ende der Mole angekommen, setzte er sich auf einen der riesigen Steinblöcke, die das Fundament des Leuchtturms bildeten, der die Hafeneinfahrt markierte. Das Nebelhorn schwieg. Das sich drehende Warnlicht war zwar eingeschaltet, aber in dem grellen Sonnenlicht kaum zu sehen. Es war ein typischer Herbsttag, klar und frisch, kühl im Schatten und warm in der Sonne.

Ein alter Mann, der auf dem benachbarten Steinblock saß und angelte, warf einen mißbilligenden Blick auf die Baseballmütze des Richters. »Wissen Se, was ich machen würde, wenn ich Manager von den Giants wär? Ich würde sie alle zu Würstchenverkäufern machen.«

»Ein ungewöhnlicher Vorschlag.«

»Hätt' man längst schon machen solln. Zehn zu eins, daß se auch das vermurkst hätten und wahrscheinlich nich ma 'n Frankfurter in 'nen Brötchen reinstecken könnten, ohne das fallen zu lassen.«

Der alte Mann sprach mit der Bitterkeit des enttäuschten Liebhabers. Der Richter, der zu der Ansicht gelangte, daß er einem enttäuschten Liebhaber nicht viel zu sagen hätte, schälte das hartgekochte Ei und aß es zusammen mit der Mortadella, die er aus dem Inneren des Sandwichs hervorzog. Das Brötchen verfütterte er an die Möwen, indem er kleine Stückchen davon hoch in die Luft warf. Jedes wurde mit Schnelligkeit und Eleganz aufgefangen, was nur dazu beitrug, die Verbitterung des alten Mannes noch zu vertiefen.

»Diese Giants sollten mal hier rauskommen und Stunden nehmen.«

»Ein gut Teil hängt vom Wurf ab, meinen Sie nicht auch? Ich habe«, fügte der Richter bescheiden hinzu, »einen einigermaßen brauchbaren Wurfarm.«

»Ne, die können alles fangen.«

»Sie können aber nicht schlagen.«

»Wahrscheinlich schon, wenn se irgend 'ne Möglichkeit hätten, das Schlagholz zu halten.«

Der Richter lehnte sich zurück gegen die Felsbrocken und dachte über diese Worte nach. Das war eine schöne Vorstellung – die Möwen mit winzigen Schlaghölzern unter ihren Flügeln, und die Luft erfüllt von den Lauten eines nie abbrechenden Baseballspiels.

Gestärkt von seiner Mahlzeit und seinen Phantasievorstellungen, machte sich der Richter auf den Rückweg zu seinem Auto. Er war gerade dabei, den Kofferraum zu öffnen, als seine Aufmerksamkeit auf eine Frau gelenkt wurde, die sich ihm von dem 50-Cent-Parkplatz her näherte. Er erkannte sie erst, als sie nur noch ein paar Schritte von ihm entfernt war.

Im Gerichtssaal nahm sie stets etwas von dessen fürstlicher Atmosphäre an, und ihr Gebaren schüchterte Justizangestellte, Anwälte und gelegentlich selbst den Richter ein. Hier aber, vor diesem geschäftigen, von Schlagnetzfischern aus Monterey und Walfängern aus Boston, von Joggern und Skateboard- und Fahrradfahrern belebten Hintergrund, wirkte sie fehl am Platze, ja, irgendwie unwirklich.

»Ich bin Ihnen gefolgt«, sagte Eva.

»Du liebe Güte.« Der Richter sah einigermaßen verblüfft drein. »Wozu, um alles in der Welt?«

»Um mit Ihnen zu reden.«

»Es steht Ihnen völlig frei, jederzeit zu mir in mein Amtszimmer zu kommen und dort Verfahrensfragen mit mir zu erörtern.«

»Hier geht's nicht um Verfahrensfragen. Es geht um mich, um *meine* Verfahrensweise.«

»Es ist mir schon aufgefallen, daß Sie sich in letzter Zeit ein wenig merkwürdig aufgeführt haben. Aber ich dachte, das läge vielleicht am Vollmond.«

»Sie glauben doch nicht wirklich an diesen Vollmond, oder?«

»Einmal in jedem Monat gibt's einen vollen Mond. Da muß ich wohl dran glauben.«

»Ich meine alle diese Geschichten von Tieren, die unruhig werden, und von Menschen, die sich irrational verhalten.«

Der Richter dachte über seine Antwort nach, während er sich fertig umkleidete. »Ich hatte mal einen Dackel, der pflegte den Vollmond anzubellen. Das hatte aber nichts zu sagen, denn der bellte auch bei Neumond, Feuerwehrsirenen, Müllautos, vorbeifahrenden Zügen und Autohupen. Er bellte selbst meine Frau an, bis sie eines Tages mal zurückbellte. Eine sehr interessante Auseinandersetzung, aber ich glaube, meine Frau hat sie gewonnen. Sie konnte mit Tieren umgehen.«

Der Richter schloß den Kofferraumdeckel mit lautem Knall. Er erinnerte sich an sein letztes, persönliches Gespräch mit Miss Foster, bei dem es um Büstenhalter beziehungsweise um das Fehlen eines solchen gegangen war, und er beschloß, so lange es irgend möglich war bei dem relativ unverfänglichen Thema Dackel zu bleiben. »Hatten Sie schon mal einen Dackel oder Dachshund, Miss Foster?«

»Ich glaube nicht.«

»Wenn Sie einen gehabt hätten, dann wüßten Sie das mit Sicherheit noch, und sei es nur wegen der Beschwerden der Nachbarn. Das ist wirklich eine ungewöhnliche Rasse. Ich glaube nicht, daß meiner je einen Dachs zu Gesicht bekommen hat. Aber vielleicht machte er deshalb immer so einen Lärm, aus schierer Frustration. Was tun Sie, wenn Sie frustriert sind, Miss Foster?«

»Ich belle jedenfalls nicht«, sagte Eva grimmig.

»Schade. Ich würde diese Laute gern wieder hören. Urzeitlich. Ich habe mal ein paar private Studien zu urzeitlichen Geräuschen getrieben. Bei Vögeln zum Beispiel. Ich habe herausgefunden, daß die Rufe der Eistaucher die wildesten sind, nicht hier in dieser Gegend, wo sie nur überwintern und nicht viel zu sagen haben, sondern weiter oben im Norden in ihren Brutgebieten. Dieser Ruf ist voll äußerster Leidenschaft, Ekstase, Wahnsinn. Die Menschen haben ja solche Laute in Wörter umgewandelt, aber ich muß gestehen, daß das nur ein kläglicher Ersatz für das Eigentliche ist.«

Je mehr sich der Richter für das Thema erwärmte, desto mehr kühlte seine Zuhörerin ganz offensichtlich ab. Mit einem Seufzer schloß er deshalb die Wagentür auf der Beifahrerseite auf, und Eva stieg ein. Er setzte sich hinter das Steuer, nahm die getönten Gläser von seiner Brille und steckte sie wieder in seine Jackentasche. Er gedachte, der Unterhaltung eine positivere Richtung zu geben und ihr ein Kompliment bezüglich ihres Aussehens zu machen. Und wirklich sah sie in ihrem Kleid aus schwarz und weiß bedruckter Seide, zu dem sie eine schwarze Jacke und ein leuchtend rotes Halstuch trug, sehr schick aus. Aber bevor ihm die passenden Worte eingefallen waren, begann sie ganz still zu weinen.

»Ich wünschte, Sie würden das nicht tun, Miss Foster«, sagte er. Sie weinte weiter. Er saß da, wartete und fragte sich, was es mit diesen Tränen auf sich haben mochte. Wie die Wörter, so waren auch die Tränen ein Produkt des Menschen und ein Ersatz für das Eigentliche. Unter den gegebenen Umständen war das ja auch ein Glück. Die Vorstellung einer laut jammernden und wehklagenden Miss Foster, die durch ihr Verhalten möglicherweise einen Menschenauflauf verursachte, war nachgerade erschreckend. Und Miss Foster würde ganz zweifelsohne ebenso gründlich jammern und wehklagen, wie sie es bei allen anderen Dingen auch war.

Schließlich hörte sie wieder auf zu weinen, wischte sich die Augen, putzte sich die Nase, stieg aus, um das Papiertaschentuch in einen Papierkorb zu werfen, und kehrte zum Auto zurück. Der Richter beobachtete interessiert diese Abfolge der Ereignisse. Schmerz hin oder her, Miss Foster vergaß nie ihre gute Erziehung.

»Ich habe mich verliebt«, sagte sie endlich. »Das ist vollkommen unsinnig. Es gibt Hunderte von Gründen, die dagegen sprechen. Ich konnte es sogar kommen sehen und bin nicht weggelaufen. Ich habe einfach dagestanden und es geschehen lassen. Jetzt wünsche ich, ich wäre tot.«

Nun hätte sich der Richter doch gern für Jammern und Wehklagen ausgesprochen, aber dafür war es jetzt zu spät. Er seufzte, und es ging ihm durch den Kopf, daß er neuerdings ziemlich häufig seufzte. Vielleicht gab es ja mit den Jahren auch immer mehr Anlaß dazu. Das Seufzen war, seiner Meinung nach, schlicht die Aufnahme von mehr Sauerstoff, der erforderlich war, um dem Gehirn bei der Bewältigung einer Reihe ungewöhnlicher oder schwieriger Umstände behilflich zu sein.

»Mein Leben ist immer so ordentlich gewesen«, sagte Eva. »Sehen Sie sich nur die Unordnung an, in der es jetzt ist. Ich liebe einen Mann, der wegen Mordes angeklagt ist, einen Schwarzen mit Kindern und einer gewohnheitsrechtlichen Frau. Und das ist ja noch nicht das Schlimmste. Er erwidert meine Liebe nicht. Ich glaube, ich könnte ihn dazu bringen, wenn ich nur eine Chance dazu bekäme. Werde ich diese Chance bekommen?«

»Wollen Sie mich damit zu einer Vorhersage auffordern, zu was für einem Urteil die Geschworenen kommen werden? Kein Mensch auf Erden kann das, kein Gedankenleser, niemand. Nicht einmal ein mit allen Details aus dem Leben aller Geschworener gefütterter Computer könnte ausspucken, wie das Urteil ausfallen wird.«

»Könnten Sie mir nicht bitte wenigstens Ihre persönliche Meinung dazu sagen, wie sehr die Beweise gegen ihn sprechen?«

»Das wäre gegen alle Vorschriften.«

»Ich weiß.«

»Und Sie bitten mich trotzdem darum?«

Der Richter nahm seine Brille ab, putzte sie mit einem Taschentuch und setzte sie sich wieder auf die Nase. Die Bilder, die er nun sah, waren um nichts klarer geworden – der hintere Teil des Autos vor ihm, seine vom Alter verunstalteten Hände auf dem Lenkrad, und Miss Fosters blasses und angespanntes Gesicht. Und in der Ferne all die Masten der Segelboote wie ein blattloser Wald.

»Alles, was gegen ihn spricht, sind natürlich nur Indizien«, sagte er, als spreche er zu sich selbst. »Er nahm eine Frau mit an Bord der *Bewitched*, und diese Frau wurde später tot im Wasser gefunden, wo sich ihr Leichnam im Seetang verfangen hatte. Die Obduktion ergab deutliche Vertiefungen an ihrer Kehle, von denen die Anklage glaubt, daß sie bei einer Erdrosselung durch die Daumen des Täters verursacht worden sind. Als die *Bewitched* im Hafen festgemacht hatte, ging der Angeklagte an Land, versetzte die mit Diamanten verzierten Ohrstecker, die die tote Frau getragen hatte. Er log dem Pfandleiher wie schon Harry Arnold vor, er habe Zahnschmerzen und brauche das Geld, um den Zahnarzt zu bezahlen. Seine Zähne sind nach eidlicher Aussage des Gefängnisarztes in so gut wie einwandfreiem Zustand. Die Anklage behauptet, daß er das Geld brauchte, um seinen Lebensunterhalt zu bestreiten, während er sich in irgendeinem Motel versteckt hielt, bis die Kratzwunden auf seiner Backe verheilt waren. Die Frage, die sich hier sofort stellt, ist die: Warum ist ein Mann so ängstlich darauf bedacht, ein paar Kratzer auf seiner Backe zu verbergen? Die offenkundige, ja einzige Antwort, die mir dazu einfällt, ist die, daß diese Kratzer mit einem Verbrechen in Zusammenhang zu bringen sind.«

»Nicht notwendigerweise Mord«, sagte Eva.

»Stimmt. Es gibt keinen unanfechtbaren Beweis dafür, daß die Frau erwürgt wurde, zumal die Pathologen bei der Deutung der Druckstellen an ihrem Hals nicht vollkommen darin übereinstimmen, ob sie vor oder erst nach Eintritt des Todes verursacht wurden. Man hat die Neigung des Angeklagten, zu viel zu trinken und dann die Selbstbeherrschung zu verlieren, angesprochen, aber es liegen keine wirklichen Beweise dafür vor.

Der Anklagevertretung fehlt bei ihrer Beweisführung aber noch ein anderes Beweisstück, nämlich die grüne Lederschatulle, in der sich der wertvolle Familienschmuck von Mrs. Pherson befand. Sie hatte sie bei sich, als sie an Bord der *Bewitched* ging, aber es ist keine Spur von ihr oder ihrem Inhalt zu entdecken. Kurze Zeit nach der Bergung der Leiche der Frau holte ein Fischer ihren Mantel aus dem Meer. Das erwies sich als ein wichtiger Fund, weil dieser Mantel noch zugeknöpft war. Wie die Zeugenaussagen ergeben haben, hing Mrs. Pherson ihre Kleider stets sehr sorgfältig auf die Bügel, die Knöpfe und Reißverschlüsse geschlossen, damit sie ihre Form behielten. Sie konnte also den Mantel nicht angehabt haben, als sie über Bord ging. Die Wellenbewegungen können wohl einen Mantel von einem Körper reißen, aber es ist ganz unmöglich, daß sie diesen dann ordentlich wieder zuknöpfen. Der gesunde Menschenverstand sagt uns, daß der Mantel über Bord geworfen wurde, und da Harry Arnold behauptet, er habe den Angeklagten einige Kleidungsstücke ins Wasser werfen sehen, ist es möglich oder sogar wahrscheinlich, daß Cully King sich auf diese Weise des Mantels entledigte. Aber das beweist noch immer keinen Mord.

Die Möglichkeit eines Selbstmordes ist angesprochen, aber nicht ernsthaft in Betracht gezogen worden. Gut, Mrs. Pherson war nach dem Tod ihrer Mutter verzweifelt, mit der sie eine Reise nach Hawaii hatte machen wollen. Daß das auch das Ziel der *Bewitched* war, mag mitbestimmend für Mrs. Phersons Entscheidung gewesen sein, Cully King zu begleiten. Das werden wir nie erfahren. Wir können eben die Gedanken einer Toten nicht lesen. Mrs. Phersons Verhalten ist das einer Frau, die nicht Selbstmord begehen, sondern die einmal dem wohlgeordneten Leben an der Seite eines ziemlich puritanischen Ehemannes entgehen und etwas erleben möchte. Sie erinnern sich vielleicht an das Stubenmädchen, das sie in ihrem Zimmer mit sich selbst sprechen hörte, bevor sie das Hotel verließ, oder auch an ihr Gespräch mit Mr. Elfinstone an der Rezeption. Es war das glückliche, aufgeregte Gerede einer Frau, die nach eigenem Bekunden etwas tun wollte, was sie noch niemals getan hatte und nie wieder tun würde.

Und da kommt noch etwas zu der langen Liste von Fragen, die noch nicht beantwortet wurden, und Verhaltensweisen, die noch keine Erklärung fanden. Cully King reinigte die Kajüte und räumte sie so gründlich auf, daß keine Anzeichen mehr dafür zu finden waren, daß jemand dort übernachtet hatte. Warum? Mit einer Frau zu schlafen war kein Vergehen, das er hätte vertuschen müssen, ja für einen Mann wie Cully eher etwas, um damit anzugeben. Schließlich war das ja keine gewöhnliche Nutte aus dem Hafenviertel. Mrs. Pherson hatte Klasse und Geld. Aber er prahlte nicht mit seiner Eroberung. Vielmehr entfernte er auch noch die winzigste Spur ihrer Anwesenheit an Bord, als wolle er ihre gesamte Existenz auslöschen. Warum?«

»Das werden wir erfahren, wenn er in den Zeugenstand kommt.«

»Donnelly wird ihn niemals als Zeugen aufrufen. Das kann er sich gar nicht leisten. Cully King würde sich bei dem Versuch, alle Fragen zu beantworten und alle seine Handlungen zu erklären, hoffnungslos verheddern. Ich hoffe, daß ich da recht behalte. Ich hätte das Ganze bis Weihnachten gern hinter mir. Und ich meine dieses Weihnachten, nicht das nächste.«

Er blickte auf seine auf dem Steuer liegenden Hände mit den angeschwollenen Knöcheln, die aussahen, als hätte er jemanden mit Faustschlägen traktiert.

»Mir kommt es vor, als sei die Zeit ein dahinfahrender Zug«, sagte er. »Und wir alle sind da im Gerichtssaal zurückgeblieben, unsere Leben sind alle auf einem Bahnhof angehalten worden. Schließlich wird ein anderer Zug daherkommen, und in den werden wir dann einsteigen und unsere Leben wieder aufnehmen.«

»Vielleicht gibt es keinen anderen Zug«, sagte Eva.

»Es gibt immer einen.«

»Nicht für mich. Ich habe so lange auf diesen einen gewartet.«

»Aber dieser Zug ist kein Zug für Sie, Foster – es ist ein Karussell. Springen Sie ab, bevor Sie sich weh tun.«

»Ich hab mir schon weh getan.«

»Dann machen Sie's nicht noch schlimmer. Ich werde meinen Teil dazu beitragen und eine Beurlaubung oder eine Versetzung in einen anderen Gerichtssaal veranlassen.«

»Nein, danke, aber ich muß bleiben, wo ich bin.«

»Warum?«

»Falls er mich braucht.«

Der Seufzer des Richters war der bislang längste und tiefste. »Gibt es denn niemanden, mit dem Sie mal über die ganze Sache sprechen könnten, jemand in Ihrer Familie, ein Pfarrer, jemand, der älter und weiser ist?«

»Ich möchte mit niemandem darüber sprechen.«

»Schön, verdammt noch mal, aber Sie müssen doch den Wunsch gehabt haben, mit mir darüber zu reden, sonst wären Sie mir wohl nicht den ganzen Weg gefolgt. Verdammt und zugenäht, ich möchte nicht, daß ich eine bewährte Mitarbeiterin in einem Morast aus unausgegorenen Gefühlen verliere. Sie müssen mal mit jemandem über die ganze Situation reden.«

»Ich habe schon mit dem einzigen Menschen gesprochen, der wirklich zählt. Wollen Sie wissen, was der zu mir gesagt hat?« Sie zupfte an ihrem roten Halstuch, um seinen Sitz zu lockern. »Er sagte: ›Heiliger Scheißdreck.‹ «

Das Gesicht des Richters verzog sich zu einer Grimasse, halb Lächeln, halb Mißbilligung. »Sind Sie sicher, daß Sie ihn richtig verstanden haben?«

»Absolut sicher.«

»Nun, zumindest hat Ihnen das wohl alle Zweifel genommen.«

»Es hat mir alles genommen. Aber Sie müssen mich nicht bemitleiden. Ich werde kämpfen. Wenn er unschuldig ist, dann werde ich um ihn kämpfen. Und wenn er schuldig ist, dann werde ich an seiner Seite kämpfen, bis zur höchsten Instanz.«

»*Heiliger Scheißdreck*«, murmelte der Richter ganz leise.

Bevor am Nachmittag der erste Zeuge aufgerufen wurde, wandte sich Staatsanwalt Owen an das Gericht.

»Euer Ehren«, sagte er, »ich möchte darum bitten, daß die folgende Information in das Protokoll aufgenommen wird. Lieutenant Sommerville, der jetzt in den Zeugenstand tritt, sollte ursprünglich mein erster Zeuge sein. Eine Verschiebung wurde unumgänglich, weil Lieutenant Sommerville das Kommando über das im hiesigen Bereich eingesetzte Schiff der Küstenwache, die *Priscilla*, führt, die auf eine zweiwöchige Ausbildungsfahrt gehen sollte. Auf Grund der Zeit, die für die Auswahl der Geschworenen benötigt wurde, kollidierten sein Erscheinen hier vor Gericht und der Ausbildungsplan. Und deshalb rufe ich ihn entgegen der ursprünglichen Planung erst jetzt auf.«

Lieutenant Sommerville, der Uniform trug, war ein rotbäckiger, ernst dreinblickender Mann Anfang dreißig. Er gab zu Protokoll, sein Hauptwohnsitz sei Los Alamitos. Er diene nun schon seit zwölf Jahren bei der Küstenwache, also seit Abschluß seines Studiums der Meeresbiologie an der University of California in San Diego. Er habe das Kommando auf dem Küstenwachschiff *Priscilla* geführt, als ein Besatzungsmitglied die Leiche einer Frau entdeckt habe, die in einem Seetangfeld hängengeblieben sei, sich sozusagen in den Pflanzen verheddert habe. Zwei Leute von der Besatzung seien in einem Schlauchboot ausgesetzt worden, um die Leiche zu bergen und an Bord der *Priscilla* zu bringen.

Der Körper sei auf Lebenszeichen hin untersucht worden, aber man habe nur noch den Tod feststellen können. Und der sei offensichtlich schon vor Stunden eingetreten. Da der Leichnam innerhalb der Dreimeilenzone gefunden worden sei, habe alles weitere der Dienststelle des Sheriffs oblegen, die dann auch ein Patrouillenboot geschickt habe, um die Leiche in das Leichenschauhaus der Polizei zu überführen.

Sommerville erkannte auf den Bildern, die von der Anklagevertretung schon als Beweismittel vorgelegt worden waren, eindeutig dieselbe Tote wieder, die an Bord der *Priscilla* geholt worden war.

»Wie lange dauerte es, bis der Leichnam der Frau von der *Priscilla* auf das Patrouillenboot des Sheriffs gebracht wurde?«

»Grob geschätzt, etwa eine halbe Stunde.«

»Bildeten Sie sich in dieser Zeit eine Meinung hinsichtlich der Todesursache?«

»Das ist nicht meine Aufgabe. In jedem Fall aber deckte ich die Frau mit einer Decke zu, sobald ich festgestellt hatte, daß sie tot war. Dann rief ich das Büro des Sheriffs an und sagte dort Bescheid, daß wir eine Wasserleiche an Bord hätten.«

»Benutzten Sie diesen Ausdruck?«

»Ja. Er ist gebräuchlich.«

»Was taten Sie, nachdem der Leichnam auf das Boot des Sheriffs verbracht worden war?«

»Ich bat den Beamten sicherzustellen, daß wir die Decke zurückbekämen.«

Die Zuhörer lachten, und der Lieutenant fügte schnell hinzu: »Das mag Ihnen lächerlich vorkommen, aber ich bin für jeden einzelnen Gegenstand an Bord meines Schiffes verantwortlich, und es ist meine Pflicht, dafür zu sorgen, daß Dinge, die entnommen werden, wieder zurückkommen.«

»Und geschah das?«

»Nein.«

»Ich habe keine weiteren Fragen. Ich danke Ihnen, Lieutenant.«

Der Richter blickte Donnelly an. »Sind Sie bereit, Ihr Kreuzverhör zu beginnen, Mr. Donnelly?«

»Ja, Euer Ehren.«

Donnelly nahm Owens Platz ein. »Lieutenant Sommerville, Sie haben ausgesagt, Sie hätten einen akademischen Grad im Fach Meeresbiologie erworben?«

»Ja, Sir.«

»Würden Sie uns bitte mal erläutern, was Sie meinten, als Sie von einem Seetangfeld sprachen?«

»Biologen nennen das eigentlich einen Wald. Wir sehen an der Wasseroberfläche nur die Spitzen dieses Waldes. Die Thalli oder Stengel reichen hinab bis auf den Meeresboden, wo sie ein Haftorgan haben, das die Pflanze an einer Stelle festhält.«

»Gibt es in dieser Gegend hier verschiedene Arten von Seetang?«

»Ja, Sir.«

»Könnten Sie uns, was das Feld oder den Wald von Seetang anbelangt, in dem der Leichnam von Mrs. Pherson gefunden wurde, genauer angeben, um welche Art es sich da handelte?«

»Um eine der größeren Arten, die *Macrocystis* oder Riesenblasentang heißt. Seeleute hassen das Zeug, denn es kann Schrauben, Anker und Bootskiele kaputtmachen, aber das Gewächs ist ein wichtiges Glied in der Nahrungskette.«

Donnelly ging zum Gerichtsdiener hinüber und sprach kurz mit ihm, worauf dieser den Gerichtssaal verließ und wenig später mit Bill Gunther zurückkehrte. Gunther brachte eine große Plastiktüte und einen Klapptisch mit herein.

Bill Gunther trug einen schmutzigfarbenen Trainingsanzug, der am Gesäß und an den Hand- und Fußgelenken naß war. Er war barfuß und sah aus, als ob er fröre und mißgelaunt sei. Er hatte ganz entschieden gegen den ihm erteilten Auftrag protestiert: »Ich kann beim besten Willen nicht begreifen, warum ich zu dem Tangfeld da rausrudern soll, wenn ich doch schon am Strand ein großes Büschel von dem Zeug ausreißen kann.«

»Aber ich kann's«, hatte Donnelly ihn beschieden, »und ich befehle es Ihnen.«

»Ich hasse Wasser. Was ist, wenn ich ersaufe?«

»Dann werde ich einen Kranz schicken.«

Gunther stellte den Tisch zwischen dem Zeugenstand und den Geschworenenbänken auf, entleerte den Inhalt der Plastiktüte darauf, und der unverkennbare Geruch des Meeres verbreitete sich im Raum. Es war ein langer, einzelner Strang des Riesenblasentangs, hellbraun und schleimig.

»Würden Sie bitte mal einen Augenblick hierher kommen, Lieutenant, und diese Meerespflanze bestimmen, die mein Assistent soeben geschnitten hat?«

»Ich kann auch von hier aus sehen, daß es sich um *Macrocystis* handelt.«

»Eine Art, die in dieser Gegend verbreitet ist?«

»Ja, Sir. Bei einer bestimmten Wassertiefe gibt es dichte Wälder davon, die sich parallel zur Küstenlinie hinziehen.«

»Sie sagten, daß sich Mrs. Phersons Leichnam in diesem Riesenblasentang verfangen hatte. Könnten Sie uns das mal etwas genauer erläutern?«

»Die Wellen hatten sie hin und her gerollt, und ihr Körper hatte sich darin ... nun, es gibt kein besseres Wort dafür als verfangen oder verheddert.«

»Hatten sich die Pflanzen um ihren ganzen Körper gewickelt?«

»Ja, Sir. Sie konnte erst herausgeholt werden, nachdem meine Leute den Tang weggeschnitten hatten, der sie festhielt.«

»Und wie geschah das?«

»Vermittels eines Messers mit gezackter Klinge.«

»So daß der Körper, als er an Bord der *Priscilla* kam, nicht mehr in dem gleichen Zustand war wie zu der Zeit, als man ihn entdeckt hatte, mußte man doch erst einen großen Teil des Tangs wegschneiden, bevor man ihn überhaupt bewegen konnte. Ist das so zutreffend?«

»Ja, Sir. Das Zeug ist zäh und gummiartig. Kinder benutzen es am Strand oft als Sprungseil.«

»Sie haben uns die Verankerung der Pflanzen erklärt und den Stiel oder Strang. Was sind das hier für blattähnliche Dinger?«

»Das *sind* Blätter.«

»Und diese knollenförmigen Auswüchse hier, die ungefähr Daumengröße haben, was ist das?«

»Hohle, gasgefüllte Kammern, die man als Schwimmblasen oder Schwimmer bezeichnet. Der Name erklärt sich wohl selbst.«

»Würden Sie das aber trotzdem für alle diejenigen von uns erläutern, die nicht so viel von Biologie verstehen?«

»Der Riesenblasentang braucht, wie jede ganz normale, auf dem Lande wachsende Pflanze auch, Licht für den Prozeß der Photosynthese, und diese Schwimmer sorgen dafür, daß ein Teil der Pflanze dicht an der Oberfläche bleibt, nämlich da, wo das Licht ist.«

Donnelly wandte sich dem Gericht zu: »Jetzt möchte ich, Euer Ehren, Miss Foster bitten, die drei Stücke Modellierton zu holen, die ich ihr heute morgen anvertraut habe. Das sollen meine nächsten Beweisstücke sein.«

Dem Wunsche Donnellys wurde entsprochen, und der erste Tonklumpen wurde auf den Tisch neben den frischen Tang gelegt.

»Das ist ganz gewöhnlicher Modellierton«, erklärte Donnelly den Geschworenen, »und ich möchte Lieutenant

Sommerville bitten, zwei von den Schwimmblasen des Riesenblasentangs dort hineinzudrücken, damit wir uns dann diese Abdrücke mal ansehen können. Würden Sie das bitte tun, Lieutenant?«

»Wie fest soll ich drücken?«

»So fest, wie sich Ihrer Meinung nach der Tang um Mrs. Phersons Hals gewickelt hat.«

»Das kann ich natürlich nicht ganz genau wissen, aber ich kann's ja mal grob schätzen.«

Die Abdrücke wurden hergestellt, und das Tonstück daraufhin dem Staatsanwalt gezeigt, dann an den Richter weitergegeben und schließlich an die Geschworenen. Als diese Prozedur abgeschlossen war, wurde der Lieutenant aufgefordert, mit etwa der gleichen Kraft seine beiden Daumen in das zweite Stück Ton zu drücken. Auf Donnellys Bitte hin schrieb er mit einem Filzstift seine Initialen neben die Daumeneindrücke. Auch dieses zweite Stück Ton wurde dem Staatsanwalt, dem Richter und den Geschworenen vorgelegt, und der Lieutenant kehrte in den Zeugenstand zurück.

»Würden Sie sagen, Lieutenant, daß die Abdrücke der beiden Schwimmblasen von dem Tang und die von Ihren Daumen etwa die gleiche Größe haben?«

»Ja, Sir.«

»Gibt es irgendeinen auffälligen Unterschied?«

»Ja, Sir.«

»Und der wäre?«

»Meine Daumennägel haben einen halbkreisförmigen Eindruck hinterlassen, der deutlich zu erkennen ist.«

»Mit anderen Worten ausgedrückt, machen es erst die

Nageleindrücke möglich, die Abdrücke der beiden Daumen als solche zu identifizieren?«

»So sehe ich das, ja, Sir.«

»Dann möchte ich jetzt«, sagte Donnelly, »das Gericht um die Erlaubnis für meinen Mandanten Mr. King bitten, mit dem dritten Tonstück ebenso zu verfahren wie der Lieutenant mit dem zweiten. Habe ich diese Erlaubnis, Euer Ehren?«

»Das ist höchst ungewöhnlich«, sagte der Richter. »Aber im Moment fällt mir kein stichhaltiger Grund ein, warum es nicht gestattet sein sollte.«

Cully war auf diesen Schritt nicht vorbereitet und zeigte genau die Überraschung, die Donnelly sich erhofft hatte. Selbst für den begriffsstutzigsten Geschworenen war zu sehen, daß diese Überraschung echt und das Ganze nicht einfach nur ein zwischen dem Angeklagten und seinem Verteidiger ausgemachter Schachzug war.

Nachdem ihm das Stück Ton ausgehändigt worden war, drückte Cully zunächst den einen Daumen und dann den anderen hinein und schrieb mit dem gleichen Filzstift, den schon der Lieutenant benutzt hatte, seine Initialen neben die Abdrücke. Wiederum wurde das Tonstück erst dem Staatsanwalt und dann dem Richter und den Geschworenen und dem Mann im Zeugenstand vorgeführt.

»Lieutenant Sommerville, ähneln diese beiden Abdrücke denen Ihrer Daumen?«

»Ja, Sir.«

»Da sind auch ähnliche, von den Daumennägeln stammende Eindrücke, nicht wahr?«

»Ja, Sir.«

»Ich meine, daß die Geschworenen jetzt die Gelegenheit bekommen sollten, sich die Beweisstücke der Anklage bis P-16 noch einmal anzusehen. Deshalb möchte ich darum bitten, daß M-13, N-14 und O-15 bei den Geschworenen herumgereicht werden, und die Nummer 16 auf das Sichtgerät gelegt wird.«

Beweisstück M-13 war ein Foto normaler Größe, das Mrs. Phersons Kopf und Hals so zeigte, wie sie der Gerichtsmediziner Dr. Woodbridge vor Beginn seiner Untersuchungen gesehen hatte. N-14 und O-15 waren Vergrößerungen, die Mrs. Phersons Kehle zeigten, und P-16 eine Vergrößerung der Druckstellen, die man dort gefunden hatte.

»Lieutenant, ich möchte Sie nun bitten, sich die Bilder einmal alle sehr genau anzusehen. Wären Sie so gut?«

»Ja, Sir.«

»Jetzt also vorsichtig – würden Sie uns bitte sagen, welche Tonstücke diesen Fotografien ähnlich sehen?«

»Ich erhebe ganz entschieden Einspruch«, sagte der Staatsanwalt. »Menschliches Fleisch ist nicht Ton. Es ist absurd, beides miteinander vergleichen zu wollen.«

Donnelly folgte dem Einspruch ohne Widerrede. »Also gut, ich ziehe die Frage zurück und bitte statt dessen darum, die nächsten zehn Gegenstände als Beweisstücke der Verteidigung zu registrieren. Ich habe vergessen, bei welchem Buchstaben wir inzwischen angekommen sind, aber ich bin sicher, daß Miss Foster das weiß.«

Bei den zehn vorgelegten Beweisstücken handelte es sich um Bücher mit Untersuchungen von Tötungsdelikten und zu Fragen der Gerichtsmedizin. In allen steckten Lesezeichen, in einigen sogar mehrere. Angesichts des eindrucksvollen Bücherstapels setzte der Richter eine Pause von zwanzig Minuten an.

In dieser Pause rief Oliver Owen von der Telefonzelle in der Eingangshalle seine Frau an. Das war etwas, was er gern tat, wenn er frustriert war oder sich ärgerte. Er hätte das vor niemandem zugegeben, am wenigsten vor Vee – aber der Klang ihrer Stimme wirkte besänftigend auf ihn und vermittelte ihm das Gefühl, daß sie – selbst wenn sie verbal uneins waren – voll und ganz auf seiner Seite stand.

Vee saß an ihrem Schreibtisch in der kleinen Nische in der Küche und sorgte für die Begleichung der dringlicheren Rechnungen, während sie die anderen wieder beiseite räumte. Es war nie genug Geld da, um sie alle auf einmal zu bezahlen.

»Bist du das, Vee?«

»Ich denke schon. Jemand anderes ist nicht hier.«

»Ich wollte dir nur sagen, daß ich wahrscheinlich erst spät zum Abendessen komme.«

»Geht in Ordnung. Es gibt Rinderschmorbraten und Baguette dazu. Das läßt sich leicht aufwärmen.«

»Wie geht's den Jungs?«

»Beim Frühstück gut. Ich nehme an, daß es auch so geblieben ist, da ich bisher nichts Gegenteiliges gehört habe... Was ist los, Oliver?«

»Dieser Widerling von Donnelly versucht mich reinzulegen. Welcher vernünftige Mensch kann glauben, daß diese Frau da über Bord und in ein Feld von Riesenblasentang gefallen ist, wo einer der Strünke sie dann stranguliert hat? Aber wir haben's ja nicht mit vernünftigen Menschen zu tun, sondern mit Geschworenen.«

»Ich hoffe nur, du sprichst von irgendwo, wo dich niemand hören kann.«

»Natürlich tue ich das. Hältst du mich für dumm?«

»Man wird so leicht ein bißchen unvorsichtig. Um sicher zu gehen, könntest du ruhig noch etwas leiser sprechen.«

Er senkte die Stimme. »Hast du schon jemals von jemandem gehört, der von einem Riesenblasentang erwürgt worden ist?«

»Wie kam sie in das Algenfeld?«

»Donnelly will darauf hinaus, daß sie über Bord fiel, ohnmächtig wurde und sich, im klinischen Sinne noch lebend, in dem Tang verfing.«

»Aber das ist doch blödsinnig. Schiffe meiden doch diese Tangfelder, besonders so große wie die *Bewitched*.«

»Was hast du gesagt?«

Sie wiederholte alles Wort für Wort.

»O ja, Vee«, sagte Oliver mit erstaunter Stimme, »ja, Vee, das ist ein toller Gedanke. Du hast recht, du hast absolut recht.«

»Hin und wieder haben wir Schwachköpfe auch mal Glück, und es fällt uns etwas Intelligentes ein, fast wie richtigen Menschen.«

»Du mußt dich nicht selbst herabsetzen, Vee.«

»Ach nein, das tue ich auch nicht. Ich hab immer einen, der das für mich tut.«

»Ich meine wirklich, was ich sage. Manchmal bist du sehr klug.«

»Ein Hoch auf mich.«

»Natürlich kam das Boot dem Seetang nicht zu nahe. Um in das Zeug hineinzugeraten hätte sie schon hinschwimmen müssen. Wäre es aber eine Sache von Wellenbewegungen und Strömung, dann hätte es viele Stunden gedauert. In so kaltem Wasser kann der Mensch vielleicht eine Weile überleben, ganz bestimmt aber nicht mehrere Stunden. Selbst daß sie nur ein Weilchen überlebte, erscheint höchst unwahrscheinlich. Vee, du könntest mir geholfen haben, diesen Fall doch noch zu gewinnen.«

»Warum ist es so wichtig für dich zu gewinnen, Oliver?«

»Das weißt du doch. Es wird mir helfen, wiedergewählt zu werden.«

»Ja, aber warum ist es so wichtig für dich, wiedergewählt zu werden? Gott weiß, daß es das Geld nicht sein kann. Du würdest mit einer Anwaltspraxis sehr viel mehr verdienen.«

»Ich möchte jemand sein, zu dem seine Söhne aufschauen und dem sie nacheifern können. Ich kann nicht einfach nur ein ganz gewöhnlicher Anwalt sein. Du weißt ja, was die meisten Menschen von Anwälten halten. Aber Staatsanwalt, das ist eine mit Autorität versehene Stellung, eine Stellung, die Respekt fordert. Das gibt den Jungen ein Ziel, das sie anstreben können.«

»Du vergißt, daß das eine eher ikonoklastische Generation ist, Oliver.«

»Was heißt ikonoklastisch?«

»Was ich eigentlich meine ist, daß Teenager heutzutage die Position eines Staatsanwaltes wahrscheinlich weniger als etwas Erstrebenswertes, sondern eher als etwas Verachtenswertes ansehen.«

»Das gilt nicht für meine Söhne. Sie achten die Autorität.«

Vee dachte an die Episode mit dem Epoxidkleber und an die lateinischen Sprüche in der Toilette, aber sie sagte ruhig: »Ich bin sicher, daß deine Söhne genausoviel Achtung vor dir hätten, wenn du nur ein einfacher Anwalt wärst.«

»Glaubst du wirklich?«

»Ich bin fest davon überzeugt.« In Vees Mund war der schwache, metallische Geschmack von Ironie, aber sie schluckte ihn schnell herunter. Schließlich würde die Phase der Epoxidkleber und der Graffiti bald überstanden sein, und Thatcher würde alle sechsundzwanzig Zusatzartikel auswendig können, und sie würden ein glückliches und zufriedenes Leben leben. *Und ich werde Königin von Rumänien.*

»Oliver, bevor du auflegst, wollte ich dir noch schnell sagen, daß die Jungen und ich dich immer lieben werden, ganz egal, wie sich die Dinge entwickeln.«

Es herrschte Schweigen. Dann sagte er: »Tut mir leid, ich war eben nicht ganz da. Was hast du gesagt?«

»Nichts. Sieh lieber zu, daß du wieder zu dir kommst.«

»Ich muß Schluß machen. Dank dir für den Anruf.«

»Ich habe dich nicht angerufen, sondern du mich.«

Aber die Leitung war schon tot. Langsam und traurig stellte sie den Apparat auf den Schreibtisch zurück. Sie konnte nicht anders als Oliver zu lieben, aber sie behielt sich auch das Recht vor, ihn gelegentlich für einen verdammten Narren zu halten.

Es war ein langer Nachmittag. Das Gericht vertagte sich erst, als es schon fast sechs Uhr war. Die Zeit zwischen der Nachmittagspause und dem Ende der Sitzung ging damit hin, den Geschworenen alle in den von Donnelly als Beweisstücke vorgelegten zehn Büchern markierten Fotografien vorzuführen. Sie waren in Obduktionssälen im ganzen Lande aufgenommen worden und zeigten allesamt Frauen, die erwürgt worden waren – eine Prostituierte in Omaha, Nebraska; zwei Schwestern in Brownsville, Texas; eine Hausfrau in Visalia, Kalifornien; eine weitere in Bend, Oregon; eine Krankenschwester in Chicago; eine Kellnerin in Atlanta; eine Politesse in Los Angeles; eine Dealerin in Miami; eine Zahntechnikerin in Albuquerque; eine englische Touristin in Philadelphia; und eine Immobilienmaklerin in New Orleans. Alle diese Bilder wurden auf eine große Leinwand projiziert, die der Gerichtsdiener herbeigeschafft hatte. Die Vergrößerung von den Druckstellen an Mrs. Phersons Hals blieb die ganze Zeit über daneben sichtbar. Alle auf die Leinwand geworfenen Bilder wiesen einen deutlichen Unterschied zu dem Foto von Mrs. Phersons Hals auf. Die Druckstellen ließen sich bei allen auf Grund des Eindrucks der Daumennägel als von Daumenkuppen verursacht identifizieren, nicht aber bei Mrs. Pherson.

Donnelly benutzte einen Zeigestock mit einer Gummispitze, um die Geschworenen bei jedem gezeigten Bild auf diesen Unterschied aufmerksam zu machen. Dann wurden noch einmal die Tonstücke bei den Geschworenen herumgereicht, und so war die Botschaft von Donnelly laut und deutlich zu vernehmen: Nach dem vorgelegten Beweismaterial hätten Lieutenant Sommerville oder Cully King all die gezeigten Opfer erwürgen können, nicht aber Mrs. Pherson, weil an ihrer Kehle keinerlei Eindrücke von Daumennägeln zu erkennen waren.

Owens Einsprüche waren schwach und wurden samt und sonders abgelehnt. Inzwischen machte er sich ernsthaft Sorgen, wußte er doch besser als jeder andere im Gerichtssaal, den Richter ausgenommen, daß Donnelly gar nicht beweisen mußte, daß Mrs. Pherson vom Seetang erdrosselt worden war. Ihm reichten begründete Zweifel der Geschworenen daran, daß Cully King Mrs. Pherson erwürgt hatte. Und daß solche Zweifel geweckt worden waren, das zeigten nicht nur die Gesichter der Geschworenen, sondern auch das von Lieutenant Sommerville.

Als sich das Gericht endlich auf den folgenden Morgen vertagt hatte, wartete Sommerville im Flur auf Owen.

»Ich dachte, Sie hätten so etwas gesagt, wie daß der ganz eindeutig schuldig sei, Mr. Owen.«

»Das ist er auch.«

»So sieht das im Augenblick aber gar nicht aus. Es wäre mir zutiefst zuwider, wenn ich an der Verurteilung eines Unschuldigen Anteil hätte.«

»Es besteht kein Grund zu Besorgnis«, sagte Owen säuerlich. »Was die Beweisaufnahme anbetrifft, so hätten Sie ebensogut auch als Zeuge der Verteidigung und nicht als meiner auftreten können.«

»Ich habe mein Bestes getan.«

»Danke. Inzwischen vergessen Sie aber nicht, daß Donnelly diese Bücher und Bilder ausgewählt hat. Es muß noch Hunderte von anderen geben, und ich werde sie finden.«

»Ich hoffe sehr, Sie rufen mich nicht noch einmal als Zeuge auf.« Sommerville nahm sein Schiffchen ab und wischte sich mit der Hand über die Stirn. »Mir graut immer vor solchen Bildern.«

»Niemand hat Freude daran«, sagte Owen. »Aber das sind wir Madeline Pherson, einem menschlichen Wesen, wohl schuldig.«

Im Gerichtssaal waren nur noch vier Personen zurückgeblieben, nämlich Cully King und Donnelly und der Gerichtsdiener, der an der Tür stand und mit dem Beamten sprach, der gekommen war, um Cully ins Gefängnis zurückzubringen.

»Das haben Sie toll gemacht«, sagte Cully zu Donnelly. »Das war recht überzeugend. Jetzt weiß ich auch, warum Sie mir gesagt haben, ich solle aufhören, meine Fingernägel abzukauen.«

»Ich habe Ihnen was gesagt?«

»Daß ich aufhören soll, meine Nägel abzukauen. Erinnern Sie sich nicht an den Abend, als Sie ins Gefängnis kamen, um ...«

»Ich kann mich an diese Episode überhaupt nicht erinnern.«

»Natürlich können Sie das. Sie kamen erst sehr spät. Ich erinnere mich genau.«

»Was immer Sie da ganz genau erinnern, werden Sie jetzt ganz schnell wieder vergessen.«

»Klar doch. Okay. Betrachten Sie's als vergessen.«

»Das Gespräch zwischen dem Anwalt und seinem Mandanten ist vertraulich, und das bedeutet streng geheim. Manchmal sickert aber doch etwas durch, gelegentlich durch Verschulden des Anwalts, weit öfter aber durch das Verschulden des Mandanten, wenn der nämlich etwas getrunken hat oder auf die eine oder andere Weise weich wird. Es ist nichts Unrechtes an dem, was ich Ihnen gesagt habe, oder auch an dem, was Sie daraufhin getan haben, aber es könnte unter Umständen doch als Versuch mißverstanden werden, die Wahrheitsfindung zu behindern. Ein so geschwätziger Kerl wie Sie könnte sich etwa einem netten harmlosen Zellengenossen anvertrauen, der einfach gern zuhört. Aber dieser Zellengenosse könnte ein Polizeispitzel sein. Was habe ich Ihnen also an jenem Abend gesagt, als ich ins Gefängnis kam?«

»Nichts.«

»Gut. Damit wäre das geklärt.«

»Nicht ganz«, sagte Cully. »Wie kommen Sie zu der Ansicht, daß ich ein geschwätziger Kerl bin?«

»Na, Sie und Miss Foster scheinen eine Menge zu haben, worüber sich reden läßt.«

»Ich hatte ihr nichts zu sagen.«

»Ihre Lippen haben sich aber bewegt. Ich gehe davon aus, daß jemand spricht, wenn sich seine Lippen bewegen. Ist das nicht eine begründete Annahme?«

»Ich hasse solche sarkastischen Besserwisser wie Sie.«

Cully stieß seinen Stuhl zurück, erhob sich und ging schnell zur Tür. Donnelly hörte, wie er den Aufseher begrüßte und mit diesem darüber scherzte, daß er sich verspätet und man nun den Gefängnisbus verpaßt habe.

»Da werden Sie also mal stilvoll reisen, Cully, mein Junge«, sagte der Aufseher. »Mit den Empfehlungen des Sheriffs, Sie kriegen 'nen ganzen Straßenkreuzer für sich.«

»Kann ich fahren?«

»Klar, wenn Sie 'nen Schlüssel haben.«

Cully lachte, und die beiden gingen hinaus.

Donnelly blieb lange am Anwaltstisch sitzen, den Kopf auf die Hände gestützt.

Die Stimme des Gerichtsdieners klang hohl in dem leeren Gerichtssaal. »Mr. Donnelly, wollen Sie denn nicht nach Hause gehen?«

»Ich bin ... nicht in Eile.«

»Nun, ich muß jetzt hier zusperren. Der Haupteingang ist bereits abgeschlossen. Wenn Sie gehen, benutzen Sie bitte den Nebeneingang des Sheriffs.«

»In Ordnung. Danke.«

Um dem Feierabendverkehr auf den Ausfallstraßen auszuweichen, fuhr Donnelly durch die Innenstadt nach Hause. Er liebte diese Straßen und er kannte sie genau. Als er noch neu hier gewesen war, war er in der Mittagspause im Stadtzentrum umhergewandert wie ein Tourist, und nach fünfundzwanzig Jahren fühlte er sich noch immer wie ein Tourist, der den Vorzug genoß, eine Stadt besuchen zu dürfen, deren Hauptstraße bis zum Meer hinunter führte. Sonst waren überall ringsum Berge, deren Farben sich in jeder Stunde und in jeder Jahreszeit veränderten – von Grün und Grau zu Rosa und Violett, und manchmal im Winter auch zu Weiß. An bedeckten Tagen verschwanden die Berge vollkommen, und die Stadt wurde dann zu einer Bühne ohne Prospekt, wobei der eindrucksvollste Teil der Bühnenausstattung das Gerichtsgebäude war. Sein reinweißer Turm war Symbol der Wahrheit und Gerechtigkeit, und die massige Glocke darin verkündete die Stunden und ihre Botschaft: *Achte, mein Sohn, der Zeit und fliehe das Böse.*

Als er um halb acht zu Hause ankam, war nur Mrs. Killeen da. Sie kam ihm entgegen, als er, von der Garage aus, das Haus durch den Seiteneingang betrat.

Ihre Begrüßung war bezeichnend: »Ich nehme an, Sie möchten ein Abendessen haben.«

»Dieser Gedanke war mir irgendwie gekommen.«

»Ich habe in einer halben Stunde dienstfrei. Warum schicken Sie nicht jemand, eine Pizza holen?«

»Ich mag keine Pizza.«

»Jeder mag Pizza.«

»Ich nicht.«

Mrs. Killeen zog ihre Armbanduhr zu Rate. »Laut Vertrag bleiben mir noch dreiundzwanzig Minuten. Ich denke, ich kann im Mikrowellenherd noch etwas machen. Wie wär's mit einer gebackenen Kartoffel und Lammkoteletts?«

»Hervorragend. Ich esse im Arbeitszimmer.«

»Und denken Sie dran, geben Sie meinem Hund ja nichts von den Knochen. Sie verträgt das nicht.«

»Ich denke, ich werde das behalten können«, sagte Donnelly. »Hat das Krankenhaus wegen meiner Frau angerufen?«

»Nein. Im Westen nichts Neues.« Mrs. Killeen wandte sich zum Gehen, änderte dann aber ihre Absicht. »Sie haben wahrscheinlich noch nie eine Pizza probiert.«

»Ich habe Pizza probiert und ich mag sie nicht.«

»Na schön, aber schieben Sie nicht mir die Schuld zu, wenn was schief geht. Die Köchin hat heute ihren freien

Abend, und die Aushilfe hat angerufen, daß sie zu einer Beerdigung muß. Und ich hab ihr gesagt, versuchen Sie die Masche bei mir nicht noch mal, sonst ist die nächste Beerdigung, zu der Sie gehen, Ihre eigene.«

»Sie haben eine echte Sprachbegabung, Mrs. Killeen.«

Er ging nach oben, duschte, zog sich Schlafanzug und Bademantel an und kam wieder herunter in sein Arbeitszimmer, das neben dem Eßzimmer lag. Es war acht Uhr drei, und entsprechend ihrer Ankündigung und ihres Vertrages war Mrs. Killeen nicht mehr im Dienst. Sie hatte aber das Tablett mit seinem Abendessen neben den Ledersessel gestellt, der vor dem Fernseher stand.

Neben dem Teller lag ein Zettel, der bewies, daß Mrs. Killeen auch *in absentia* noch das letzte Wort zu haben wußte: »Waren keine Backkartoffeln und Lammkoteletts mehr da. Mußte was anderes machen. Pizza wäre besser gewesen. S. K.«

Auf dem Teller waren Kartoffelbrei, Spargel und Schweinekoteletts. Der Kartoffelbrei schmeckte nach Pappe, der Spargel kam aus der Dose und hatte etwas von dieser mitgebracht, und die Schweinekoteletts waren zäh. Aber der Kaffee war frisch und heiß und auch das Baguette.

Als er mit dem Essen fertig war, rief er das Krankenhaus in Long Beach an und hörte, nachdem er die richtigen Kanäle benutzt hatte, Zans Stimme am anderen Ende der Leitung.

»Zan, hier ist Charles.«

»Ich weiß. Man hat's mir gesagt.« Sie klang müde und gereizt, aber beherrscht.

»Wie geht es dir, Zan?«

»Was kümmert dich das?«

»Du mußt nicht mit mir reden, wenn du nicht magst.«

»Doch, tu ich. Sie haben mir doch gesagt ›Sei ein braves Mädchen und red mit deinem Mann.‹ Würde ich sagen ›Mit was für einem Mann?‹, dann würden sie mir vorwerfen, ich hätte Gedächtnisschwund oder wäre unvernünftig, und irgend so ein junger Doktor würde daherkommen und mich fragen ›Erinnern Sie sich nicht daran, daß Sie verheiratet sind, Mrs. Donnelly?‹ Weißt du, was ich am liebsten darauf antworten würde? ›Ich erinnere mich, daß ich, wie eine Braut gekleidet, zu einer Hochzeit ging, aber mich daran erinnern, daß ich verheiratet bin, kann ich nicht.‹ «

»Verheilen deine Handgelenke?«

»Was kümmert denn dich das?«

»Ich wollte nicht, daß du stirbst. Der Tod wäre keine Lösung.«

»Das Leben löst auch nicht viel mehr«, sagte sie. »Schau, warum läßt du mich nicht einfach mal eine ganz lange Zeit in Ruhe, und ich dich? Ich werde schon fertig werden mit dem, was mich quält, ich werde darüber wegkommen. Aber du wirst niemals loswerden, was dir zu schaffen macht. Da steckst du drin fest, Charles. Hörst du mich, Charles? Hörst du mir zu? Da *steckst du drin* für den Rest deines Lebens.«

Er antwortete nicht. Es gab nichts zu sagen. Er stellte den Apparat auf den Tisch zurück, als sei er zu schwer geworden, um ihn noch länger in der Hand zu halten. Aber selbst aus einer Entfernung von einem Meter konnte er ihre Stimme noch laut und deutlich hören: »Wenn ich wieder gesund bin, komme ich nach Hause. Es ist mein Zuhause, es gehörte meinen Eltern, und ich will dich da nicht mehr sehen, wenn ich zurückkomme. Du mußt da raus. Hörst du, Charles? Scher dich raus aus meinem Haus!«

Er sah sich im Zimmer um. Es gab darin nichts, nichts in irgendeinem anderen Teil des Hauses, von dem er sich nicht hätte trennen können, ohne sich auch nur ein einziges Mal umzudrehen. Ihm war, als hätte er nie dort gewohnt.

Er dachte an ein Gedicht, mit dem ihn einer seiner jugendlichen Mandanten – wenigstens teilweise – für seine anwaltlichen Bemühungen entlohnt hatte, ein Poet, der in sehr unpoetischer Weise Gelder seines Arbeitgebers unterschlagen hatte. Damals hatte Donnelly das Gedicht nicht verstanden, aber jetzt kam es ihm plötzlich in den Sinn:

Wer nahm uns denn die Sterne fort?
Was ist nur mit dem Mond geschehen,
den Blumen, daß sie ach so schnell vergehen?
Werd denn je ich wieder lieben?
Werden Bäum' und Blumen wieder sein,
Mond und Sterne neu erscheinen?
Ich bin müde. Ach, sag nein.

Harry hatte sich im winzig kleinen Vestibül des Motels die Abendnachrichten angesehen. Eine Stunde später stellte er den Apparat ab und sagte zu dem jungen Schwarzen hinter dem Empfangstresen: »Passiert eigentlich nie was Gutes auf dieser Welt?«

Der junge Mann riß seine Blicke von dem Rennbericht los, den er gerade studierte. »Wenn Ihnen nich gefällt, was auf der Welt so geschieht, dann springen Sie doch ab.«

»Und von wo soll ich springen?«

»Vom Rand.«

»Die Welt hat doch gar keinen Rand.«

»Dann sieht's so aus, als säßen Sie hier fest wie wir andern alle auch.«

Dieser Gedanke machte Harry hungrig. Er lief die Hauptstraße zwei Blocks hinauf bis zu einem Imbißstand und kaufte dort eine Tüte mit gebratenen Hähnchenteilen. Dann holte er vom Verkaufsschalter einer Großbäckerei, wo man Backwaren, die schon einige Tage alt waren, zum halben Preis bekam, eine Tüte Sauerteigbrötchen und eine Schachtel Krapfen.

Als er in das Motelzimmer zurückkehrte, schlief Richie immer noch auf dem Bett. Der langärmelige Pullover, den er anläßlich seiner Zeugenaussage am Morgen getragen hatte, war über eine Stuhllehne geworfen, und er trug wieder sein hautenges T-Shirt, das seit ihrer Ankunft in Kalifornien zu seiner Uniform geworden war. Im Schlaf sah er sehr jung und sehr unschuldig aus, und Harry dachte bei sich, daß dies wohl eines der guten Dinge war, die sich in der Welt ereignet hatten – sein Junge, der Richie.

Harry rüttelte ihn sanft an den Schultern. »Richie, wach auf. Komm, laß uns was zu Abend essen.«

Richies Augen öffneten sich zwar, aber sonst war keine Bewegung zu verzeichnen.

»He, Sohn, komm und iß was.«

»Ich hab keinen Hunger.«

»Ich hab dich noch nie sagen hörn, du hättest keinen Hunger. Sieh mal her, gebratenes Hähnchen, Krapfen, Brötchen, lauter gute Sachen.«

»Ich mag nichts«, sagte Richie. »Ich hab heute nachmittag ein paar Bierchen getrunken.«

»Also, Augenblick mal. Du bist noch viel zu jung, um Bier zu trinken.«

»Ich seh alt genug aus.«

»Einen Dreck tust du. Du siehst wie 'n fünfzehnjähriger Junge aus. In diesem Staat ist's erst gesetzlich erlaubt zu trinken, wenn man einundzwanzig is. Das sind noch sechs Jahre hin. Zeig mir den Kerl, der dir das Zeug verkauft hat, und ich laß ihn festnehmen.«

Richie aber starrte bloß mit jenem mürrischen Ausdruck zur Decke, der genauso zu seiner Teenageruniform zu gehören schien wie das enge T-Shirt und die eingelaufenen Jeans.

Harry wußte, daß es keinen Zweck hatte, mit ihm zu reden, und deshalb setzte er sich hin und aß drei Stücke von den Hähnchenteilen und ein Brötchen – und dann aß er noch drei Hähnchenteile und noch ein Brötchen und vier Krapfen.

Schließlich meinte Richie: »Du ißt das jetzt wohl *alles*?«

»Wieso nich? Es ist ja keiner da, der was abhaben will.«

»Ich hätt nichts dagegen, auch mal 'n Stück zu probieren.«

»Bedien dich.«

Richie aß stehend am Fenster und beobachtete den Verkehr auf dem Boulevard und die durch den Nebel gedämpften Lichter am Jachthafen. Er fühlte sich krank, nicht vom Bier – er hatte nur eine Dose gekauft und die nicht mal ganz ausgetrunken – sondern vor Angst und Unschlüssigkeit. Immer wieder griff wie mit eiserner Hand ein Krampf nach seinem Magen.

»Wie kommt's eigentlich, daß du gar nich mehr mit mir redest?« fragte Harry.

»Ich red doch. Ich rede jetzt.«

»Nich wie in alten Zeiten. Du hast immer am Hafen auf mich gewartet, wenn wir von 'nem Job zurückkamen. Und dann haste losgeredet und mir alles erzählt, was dir im Kopf rumspukte.«

»Ich war damals halt noch 'n Kind.«

»Du bist immer noch eins, oder du hättest mehr Verstand und würdest die Hosen da nich anzieh'n, die so eng sind, daß se dir die Eier abquetschen. Die werden zusammenschrumpeln wie'n paar Walnüsse. Dabei hattest du immer gute Eier, das haste von mir.«

»Alle tragen die so.«

»Alle *hier*.« Harry betonte das Wort, als sei damit ein Ort bezeichnet, an dem die Menschen in der Sonne lagen und sich unzüchtigem Tun hingaben und nie zur Arbeit gingen. »Ich hätt' dich nich mit hernehmen solln.«

»Du hast mich nicht hergebracht. Cully war das.«

»Es war meine Idee. Ich dachte, dir könnte die Erfahrung nützen. Ich wußte ja nich, was für 'ne Erfahrung du machen würdest. Aber ich hätt's vorhersehen können. Ein Freund von mir hat mir davon erzählt, wie alle die Verrückten nach Westen zogen und dann, als es nich mehr weiterging, anhalten mußten, und das war Kalifornien.«

»Ja, ja, ja.«

»Was haste gesagt?«

»Ich hab dir zugestimmt.«

»Nein, haste nich. Du hast klug dahergeredet. Ein Sohn sollte nich schlauer sein wolln als sein Vater.«

Wieder preßte die eiserne Hand Richies Magen zusammen. »Laß mich in Ruhe.«

»Was ist eigentlich neuerdings mit dir los? Du führst dich auf, als wenn du deinen besten Freund verlieren würdest.«

Richie ging ins Bad und schloß die Tür hinter sich.

Harry aß den Rest der Hähnchenteile und der Brötchen und alle Krapfen bis auf zwei, die er für das Frühstück beiseite legte. Er hörte die Toilettenspülung und dann sehr lange das Wasser am Waschbecken laufen. Als Richie wieder herauskam, waren seine Augen so rot, als sei Seife hineingekommen.

»Ich geh mal spazieren«, sagte er.

»Wart einen Augenblick, dann geh ich mit.«

»Nein.«

»Ich hab noch 'ne bessre Idee. Warum bleiben wir nich

zu Hause und sehn uns was im Fernsehn an? Da gibt's 'n guten Film, wirklich lustig, hab ich schon mal gesehn. Man lacht sich tot.«

»Mir ist nicht zum Lachen.«

Harry unternahm noch einen Versuch. »Du bist ja barfuß. Wieso haste deine Schuhe vergessen?«

»Ich brauch keine.«

»Und was ist, wenn de auf 'ne Glasscherbe trittst und 'ne Blutvergiftung kriegst?«

»Dann verreck ich eben, was soll's?«

»Das is doch Unsinn.«

»Nun mach mal 'ne Pause, ja?«

»Okay, geh, wohin du willst, aber um zehn biste zurück.«

»Wieso?«

»Weil ich dir's sage.«

»Das macht's noch nicht zum Staatsgesetz.«

»Nee, das is nur 'ne alte Familiensitte. Der Vater gibt die Befehle, und die Kinder gehorchen ihm.«

»Warum kommst du eigentlich dauernd mit diesem Familienkram?«

»Einige Söhne«, sagte Harry düster, »müssen halt daran erinnert werden.«

»Schon geschehen.«

»Zehn Uhr.«

»Okay, Okay.«

Er ging zur Tür, langsam und zögernd, als wolle er aufgehalten werden. Aber Harry sagte nichts mehr, und so ging der Junge hinaus. Er wußte nicht, ob er um zehn oder um zwölf oder überhaupt irgendwann zurück sein würde.

Donnelly wurde von harmonischem Glockengeläute geweckt. Da er häufig zu den unmöglichsten Nachtstunden Telefonanrufe erhielt, hatte er die schrille Klingel durch ein Glockenspiel ersetzen lassen. Mit der Veränderung des Geräusches war allerdings keine Veränderung seiner Reaktionen Hand in Hand gegangen. Er erwachte noch immer mit einem plötzlichen Adrenalinstoß und einem Aussetzen des Herzschlags.

Es war Gunther.

»Charlie, wollen Sie mal raten, wo ich stecke?«

»Nein.«

»Ich sag's Ihnen trotzdem. Ich bin im Bezirksgefängnis.«

»Ich nehme an, daß Sie mir auch sagen werden, wie Sie dort hineingekommen sind.«

»Wenn Sie darauf bestehen. Ich war mit dieser Biene aus, aber es war nicht allzu lustig. Alles in allem gesehen. Um die Sache so ein bißchen in Schwung zu bringen, stellte ich den Polizeifunk an und hörte diesen Burschen in der Einsatzzentrale von einem EAFT im Hafen reden, auf einem Boot mit Namen *Bewitched*. EAFT, das ist das, was die Polypen hier ›Einbrecher auf frischer Tat‹ nennen. Wissen Sie, die Leute, die immer die Funksprüche der Polente abhören, die fanden schon vor langer Zeit heraus, was die einzelnen Codenummern bedeuteten, und da haben die auf Buchstaben umgestellt.«

»Wie schlau.«

»Also habe ich die Dame mit dem Taxi nach Hause geschickt – Sie finden die Quittung bei meiner Spesenabrechnung – und bin runter zur *Bewitched* gefahren. Und nun raten Sie mal.«

»Ratespiele um halb drei Uhr nachts sind gar nicht lustig, Billy Boy.«

»Na gut. Dann sag ich's Ihnen eben. Der Einbrecher von dem EAFT war der Knabe da. Der Richie Arnold. Er umging die Wache dadurch, daß er zur *Bewitched* rausschwamm und an Backbord an Deck kletterte. Komisch, ich hatte mir eingebildet, die wären ganz versessen darauf gewesen, die ganze Zeit über auch eine Wache auf dem Boot zu lassen, aber offensichtlich war da keine. Der Posten am Kai hörte ein Geräusch, ging dem nach und stieß auf unseren Knaben Richie.«

»Was machte der?«

»Als ich rauskam, saß er hinten in einem Streifenwagen, in eine Decke gehüllt. Die Bullen wollten nichts sagen, da bin ich ihnen bis hierher nachgefahren.«

»Ist er formell in Haft genommen worden?«

»Nein. Da gibt's irgend so 'ne Regelung von wegen Jugendlicher und außerdem noch unentbehrlicher Zeuge beim Prozeß. Aber der Junge will einen Anwalt haben. Die Kinder sehn heute so viele Filme im Fernsehen, daß selbst ein Erstklässler, der beim Schuleschwänzen erwischt wird, nach einem Anwalt verlangt.«

»Haben Sie ihm einen besorgt?«

»Das tu ich doch grade«, sagte Gunther. »Er hat nach Ihnen verlangt.«

»Warum das denn?«

»Weil Sie der Anwalt von Cully King sind.«

»Hat ihm denn keiner erklärt, daß ich nicht auf zwei Hochzeiten tanzen kann?«

»Niemand erklärt irgend jemand irgend etwas. Aber ich

kann Ihnen sagen, da liegt was in der Luft, ob gut oder schlecht, das weiß ich nicht, und ich glaube auch nicht, daß die's wissen.«

»Was trieb der Junge eigentlich auf der *Bewitched*?«

»Klauen.«

»Was klauen?«

»Auch das scheint niemand zu wissen. Soweit ich sehen konnte, war's irgendwas, was in ein Stück schmutziges Segeltuch eingewickelt war, vielleicht war's auch ein Seesack. Was auch immer in dem Sack drin ist, es muß was sehr Wichtiges sein, weil sie den Staatsanwalt und sogar den Richter gerufen haben. Ich meine, Sie sollten besser auch mal herkommen.«

»In Ordnung.«

»Soll ich auf Sie warten oder kann ich nach Hause?«

»Bleiben Sie noch da.«

»Ich brauch auch mal Schlaf.«

»Es gibt Wissenschaftler, die glauben, daß man den Menschen so trainieren kann, daß er völlig ohne Schlaf auskommt. Betrachten Sie dies als die einmalige Gelegenheit, mit dem Üben anzufangen.«

Als Donnelly im Gefängnis eintraf, verschwendete er keine Zeit damit, Fragen zu stellen, die doch nicht beantwortet werden würden. Er verlangte lediglich danach, seinen Mandanten zu sprechen, wobei er den Zeitpunkt weder begründete noch entschuldigte. Selbst um drei Uhr morgens war das Nachrichtensystem des Gefängnisses voll betriebsbereit. Als Cully ins Sprechzimmer geführt wurde, waren seine Augen weit geöffnet und wachsam.

Er sagte: »Was ist los?«

»Ich dachte, das könnten Sie mir sagen.«

»Ich hab gehört, daß da 'n Junge aufgegriffen worden ist, weil er was von einem Boot im Hafen gestohlen hat. Es wurden keine Namen genannt, aber irgendwie könnte ich mir denken, daß es die *Bewitched* war, und der Junge vielleicht Richie Arnold. Was hat er geklaut?«

»Was haben Sie denn gehört?«

»Daß es ein alter Seesack war.«

»Mit was drin?«

»Jemand sagte, er wär noch nicht aufgemacht worden. Sie warteten noch auf den Staatsanwalt und den Richter.«

»Wissen Sie, was in dem Sack drin ist, Cully?«

»Ich hab gehört, daß es 'ne Segeltasche sein soll. Dann sind wahrscheinlich Segel drin.«

»Erscheint es Ihnen wahrscheinlich, daß ein Junge mit Richies Geistesgaben zur *Bewitched* rausschwimmen und sich dem Risiko einer Festnahme aussetzen würde, nur um eine Segeltasche zu stehlen?«

»Das erscheint nicht sehr wahrscheinlich, nein.«

»Aber was dann?«

Cully wandte sich mit einem übertriebenen Achselzukken ab, welches Donnellys Frage ebensogut beantwortete, wie es Worte vermocht hätten.

»Sie kennen Richie schon sehr lange«, sagte Donnelly, »und ich kenne ihn erst seit kurzer Zeit, aber uns ist beiden klar, daß er schon irgendwelche gewichtigen Gründe haben muß, wenn er so was Blödes macht. Haben Sie eine Ahnung, was das für Gründe sein könnten?«

»Woher so-sollte ich?«

Das leichte Stottern bekräftigte Donnellys Verdacht, daß Cully erschrocken und unberechenbar war. Es war unbedingt erforderlich, den Staatsanwalt daran zu hindern, daß er Cully unter vier Augen zu irgend etwas befragte, und sei es zum Wetter. Donnelly wußte schon lange, daß auch der gerissenste Gauner der Welt über die allereinfachste Tatsache stolpern konnte – nämlich über die, daß ein Wort zum anderen führte.

»Und was kommt jetzt?« fragte Cully.

»Als nächstes wird Mr. Owen oder einer seiner Handlanger versuchen, etwas aus Ihnen herauszuholen, ob Sie nun was zu bieten haben oder nicht. Wenn Sie ein paar Fragen beantworten und andere nicht, dann wird man eben alles in einen Computer eingeben, um auch das Fehlende herauszubekommen. Wenn Sie deshalb gar keine Fragen beantworten, dann haben die auch nichts, womit sie einen Computer füttern könnten. Also, ob er nun fragt ›Wie geht es Ihnen?‹ oder ›Haben Sie Madeline Pherson umgebracht?‹, antworten Sie immer ›Dem Rate meines Anwalts folgend, möchte ich mit aller gebotenen Höflichkeit die Beantwortung dieser Frage verweigern.‹ Verstanden?«

»Ja.«

»Nun, wie geht's Ihnen? Wie gefällt es Ihnen in Santa Felicia?«

»Dem Rate meines Anwalts folgend, möchte ich mit aller gebotenen Höflichkeit die Beantwortung dieser Frage verweigern.«

»Irgendwelche Klagen über Ihre Behandlung hier im Gefängnis?«

»Dem Rate meines Anwalts folgend, möchte ich mit aller

gebotenen Höflichkeit die Beantwortung dieser Frage verweigern.«

An der Zellentür erschien einer der diensthabenden Aufseher in Begleitung eines jungen Polizisten, der noch neu und nervös aussah. Sogar seine Stimme war brüchig wie die eines Jungen in der Pubertät: »Mr. O'Donnell?«

»Donnelly.«

»Verzeihung, Sir. Mr. O'Donnelly, Seine Ehren, Richter Hazeltine, haben von Ihrer Anwesenheit erfahren und den Wunsch erkennen lassen, mit Ihnen im Anhörungszimmer zu sprechen, sobald Ihre Zeit Ihnen dies erlaubt.«

Der Justizbeamte lachte und sagte: »So reden die auf der Polizeischule daher. Das alles bedeutet ganz einfach ›Nun aber mal dalli.‹ Toll, was?«

Der Anhörungsraum war ein kleinerer Raum, der für besondere psychiatrische Gespräche oder auch für die Anhörung von Jugendlichen bestimmt war, die im Rahmen einer öffentlichen Sitzung durchzuführen nicht sinnvoll erschien. Die Klimaanlage war aus Gründen der Energieersparnis über Nacht abgeschaltet worden, und es roch nach gestreßten Menschen und nach etwas weitaus genauer zu Bestimmendem, nämlich nach Schimmel. Dieser Geruch entströmte einer Segeltuchtasche, die auf dem Tisch lag, der gleichsam das Zentrum der Bühne bildete. Neben der Tasche lag eine grüne Lederschatulle, die Flecken von Öl, Salzwasser und graugrünem Schimmel aufwies. Nur das doppelte Stahlschloß war noch nicht vom Lauf der Zeiten und Gezeiten gezeichnet.

Im Raum befanden sich etwa ein Dutzend Holzstühle mit geraden Lehnen, und dort saßen Staatsanwalt Owen, sein erster Assistent Leo Bernstein, Richter Hazeltine und Gunther. Als Donnelly eintrat, erhob sich der Richter und trat hinter den Tisch. Trotz der frühen Stunde war sein Blick wach, und er war sehr lebhaft, als habe die unerwartete Wendung der Ereignisse sein Interesse geweckt. Seine Stimme war ganz klar.

»Diese etwas unorthodoxe Versammlung ist einberufen worden, um sowohl der Anklage als auch der Verteidigung gegenüber Fairneß walten zu lassen. Der grünen Lederschatulle vor mir auf dem Tisch ist im Laufe des Verfahrens einige Aufmerksamkeit zuteil geworden. Deshalb erschien es mir wichtig, sie so zu belassen, wie sie gefunden wurde, anstatt das Schloß aufbrechen oder anderweitig gewaltsam öffnen zu lassen. Zu dieser Stunde ist ja auch kein erfahrener Schlosser aufzutreiben, weshalb ich vorschlage, daß wir die Öffnung der Schatulle bis zum Zusammentreten des Gerichts morgen früh verschieben. Wären Sie damit einverstanden?«

Donnelly schüttelte den Kopf. »Nach dem Paragraphen über die Offenlegung prozeßwichtiger Beweismittel habe ich das Recht, alle gegen meinen Mandanten aufgebotenen Beweise zu sehen, bevor sie dem Gericht vorgelegt werden.«

»Das trifft doch hier gar nicht zu, weil die Schatulle von der Anklagevertretung nicht als Beweisstück vorgelegt wird. Augenblicklich weiß ja niemand, ob der Inhalt eher der Anklage oder der Verteidigung von Nutzen ist. Haben Sie dazu noch Fragen?«

»Ja, Sir«, sagte Donnelly. »Wo ist die Schatulle eigentlich gefunden worden?«

»Richie Arnold hatte sie bei sich.«

»Und wo hat er sie gefunden?«

»Offensichtlich irgendwo auf dem Boot.«

»Das ist doch unmöglich«, sagte Owen. »Meine Leute haben das ganze Schiff vom Bug bis zum Heck Meter um Meter durchsucht.«

»Offenbar haben sie dabei ein paar Zentimeter übersehen«, sagte der Richter. »Also, was in dieser Nacht oder besser an diesem Morgen passiert ist, bringt uns in gewisse Schwierigkeiten. Man hat mich ja vor allem wegen der rechtlichen Implikationen unverzüglich über das Geschehen informiert. Wir haben hier nun einen Jugendlichen, der dabei erwischt worden ist, wie er einen Gegenstand von einem Boot stahl. Da Jugendliche nicht gegen Kaution auf freien Fuß gesetzt werden können, werden sie, je nach Schwere des Vergehens, entweder in Jugendarrest genommen oder nach Hause geschickt. Unter normalen Umständen wäre Richie jetzt längst wieder bei seinem Vater. Aber die Umstände sind nun einmal nicht normal. Zum einen ist er Zeuge bei einem Mordprozeß, und zum anderen könnte das Motiv für diesen Mord da vor mir auf dem Tisch liegen. Wir haben es deshalb hier nicht einfach mit einem Kind zu tun, das Radkappen geklaut hat, sondern mit einem Zeugen der Anklage, der ein wesentliches Beweisstück gestohlen und damit die Wahrheitsfindung seitens des Gerichts behindert hat.«

»Das hängt doch davon ab«, sagte Donnelly, »ob er gewußt hat, was er da stiehlt, oder nicht.«

»Das muß er gewußt haben, denn sonst hätte er's ja nicht gestohlen.«

»Aber wie? Er war nicht im Gerichtssaal anwesend und hat folglich keinerlei Zeugenaussagen mit angehört. Sein Vater, der vor ihm im Zeugenstand war, ist wie alle anderen Zeugen auch ermahnt worden, mit niemandem über den Fall oder über seine Aussage dazu zu sprechen.«

»Die Sache stand in den Zeitungen und wurde auch im Fernsehen und im Radio gebracht.«

»Hat er zugegeben, daß er wußte, was in der Schatulle war?«

»Nein«, sagte der Richter. »Eigentlich hat er überhaupt nichts gesagt – nur, daß er einen Anwalt und einen Hamburger haben möchte. Die Sache mit dem Hamburger ist einfach, die mit dem Anwalt nicht. Er möchte Sie haben, Mr. Donnelly. Ich weiß nicht so recht, was das bedeuten soll. Haben Sie da vielleicht eine Theorie?«

»Nein. Mir fällt aber dazu ein, daß er, da er ja fremd ist hier, vielleicht einfach keinen anderen Anwalt mit Namen kennt.«

Das war eine schlagfertige und einleuchtende Antwort. Der Richter kaufte sie Donnelly zwar nicht ab, hatte aber selbst keine andere parat, die er an ihre Stelle hätte setzen können. Er kannte Richie nicht gut genug, um in der Lage zu sein, dessen Intelligenz abzuschätzen. Wie oft war er wohl um den Block geschlichen und was hatte er alles auf seinem Wege aufschnappen können?

Der Richter wandte sich an den Staatsanwalt: »Ist Richie Arnold schon jemals wegen Diebstahls festgenommen worden?«

»Mir ist von irgendwelchen Vorstrafen nichts bekannt.«

»Ist Ihnen nichts bekannt, weil es keine gibt oder weil Sie

sich nicht um eine entsprechende Information bemüht haben?«

»Das erschien mir kaum erforderlich zu sein. Er ist doch sozusagen nur ein Nebenzeuge.«

»Mir erscheint es aber sehr wohl erforderlich. Ist der Junge schon je bei einem Diebstahl erwischt worden, und wenn ja, was war's? Radkappen oder Juwelen? Videobänder oder Cadillacs?«

»Ich nehme an, wir brauchen da nur ihn selbst zu fragen«, sagte Owen. »Wo steckt er?«

»In einer Zelle für Untersuchungshäftlinge, wo er wahrscheinlich gerade einen Hamburger verzehrt.«

»Vielleicht könnte man ihn mal herholen und auf der Stelle befragen. Könnte sein, daß es ihm leichter fällt, in dieser etwas ungezwungeneren Atmosphäre Rede und Antwort zu stehen. Ich habe selbst drei Söhne und weiß, wie wichtig die richtige Atmosphäre, der richtige Ton ist.«

Keiner der Anwesenden zeigte sich beeindruckt. Die Owenschen Söhne hatten es in Gerichtskreisen langsam zu einer gewissen Bekanntheit gebracht.

»Richie Arnold hat seinen Unwillen, Fragen zu beantworten, deutlich zu verstehen gegeben«, sagte der Richter. »Wenn wir ihn hier verhören würden, dann wäre das, ungeachtet aller Ungezwungenheit von Atmosphäre und Ton, eine Verletzung seiner Rechte. Ich schlage vor, daß wir uns alle nach Hause begeben und die Nacht auf konventionellere Art und Weise beenden. Wir treffen dann heute früh im Gericht wieder zusammen. Sind Sie damit einverstanden, meine Herren? Mr. Owen? Mr. Donnelly? Mr. Gunther, was wollten Sie sagen?«

Gunther setzte sich kerzengerade im Stuhl auf, und eine der hölzernen Stuhlleisten quietschte, was wie ein eigentümlich menschlicher Protest klang.

»Mr. Gunther, möchten Sie irgendwelche Einwände gegen meinen Vorschlag erheben?«

»Aber nein, Sir. Ich bin sehr einverstanden damit, sehr, sehr einverstanden.«

»Das sind ein paar ›sehrs‹ zuviel. Drei, um genau zu sein. Man kann einverstanden sein oder nicht einverstanden. Die Verwendung eines modifizierenden Adverbs wie ›sehr‹ ergibt keine sinnvolle Variante.«

»Tut mir leid, Sir.«

»Dann sehe ich Sie also demnächst wieder, meine Herren.«

Donnelly wartete auf dem Parkplatz auf Richter Hazeltine. Der Richter ging pfeifend auf seinen Wagen zu. Es war angesichts der Zeit und des Ortes ein seltsames Geräusch – als sänge ein Vogel in der Nacht.

»Kann ich Sie noch einmal ganz kurz sprechen, Euer Ehren?«

»Nur zu.«

»Wenn für Richie ein öffentlicher Verteidiger bestellt werden muß, könnte es zu erheblichen Verzögerungen kommen, bis einer dieser Herren endlich zur Verfügung steht. Die sind ja meist voll ausgebucht. Ich erbiete mich deshalb, Richie einen Anwalt zu bezahlen – selbstverständlich anonym. Und dies ausschließlich mit dem Ziel, die Dinge zu beschleunigen, damit wir diese ganze Geschichte hinter uns bringen.«

»Ist das wieder so eine von Ihren edlen Taten, Mr. Donnelly?«

»Das Gute tue ich für mich und für niemanden sonst. Ich möchte die Stadt so bald wie möglich verlassen.«

Die Augenbrauen des Richters stellten eine Frage, laut sagte er nichts.

»Das ist kein plötzlicher Entschluß. Ich habe vor, mich auf meine Ranch in Idaho zurückzuziehen.« Ein neuerliches Zucken der richterlichen Augenbrauen beantwortend, fügte Donnelly hinzu: »Ich denke dabei an einen Rückzug auf Dauer. Sollte bei dem verhandelten Fall eine Berufung notwendig werden, so kann das durch die Kanzlei Esterhaus und Lowry besorgt werden.«

»Geht Ihre Frau mit?«

»Nein.«

»Das tut mir leid.«

»Ihr tut's nicht leid und mir auch nicht. Sonst ist niemand da, der noch zu berücksichtigen wäre.«

Der Richter lehnte sich mit dem Rücken gegen die Motorhaube, die Arme verschränkt. »Wissen Sie, Donnelly, schon seit Jahren höre ich über Sie reden. Ich habe nie etwas darauf gegeben.«

»Vielleicht hätten Sie das tun sollen«, sagte Donnelly. »Gute Nacht. Warum eigentlich nicht?«

»Weil ich immer geglaubt habe, daß Sie Mut genug gehabt hätten, sich offen zu bekennen, wenn an den Gerüchten etwas dran gewesen wäre.«

»Da haben Sie sich geirrt«, sagte Donnelly.

Trotz einer so gut wie schlaflosen Nacht war Richter Hazeltine guter Dinge und eröffnete die Verhandlung pünktlich um zehn Uhr.

Er wandte sich an die Geschworenen.

»Meine Damen und Herren, wir sehen uns heute mit einer außergewöhnlichen Situation konfrontiert, mit der es auch auf außergewöhnliche Weise fertig zu werden gilt. Mrs. Phersons grüne Lederschatulle ist gefunden, aber noch nicht geöffnet worden. Da weder die Anklage noch die Verteidigung sie als Beweisstück akzeptierten will, solange ihr Inhalt nicht bekannt ist, nehme ich es auf mich, sie in Anwesenheit aller hier im Saal Versammelten öffnen zu lassen.

Mr. Lorenzen, der Schlosser, den ich hergebeten habe, hat mit dem Prozeß nichts zu tun, ist nicht Zeuge und wird nicht vereidigt. Als Nicht-Zeuge muß Mr. Lorenzen keinerlei Fragen beantworten. Sein Job ist es, die Schatulle so schnell wie möglich zu öffnen und dann wieder seinen Geschäften nachzugehen. Gerichtsdiener, würden Sie bitte Mr. Lorenzen hereinholen?«

Der Gerichtsdiener geleitete einen kleinen, lebhaften Mann in den Vierzigern vor den Richtertisch, der eine abgegriffene schwarze Tasche bei sich trug. Er nickte dem Richter zu, den er schon kannte, weil dieser die Angewohnheit hatte, sich aus seinem eigenen Auto auszusperren.

»Ihre Aufgabe ist es«, sagte der Richter zu Lorenzen, »die grüne Schachtel da auf dem kleinen Tisch für uns zu öffnen. Sie dürfen sie kurz untersuchen und Bemerkungen dazu machen, wenn Sie das wünschen, aber stellen Sie bitte keinerlei Fragen.«

»Das scheint eine Schmuckschatulle oder ein Kosmetikköfferchen zu sein, mit einem Überzug aus schönem, altem Leder. Offensichtlich ist die Schachtel Schmutzwasser ausgesetzt gewesen, das unter anderem auch Öl enthielt. Im Gegensatz zum Lederbezug ist das Schloß neu. Es ist aus rostfreiem Edelstahl und sehr viel solider als die kleinen Schlösser, die man normalerweise an Schmuckkassetten, Gepäckstücken oder ähnlichem findet. Aber selbst ein unerfahrener Anfänger könnte dies in ein paar Minuten aufkriegen.«

»Und ein erfahrener Schlosser?«

»Sieben Sekunden sollten reichen. Das ist eins von diesen Schlössern, die eher deshalb angebracht werden, damit sich der Besitzer sicher fühlt, als wirklichen Schutz zu bieten.«

Er entnahm seiner Tasche ein langes, schmales Werkzeug und führte es in das Schloß ein.

»Fünf Sekunden«, sagte Lorenzen. »Soll ich den Deckel aufmachen?«

»Nein, das möchte ich lieber selber tun. Sie können jetzt gehen. Ich danke Ihnen, daß Sie gekommen sind, Mr. Lorenzen.«

Der Richter wartete, bis Mr. Lorenzen den Gerichtssaal verlassen hatte, dann öffnete er den Deckel der Schatulle. Er trat zurück, um Owen und Donnelly die Möglichkeit zu geben, den Inhalt zu betrachten.

Owen blickte hin und wurde bleich. »Aber das ist ja Schmutz«, sagte er, »ganz einfach nur Schmutz.«

»Das ist kein Schmutz«, sagte Donnelly, »das ist Asche.«

»Was meinen Sie damit, Asche? Wie aus einem Kamin? Mein Himmel, Sie wollen doch nicht sagen, daß das da eine *Person* ist?«

»Ich glaube ja. Ich könnte das mit größerer Sicherheit sagen, wenn das Gericht und die Anklagevertretung keine Einwände dagegen hätten, daß ich die Asche mal mit der Hand berühre.«

Niemand erhob Einspruch, und so steckte Donnelly seine Hand in die Asche, wobei er seine Finger als eine Art Sieb benutzte. Er fand ein kleines Knochenstück und einen Zahn, einen Backenzahn, der böse verfärbt, aber noch identifizierbar war. Beide Funde reichte er dem Richter, der sie seinerseits an Owen weitergab.

Donnelly sagte: »Das ist, oder besser war, ein menschliches Wesen.«

Der Richter kehrte an seinen Platz zurück, klopfte mit dem Hammer auf den Tisch und verkündete eine zehnminütige Pause, in der er Owen und Donnelly zu sich in sein Amtszimmer bat.

Dort setzte sich der Richter in den Drehstuhl hinter seinem Schreibtisch. Er blickte zu der einäugigen Eule auf dem Bücherregal empor. Dann richtete er seinen Blick auf Owen.

»Ihrem Fall ist da wohl gerade das Wasser abgegraben worden, Mr. Owen.«

»Das glaube ich nicht.«

»Glauben Sie, daß ein Mann eine Frau wegen einer Schachtel voll Asche umbringen würde?«

»Er wußte ja nicht, daß da Asche drin war. Er dachte, es seien Juwelen drin.«

»Was hätte ihn zu dieser Annahme bringen sollen?«

»Sie hat's ihm gesagt.«

»Das paßt nicht zu einer Frau wie Mrs. Pherson.«

»Mrs. Pherson tat eine ganze Menge, was nicht zu ihr paßte.«

Der Richter entschied, Dr. Woodbridge in den Zeugenstand zurückzurufen, um sein Urteil zu der Frage zu hören, ob die Asche die eines Menschen sein könnte. Woodbridge war erst am Nachmittag verfügbar – eine weitere Verzögerung. Der Rest des Vormittages mußte folglich zur Pause erklärt werden. Donnelly sagte: »Ich beabsichtige, Euer Ehren zu bitten, die Klage gegen meinen Mandanten in allen Punkten abzuweisen.«

»Verschwenden Sie Ihren Atem nicht. Ich werde einen solchen Antrag abweisen.«

Dr. Woodbridge war der erste Zeuge des Nachmittages. Er durchwühlte die Asche mit den Händen, die Finger als eine Art Sieb einsetzend. Er kam zu dem Ergebnis, daß die Asche das war, was von einer kleinen, zierlichen Person übriggeblieben war. Zusätzlich zu dem Backenzahn und dem Knochenstück, die Donnelly gefunden hatte, förderte er nämlich ein weiteres Stück Knochen sowie die Armbanduhr und den Ehering einer Frau zutage, der auf der Innenseite die Initialen R. M., B. K. erkennen ließ. Es war offenkundig, daß weder Uhr noch Ring die Einäscherung mitgemacht hatten, sondern daß sie erst nach Abschluß derselben der Asche hinzugefügt worden waren.

Tyler Pherson wurde in den Zeugenstand zurückgerufen. Aufgefordert, den Ring und die Armbanduhr zu identifizieren, gab er an, daß beide der Mutter seiner Frau, Ruth Maddox, gehört hatten, die zu Beginn des Frühjahrs verstorben war.

»Wo wurde normalerweise die Asche von Mrs. Maddox aufbewahrt?«

»In einer großen chinesischen Vase im Zimmer meiner Frau. Ich war für eine ordentliche Bestattung auf dem Friedhof, aber davon wollte Madeline nichts wissen. Mir ist bis jetzt nicht klar gewesen, wie tief Madeline vom Tod ihrer Mutter betroffen war. Sie hat das stets vor aller Welt verborgen gehalten. Sie sagte, sie hasse nichts mehr, als Kummer zu verbreiten.«

»Wo pflegte Mrs. Pherson die grüne Lederschatulle aufzubewahren?«

»In einem Safe auf dem Boden ihres Kleiderschranks.«

»Haben Sie nach ihrem Tod diesen Safe mal geöffnet?«

»Nein.«

»Würden Sie meinen, daß es gerechtfertigt ist, davon auszugehen, daß sich der Schmuck im Augenblick in eben diesem Safe befindet?«

»Das erscheint mir gerechtfertigt zu sein, ja.«

»Kennen Sie die Kombination vom Safe Ihrer Frau?«

»Nein, Madeline und ich hatten immer große Achtung vor der Privatsphäre und dem Eigentum des anderen.«

»Wer kennt die Kombination?«

»Ihr Anwalt.«

»Wo übt der seinen Beruf aus?«

»In Bakersfield.«

»Ob er wohl gerade in seinem Büro ist?«

»Ich glaube ja. Er vertritt keine Mandanten vor Gericht, deshalb ist er die meiste Zeit in seinem Büro.«

»Wenn Sie ihn in der Nachmittagspause anrufen würden, glauben Sie, daß er bereit wäre, zu Ihrem Haus zu gehen und den Safe Ihrer Frau zu öffnen, um die An- oder Abwesenheit der Schmuckstücke festzustellen?«

»Doch, das wäre er sicher.«

»Dann tun Sie das bitte, Mr. Pherson.«

»In Ordnung.«

Richie Arnold war der letzte noch einmal aufgerufene Zeuge dieses Tages. Er war in der Pause in Begleitung seines Vaters erschienen. Beide saßen nebeneinander in der ersten Reihe. Statt der Sachen, die sein Vater ihm für sein erstes Auftreten vor Gericht gekauft hatte, trug Richie jetzt seine Strandausrüstung, nämlich die hautengen Jeans und das T-Shirt. Er und Harry hatten sich deshalb gestritten, seit der Staatsanwalt am Morgen angerufen hatte.

»Du siehst aus wie 'n Penner«, sagte Harry.

»Ich bin aber kein Penner.«

»Schön, aber du siehst aus wie einer. Wie solln die Leute denn da 'nen Unterschied sehn, ob du nu aussiehst wie einer oder einer bist?«

»Himmelherrgott.«

»Und Gotteslästerung will ich hier auch keine hörn.«

Der Summer verkündete das Ende der Pause, und der Gerichtssaal füllte sich langsam wieder – zuerst kamen die Zuschauer zurück, dann die Geschworenen, und am Ende der Richter.

Dieser blickte über den Rand seiner Brille hinweg prüfend im Saal umher, bis er seine Augen schließlich auf den beiden Arnolds in der ersten Reihe ruhen ließ. »Mr. Arnold, ich muß Sie bitten, draußen im Gang zu warten.«

»Wieso denn das? Das is mein Junge, der is noch minderjährig. Ich hab ein Recht ...«

»Die einzigen Rechte, die Leute in diesem Gerichtssaal haben, sind die, die ich ihnen gebe.«

»Das klingt nich grad nach Demokratie in meinen Ohren.«

»Das ist's auch nicht und soll's auch nicht sein. Jeder Zeuge ist gehalten, draußen vor der Tür des Gerichtssaales zu bleiben, und zwar vor und nach seiner Aussage.«

»Aber Richie is doch in meine Obhut zurückgebracht worden. Ich soll Tag und Nacht direkt bei ihm bleiben, damit er keine Dummheiten macht.«

»Gerichtsdiener, würden Sie bitte Mr. Arnold hinaus in den Flur geleiten? ... Also, jetzt sind wir soweit, Richie.«

Richie stand auf und öffnete die Tür in der Schranke. Aus der linken Gesäßtasche seiner Jeans ragte ein Kamm heraus. Mit dem fuhr er sich durchs Haar, bevor er den Zeugenstand betrat. Seit sein Vater den Saal verlassen hatte, machte er einen sehr viel gelösteren Eindruck.

Der Richter sagte: »Sowohl die Anklage als auch die Verteidigung ist damit einverstanden, daß du zunächst die Geschichte mit deinen eigenen Worten erzählst und daß, wenn du fertig bist, zuerst Mr. Owen die Gelegenheit bekommt, Fragen an dich zu stellen, und dann Mr. Donnelly. Das mag ein etwas unorthodoxes Vorgehen sein, aber ich denke, es wird dazu beitragen, uns zu mehr Zeit und Wahrheit zu verhelfen.«

»Wo soll ich anfangen?«

»Mit dem Moment, wo du Mrs. Pherson zum ersten Mal gesehen hast.«

»Sie kam mit Cully übers Fallreep an Bord. Und Harry sagte ›Großer Gott, der bringt 'n Flittchen mit.‹ Ich konnte wohl sehen, daß sie kein Flittchen war, aber ich hab mich deshalb nicht mit ihm gestritten. Für Harry sind alle Frauen Flittchen. Er hat nie rechtes Glück bei den Frauen gehabt, nicht so wie Cully, der bloß mit den Fingern zu schnippsen brauchte, und schon ...«

»Bleiben Sie bei Ihrer Geschichte, junger Mann.«

»Ja, Sir. Cully stellte mir und Harry die Lady als unsere neue Köchin vor. Ich nehme an, daß das nur so'n Witz war, denn sie kam nie auch nur in die Nähe der Pantry. Die beiden gingen dann in Cullys Kajüte. Ich hab sie nicht mehr gesehn bis zum nächsten Tag. Cully und Harry waren gerade im Maschinenraum, und ich zog die Schutzhülle vom Hauptsegel ab, als die Lady plötzlich hinter mir stand und mich fragte, ob ich ihr 'nen Gefallen tun würde für hundert Dollar. Also, ich hab noch nie im Leben hundert Dollar gehabt – Harry nimmt immer meinen Lohn an sich und bringt ihn in St. Thomas auf die Bank. Deshalb sagte ich ›Klar, was soll's denn für ein Gefallen sein?‹

Der Gefallen klang ganz in Ordnung, nix Illegales oder irgend so was. Ich sollte halt nur was auf dem Boot verstekken, daß es niemand finden würde. Sie gab mir die grüne Lederschachtel, die, die da drüben auf dem Tisch steht, und fünf Zwanzig-Dollar-Scheine. Ich fragte sie, ob es was ausmachte, wenn die Schachtel 'n bißchen naß würde, und sie sagte nein. Ich dachte gleich an die Bilge, weil da niemand hinkommt, außer wenn's unbedingt sein muß. Also hab ich die grüne Schachtel in 'nen alten Seesack gewickelt und alles unter den Eisenbarren in der Bilge versteckt.«

»Könntest du bitte dem Gericht erklären, worum es sich bei diesen Eisenbarren handelt?«

»Das sind Eisenstücke, die als Ballast dienen, für den Fall, daß Ballast das Boot ruhiger laufen läßt. Mr. Belasco hält einen ganzen Haufen davon in der Bilge parat. Ich versteckte den Seesack mit der grünen Schachtel unter diesen Barren. Ich dachte, Mrs. Pherson würde die Schachtel wohl am Ende der Reise wiederhaben wollen. Aber ich habe sie nie wieder gesehen.«

Diese Geschichte hatte er Harry nicht erzählt. Und auch nicht der Polizei, als diese das Boot durchsucht hatte. Er wußte nicht, was die grüne Schachtel enthielt, und hatte anfänglich auch versucht, keine diesbezüglichen Spekulationen anzustellen. Da aber bald in den Zeitungen und im Fernsehen und von Harry immer häufiger Bezug darauf genommen wurde, wurde ihm klar, daß sie ein wichtiges Beweisstück gegen Cully darstellte, ob sie nun verschollen blieb oder gefunden wurde. Wenn sie gefunden würde – ein Wachtmeister konnte ja neugieriger sein und sorgfältiger vorgehen als die anderen –, dann hätte der Inhalt vielleicht ein gewichtiges Motiv Cullys offenbaren können, die Frau zu ermorden. Deshalb beschloß Richie, die Schachtel zu bergen, was ihm ja fast auch gelungen wäre.

Er blickte stolz und zugleich um Verzeihung heischend auf Cully hinab. Dieser zuckte nur mit den Schultern und wandte sich ab. Jeder Student der Körpersprache hätte diesen Austausch übersetzen können: »Ich habe es nur für dich getan, Cully.« – »Tu du mir bloß nicht irgendwelche Gefallen, Junge.«

»Bist du fertig, Richie?«

»Ich denke ja.«

»Mr. Owen, haben Sie Fragen an den Jungen?«

»Ja, Euer Ehren ... Richie, es war dir also klar, daß die Polizei nach der grünen Lederschatulle suchte, nicht wahr?«

»Ich hörte so was läuten.«

»Warum hast du der Polizei nicht gesagt, daß Mrs. Pherson sie dir mit der Bitte übergeben hatte, sie zu verstecken?«

»Die hat mich nie gefragt.«

»Hast du es nicht als deine Pflicht angesehen, ihr von dir aus diese Information zu geben?«

»Nein.«

»Hältst du dich selbst für einen guten Freund des Angeklagten, Richie?«

»Er ist der Boss.«

»Ist er auch dein Freund?«

»Ich bin sein Freund. Ob er auch meiner ist, das weiß ich nicht so genau.«

»War es dieser Freundschaft, einseitig oder nicht, zuzuschreiben, daß du zur *Bewitched* rausgeschwommen bist und die Schatulle gestohlen hast?«

»Ich sehe darin keinen Diebstahl.«

»Du wurdest festgenommen, nicht wahr?«

»Ja.«

»Andere Menschen sehen also einen Diebstahl darin, oder nicht?«

»Wahrscheinlich.«

»Ist dir inzwischen klargeworden, wie dumm das war, ein so großes Risiko auf dich zu nehmen – und das noch dazu für jemanden, der vielleicht nicht einmal dein Freund ist?«

Richie saß verstockt schweigend da, die Arme über der Brust gekreuzt. Er würde sich lieber wie ein Mann bestrafen als wie ein Kind ausschelten lassen.

Nun war Donnelly an der Reihe. Er hatte keine Eile. Er war darauf bedacht, daß den Geschworenen das Zwiegespräch zwischen Owen und Richie im Gedächtnis haften blieb, hatte sich darin doch der Angeklagte als ein Mann erwiesen, der Freundschaft und Loyalität zu stimulieren vermochte. Er ordnete ein paar Papiere, machte sich Notizen und erhob sich erst dann, um sich Richie zuzuwenden.

»Richie, als Mrs. Pherson dir die grüne Schachtel anvertraute, benutzte sie da wirklich das Wort ›verstecken‹?«

»Daran kann ich mich nicht mehr so genau erinnern, aber sie sagte so was wie, daß ich sie wegtun sollte, wo niemand sonst sie finden könnte.«

»Hast du dich gefragt, was da wohl drin sein könnte?«

»Ich hab mich gewundert, warum sie so viel dafür zahlte, ganze hundert Dollar, bloß damit ich sie versteckte.«

»Als du erfuhrst, was in der Schatulle drin war, warst du da überrascht?«

»Alle warn das. Aber irgendwie erklärt das die Art ihres Verhaltens, also nett und freundlich und alles, aber nicht ganz normal.« Richie wandte sich dem Richter zu und sah ihn an. »Ich denke, das ist alles. Hab ich meine Sache gut gemacht?«

»Das hast du, Richie. Du kannst jetzt gehen.«

»Sie meinen, nach Hause auf die Inseln? Das möchte ich aber nicht. Ich möchte auf Cully warten. Ich und er können dann zusammen gehen.«

»Das zu entscheiden, ist nicht Sache dieses Gerichts. Komm bitte aus dem Zeugenstand, Richie. Danke. Alles in allem glaube ich, daß wir dir gegenüber sehr nachsichtig gewesen sind. Weißt du, was das bedeutet?«

»Ja. Das bedeutet wohl, daß ich bei Harry bleiben muß, wie wenn der mein Vater wär.«

»Jetzt reicht's, Richie. Verlaß bitte den Saal. Danke.«

»Ich möchte nun«, sagte Donnelly, »um eine Pause von zehn Minuten bitten, um bestimmte Seiten und Zeilen in der Protokollabschrift nachzusehen, die bestimmte Teile der Zeugenaussage von Mr. Pherson und Mr. Elfinstone und Miss Gomez aus San Diego wiedergeben. Wenn die entsprechenden Passagen hier laut vorgelesen werden könnten, dann würde es sich erübrigen, diese drei Zeugen noch einmal aufrufen zu müssen.«

»Sie haben zehn Minuten Zeit«, sagte der Richter und klopfte mit dem Hammer auf den Tisch. Der Hammer lag ihm gut in der Hand – er hatte das richtige Gewicht und die richtige Gewichtsverteilung. Ihm waren Gerüchte zu Ohren gekommen, daß man ihm bei dem Essen aus Anlaß seiner Verabschiedung in den Ruhestand einen silbernen Hammer als Ersatz für den hölzernen zu überreichen gedachte. Aber er war kein Mensch, der Dinge ersetzte. Er hatte sich nach dem Tode seiner Frau nicht wieder verheiratet, er hatte sich keinen neuen Hund angeschafft und ganz gewiß würde nichts in der Lage sein, den dumpfen, erdhaften Ton von Holz auf Holz zu ersetzen. Der Klang von Silber wäre ohne Erinnerung und Bedeutung.

Als das Gericht wieder zusammentrat, wurden dem Richter und dem Staatsanwalt Kopien des Protokolls ausgehändigt. Am Pult stehend, las Donnelly laut aus seiner Kopie vor.

»Mr. Phersons Aussage beginnt auf Seite 673, aber der hier relevante Teil findet sich erst auf Seite 691, Zeile 8. Fragesteller ist Staatsanwalt Owen.

F: Gibt es irgendwelche sehr engen familiären Bindungen?

A: Madeline hatte ein sehr enges Verhältnis zu ihrer Mutter.

F: Lebt diese Mutter in Bakersfield?

A: Nein, sie ist im März gestorben. Madeline und ihre Mutter hatten vor, zusammen nach Hawaii zu fahren, aber dann wurde ihre Mutter krank. Das ging Madeline sehr zu Herzen. Deshalb wollte ich, daß sie mal ausspannte. Ich dachte, ein Tapetenwechsel würde ihr guttun, sie etwas aufheitern. Die Ironie dieses Gedankens verfolgt mich Tag und Nacht, die Ironie, daß ich, der ich ihr zu helfen versuchte, Schuld an ihrem Tod haben mußte.

Wir überspringen das Weitere bis Seite 701, Zeile 8. Noch immer stellt Staatsanwalt Owen die Fragen.

F: Und da haben Sie sie überredet, Ferien zu machen, die Tapeten zu wechseln?

A: Ja. Sie entschied sich für die Gegend von San Diego. Meine Sekretärin erledigte die notwendigen Buchungen, und ich fuhr sie hinaus zum Flughafen. Sie rief mich dann an, als sie angekommen war, und klang recht fröhlich.

Weiter geht es auf der nächsten Seite, Zeile 20. Es ist das Kreuzverhör der Verteidigung.

F: Mr. Pherson, Sie sagten soeben, daß Ihre Frau fröhlich klang, als sie Sie anrief. Überraschte Sie das?

A: Ich war froh darüber.

F: Ja, aber waren Sie auch überrascht?

A: Ich hatte gedacht, sie würde länger brauchen, um ihre Depression zu überwinden und wieder Freude am Leben zu finden. Meine Antwort lautet also: Ich war angenehm überrascht.

F: Hat sie jemals von Selbstmord gesprochen?

A: Nein, nie.

F: Ich meine, Sie sagten, daß Ihre Frau unheilbar Kranke und deren Angehörige beraten hat. Stimmt das?

A: Ja.

F: Würde im Verlauf solcher Gespräche nicht ganz automatisch auch das Thema Selbstmord angesprochen werden?

A: Wenn ich sagte, daß sie niemals von Selbstmord sprach, dann meinte ich, mit Bezug auf sich selbst. So etwas wäre ihr niemals in den Sinn gekommen.

F: Obwohl sie sich doch, folgt man Ihrer Aussage, nach dem Tod ihrer Mutter in einem Zustand der Depression befand?«

Donnelly nahm einen Schluck Wasser, bevor er weiter aus dem Protokoll vorlas. Jetzt ging es um die Aussagen der Zeugin Angelina Gomez, und Owen war der Fragesteller.

»F: Haben Sie das Zimmer während der Abwesenheit von Mrs. Pherson betreten?

A: Ja.

F: Hatte sie da schon ausgepackt?

A: Ja, Sir. Alles war in den Schrank gehängt oder in die Schubladen eingeräumt. Sie war eine sehr ordentliche Dame. Alles, was ich zu tun hatte, war, ein paar Handtücher zu ersetzen, die sie benutzt hatte.

F: Die Kleider, die im Schrank hingen, waren die sehr sorgfältig dort hineingetan worden?

A: O ja, so als wenn sie in einem Laden verkauft werden sollten – alle Reißverschlüsse waren zugezogen, alle Knöpfe geschlossen, damit die Sachen besser in Form blieben.

F: Und wo genau waren Sie, als Mrs. Pherson so unerwartet zurückkam?

A: Im Bad. Ich erbot mich, zu gehen und später noch mal wiederzukommen, aber sie sagte nein, das mache doch gar nichts, denn sie ginge sowieso gleich wieder. So räumte ich das Bad fertig auf und wechselte zwei Handtücher aus. Ich hörte, wie sie im Schlafzimmer mit sich selbst sprach. Zumindest nehme ich an, daß sie mit sich selbst sprach. Es war ja sonst niemand da. Das war, wie wenn man angezogen ist, um auszugehen, und dann, bevor man geht, noch mal in den Spiegel schaut und sagt ›He, du siehst doch ganz gut aus.‹

F: Klang sie glücklich, Miss Gomez?

A: O ja, richtig glücklich, vielleicht wie wenn sie ein paar Drinks zu sich genommen hätte.

F: Hörten Sie ihr zu?

A: Ich mußte zuhören. Ich war ja da. Man kann doch seine Ohren nicht auf- und zumachen wie die Augen.

F: Was hörten Sie?

A: Etwas wie ›Du wolltest schon immer mal nach Hawaii, und jetzt machst du das einfach.‹ So was in der Art. Ich dachte mir nichts dabei. Eine Menge Leute würden gern mal nach Hawaii fahren, mich eingeschlossen. Ich bin bis zum heutigen Nachmittag noch nicht einmal hier in Santa Felicia gewesen.

F: Dann schien sie sich also auf die Reise zu freuen, ist das richtig?

A: Gewiß. Warum nicht?«

Mr. Elfinstones Aussage begann auf Seite 709, Zeile 13. Die interessierenden Stellen fanden sich ein paar Seiten weiter hinten. Mr. Owen hatte Mr. Elfinstone gefragt, was Mrs. Pherson gesagt hatte, als sie zur Rezeption gekommen war, um die grüne Lederschatulle wieder abzuholen, welche sie erst vor einer Stunde in den Safe hatte einschließen lassen.

»A: Daß sie etwas zu tun gedenke, was sie noch niemals zuvor in ihrem Leben getan habe und sicher auch nie wieder tun werde. Dann lachte sie . . .

F: Verwirrten Sie die Äußerungen von Mrs. Pherson?

A: Nicht übermäßig. Gewöhnlich achte ich nicht sehr darauf, was die Leute sagen. Was sie tun, das ist doch, was zählt.

F: Und was tat sie?

A: Nahm den Lift zu ihrem Zimmer hinauf. Ein paar Minuten später kam sie dann wieder herunter, ging durch die Hotelhalle und traf sich mit einem Mann . . . Jetzt, wo ich darüber nachdenke, erinnere ich mich, daß ich sie fragte, was sie denn vorhabe. Sie antwortete, daß sie mir das nicht verraten könne, es sei ein Geheimnis und wenn jemand es erführe, könne der versuchen, sie davon abzuhalten. *Ich* nicht, sagte ich zu ihr. Ich mag Leute, die nach dem Außergewöhnlichen streben, die die Zeit nutzen. *Carpe diem.* Als ich sie durch die Empfangshalle gehen sah, dachte ich bei mir *Ja, die kleine Lady wird die Zeit schon nutzen.*

F: Dann machte also, soweit Ihnen das zu erkennen möglich war, Mrs. Pherson keinen verzweifelten Eindruck?

A: Du liebe Güte, nein. Die war so glücklich wie eine Lerche am Himmel . . .

Wir springen auf die nächste Seite, Zeile 6«, sagte Donnelly. »Hier beginnt das Kreuzverhör der Verteidigung.

F: Mr. Elfinstone, wie viele Jahre sind Sie schon im Hotelgewerbe tätig?

A: Mehr als zwanzig Jahre.

F: Haben Sie in dieser Zeit schon mit Gästen zu tun gehabt, die ins Hotel kamen, sich einschrieben und dann Selbstmord begingen?

A: O je, ja. Ja, in der Tat. Obgleich wir immer versuchen, nicht über solche Vorkommnisse zu sprechen. Die Leute neigen dazu, Zimmer zu meiden, in denen sich eine Tragödie abgespielt hat.

F: Haben Sie in all den Jahren beobachten können, daß potentielle Selbstmörder vergleichbare Verhaltensmuster zeigen?

A: Nein.

F: Einige waren ganz offenkundig verzweifelt, nicht wahr?

A: Ja.

F: Und andere auch wieder recht fröhlich?

A: Ja.

F: Waren wieder andere von ruhigem, angenehmem Betragen?

A: O ja. Stille vor dem Sturm, Sie verstehen schon.

F: Wollen Sie damit also, anders ausgedrückt, sagen, daß Sie einen potientellen Selbstmörder nicht schon auf Grund seiner Erscheinung und seines Betragens ausmachen können?

A: Wenn wir dazu in der Lage wären, dann würden wir solche Leute wohl zur Konkurrenz schicken.«

Donnelly schloß das Protokoll und wollte an seinen Platz zurückkehren. »Es wird spät«, sagte der Richter. »Wenn Sie daran gedacht haben, jetzt noch mit dem Aufruf Ihrer Zeugen zu beginnen, Mr. Donnelly, dann verschieben Sie das lieber auf die nächste Sitzung.«

»Ich rufe keine Zeugen auf, Euer Ehren.«

»Gar keine?«

»Gar keine.«

»Ich hoffe, Sie haben sich das gut überlegt.«

»Ja. Die Zeugen der Anklage waren meinem Mandanten so überaus behilflich, daß es am besten erscheint, es dabei zu belassen.«

»Nun gut. Ich bitte den Staatsanwalt und den Verteidiger zu mir an die Seitenschranke.«

Nach kurzer Konferenz dort wurde beschlossen, sich bis zum kommenden Dienstag zu vertagen, um Owen und Donnelly Zeit für die Vorbereitung ihrer Plädoyers zu geben.

Owen arbeitete das ganze Wochenende an seinem Plädoyer. Am Montag sprach er es dann auf Band, nahm Korrekturen vor, strich und ergänzte und überarbeitete seine Intonation im Sinne der stärkeren Hervorhebung und der dramatischen Wirkung. Er lauschte der endgültigen Fassung mit Stolz und Vergnügen und spielte sie nach dem Abendessen Vee und den Jungen vor. Seine Zuhörerschaft bröckelte allerdings ziemlich schnell ab. Thatcher schlief auf dem Fußboden ein, Jonathan bekam einen Anruf von einem Mädchen, Chadwick ließ ein Anfall von Schluckauf auf seinem Zimmer verschwinden, und Vee begann, die Einkaufsliste für die Woche zusammenzustellen.

Owens Zuhörer am Dienstag morgen waren aufmerksamer. Donnelly und der Richter machten sich Notizen, desgleichen die Geschworenen – mit Ausnahme von Nummer zwei. Elsie Ball war von Beruf Krankenschwester und versorgte in der Zeit zwischen elf Uhr abends und sieben Uhr morgens Privatpatienten. Sie war nie richtig wach, und Owens laute, klare Stimme rieselte wie Schnee auf sie herab. Aber das war in jedem Falle belanglos – Elsie Ball hatte schon am ersten Prozeßtag bei sich entschieden, wie sie stimmen würde, und sie hatte nicht die Absicht, diese Entscheidung zu revidieren.

»Meine Damen und Herren Geschworenen, Sie erinnern sich vielleicht noch, daß ich in meiner einleitenden Erklärung sagte, dies sei ein einfacher Fall. Ich möchte das jetzt gern wiederholen – dies ist ein einfacher Fall.

Auf dem Stuhl des Angeklagten sitzt Cully Paul King. Die Anklage gegen ihn lautet auf vorsätzlichen Mord aus niedrigen Beweggründen. Das ist die schwerste Anschuldigung, die unser Gesetz kennt.

Mr. King ist keineswegs der gewöhnliche Schwarze aus dem Billardhinterzimmer. Er hat viele Vorzüge genossen, die jenen verwehrt geblieben sind. Er hat eine Ausbildung erhalten, die es ihm ermöglicht hat, sich mit einem ungewöhnlichen Job ein ausreichendes Einkommen zu verdienen, nämlich als Berufsskipper. Sollte es hier also Geschworene geben, die seinetwegen Tränen vergießen möchten, so möge der gesunde Menschenverstand diese Tränen ganz schnell zum Versiegen bringen. Cully King hatte es nämlich durchaus gut.

Ein einfacher Fall. Und das ist er, im Kern: Die Rennjacht *Bewitched* verließ San Diego mit vier Personen an Bord. Und sie kam in Santa Felicia mit nur dreien an.

Der fehlende Passagier, der später – in einem Wald von Seetang verfangen – gefunden wurde, war Mrs. Madeline Pherson, eine vierzigjährige, verheiratete Frau aus Bakersfield. Eine Frau von hervorragenden Charaktereigenschaften, die einen großen Teil ihrer Zeit der ehrenamtlichen Arbeit für verschiedene Wohltätigkeitsorganisationen widmete, zu denen auch die Sterbeklinik gehörte, wo sie den unheilbar Erkrankten und deren Familienangehörigen beratend zur Seite stand. Was hätte eine solche Frau veranlassen können, in eine Hotelbar zu gehen und sich dort einen Fremden aufzugabeln, einen Mann, der jünger war als sie und der nicht einmal der gleichen Rasse angehörte? Welche tödlichen Verstrickungen brachten sie zusammen, diese beiden Menschen, die aus verschiedenen Teilen der Welt und aus ganz unterschiedlichen Kulturen stammten und die verschiedenen Rassen angehörten?

Wenden wir uns dem Ort des Verbrechens zu, der *Bewitched*. Als Mrs. Pherson an Bord kam, trug sie einen blauweiß gestreiften Mantel. Den angelte später ein Fischer aus dem Meer. Er war von oben bis unten zugeknöpft, nach Aussagen von Miss Gomez so zugeknöpft wie die anderen Kleidungsstücke von Mrs. Pherson im Schrank des Hotels auch. Wir behaupten, daß dieser Mantel an Bord des Bootes von seinem Bügel genommen und dann ins Wasser geworfen wurde. Denken Sie hier an die Aussage von Harry Arnold, daß er nämlich Cully King in jener verhängnisvollen Nacht dabei beobachtete, wie er Kleidungsstücke über

Bord warf. Es war zu dunkel, als daß Harry Arnold diese Kleidungsstücke im einzelnen hätte erkennen können, aber er konnte mit Sicherheit den Werfer ausmachen, nämlich Cully Paul King, der alle Anzeichen zu beseitigen versuchte, daß Mrs. Pherson je auf dem Boot gewesen war. Offensichtlich rechnete er nicht damit, daß Mrs. Phersons Leichnam jemals gefunden würde. Die See gibt ihre Toten nicht so leicht wieder her, und darauf baute Cully. Die See sollte nicht nur sein Freund, sondern auch sein Komplize sein. Aber es entstand nur eine sehr beschränkte Partnerschaft, und letztlich funktionierte sie überhaupt nicht. Wenn das der Fall gewesen wäre, wären wir wohl alle nicht hier in diesem Gerichtssaal versammelt.

Womit Cully King nicht gerechnet hatte, das war jener Wald von Riesenblasentang, etwas, was es in dem Teil der Welt, aus dem er stammt, nicht gibt.

Lassen Sie uns hier mal einen Augenblick innehalten und ein Zauberkunststückchen unter die Lupe nehmen, das uns Mr. Donnelly vorgeführt hat. Er wollte Sie glauben machen, daß Mrs. Pherson vom Deck der *Bewitched* ins Wasser sprang, um Selbstmord zu begehen. Die Kälte des Wassers verlangsamte ihren Metabolismus und bewirkte, daß sie weiterlebte, während Strömung und Wellen sie in jenen Seetangwald hineintrieben. Die Druckstellen an ihrer Kehle wurden nicht von Cully King verursacht, sondern von zwei Schwimmblasen, wie sie an den Stengeln des Seetangs sitzen.

Bedenken Sie bitte, daß Mr. Donnelly ja gar nicht beweisen muß, daß alles auf eben diese Weise geschah. Alles, was er zu tun hat, ist, Sie davon zu überzeugen, daß es so geschehen sein *könnte*. Und hat er Sie überzeugt? Ich hoffe nicht. Es ginge mir gegen den Strich, wenn ich eine Gruppe intelligenter Männer und Frauen auf den faulen Zauber von Mr. Donnelly hereinfallen sehen müßte.

Vergessen Sie aber mal einen Augenblick die Tricks von Mr. Donnelly. Vergessen Sie den Wald von Riesenblasentang, vergessen Sie Modellierton, Stoffwechsel und Lazarussyndrome. Denken Sie nur an diese eine, wichtige Tatsache: die *Bewitched* verließ San Diego mit vier Personen an Bord und traf in Santa Felicia mit nur dreien ein. Was geschah mit der vierten Person?

Mr. Donnelly möchte so gern, daß Sie glauben, Mrs. Pherson habe sogar schon vor ihrem Aufbruch von zu Hause geplant, sich das Leben zu nehmen. Es wäre für Mr. Donnelly und seinen Mandanten ein schöner Erfolg, wenn Sie das glaubten. Aber das können Sie einfach nicht, Ihr gesunder Menschenverstand läßt es nicht zu. Mrs. Pherson entspricht nicht dem klinischen Bild einer Frau, die solche Depressionen hat, daß sie sich selbst tötet. Sie saß nicht trübselig zu Hause, uninteressiert an anderen Menschen, ja ihres Vorhandenseins gar nicht gewahr. Ganz im Gegenteil. Sie machte Urlaub. Als sie ihren Mann anrief, um ihm ihre Ankunft mitzuteilen, klang sie, wie er sagte, sehr fröhlich. Sie unterhielt sich sehr nett mit Mr. Elfinstone und übersah auch das Zimmermädchen, Miss Gomez, nicht. Sie schien sich in der Gesellschaft von Mr. King wohlzufühlen. Sieht das für Sie nach dem Verhalten einer Frau aus, die bestrebt ist, sich selbst umzubringen? Natürlich nicht.

Man mag es als einigermaßen seltsam ansehen, daß sie die Asche ihrer Mutter mit sich herumtrug. Aber bedenken Sie, daß sie sich sehr nahegestanden hatten, die beiden Frauen, und daß sie zusammen eine Reise nach Hawaii hatten machen wollen, als die Mutter erkrankte.

Seltsam? Vielleicht ein wenig. Depression? Nein.«

Owen sprach bis zu der von Richter Hazeltine um elf Uhr verkündeten viertelstündigen Pause. In dieser Pause erfrischte er sich mit einem Rachenspray und lutschte dann einen Hustenbonbon, während er den zweiten Teil seiner Rede noch einmal durchging. Ihm war nicht entgangen, daß die Geschworenen unruhig wurden – Papiere raschelten, Stühle knarrten, und die Nachtschwester, die auf dem zweiten Platz saß, hatte ein paarmal ganz unmißverständlich geschnarcht. Er beschloß, den Rest seiner Ausführungen auf das unbedingt Notwendige zu verkürzen.

Eva Foster blieb während der Pause an ihrem Tisch sitzen. Cully King stand auf und streckte sich, und Eva dachte, was für einen schönen Körper er doch hatte und wie graziös er ihn bewegte. Als sie ihn ansprach, mußte sich Cully zu ihr hinunterbeugen, um zu verstehen, was sie sagte.

»Ich wette, Sie haben es herzlich satt, sich dieses Gerede anzuhören, oder nicht?«

»Ich kann mir vorstellen, daß es Schlimmeres gibt, was man tun muß. Und das auch noch an schlimmeren Orten.«

»Sie sind mir gegenüber gar nicht freundlich. Warum?«

»Sie fingen halt an, sich da was in den Kopf zu setzen.«

»Lehnen Sie Frauen ab, die sich eigene Gedanken machen?«

»Bestimmte Frauen, bestimmte Gedanken.«

Es entstand eine kurze Pause, während Cully sich wieder niederließ und sich in seinem Stuhl zurechtsetzte.

»Mögen Sie mein Kleid?« fragte Eva.

»Ich hab's noch gar nicht angeschaut.«

»Nun, dann tun Sie's jetzt.«

Er wandte sich ihr zu und besah sich ihr Kleid. »Ja, ein hübsches Kleid.«

»Als ich es vor ein paar Tagen trug, sagten Sie, es sei ein großartiges Kleid.«

»Großartig, hübsch, was macht das für einen Unterschied?«

»Für mich ist das ein sehr großer Unterschied, ob Ihnen das, was ich anhabe, gefällt oder nicht.«

»Hören Sie auf, so zu reden. Jemand könnte Sie hören und denken, daß Sie und ich ... daß wir ...«

»... etwas miteinander haben. Nun, sollen sie es doch denken. Es stimmt ja auch. Ich habe gestern abend meinem Vater von Ihnen erzählt, was ich für Sie empfinde und wie ich mir unseren Lebensplan vorstelle.«

»Ich möchte an Ihrem Lebensplan nicht beteiligt sein, Miss Foster.«

»Sie sind daran nicht beteiligt, Sie sind der ganze Plan.«

»Haben Sie das auch Ihrem Vater erzählt?«

»Ja.«

»Und was hat er gesagt?«

»Daß er hofft, daß man Sie zum Tode verurteilt.«

»Würden Sie ihm bitte etwas von mir ausrichten?«

»Ja, was?«

»Daß ich das auch hoffe.«

Owen kehrte um elf Uhr zwanzig an das Pult zurück. »Ich möchte jetzt, meine Damen und Herren, noch einmal die wichtigsten Punkte der Aussagen meiner Zeugen durchgehen. Mein erster Zeuge war Mr. Belasco. Er beschrieb uns detailliert die *Bewitched*, das heißt den Ort des Verbrechens.

Wurde hier tatsächlich ein Verbrechen verübt? Mr. Donnelly wird Sie auffordern, sich von Ihrem gesunden Menschenverstand zu trennen und zu glauben, daß da gar kein Verbrechen geschah. Sie erinnern sich vielleicht noch an die berühmte Filmszene, in der Jimmy Durante nach dem Elefanten gefragt wird, den er am Zügel führt. ›Elefant?‹ fragte Durante, ›was für ein Elefant?‹ ›Verbrechen?‹ wird Donnelly sagen, ›was für ein Verbrechen?‹ Darauf aber kann ich nur antworten: Das Verbrechen, das so groß ist wie ein Elefant.

Der leitende Pathologe des Bezirks, Dr. Woodbridge, hat Ihnen deutlich gemacht, daß Mrs. Pherson an Erstikkung starb, verursacht durch manuelle Erdrosselung. Er hat Ihnen Bilder der Druckstellen an ihrem Hals gezeigt, die von den Daumen Cully Kings stammen.

Lieutenant Sommerville von der Küstenwache hat Ihnen geschildert, wie der Leichnam aus dem Seetang herausgeschnitten werden mußte, in dem er sich verheddert hatte.

Tyler Pherson, der Ehemann der Toten, hat Ihnen den Charakter seiner Frau skizziert und von der engen Beziehung zwischen Mrs. Pherson und ihrer Mutter berichtet.

Die Aussage von Miss Gomez, des Zimmermädchens im Hotel, ist in zweifacher Hinsicht von Interesse. Aus ihr geht hervor, das Mrs. Pherson die Absicht hatte, in das Hotel zurückzukehren, hatte sie doch alle ihre Sachen im Schrank hängenlassen. Und dann verdanken wir Miss Gomez den Hinweis darauf, daß Mrs. Pherson Selbstgespräche geführt und dabei von einer Reise nach Hawaii gesprochen hat.

Mr. Elfinstone, der Assistant Manager des Hotels, ging auf die ziemlich ausgelassenen Äußerungen von Mrs. Pherson ein, als sie ihre grüne Lederschatulle zurückverlangte. Mr. Elfinstone verstand diese Bemerkungen so, daß sie mit einem Manne fortzugehen beabsichtigte.

Ich habe die Aussagen von Harry Arnold und seinem Sohn Richie für den Schluß aufgehoben. Es war Harry Arnold, der mitten in der Nacht eine Frau schreien hörte und später Cully King dabei beobachtete, wie er ein paar Kleidungsstücke über Bord warf.

Richie Arnold wurde nicht Zeuge dieser letzteren, von seinem Vater beschriebenen Szene, aber auch er hörte eine Frau schreien. Wenn er, was diese Schreie anbetrifft, den Eindruck erweckte, als sei er sich seiner Sache nicht so ganz sicher, so meine ich, daß er lediglich nervös war – vor allem angesichts der Tatsache, daß er gegen einen Mann aussagen sollte, der sein Freund und sein Chef war. Richie beschrieb uns auch sein Zusammentreffen mit Mrs. Pherson, die ihm hundert Dollar gab, damit er die grüne Lederschatulle verstecken sollte. Wir wissen nicht, warum sie das tat, und wir werden es wahrscheinlich auch nie erfahren. Aber der Gedanke erscheint mir einleuchtend, daß das etwas mit dem Alkohol zu tun hat, den sie in der Bar zu sich genommen hatte. Für einen Menschen, der normalerweise nicht trinkt, können doppelte Martinis tödlich sein. Und wenn Madeline Phersons Urteilskraft nicht durch Alkohol eingeschränkt gewesen wäre, dann wäre sie auch nie und nimmer mit einem Mann wie Cully King an Bord der *Bewitched* gegangen.

Wenden wir uns nun diesem Manne, diesem Cully King zu. Zunächst und vor allem ist er ein Mörder, ohne Mitleid, ohne Reue, ohne jeden Funken Menschlichkeit, der Madeline Pherson hätte retten können.

Hat er sie um der diamantenbesetzten Ohrstecker willen ermordet, die er dann dem Pfandleiher für fünfhundert Dollar verkaufte? Nein. Die Ohrringe waren nur ein Teil seines Motivs – der Rest davon lag in dem Schmuckkästchen, beziehungsweise in dem, was King darin vermutete.

Ich möchte noch einmal wiederholen, was ich zu Anfang dieses Verfahrens gesagt habe: Dies ist ein einfacher Fall.

Die meisten Mörder sind unvorsichtig. Sie hinterlassen Finger- oder Fußabdrücke, Kaugummipapierchen, Zündholzbriefchen, Zigarettenkippen. Cully King dagegen, der von Natur und Ausbildung her ein ordentlicher Mensch ist, hatte keinerlei Schwierigkeiten, auf der *Bewitched* alle Spuren von Mrs. Pherson zu beseitigen. Was ihn in die Falle gehen ließ, das war nicht etwa Sorglosigkeit, sondern ein Seetangwald – so etwas war ihm in dem Teil der Welt, aus dem er stammt, nie begegnet. Wenn sich der Leichnam von Mrs. Pherson nicht in diesem Seetang verfangen hätte, dann wäre dieser Fall aller Wahrscheinlichkeit nach nie vor Gericht gekommen.

Es hat auch schon Mordprozesse ohne Leiche gegeben, aber das kommt nur sehr selten vor und ist selten von Erfolgen begleitet. Kalifornien sollte diesem Seetang sehr dankbar sein, denn ihm kommt das Verdienst zu, verhindert zu haben, daß auf unseren Straßen ein Mörder frei herumläuft.

Es ist bedauerlich, daß Cully King nicht selbst in den Zeugenstand getreten ist. Sie hätten dann nämlich miterleben können, daß er sich so unentrinnbar in seinen Lügen verheddert hätte wie der Leichnam von Mrs. Pherson sich im Seetang verhedderte.

Meine Damen und Herren Geschworenen, Sie erhalten kein vollständiges Bild von Cully King, wenn Sie ihn hier Tag um Tag im Gericht sitzen sehen, ruhig, selbstsicher und freundlich. Freundlich, ja, er kann sehr freundlich aussehen. Aber ich weiß, was er in Wirklichkeit ist. Er ist ein Krebsgeschwür. Und es ist an Ihnen, meine Damen und Herren, dieses Krebsgeschwür zu entfernen, bevor es sich weiter ausbreiten kann.«

Der graue Gefängnisbus mit seinen vergitterten dunklen Glasfenstern fuhr vor, um die Häftlinge zum Mittagessen in das Bezirksgefängnis zurückzubringen. Die kleine Gruppe, die auf den Bus gewartet hatte, stand unter dem gewölbten Eingang zur Abteilung des Sheriffs. Alle trugen Handschellen, einer zusätzlich Fußeisen.

Richie Arnold hatte ebenfalls auf den Bus gewartet und sich im Schatten eines Limonenbaumes auf den Rasen gesetzt. Als der Bus vorfuhr, stand er auf und ging auf den Fahrer zu.

Der Busfahrer, der Uniform trug, öffnete das Seitenfenster. »Verschwinde, Junge, das hier ist was Offizielles.«

»Ich möchte nur kurz mit meinem Vater sprechen.«

»Ist gegen die Vorschriften.«

»Ich weiß, könnte ich aber nicht trotzdem mal ganz kurz mit ihm reden?«

»Dein Vater ist also einer von unserer munteren Truppe hier? Wie heißt du denn, mein Junge?«

»Richie Arnold.«

»Ich hab hier aber gar keine Arnolds bei dieser Fuhre dabei.«

»Arnold ist der Name von meinem gesetzlichen Vater. Mein richtiger Vater ist Cully King. Ich werd bei ihm wohnen, wenn wir wieder auf den Inseln sind. Ich möchte gern anfangen, die Reise vorzubereiten, aber vorher muß ich mit ihm reden.«

»Was mich angeht, könntest du bis Weihnachten reden, aber mein Chef würde das gar nicht gut finden. Willst mich wohl um meinen Job bringen, was?«

»Nein.«

»Dann verdufte, Junge.«

Richie verduftete so weit es ihm möglich war, nämlich bis zu der Gruppe unter dem Torbogen. Die Leute dort waren in Zweierreihen angetreten, und von ihren Fesseln abgesehen, sahen sie aus wie ein Pfadfindertrupp beim Aufbruch ins Gelände. Cully und der junge Mann mit den Fußeisen waren aneinander gefesselt. Das Gesicht des letzteren war gerötet und der Schweiß lief in Strömen darüber hinab.

»Ich hab ganz üble Kopfschmerzen«, sagte er zu Richie. »Kannste mir nicht helfen?«

»Laß den zufrieden«, sagte Cully. »Der ist noch ein Kind.«

»Ich war auch noch ein Kind, als ich mich weigerte, Jesus Christus in meinen Körper reinzulassen, und dann an seiner Stelle der Teufel kam und mir diese bösen Kopfschmerzen machte. Hilf mir, Junge, hilf mir doch.«

»Ich weiß nicht wie«, sagte Richie.

»Pillen. Hol mir 'n paar Pillen.«

»Ich hab aber kein Geld.«

»Kleine blaue Pillen.«

Cully sagte, er solle den Mund halten, und wandte sich dann an Richie. »Du hau jetzt ab und bleib bloß weg von hier.«

»Ich möchte nur kurz mit Ihnen reden.«

»Worüber?«

»Unsere Pläne.«

»Wir haben keine Pläne. Dich und mich verbindet nicht mehr miteinander als mich und diesen Pillenschlucker hier.«

»Kleine blaue Pillen«, sagte der junge Mann mit den Fußeisen. »Du nimmst drei oder vier, und der Schmerz geht weg, und du schwebst auf 'ner Wolke. Ist so, wie wenn man in den Himmel kommt. Nur, daß man dann wieder runter muß, und da bin ich grade, unten.«

Niemand beachtete ihn. Die Häftlinge hatten das alles schon gehört, und Richies Augen waren auf Cully geheftet.

»Ich dachte, Sie und ich fangen besser damit an, unsre Heimreise vozubereiten. Was man zu 'ner Familie braucht, das sind bloß zwei Leute. Wir können dann zusammen auf Schiffen anheuern und alles so was.«

»Hör auf, so einen Quatsch zu reden.«

»Kleine blaue Pillen.«

Zwei Justizangestellte traten aus der Tür, und fast augenblicklich bewegte sich die Doppelreihe der Häftlinge auf den grauen Bus zu. Als er abfuhr, winkte drinnen jemand. Richie vermochte nicht zu erkennen, wer es war. Aber vielleicht war es ja Cully, und deshalb wollte er zurückwinken. Er konnte jedoch seinen Arm nicht hochbekommen – er war so schwer wie ein Eisenbarren.

Donnelly verbrachte die Mittagspause damit, an seiner Rede zu feilen. Da ihm ein Mittagessen vorenthalten blieb, gab sein Magen protestierende Geräusche von sich, und die würde der Lautsprecher am Pult auffangen und an den gesamten Gerichtssaal übermitteln. Da dies das letzte Mal sein würde, daß er zu Geschworenen sprach, und er sich diese Rede nicht durch unschöne Magengeräusche verderben lassen wollte, kaufte er sich am Automaten, der vor dem Beratungszimmer der Geschworenen hing, zwei Müsliriegel, die er auf seinem Rückweg durch den Flur verzehrte.

Das Gericht trat um zwei Uhr drei wieder zusammen, und Donnelly begab sich unverzüglich zum Pult.

»Meine Damen und Herren Geschworenen, dies ist durchaus kein einfacher Fall, wie Mr. Owen zu glauben scheint und so gerne äußert. Es ist vielmehr ein sehr schwieriger gewesen, der nun knirschend zum Stillstand kommt. Ich möchte Ihnen zunächst für Ihre Aufmerksamkeit und Geduld danken. Nach der Belehrung durch den Richter werden Sie sich in Ihr Beratungszimmer zurückziehen und über das Schicksal eines Mannes entscheiden, der in gleichem Maße ein Opfer ist wie das Opfer, um das es hier geht. Hat man ihn wie ein Opfer behandelt? Urteilen Sie selbst. Da eine Freilassung gegen Kaution abgelehnt wurde, mußte er Wochen im Gefängnis zubringen. Er ist vom Staatsanwalt und seinen Leuten drangsaliert worden, er ist von den Medien beschuldigt und von den Kanzeln herab verurteilt worden.

Und warum? Was hat er getan?

Er ging in eine Bar und bestellte sich einen Drink. Eine sympathische Frau in seinem Alter oder etwas älter setzte sich zu ihm und fing eine Unterhaltung an. Von Anfang an war sie es, die die Initiative ergriff.

Gestatten Sie mir, ein paar Fragen zu beantworten und auf einige der Anschuldigungen einzugehen, die der Herr Staatsanwalt gegen meinen Mandanten Cully Paul King erhoben hat. Zuallererst erklärte uns der Staatsanwalt, daß Cully King ein Mörder sei. Daß er ein Dieb sei. Bedienen Sie sich bitte Ihres gesunden Menschenverstandes, um darauf selbst eine Antwort zu finden. Warum sollte ein Mann wie Cully King, der einen interessanten und zudem noch gut bezahlten Job hat, eine Frau wegen jenes Paars diamantbesetzter Ohrringe ermorden, die er dann für fünfhundert Dollar versetzte?

Eine weitere Frage, die von der Anklagevertretung aufgeworfen worden ist, ist die folgende: Wie kam Cully King zu einem so teuren Anwalt, wie ich einer bin? Das ist von allen Fragen die, die am leichtesten zu beantworten ist. Er hat mich nämlich nicht selbst engagiert, sondern ich habe ihm von mir aus meine Dienste angeboten. Ich mag es nicht, wenn Menschen einfach wegen ihrer Hautfarbe, ihres Herkunftslandes, ihrer sexuellen Vorlieben oder ihrer Religion benachteiligt und ins Gefängnis gesteckt werden. Am interessantesten an diesem ganzen Verfahren war die Art und Weise, in der die Zeugen von Mr. Owen ihre Antworten mit Wörtern wie ›vielleicht‹, ›möglicherweise‹, ›nehme an‹,

›vermute‹ versehen haben. Jedes einzelne dieser Wörter hat in die Sache des Herrn Staatsanwaltes eine Beule oder ein Loch geschlagen, so daß sie jetzt aussieht wie eine Blechbüchse, die für Zielübungen benutzt worden ist. Bei Mordprozessen ist kein Platz für Annahmen, Vermutungen, Mutmaßungen oder Verschwommenheiten. Wenn das Leben eines Mannes auf dem Spiel steht, dann müssen wir uns an Absolutes halten, an ganze Wahrheiten, und nicht an Halb- oder Viertelwahrheiten, an Tatsachen, und nicht an Phantasievorstellungen.

Wenn Sie sich in das Beratungszimmer zurückziehen und dort Ihre Notizen durchgehen, dann möchte ich, daß Sie ganz besonders immer wieder an eines denken: Mein Mandant und ich bitten Sie nicht um Gnade. Wir fordern Gerechtigkeit.

Abschließend möchte ich Ihnen, meine Damen und Herren Geschworenen, für Ihre Aufmerksamkeit danken und Sie eindringlichst bitten, bei der Urteilsfindung Ihre Gefühle außer acht zu lassen und sich ganz auf Ihr natürliches Urteilsvermögen und Ihren gesunden Menschenverstand zu verlassen. Ich danke Ihnen.«

Donnelly kehrte an seinen Platz zurück. Vor seiner Belehrung der Geschworenen setzte Richter Hazeltine eine kurze Pause an und bedeutete Donnelly, daß er ihn in seinem Amtszimmer zu sprechen wünsche.

»Setzen Sie sich«, sagte der Richter, als Donnelly eintrat.

Donnelly setzte sich. »Irgend etwas nicht in Ordnung?«

»Ich habe den Eindruck, daß Sie den Hundesohn da rauspauken werden. Das ist nicht recht.«

»Und warum nicht?«

»Weil er schuldig ist.«

»Er ist nicht schuldig, solange ihn die Geschworenen nicht schuldig gesprochen haben.«

»Verschonen Sie mich mit dem juristischen Kram. Er hat sie erwürgt. Er ist dafür bekannt, daß er aus der Rolle fällt, wenn er betrunken ist. Das war kein Mord aus Profitgier, sondern sie sagte oder tat irgend etwas, was ihn in Wut versetzte, und da griff er sie an, packte sie an der Kehle...«

»Nein.«

»Nein was?«

»Er hat sie nicht angegriffen.«

»Dann vielleicht *sie* ihn, was?«

»Das ist möglich.«

»Er tötete sie also in Notwehr.«

»Vielleicht.«

»In einem Anfall leidenschaftlicher Raserei.«

»Mehr oder weniger.«

»Mehr mehr oder mehr weniger?«

Donnelly antwortete mit einem Achselzucken.

Der Richter blickte zu der einäugigen Eule auf dem Bücherregal hoch. Sie schien ihm zuzublinzeln – ein eigentümlich laszives Blinzeln, als wisse sie alles über Männer und Frauen, die in Anfällen leidenschaftlicher Raserei aufeinander losgingen.

Donnelly kehrte unverzüglich in den Gerichtssaal zurück, obwohl noch sechs Minuten von der Pause übrig waren.

Cully erwartete ihn, das Gesicht glatt wie Glas. Allein seine Stimme verriet Beunruhigung, denn sie war höher als sonst und zitterte leicht wie die eines nervösen alten Mannes.

»Was wollte er?«

»Mich sprechen.«

»Wegen mir?«

»Auch.«

»Was sagte er?«

»Das würden Sie doch nicht verstehen. Es war juristischer Natur.«

»Ich muß dieses Juristengerede nicht verstehen, um zu wissen, daß er mich nicht mag ... Oder?«

»Das weiß ich nicht, ich habe ihn nie danach gefragt.«

»Beobachten Sie nur mal, wie er mich ansieht. Haß. Ich sehe da Haß.«

»Das Urteil wird nur selten von den persönlichen Gefühlen eines Richters bestimmt.«

»Selten«, wiederholte Cully. »Das bedeutet, daß es manchmal eben doch passiert.«

»Manchmal.«

»Und wenn's weit häufiger als manchmal wäre?«

»Es kommt halt vor, ich habe die Male nicht gezählt.« Donnelly hatte schon richterliche Belehrungen mit angehört, die auf die eine oder andere Weise so voreingenommen waren, daß sie bereits einer Verhaltensanweisung an die Geschworenen recht nahe kamen. »Vergessen Sie's. Das hier ist für diesen Richter der letzte Fall. Er wird nicht wollen, daß die Berufungsinstanz sein Urteil wieder aufhebt. Seine Belehrung wird also nett und neutral ausfallen. Und Sie werden ein freier Mann sein.«

»Wirklich?«

»Ich bin dessen gewiß.«

»Ein freier Mann«, wiederholte Cully. »Das heißt, ich werde überall hingehen und tun können, was ich will.«

»Niemand ist je ganz so frei, Cully.«

»Wieso nicht?«

»Da sind Schulden zu begleichen.«

»Ich kann immer Geld kriegen, um meine Schulden zu bezahlen.«

»Aber das wird vielleicht eine Riesenrechnung, vielleicht eine über hunderttausend Dollar für die Rettung Ihres Lebens.«

»Ich kann meine Schulden bezahlen«, sagte Cully. »Auf die eine oder andere Weise.«

»Das klingt in meinen Ohren ganz vage wie eine Drohung.«

»Ich hab keine Drohung gehört.«

»Vielleicht haben Sie nicht hingehört. Ich aber. Es hat mich nicht überrascht. Schon seit den ersten Vernehmungen ist im Gerichtssaal rum, daß Sie sehr unangenehm werden, wenn Sie betrunken sind. Ich werde deshalb gewisse Vorsichtsmaßregeln treffen. Auf der Ranch wird es keinen Alkohol geben.«

Der erste Teil der Belehrung von Richter Hazeltine entsprach weitgehend der Norm – er erläuterte noch einmal die gegen den Angeklagten erhobene Beschuldigung, nämlich die des vorsätzlichen Mordes aus niedrigen Beweggründen, und die Indizien, auf denen sie beruhte. Darauf folgte ein Überblick über die Pflichten von Geschworenen. Er ermahnte sie, die öffentliche Meinung, ihre Gefühle und ihre

Einstellung zur Todesstrafe außer acht zu lassen. Er hob insbesondere die Wendungen »jenseits begründeten Zweifels« und »mit moralischer Gewißheit« hervor. Wenn bestimmte Aussagen nicht begründet erschienen und von einem Zeugen stammten, der einen verwirrten oder sprunghaften Eindruck gemacht hätte, dann sollten sie diese unberücksichtigt lassen, erst recht wenn sie im Widerspruch zu vernünftigen Aussagen stünden, die von einer beherrschten Person stammten, welche durch Lügen nichts zu gewinnen hätte.

Ganz speziell warnte der Richter davor, übereilt und ohne ordentliche und gründlichste Würdigung des gesamten vorliegenden Beweismaterials zu irgendwelchen Schlußfolgerungen zu gelangen.

Der zweite Teil der Belehrung des Richters war sowohl dem Inhalt als auch dem Standpunkt nach weitaus persönlicher. Die Auswertung der Zeugenaussagen sei von allergrößter Wichtigkeit. Man müsse einem so erfahrenen Wissenschaftler wie Dr. Woodbridge sicherlich weit mehr Glauben schenken als den Autoren wissenschaftlicher Aufsätze in diversen Publikationen, die nun einmal nicht anwesend seien und deshalb auch nicht ins Kreuzverhör genommen werden könnten.

»Ich beziehe mich hier insbesondere auf Berichte über Ertrunkene, die man zunächst für tot hielt, die man dann aber doch wiederbeleben konnte, weil die Kälte des Wassers ihren Stoffwechsel verlangsamt und so auch ihren Sauerstoffbedarf stark reduziert hatte. Es gibt solche Fälle, aber sie sind selten, und die Chancen, daß so etwas auch im Falle von Mrs. Pherson geschah, sind minimal. Dennoch ist es möglich, und das muß bei Ihrer Entscheidung Berücksichtigung finden. Sollte diese Möglichkeit für Sie groß genug sein, auch nur den Schatten eines Zweifels auf bestimmte Zusammenhänge zu werfen, so müssen Sie das unbedingt in Betracht ziehen, wenn Sie Ihr Votum abgeben.

Und noch andere Zweifel könnten ihre Schatten werfen. Die Druckstellen an der Kehle von Mrs. Pherson – stammen sie von den Daumen eines Menschen oder von den Schwimmern an einem Stengel des Riesenblasentangs? Unwahrscheinlich? Ja. Unmöglich? Nein. Das Fehlen der Eindrücke von Daumennägeln bei diesen Druckstellen ist rätselhaft, aber es gilt auch zu bedenken, daß nicht alle Daumennägel die gleiche Länge haben und es auch solche geben könnte, die zu kurz sind, um Spuren zu hinterlassen.

Zwei Zeugen könnte man als einander widersprechend ansehen, nämlich Harry Arnold und seinen Sohn Richie. Der Junge war recht unschlüssig, und man muß die Behauptung des Vaters, er habe Cully King Kleidungsstücke über Bord werfen sehen, mit einigem Argwohn aufnehmen, zumal die Gefühle, die Mr. Arnold dem Angeklagten entgegenbringt, offensichtlich gemischt sind. Außerdem konnte er kein Kleidungsstück mit Sicherheit identifizieren.

Eine der wichtigsten Fragen, die Sie sich stellen müssen, ist die folgende: Hatte Cully King einen Grund, Mrs. Pherson zu töten? Ein gesunder Mann – und wir haben keinen Anlaß zu bezweifeln, daß Mr. King etwas anderes als gesund ist – tötet nicht ohne Motiv. Ein solches Motiv ist aber nicht nachgewiesen worden. Wobei allerdings zu beachten ist, daß die Tatsache, daß uns kein Motiv bekannt ist, nicht bedeutet, daß es auch keines gibt. Das ist in jedem Falle eine sehr wichtige Frage, die sehr sorgfältig bedacht werden muß.

Nun, das erste, was Sie tun, wenn Sie mit Ihren Beratungen beginnen, ist, daß Sie Ihre Notizbücher öffnen. Alle in diesen Notizbüchern enthaltenen Informationen können Sie frei untereinander austauschen. Sollten Sie präzisere Einzelheiten benötigen, können Sie den Gerichtsdiener bitten, Sie in diesen Saal zurückzubegleiten, wo Ihnen dann die von Ihnen gewünschten Teile des Protokolls vorgelesen werden. In Ihrem Beratungszimmer dürfen keine Kopien des Protokolls benutzt werden.

Sie mögen in Ihren Notizbüchern einen Eindruck, eine Beobachtung, eine Meinung festgehalten haben, Dinge also, die Ihnen nun nicht nur helfen werden, Ihre Erinnerung wieder aufzufrischen, sondern die auch jenen Eindruck wieder lebendig werden lassen, den Sie zur Zeit der Aussage von einem Zeugen hatten, nämlich ob er Ihnen verläßlich erschien oder ob Sie eher Zweifel angesichts des von ihm Vorgetragenen empfanden.

Bevor Sie auch nur daran denken können, die Frage der Schuld oder Unschuld des Angeklagten zu erörtern, müssen Sie die alles entscheidende Frage beantwortet haben: Wurde überhaupt ein Mord begangen? Einiges deutet auf einen Selbstmord hin. Auch wenn Mrs. Pherson nicht die üblichen Anzeichen von Verzweiflung erkennen ließ, wich sie doch ganz zweifellos in einer Weise von ihrem normalen Verhalten ab, die auf einen gewissen Grad an emotionaler Verwirrung hindeutet. War aber diese Gefühlsverwirrung groß genug, um zum Selbstmord zu führen?

Könnte ihr Tod nicht vielleicht auch Folge eines Unfalls

gewesen sein? Das Logbuch des Bootes besagt, daß die See an jenem Abend ruhig war, weshalb sie wohl nicht ein plötzliches Schlingern der Jacht über Bord gehen ließ. Auch erscheint wenig wahrscheinlich, daß sie bei so kaltem Wetter nackt an Deck herumspaziert ist.

Die letzte Frage, die Sie sich stellen, und die Antwort, mit der Sie dann leben müssen, betrifft den begründeten Zweifel. Gibt es begründete Zweifel daran, daß Mrs. Pherson der Ermordung durch Cully King zum Opfer fiel? Der begründete Zweifel ist das Moment, welches bei den meisten auf Indizienbeweisen beruhenden Fällen den Ausschlag gibt.

Das Gesetz verfügt, daß die Geschworenen jenseits begründeter Zweifel und mit moralischer Gewißheit überzeugt sein müssen, bevor sie in einer Strafsache ein Urteil fällen. ›Jenseits begründeter Zweifel‹ erklärt sich wohl von selbst, aber die andere Wendung hat schon zu großen Meinungsverschiedenheiten geführt und stellt einen der wenigen Fälle dar, wo das Gesetz ungenau ist. Ich habe von einem der Geschworenen einen Zettel erhalten, auf dem er mich um eine Definition des Begriffes ›moralische Gewißheit‹ bittet. Einer meiner früheren Kollegen hat sie einmal als Gefühl im Bauch bezeichnet, und ich fürchte, ich kann Ihnen da nichts Besseres offerieren. Allerdings wäre es der Gerechtigkeit sicherlich nicht dienlich, wollte man sich allzu ausschließlich auf die moralische Gewißheit verlassen.

Von jetzt an bis zum Ende Ihrer Beratungen werden Sie der Obhut des Gerichtsdieners anvertraut sein. Ich wünsche Ihnen alles Gute.«

Sobald der Richter den Gerichtssaal durch seine eigene Tür verließ, ging auch Eva schnell durch die der Allgemeinheit vorbehaltene Tür hinaus und den Korridor entlang, um ihn in seinem Amtszimmer aufzusuchen. Als sie eintrat, hängte er gerade seine Robe an den Haken.

»Das war...«, sagte sie, »ich meine, Ihre Belehrung war sehr gut.«

»Vielleicht ist Ihre Meinung da ein wenig gefärbt, wenn Sie mir den Ausdruck verzeihen wollen?«

»Ich verstehe nicht ga... ach, natürlich, weil man die Schwarzen vor vielen Jahren mal als Farbige bezeichnet hat.«

»So viele sind's noch nicht. Ich bin ungefähr im Alter Ihres Vaters, stimmt's?«

»In etwa.«

»Ich habe Ihren Vater letzte Weihnachten beim Chorsingen kennengelernt. Übrigens, ginge es dieses Jahr nicht auch ohne die Karten?«

»Das werde ich nicht entscheiden können. Ich werde wohl nicht da sein.«

»Noch immer hinter dem Burschen her, mit aller Macht?«

»Wenn Sie's so ausdrücken wollen, ja.«

»Pfarrer, Kirche, der Vater, der die Braut dem Bräutigam zuführt, alles, was so dazugehört?«

»Kein Pfarrer, keine Kirche, und ganz bestimmt kein Vater, der die Braut dem Bräutigam zuführt. Vielleicht nicht einmal eine Braut.« Sie ging zum Fenster hinüber und sah auf den Verkehr hinab. Obwohl das Fenster geschlossen und verriegelt war, holte sie langsam und tief Atem, als ströme Luft von draußen herein, saubere, frische Luft vom Meer. »Es ist mir egal, ob er mich heiratet oder nicht. Solange wir zusammen sein können, will ich schon zufrieden sein.«

»Sind Sie sicher?«

»Ja. Ich habe viel darüber nachgedacht.«

»Sie haben nicht darüber nachgedacht, Foster, Sie haben *geträumt*.«

»Meine Pläne sind fertig. Wir werden ein kleines Haus kaufen. Ich habe genug Geld für eine Anzahlung. Wir werden keine Kinder haben, aber ich werde mir einen Hund zulegen, vielleicht auch zwei Hunde, damit sie sich gegenseitig und mir Gesellschaft leisten können, wenn Cully auf See ist.«

»Es besteht ein Unterschied zwischen einem Träumer und einem Planer, Foster. Ein Planer würde die Möglichkeit in Betracht ziehen, daß Cully einfach nicht zur Verfügung steht, um Teil irgendeiner Planung zu werden.«

»Er wird freigesprochen werden, da bin ich mir ganz sicher. Ihre Rede hat doch sehr deutlich werden lassen, daß Sie von den Geschworenen einen Freispruch erwarten.«

»Geschworene tun nie, was man von ihnen erwartet, sondern nur das, was sie, verdammt noch mal, gerne tun möchten.«

»Man hätte Cully die Möglichkeit geben sollen, als Zeuge auszusagen, denn dann hätten die Geschworenen sehen können, wie er reagiert, und hören, wie er spricht. Dann hätten sie selbst gesehen, was für ein guter Mann er ist.«

»Er ist ein Lügner«, sagte der Richter. »Er wäre über seine eigene Zunge gestolpert, jedesmal, wenn er den Mund aufgemacht hätte. Donnelly hat gut daran getan, ihn vom Zeugenstand fernzuhalten.«

»Aber das hört sich ja an« – sie wandte sich vom Fenster ins Zimmer – »das hört sich ja an, als wenn Sie ihn für schuldig hielten.«

»Ich meine, daß die Anklage nicht in der Lage war zu beweisen, daß sie im Recht ist, und das Urteil wird diese Tatsache widerspiegeln.«

»Und was glauben Sie wirklich, im Innersten Ihres Herzens?«

»Ich denke, daß Sie eine eigensinnige junge Frau sind, die auch weiterhin glauben wird, was sie von diesem Mann glauben will. Je mehr er beschuldigt wird, desto mehr werden Sie ihn verteidigen.«

»Ich bin ein vernünftiger Mensch. Wenn Sie einen stichhaltigen Beweis für Cullys Schuld hätten, dann würde ich mich dem nicht verschließen.«

»Wenn ich einen stichhaltigen Beweis dafür hätte, dann hätte ich ihn auf die eine oder andere Weise den Geschworenen schon präsentiert, und sie hätten dem Glauben geschenkt.« Die Stimme des Richters klang traurig. »Ich kann Ihnen nur noch einen Rat geben, den anzunehmen Sie, wie ich denke, noch realistisch genug sein werden. Überstürzen Sie nichts, was die Einreichung Ihrer Kündigung anbetrifft. Warten Sie zumindest ab, bis der Bursche seine Bereitschaft zu erkennen gegeben hat, die Sache mit Ihnen und dem kleinen Haus und den zwei Hunden mitzumachen.«

»Sie hören sich kalt und gemein an.«

»Solange Sie sich in diesem emotionalen Morast herumsuhlen, werden Ihnen alle, die ihn kritisieren, kalt und gemein vorkommen, auch wenn sie in Wirklichkeit nur versuchen, nett zu Ihnen zu sein.«

»Ist das Ihre Vorstellung von nett?«

»Ja. Ich würde nämlich gern verhindern, daß man Sie eines Tages ertrunken aus dem Meer fischt oder Sie mit durchgeschnittener Kehle in einer dunklen Gasse findet oder, mit einer Kugel im Kopf aus einem Auto gestoßen, am Straßenrand.«

»Sie können doch nicht im Ernst glauben, daß Cully zu so etwas fähig wäre.«

»Sicherlich kann ich das.«

»Sie *sind* kalt und gemein.«

»Und vernünftig«, fügte der Richter hinzu, »sehr, sehr vernünftig.«

Die erste Abstimmung erfolgte am dritten Tage der Beratungen, und die abschließende am späten Nachmittag des fünften Tages. Den beteiligten Parteien wurde ein Zeitraum von einer Stunde zugestanden, um sich im Gericht einzufinden und dort die Verkündung des Urteils anzuhören.

Einige der Zuschauer, die in Erwartung des Spruchs der Geschworenen regelmäßig jeden Tag erschienen waren, hatten sich schon wenige Minuten nach der Ankündigung, daß die Geschworenen hereinkommen würden, vor der verschlossenen Tür des Gerichtssaales aufgestellt. Um der Menge auszuweichen, die sich dort anzusammeln begann, betraten die Mitarbeiter des Gerichts den Saal durch eine Seitentür, ebenso auch der Staatsanwalt und der Verteidiger mit ihren Assistenten, und schließlich Cully, der diesmal nicht in Begleitung des Aufsehers aus der Vollzugsanstalt erschien, der ihn sonst immer eskortiert hatte, sondern in der Obhut von vier neuen. Alle vier waren junge Männer von angenehmem Äußeren, und doch unterstrich ihre Anwesenheit nur die Erbarmungslosigkeit des Anlasses. Dann kamen der Richter und die Geschworenen herein, und endlich wurde auch die Haupteingangstür für das Publikum geöffnet. Die Zuschauer stürmten in den Saal, um möglichst einen Platz in den vorderen Reihen zu erwischen, und ihnen folgten die Reporter, die junge Künstlerin, die die Portätskizze von Cully angefertigt hatte, einige Anwälte und Sekretärinnen, die sich für den Prozeß interessierten, und Zeugen wie etwa Harry Arnold und Richie.

Alle, die keinen Platz mehr gefunden hatten, drängte der Gerichtsdiener zurück auf den Flur.

Cully saß bewegungslos da, nur seine Augen bewegten sich. Er blickte zu den Geschworenen hinüber. Sie alle schauten ihn an, und das war, wie Donnelly ihm versichert hatte, ein gutes Zeichen. Geschworene, die gegen einen Angeklagten gestimmt hatten, sahen diesen nur selten an, wenn es endlich soweit war und das Urteil verlesen werden sollte.

Sie werden mich also laufenlassen, dachte er. *Und die Leute da draußen warten auf mich, warten nur darauf, mich in ihr Leben einzusperren, und ich werde nie wieder ein freier Mann sein, nie.*

Der Raum hatte sich mit Menschen gefüllt, mit ihren Geräuschen und Gerüchen.

Richter Hazeltine klopfte mit seinem Hammer auf den Tisch. »Ruhe bitte im Saal. Die Geschworenen sind zu einer

Entscheidung gelangt, und ihr Sprecher wird nun das Urteil verlesen.«

»Wir, die Geschworenen, befinden den Angeklagten, Mr. Cully Paul King, für nicht schuldig im Sinne der Anklage, also nicht schuldig des vorsätzlichen Mordes aus niedrigen Beweggründen.«

Im Saal erhob sich erneuter Lärm, nur Cully saß schweigend. Er spürte Donnellys Hand auf seinem Arm, sah Eva lächeln und Richie grinsen und Harry ihm zuwinken – aber er tat nichts und sagte nichts, bis sich der Richter erhob und den Saal verließ, und auch die Geschworenen nacheinander hinausgingen. Da sprang Cully auf und fing an zu schreien.

»Warten Sie! Hören Sie mich an. Sie irren sich. Sie sind alle im Unrecht. Ändern Sie Ihr Urteil! Lassen Sie *die* mich nicht kriegen. Ich möchte frei sein von *denen*. Kommen Sie zurück. Warten Sie, hören Sie mich an. Kommen Sie zurück!«

Niemand kam zurück.

»Das Verfahren ist abgeschlossen«, sagte Donnelly. »Was Sie auch tun, nichts kann bewirken, daß es wieder von vorne beginnt.«

»Ich möchte frei sein! Lassen Sie mich *denen* nicht in die Hände fallen. Kommen Sie zurück!«

Der Richter schloß die Tür hinter sich, und der letzte der Geschworenen verließ den Saal.

Cully entwand sich Donnellys ihn zurückhaltender Hand. »Lassen Sie mich los.«

»Setzen Sie sich hin und halten Sie das Maul, Sie verrückter Hund«, sagte Donnelly.

»Fassen Sie mich nicht an!«

»In Ordnung, in Ordnung. Setzen Sie sich ganz still hier hin, bis Sie sich wieder gefangen haben. Ich werde am Ende des Flurs in der Nähe der Treppe auf Sie warten.«

Der Raum leerte sich fast so schnell, wie er sich gefüllt hatte, und Cully blieb an der Tür allein mit dem Gerichtsdiener, der den Saal hinter ihm abschließen würde – bis zum nächsten Prozeß wegen Mordes, Raubes, Unterschlagung oder tätlichen Angriffs. Es würde immer wieder Gelegenheit geben, ihn von neuem zu füllen.

»Werden Sie gar nicht ausgehen, um ein bißchen zu feiern?« fragte der Gerichtsdiener.

»Nein.«

»Ich weiß da eine junge Frau, die sehr glücklich wäre, wenn sie mit Ihnen zusammen feiern könnte. Ich meine, sie ist bereit, echt bereit.«

»Nein.«

»Okay. Ich werde Sie ein paar Minuten sich selbst überlassen, damit Sie sich sammeln können. Das war ein großer Tag für Sie, eine große Woche. Wenn ich's recht bedenke, waren's sogar große sechs Monate.«

»Ja.«

Der Gerichtsdiener ging auf den Flur hinaus. Tyler Pherson saß dort auf der Bank, auf der er während des ganzen Prozesses gesessen hatte, und er trug den gleichen schwarzen Anzug und die gleiche dunkle Brille. Auch sein Gesichtsausdruck war unverändert.

»Hat wenig Sinn, hier noch länger zu warten«, sagte der Gerichtsdiener. »Der Prozeß ist zu Ende.«

»Noch nicht ganz.«

»Aber sicher doch. Alle sind nach Hause gegangen.«

»Der Angeklagte ist noch nicht herausgekommen.«

»Wird er gleich. Es ist schon spät. Bald wird das ganze Gebäude zugesperrt. Ich wette, daß meine Frau in diesem Augenblick das Abendessen auf den Herd setzt.«

»Ich will Sie nicht länger als ein oder zwei Minuten von Ihrem Abendessen fernhalten«, sagte Tyler. »Aber ich würde gern kurz da hineingehen und Mr. King meinen Glückwunsch aussprechen.«

»Das ist sehr anständig von Ihnen, wenn man's bedenkt.«

»Ich habe alles bedacht.«

Tyler betrat zum letzten Mal den Gerichtssaal. Die Pistole in seiner Tasche war glatt wie Seide und warm von seinem Körper.

Alison Lurie im Diogenes Verlag

Varna oder Imaginäre Freunde

Roman. Aus dem Amerikanischen von Otto Bayer
Leinen

Ein junger amerikanischer Soziologiedozent, etwas zu scheu und voller ethischer Grundsätze, stößt auf einen etwas zu selbstsicheren und ziemlich rücksichtslosen Professor und Mentor. Die beiden mischen sich, zwecks »teilnehmender Beobachtung einer isolierten Kleingruppe«, unter eine Vereinigung kleinstädtischer religiös-spiritistischer Fanatiker, die glaubt, von Ro, dem Herrscher des Planeten *Varna,* erleuchtet zu sein. Eine hochexplosive Synthese, die Beziehungen köcheln, und das Durcheinander brodelt.

»Luries vollendetste Komödie, eine wunderschöne Metapher auf die unzähligen Schattierungen zwischenmenschlicher Beziehungen.«
Times Literary Supplement, London

Liebe und Freundschaft

Roman. Deutsch von Otto Bayer
Leinen

»Ein Ehebruch, bei dem gewissermaßen alles stimmt. Nach fünf, sechs angenehm verbrachten Ehejahren hat sich die schöne Frau entliebt. Sie ist in häuslicher Monotonie ermüdet und gekränkt von der zunehmenden Verschlossenheit, wohl auch Herablassung des Gatten. Was sie von seiner Arbeit hält, berührt ihn kaum. Kann er überhaupt noch zwischen Menschen und Einrichtungsgegenständen unterscheiden? Die Zeit für einen Liebhaber ist reif... Alison Lurie erreicht, was so oft verfehlt wird: die Wahrheit über das, was man ›das Leben‹ nennen könnte oder auch ›das Menschenherz‹.« *Christa Rotzoll/FAZ*

»Ein höchst unterhaltsamer, witziger und bisweilen komischer Roman.«
Volker Hage/Sender Freies Berlin

Affären

Eine transatlantische Liebesgeschichte
Deutsch von Otto Bayer
detebe 21600

Vinnie Miner, Amerikanerin, nach ironischer Selbsteinschätzung »alt, klein, unattraktiv und nicht verheiratet«, reist mit einem Forschungsstipendium nach London. Dorthin ist auch ihr attraktiver junger Kollege Fred Turner unterwegs. Beide sind allein. Keiner der beiden ist auf eine *Affäre* aus.

»Ein gleichermaßen witzig-melancholischer wie intelligenter Unterhaltungsroman.« *Die Zeit*

Ein ganz privater kleiner Krieg

Roman. Deutsch von Hermann Stiehl
detebe 21614

Bei der Familie Tate war noch bis vor kurzem alles in Ordnung: Die Ehe so wenig getrübt wie die Freude an den Kindern, das Heim behaglich. Mit einem Mal ist nichts mehr in Ordnung. In der Nachbarschaft entstehen scheußliche Häuser, die Kinder benehmen sich unerträglich, und Erica Tate muß entdecken, daß ihr Mann Brian sie mit einer Studentin betrügt.

»Stilvoll, komisch, distanziert und zärtlich, von seltenem Witz und Einfühlungsvermögen: Alison Lurie schreibt wie ein Engel. Sie ist sowohl von Truman Capote wie von Christopher Isherwood mit Jane Austen verglichen worden – eine kühne Behauptung, aber dieser Roman rechtfertigt sie durchaus. Ein großartiges Buch.« *Sunday Times*

John Irving im Diogenes Verlag

Gottes Werk und Teufels Beitrag

Roman. Aus dem Amerikanischen
von Thomas Lindquist. Leinen

Dr. Wilbur Larch und Homer Wells: ein moderner Schelmenroman und zugleich eine herrlich altmodische Familiensaga von einem Vater wider Willen und seinem ›Sohn‹, der, wie einst David Copperfield, eines Tages auszieht, um »dei Held seines eigenen Lebens zu werden«.

»Ein Roman über die endlosen Mühen der sexuellen Emanzipation, über den langen, historischen Weg aus der Bigotterie; von einem Mann geschrieben, mit einem Mann als Held, kein bißchen feministisch und doch ein flammendes Werk für Frauen. Das mache mal einer nach.« *Die Zeit, Hamburg*

»*Gottes Werk und Teufels Beitrag* hat noch mehr Kraft und Echtheit als Irvings frühere Romane.«
The New York Times

Eine Mittelgewichts-Ehe

Roman. Deutsch von Nikolaus Stingl
detebe 21605

In einer Universitätsstadt in Neuengland beschließen zwei Paare, es einmal mit Partnertausch zu versuchen, ein mittelgewichtiger Versuch, mit dem schwergewichtigen Problem der Ehe fertig zu werden und wieder gefährlich zu leben. Anfangs scheint in dieser erotisch-ironischen Geschichte einer Viererbeziehung alles zu klappen.

»Lust und Last beim Partnertausch, Traum und Alptraum, Irrsinn und Irrwitz, Klamauk und Katastrophe: Irving verschweigt nichts.«
Frankfurter Allgemeine Zeitung

Das Hotel New Hampshire

Roman. Deutsch von Hans Hermann
detebe 21194

Eine gefühlvolle Familiengeschichte, in der Bären, ein Wiener Hotel voller Huren und Anarchisten, ein Familienhund, Arthur Schnitzler, Moby-Dick, der große Gatsby, Gewichtheber, Geschwisterliebe und Freud vorkommen – nicht *der* Freud, sondern Freud der Bärenführer.

»Ein ausuferndes Bilderbuch, wild fabulierend und von köstlicher Ironie durchsetzt.«
Tagesspiegel, Berlin

»... als ob die Brüder Grimm und die Marx Brothers beschlossen hätten, gemeinsam einen draufzumachen.« *The New York Times*

Laßt die Bären los!

Roman. Deutsch von Michael Walter
detebe 21323

»Irvings Erstling weist bereits alle Vorzüge auf, die seine späteren Bücher auszeichnen: Einfallsreichtum, Witz und Humor. Nacherzählen läßt sich Irvings heiter-melancholischer Schelmenroman, in dem vor allem Wien eine besondere Rolle spielt, nicht. Man sollte ihn lesen.« *Hamburger Abendblatt*

»Ein verblüffendes, originelles und immer höchst menschliches Plädoyer für eine bessere Welt. Ein Buch, das man gerade in dieser Zeit dringend lesen sollte ... es macht Mut zur Phantasie und zum aufrechten Gang, tröstet, wenn einen mal wieder die Bienen gebissen haben!« *Süddeutscher Rundfunk, Stuttgart*

Doris Dörrie im Diogenes Verlag

Liebe, Schmerz und das ganze verdammte Zeug

Geschichten. Leinen

Vier Geschichten von Doris Dörrie, großartige, liebevolle, traurige, grausame Geschichten: *Mitten ins Herz, Männer, Geld, Paradies.* Es sind Geschichten, aus denen Doris Dörrie ihre Filme entwickelt, von denen *Männer* der weltweit erfolgreichste deutsche Film seit Jahrzehnten wurde. Geschichten um eine Kindfrau, um Liebe und Langeweile, um Eifersucht, Geld und Erfolg. Geschichten von befreiender Frische.

»Ihre Filme entstehen aus ihren Geschichten.«
Village Voice, New York

»... ohne stilistische Bedenken, theoretische Skrupel oder methodische Zweifel. Doch lesen wir sie mit einer Begeisterung wie ein belletristisches Debüt schon lange nicht mehr.«
Jens Jessen / Frankfurter Allgemeine Zeitung